Ein schädelloses Mädchenskelett inmitten von Heiderosen. Ein grausamer Anblick für die Landschaftspfleger, die das Grab bei Arbeiten im Naturschutzgebiet am Sylter Morsum Kliff zufällig finden. Das Kind ist seit 15 Jahren tot. In Kommissarin Silja Blanck keimt ein schrecklicher Verdacht auf: Kann es eine Verbindung zu dem unaufgeklärten Sexualmord an ihrer kleinen Schwester geben? Aber wo ist der Kopf des Mädchens? Und was hat die Archäologin, die kurz nach dem Skelettfund spurlos verschwindet, mit der Sache zu tun? Als die Ermittlungen eine Verbindung zu einer dritten Toten ergeben, lässt Silja alle Vorsicht fahren und entschließt sich zu einem Alleingang …
In ihrem achten Fall sind Silja Blanck und ihre Kollegen Bastian Kreuzer und Sven Winterberg mit der dunkelsten Seite der Insel konfrontiert.

Eva Ehley studierte Literaturwissenschaften und Mathematik und arbeitete als Lehrerin. In ihren Texten erzählt sie allerdings von Dingen, über die man in der Schule nichts lernt. Hier werden Neurotiker leicht zu Mördern, während Egoisten unter Umständen ein Helfersyndrom entwickeln. Eva Ehleys Sylt-Krimis sind klassische Whodunnits mit Tendenz zum Psychothriller. Und sie sind nicht nur an der Nordsee Kult. Ehleys Texte wurden vielfach preisgekrönt u. a. mit dem Agatha-Christie-Krimipreis. Die Autorin lebt in Berlin. Sie ist verheiratet und hat zwei erwachsene Söhne.

Weitere Informationen finden Sie auf www.fischerverlage.de

eva
Ehley

Einsames Grab

Ein Sylt-Krimi

FISCHER
Taschenbuch

Aus Verantwortung für die Umwelt hat sich der S. Fischer Verlag zu einer nachhaltigen Buchproduktion verpflichtet. Der bewusste Umgang mit unseren Ressourcen, der Schutz unseres Klimas und der Natur gehören zu unseren obersten Unternehmenszielen.

Gemeinsam mit unseren Partnern und Lieferanten setzen wir uns für eine klimaneutrale Buchproduktion ein, die den Erwerb von Klimazertifikaten zur Kompensation des CO_2-Ausstoßes einschließt.

Weitere Informationen finden Sie unter: www.klimaneutralerverlag.de

FSC
www.fsc.org
MIX
Papier aus verantwortungsvollen Quellen
FSC® C014496

Originalausgabe

Erschienen bei FISCHER Taschenbuch
Frankfurt am Main, April 2021

Satz: Pinkuin Satz und Datentechnik, Berlin
Druck und Bindung: GGP Media GmbH, Pößneck
Printed in Germany
ISBN 978-3-596-70019-6

Prolog

Es ist diese Stille. Nicht nur nachts, sondern auch tagsüber. Land's End auf Friesisch. Die Rede ist von Morsum. Eigentlich vom Morsum Kliff. Wenn man vom Autozug runterfährt, sieht man nur Watt und Weite. Möwen, Schilf, Schlick. Es riecht salzig und frisch, der Wind ist sanft oder heftig, aber immer prickelnd.

Maria Wallot war schon als Kind hier. Ihre Eltern hatten ein Ferienhaus in Morsum. Sie kauften es, als Sylt hip wurde und ihnen Kampen längst zu teuer war. Und zu schickimicki, wie man damals sagte. Maria hat das Haus nach dem Tod ihrer Eltern behalten, auch wenn sie nur noch selten auf die Insel gefahren ist. Zu viel zu tun. Der Wallot-Verlag, auch ein Erbe ihrer Eltern, fraß ihre ganze Zeit. Und die Nebenkosten für das Ferienhaus fraßen bald einen Großteil ihrer Einnahmen. Kleine Verlage werfen schon lange nichts mehr ab. Sie sind ein teures Hobby. Mehr oder weniger. Ein Hobby, das sich Maria Wallot immer noch leistet. Doch irgendwann musste das Haus dran glauben. Sie hat es zu einem astronomischen Preis verkauft. Aber das Geld konnte Maria nur schlecht über den Verlust hinwegtrösten. Plötzlich fehlte ihr die Insel, obwohl sie davor kaum dort war. Jedenfalls nicht leibhaftig. In Gedanken schon häufiger.

Bei einem sentimentalen Besuch vor wenigen Jahren entdeckte sie, dass sich im Landhaus Morsum ein kleines, luxuriöses Hotel etabliert hatte. Die Lage des Gebäudes direkt am Kliff war schon immer etwas ganz Besonderes. Es ist das erste Haus, das man auf der rechten Seite sieht, wenn man über den

Hindenburgdamm kommt. Die Sonnenuntergänge im Sommer sind ebenso spektakulär wie die Nebel im Herbst und der Raureif auf den Feldern im Winter.

Seit dieser Entdeckung ist Maria hier regelmäßig zu Gast. Immer im Hochzeitszimmer, obwohl Hochzeiten nicht gerade zu ihren Lieblingsveranstaltungen gehören. Hat persönliche Gründe, ist nicht wichtig. Aber das Zimmer bietet die Aussicht übers ganze Kliff, Tageslicht im Badezimmer und das bequemste Bett, das Maria sich denken kann. Und Ruhe. Sobald sie das Hotel verlässt, umfängt sie diese einzigartige Atmosphäre.

Deshalb hat Maria Wallot diesen Ort auch für das Treffen ausgesucht, das morgen ansteht und von dem so viel abhängt. Es geht um das Überleben des Wallot-Verlages. Wobei Überleben möglicherweise der falsche Ausdruck ist. Wenn Marias Plan aufgeht, wenn alle Beteiligten sich mögen und zu einer Einigung kommen könnten, dann wäre der Verlag saniert. Maria weiß nur zu genau, dass dies ihre letzte Chance sein wird. Verbittert muss sie sich eingestehen, dass sich der Wallot-Verlag schon seit Jahren nur noch mit Esoterik und drittklassigen Autoren herumschlägt. Lange hat sie versucht, sich dies schönzureden, aber irgendwann muss frau der Wahrheit ins Gesicht sehen. Und dieses Irgendwann ist genau jetzt. Deshalb setzt die Verlegerin nun alle verbliebenen Hoffnungen auf morgen, denn morgen wird es ums ganz große Geschäft gehen.

Maria Wallot hat den dicksten Fisch der Saison am Haken.

Alice Zabriski, die weltberühmte Archäologin, war der Aufreger des letzten Sommers. Erst wurde sie in Afghanistan entführt, dann kam sie unter spektakulärsten Umständen aus der Geiselhaft frei. Kidnapping ist zurzeit am Hindukusch das größte Geschäft überhaupt. Niemand weiß, was die Bundesregierung diesen Banditen versprochen hat. Oder der Botschafter. Oder wer auch immer. Fest steht jedenfalls, dass die Rebellen Zabriski freigelassen haben. Ihre Kollegin und Lebensgefährtin hatte nicht so viel Glück. Sie ist direkt nach der Entführung geköpft worden. Das Video von der Hinrichtung kann man im Internet sehen. Und die Klickzahlen sprechen für sich.

Natürlich ist Alice Zabriski schwer traumatisiert. Und natürlich ist sie in engmaschiger psychotherapeutischer Behandlung. Zum Glück für Maria Wallot hat ihr die Therapeutin geraten, ihre Erlebnisse aufzuschreiben. Offenbar war das genau der richtige Ratschlag, denn es sind innerhalb kurzer Zeit an die hundert Seiten Rohmaterial zusammengekommen. Und zum noch größeren Glück ist Maria mit ebenjener Therapeutin befreundet. Sie hat den Kontakt vermittelt.

Maria hat die hundert Seiten bereits gelesen. Was heißt gelesen? Sie hat sie verschlungen. Hot stuff, wie man so sagt. Jetzt muss das Ganze nur noch in eine mediengerechte Form gebracht werden. Aber das soll nicht Alice Zabriskis Job sein. Sie ist psychisch immer noch sehr instabil, und niemand wird sie mit stilistischen Details behelligen wollen. Das muss jemand anderes machen. Jemand, der etwas von Reißern versteht, vom Feuilleton und von Skandalliteratur.

Maria hat dabei an den Journalisten Fred Hübner gedacht.

Er hat sich in diesem Metier seit einigen Jahren einen Namen gemacht. Und da Fred Hübner auf Sylt lebt, lag es nahe, die Insel für ein Treffen vorzuschlagen. Zumal Frau Zabriski in Hamburg wohnt und schnell herüberkommen kann. Maria Wallot hat alle Beteiligten im Landhaus einquartiert. Schließlich geht es darum, sich näherzukommen, sich kennenzulernen und Vertrauen aufzubauen. Und dafür ist ein ruhiger Platz, komfortabel und nicht überlaufen, genau richtig. Die Hotelkosten kann Maria von der Steuer absetzen, und wenn alles glatt läuft, wird sich die Ausgabe bestimmt rentieren.

Es ist eine Megachance für den kleinen Verlag. Die größte, die er je hatte. Und vermutlich die letzte, die er haben wird.

Maria Wallot würde alles für dieses Buch tun.

Alles.

Samstag, 30. Januar, 09.28 Uhr, Landhaus Severin*s, Morsum Kliff

Maria Wallot zieht sich die Schlafbrille vom Gesicht und blickt auf ihr Handy. Erstaunt stellt sie fest, dass sie zwei Stunden länger als üblich geschlafen hat. Für eine Frau Mitte fünfzig ist das durchaus nichts Alltägliches und ein sicheres Zeichen dafür, dass die Entspannung bereits eingesetzt hat.

Maria springt aus dem Bett und läuft zum Fenster. Sie zieht die Vorhänge auf und blinzelt ins Licht. Draußen ist es gleißend hell.

Über Nacht ist eine dünne Schneedecke gefallen, auf die nun die Morgensonne scheint. Heide und Dünen haben sich in eine weiße Märchenlandschaft verwandelt. Schneekristalle glitzern auf den sperrigen Trieben des Heidekrauts und den bizarren Ästen der kahlen Kartoffelrosen, die überall im Naturschutzgebiet wachsen. Nur an den Hängen der Dünen scheint stellenweise noch der gelbe Sand durch die zarte weiße Schicht. Auf dem Weg hinunter zum Strand sind im puderfeinen Schnee kaum Fußspuren zu sehen.

Aber weiter hinten ist richtig was los. Direkt neben der Straße wühlt ein kleiner Bagger in der Erde. Mehrere Arbeiter in gelber Kleidung stehen um große helle Säcke mit stabilen Tragegriffen herum. Die Männer sind offenbar damit beschäftigt, die stark wurzelnden Rosen herauszureißen, um mehr Platz für das empfindlichere Heidekraut zu schaffen. Maria erinnert sich, dass diese Arbeiten schon in ihrer Kindheit alle paar Jahre durchgeführt wurden, um das ursprüngliche Gleichgewicht im Naturschutzgebiet zu erhalten.

Schade, dass es ausgerechnet heute sein muss, es wird diese ganze Schneeidylle zerstören, denkt sie bedauernd. Doch dann öffnet sie das Fenster und beugt sich weit hinaus. Die kalte, klare Luft vertreibt schlagartig jede Müdigkeit aus ihrem Körper. Es prickelt auf ihren nackten Armen und im Gesicht. Tief atmet sie durch. Genauso hat sie Morsum im Winter in Erinnerung. Und ein besseres Begrüßungswetter für ihren heiklen Gast aus Hamburg hätte sie sich nicht wünschen können.

Sonnenschein!

Sonnenschein, der Alice Zabriski den Beginn eines neuen und besseren Lebensabschnitts nach den Katastrophen der jüngsten Vergangenheit ankündigen soll. Sonnenschein, der seinen Glanz auch auf die kommende Zusammenarbeit mit Verlegerin und Ghostwriter werfen wird. Der das erste Treffen erhellen und good vibrations in die Zukunft senden soll.

Um halb zwölf wird sich Maria mit Fred Hübner, dem auserkorenen Ghostwriter, auf dem Morsumer Bahnhof treffen. Um zwölf kommt dann der Zug aus Hamburg mit der traumatisierten Archäologin an Bord. Geplant ist ein kleiner Fußweg zurück zum Hotel. Das Gepäck kann ein Taxi bringen, aber für Frau Zabriski wäre ein erster Eindruck von der idyllischen Umgebung schön, hat sich Maria überlegt. Und in der mittäglichen Wintersonne ist der zwanzigminütige Spaziergang allemal lohnend.

Maria singt unter der Dusche und geht summend hinunter zum Frühstück. Das Haus ist nicht ausgebucht, vier Pärchen und zwei Einzelreisende sitzen in dem hellen Restaurant, das Fensterfronten nach drei Seiten bietet. Man grüßt sich oder nickt sich zumindest freundlich zu. Dann Zeitungsrascheln und leise Unterhaltungen. Kaffee, Müsli, Eierspeisen. Kraft tanken, den Tag beginnen.

Als sie zum Bahnhof aufbricht, ist es bereits kurz nach elf. Sie will den Journalisten nicht warten lassen, den sie am Telefon als intelligent und zuverlässig kennengelernt hat. Natürlich ist Maria über Fred Hübners Alkoholvergangenheit informiert. Sie hat äußerst gründlich recherchiert, aber dann entschieden, dass sie Vertrauen haben wird. Hübner ist seit mehreren Jahren trocken und hat sich echte Meriten als Biograph ungewöhnlicher Personen erworben. Er wird auch mit der psychisch labilen Alice Zabriski zurechtkommen, davon ist sie überzeugt.

Während sie die Allee entlangeilt, die nach Westen und damit zum Bahnhof führt, wird die Stille immer wieder durch das Kreischen von Motorsägen unterbrochen. Beim Näherkommen sieht Maria, dass ein Trupp Arbeiter damit begonnen hat, die Alleebäume zu beschneiden. Ausgerechnet heute! Vielleicht sollte sie ihren Gast doch gleich mit dem Taxi zum Hotel bringen. Andererseits hat Alice Zabriski als Folge ihrer Gefangenschaft eine Engephobie entwickelt, die ihr den Aufenthalt in Flugzeugen, Fahrstühlen, WC-Kabinen und eben auch Autos fast unmöglich macht. Maria kann nur hoffen, dass die nervtötenden Sägegeräusche nicht auch irgendwelche Erinnerungen wachrufen werden. Sicherheitshalber spricht sie einen der Arbeiter an und erkundigt sich nach der Mittagspause. Zwischen zwölf und eins würden die Arbeiten ruhen, erfährt sie. Glück gehabt.

Am Morsumer Bahnhof wird Maria Wallot schon von Fred Hübner erwartet. Er lehnt neben einem Rennrad und trägt eine enge Funktionshose, einen Fleeceblouson, dick gepolsterte Handschuhe und einen schnittigen Helm. Nicht gerade ein klassisches Businessoutfit, aber vielleicht gerade deswegen vertrauenerweckend.

Fred Hübners Händedruck, natürlich ohne die Handschuhe, ist angenehm fest, sein Blick direkt und offen. Er ist eher groß, ebenso wie Maria selbst, und wirkt überhaupt nicht so, als habe er die sechzig schon überschritten. Maria, die bisher nur mit dem Journalisten telefoniert hat, gratuliert sich insgeheim zu ihrer guten Auswahl. Unkonventionell, aber vertrauenerweckend, so wollte sie es. Und ein paar heftige Kurven im Lebenslauf werden in den Augen Alice Zabriskis nur von Vorteil sein.

»Aber wo ist Ihr Gepäck?«, erkundigt sie sich mit Blick auf das Rennrad. »Sie werden doch auch mit uns im *Landhaus* wohnen, oder?«

»Da drüben steht das Taxi mit meinen Sachen. Ich habe den schönen Tag gleich fürs morgendliche Fitnesstraining genutzt. Das stört Sie doch nicht, oder?« Seine letzten Worte werden bereits vom Geräusch des sich nahenden Zuges geschluckt.

Maria mustert die Aufschriften der Waggons.

»Die erste Klasse ist vorn. Sie wissen, wie Frau Zabriski aussieht?«

»Als sie freigekauft und ausgeflogen wurde, kam das sogar in der Tagesschau. Jeder in diesem Land weiß, wie Alice Zabriski aussieht. Ich schätze mal, das ist ein Teil ihres Problems.«

Bevor Maria antworten kann, steigt Alice Zabriski einige Meter vor ihnen aus dem Zug. Sie ist klein und zierlich, das Gesicht ist blass mit einer scharf geschnittenen Nase und Augen, die sehr tief in den Höhlen liegen. Sie trägt einen roten Wollrock, der ihr bis zu den Knöcheln reicht. Darunter Wanderstiefel und darüber eine grobe Daunenjacke. Suchend blickt die Archäologin sich um. Misstrauen liegt in ihrem Blick und eine Angst, die sich nur schlecht verbergen lässt. Der Stock, auf den sie sich stützt, zittert leicht in ihrer Hand.

»Frau Zabriski, wie schön, Sie wiederzusehen. Hatten Sie eine angenehme Fahrt?« Maria Wallot legt alles, was sie an Wärme und Zuneigung aufbieten kann, in ihre Stimme.

Die Angesprochene kneift kurz die Augen zusammen, als müsse sie sich in Erinnerung rufen, wer sie hier willkommen heißt, dann nickt sie und erlaubt sogar einem kleinen Lächeln, auf ihrem Gesicht Platz zu nehmen.

»Ja, danke. Es war angenehmer, als ich erwartet hatte. Und Sie sind …?«

Ihr Blick streift Fred Hübner. Für Sekunden steht Irritation darin.

»Ich würde gern Ihr Ghostwriter werden. Nur falls wir uns mögen, natürlich. Fred Hübner ist mein Name.«

Erleichtert stellt Maria fest, dass das offene Lächeln und die unverstellte Art des Journalisten gut bei Zabriski anzukommen scheinen. Fast schon amüsiert mustert sie den Helm und die Radfahrerkluft.

»Sie wollen mich aber nicht auf Ihrem Rad transportieren«, scherzt sie.

»Nur, wenn Sie darauf bestehen.«

»Ich dachte, wir gehen zu Fuß«, wirft Maria ein. Es klingt ziemlich lahm. »Oder ist das mit dem Stock für Sie zu beschwerlich?« Sie könnte sich dafür ohrfeigen, dass sie dieses Detail nach den ersten beiden Treffen mit Frau Zabriski nicht in Erinnerung behalten hat. Ganz blöder Planungsfehler.

»Nein, ich bewege mich gern. Der Stock ist auch eher der Besorgnis meines Arztes geschuldet. Er hält mich, glaube ich, für fragiler, als ich bin. So ein alter Archäologendino ist nicht so leicht kleinzukriegen.«

Alice Zabriski nickt im Takt ihrer Worte. Es wirkt, als wolle sie dadurch deren Wahrheitsgehalt erhöhen.

Fred Hübner nimmt dem Zugbegleiter den Rollkoffer der Archäologin ab und trägt ihn zu dem wartenden Taxifahrer. Dann machen die drei sich auf den Weg zum Hotel. Die Wintersonne steht mittlerweile recht hoch am Himmel und wärmt sogar ein wenig. Immer wieder hebt Alice Zabriski das Gesicht ins Licht und schließt kurz die Augen.

»Die Insel wird Ihnen guttun«, versichert Maria und gratuliert sich insgeheim zu der Ortswahl. »Wer hier nicht zur Ruhe kommt, dem ist nicht mehr zu helfen.« Den irritierten Blick Zabriskis ignoriert die Verlegerin geflissentlich. Stattdessen weist sie auf die weiten Wiesen rechts und die letzten schmucken Friesenhäuser links des Weges. »Da vorn hört die Bebauung dann ganz auf, und das Naturschutzgebiet beginnt. Und dort hinten können Sie schon das Hotel sehen. Es ist das einzige Haus weit und breit.«

Beim Anblick des gedrungenen reetgedeckten Gebäudes scheint sich Alice Zabriski tatsächlich zu entspannen. Sie schreitet kräftiger aus und vergisst manchmal sogar, den Stock zu benutzen. Zum Glück halten sich die Baumarbeiter an die geplante Pausenzeit, so dass die drei Spaziergänger ohne Lärmbelästigung bis kurz vor das Hotel gelangen. Als sie auf Höhe des großen Parkplatzes sind, der mitten in den Wiesen für die Touristen angelegt worden ist, die das Morsumer Kliff besuchen wollen, schreckt Motorengeräusch sie auf. Es stammt allerdings nicht von den Kettensägen, sondern von zwei Polizeifahrzeugen, die viel zu schnell an ihnen vorbeifahren, um kurz hinter dem Hotel zu stoppen.

»Was ist da wohl los?«, wundert sich Alice Zabriski.

»Keine Ahnung. In der Heide ist seit heute früh ein Trupp von Landschaftspflegern zugange.« Maria zuckt die Achseln. »Vielleicht haben die etwas Ungewöhnliches gefunden. Soll ich nachschauen?«, bietet Fred Hübner unternehmungslustig an.

»Wir können doch alle zusammen gehen. Es ist so schön hier in der Sonne, da mag man gar nicht ins Haus.« Unerwartet temperamentvoll schwenkt Zabriski ihren Stock.

»Also nichts wie hin. Es sind ja nur ein paar Schritte.« Maria ist froh über die gute Laune der Archäologin und würde alles tun, um sie zu erhalten. Da ist ein kurzer Wortwechsel mit den Landschaftspflegern vielleicht genau das Richtige.

Doch dann sieht sie, wie die Polizisten aus den Wagen springen und im Eiltempo über die Straße laufen. Die Arbeiter, die vorhin noch an unterschiedlichen Stellen der Heide beschäftigt waren, stehen jetzt alle vor einem Erdhügel, der sich direkt neben der Fahrbahn befindet. Er ist durchsetzt von dem Wurzelgeflecht eines besonders großen Rosenstocks, den der kleine Bagger offenbar kürzlich aus dem Erdreich gehoben hat. Neben dem Bagger klafft eine beachtliche Grube.

»Was, zum Teufel, ist an einer entwurzelten Rose so aufregend?«, murmelt Fred Hübner und schreitet schneller aus.

Auch Alice Zabriski ist neugierig geworden. »Wer weiß, auf welche Fundstücke die Arbeiter gestoßen sind. Es gibt auf Sylt doch auch steinzeitliche Zeugnisse, oder?«

»Keine Ahnung. Möglich ist es. Aber eigentlich geht es um ein landschaftsgärtnerisches Problem. Die Kartoffelrosen haben extrem aggressive Wurzeln, die mit den Jahren alles um sie herum ersticken«, erklärt Maria. »Deshalb müssen sie ab und an aus der Heide entfernt werden, damit der ursprüngliche Bewuchs erhalten werden kann.«

»Unter Polizeiaufsicht?« Zabriskis Stimme klingt spöttisch.

Inzwischen kann man deutlich sehen, dass das Interesse der Arbeiter ebenso wie das der Polizisten nicht dem Rosenstock und auch nicht dem Erdhügel, sondern der Grube daneben gilt.

»Vielleicht sollten wir doch lieber nicht zu nahe herangehen«, beginnt Maria vorsichtig, aber es ist zu spät. Mit ein paar energischen Schritten hat Alice Zabriski die Grube erreicht. Sie sieht hinein und erstarrt. Maria bleibt nichts anderes übrig, als ihrem Blick zu folgen.

Zwischen feuchtglänzenden Erdklumpen und Wurzelresten liegen einzelne Knochen. Ein menschliches Becken ist gut zu erkennen. Ebenso der untere Teil einer Wirbelsäule. Eine klauenartige Hand befindet sich auf Höhe des Beckens, und zwei Mittelfußknochen ragen wie makabre Blütenstände aus einem Wurzelstumpf hervor. Aber oberhalb von Schulterblättern und Halswirbelsäule, also dort, wo ein Schädel liegen müsste, ist nichts außer Erdklumpen und kleinen Steinen.

Niemand sagt ein Wort. Die Arbeiter vom Naturschutzamt schauen neugierig auf die beiden Polizisten, die ebenfalls stumm an der Grube stehen und den Anblick auf sich wirken lassen.

Maria flucht innerlich, gestattet sich aber nur einen kleinen Seufzer. Dann hebt sie den Blick und lässt ihn über die idyllische Landschaft gleiten. Sonnenlicht auf Puderschnee, glitzerndes Weiß im leichten Wind. Der würzige Duft nach Schlick und Salz. Und mittendrin diese Knochen in der Grube. Wie alt mögen sie sein? Und woher stammen sie? Kann es sich wirklich um ein steinzeitliches Grab handeln?

Schließlich richtet einer der Beamten das Wort an die Arbeiter. Seine Frage reißt alle Anwesenden aus ihren Überlegungen. »Einen Kopf haben Sie aber nicht gefunden?«

»Nö, bisher nich, ne«, kommt die Antwort in schönstem Platt.

»Aber niemand vergräbt einfach so eine kopflose Leiche«, murmelt Fred Hübner und runzelt die Brauen.

Die Worte *kopflose Leiche* sind noch nicht verklungen, als Alice Zabriski plötzlich nach Luft schnappt und anschließend einen markerschütternden Schrei ausstößt. Er schallt so weit über die Heide, dass sein Echo von den Dünen zurückgeworfen wird.

Fred Hübner und Maria Wallot blicken sich alarmiert an. *Zabriskis Freundin ist vor einem halben Jahr von ihren Entführern enthauptet worden. Und wir haben uns von allen Orten auf der Welt ausgerechnet diesen hier ausgesucht, um mit ihr ins Gespräch zu kommen.*

Sekunden später sackt Alice Zabriski ohnmächtig zwischen dem Journalisten und der Verlegerin zu Boden.

Samstag, 30. Januar, 13.15 Uhr, Norderstraße, Westerland

Kriminalhauptkommissar Bastian Kreuzer steigt aus der Dusche, rubbelt sich den Körper ab und hängt dann das Handtuch zum Trocknen auf. Bevor er zum Bademantel greift, wirft er einen skeptischen Blick in den Spiegel. Er hat mit den Jahren einen Bauch bekommen, daran ist leider nicht zu rütteln. Zwar ist er immer noch muskulös und ziemlich durchtrainiert, aber die kleine Wampe will einfach nicht verschwinden. Doch was soll's. Silja und er kochen und essen nun einmal gern, und es ist vermutlich eher ungewöhnlich, dass Silja nach wie vor gertenschlank ist. Seit er sie vor gut vier Jahren bei seiner ersten Ermittlung auf Sylt kennen- und lieben gelernt hat, hat sie sich kaum verändert.

Die schmale Figur, die mädchenhafte Ausstrahlung und die ungeheure, manchmal fast schon verbissene Energie, die sie in ihrem Beruf an den Tag legt, haben ihn von Anfang an fasziniert.

Natürlich war es nicht unproblematisch, ausgerechnet eine Affäre mit einer Kollegin zu beginnen. Aber gegen die Liebe kommt schließlich niemand an. Inzwischen wohnen sie seit über einem Jahr zusammen. Und überraschenderweise hat sogar die sonst so bärbeißige Staatsanwältin Elsbeth von Bispingen nichts gegen diese Vermischung von Beruflichem und Privatem unternommen.

Bastian schlüpft in den Bademantel, schließt den Gurt vor dem ungeliebten Bauch und verlässt das Bad. In der Küche hört er Silja rumoren.

»Beeil dich, du Faulpelz. Bei anderen steht schon das Mittagessen auf dem Tisch. Ich habe längst Brötchen geholt, und der Kaffee ist auch gleich fertig.«

»Lange ausschlafen und dann noch ein bisschen kuscheln, das macht doch das Wochenende erst schön. Und wenn ich mich richtig erinnere, dann hast auch du bis vor einer Stunde noch neben mir im Bett gelegen. Aber trotzdem: Du bist die Heldin des Tages! Kann ich gleich, so wie ich bin, kommen, oder soll ich mich noch anziehen?«

»Wir feiern hier doch keine Pyjamaparty. Zieh dich gefälligst an.«

Bastian geht ins Schlafzimmer und angelt sich seine Lieblingsjeans und ein frisches Sweatshirt aus dem Schrank. »Machen wir nach dem Frühstück einen Schneespaziergang am Meer? Da ist es jetzt bestimmt traumhaft schön.«

»Mal sehen. Ich bin schließlich schon durch den Schnee zum Bäcker gestapft.«

»Jetzt tu mal nicht so, als ob wir hier am Nordpol seien und der Schnee meterhoch liegen würde.«

Er betritt die Küche, die sich zum Wohnraum hin öffnet. Der Tisch ist liebevoll gedeckt, selbst an frische Blumen hat Silja gedacht.

»Oh, Kräuteromelette und Orangensaft. Gibt's was zu feiern?«

»Vielleicht. Das hängt ein bisschen von dir ab.«

Silja sitzt schon am Tisch und lächelt ihn geheimnisvoll an.

»Hört sich vielversprechend an. Darf ich vorher noch einen Schluck Kaffee trinken?«

Bevor Bastian zur Tasse greifen kann, klingelt das Telefon, das auf dem Tresen zwischen Küchenzeile und Wohnraum steht. Bastian beugt sich weit zur Seite und nimmt den Hörer vom Netzteil. Silja runzelt die Stirn, sagt aber nichts. Aufmerksam beobachtet sie die Gesichtszüge ihres Freundes: Ärger über die unverhoffte Störung steht darin, dann Überraschung und schließlich Entsetzen.

Als Bastian das Gespräch beendet, sagt er leise: »Wir kommen früher als gedacht zu unserem Schneespaziergang. Aber nicht am Weststrand, sondern am Watt. In der Morsumer Heide haben sie beim Graben menschliche Knochen gefunden. Die müssen wir uns ansehen.«

»Wer ist *sie*?«

»Irgendwelche Naturpfleger, die für die Landschaftsschutzgebiete zuständig sind.«

»Und wie alt sind die Knochen?«

»Jedenfalls nicht von vorgestern. Es gibt keinerlei Gewebereste, und Kleidung lag auch nicht dabei.«

»Hört sich nicht gut an.«

»Das Schlimmste weißt du noch gar nicht. Das Skelett ist annähernd komplett, aber der Schädel fehlt.«

Silja wird bleich. Sie schließt die Augen und atmet einmal tief durch. »Ist Dr. Bernstein schon informiert?«

»Die Kollegin von der Wache ruft ihn an. Unser verehrter Rechtsmediziner wird sicher hocherfreut sein, wenn er so unsanft aus seiner geliebten Wochenendroutine gerissen wird. Aber damit ist er nicht allein.« Bastian lässt seinen Blick bedauernd über den liebevoll gedeckten Frühstückstisch wandern. »Ich habe mich so sehr auf ein entspanntes Wochenende mit dir gefreut.«

»Dann iss wenigstens ein Brötchen, bevor wir aufbrechen. Wenn die Leiche schon so lange in der Heide gelegen hat, dass nur noch die Knochen übrig sind, kommt es auf ein paar Minuten auch nicht mehr an.«

Bastian nickt und greift zu. Allerdings sieht er, dass Silja ihre Kaffeetasse unschlüssig zwischen den Fingern dreht, ohne das Frühstück auch nur anzurühren. »Dir ist der Appetit gründlich vergangen, oder?«

»Ich wollte was mit dir besprechen, aber das muss jetzt warten.«

»Du machst mich neugierig, und du weißt, das kann ich schlecht aushalten. Komm, sag schon!«

Sie lächelt schmal. »Wart's ab.« Dann steht sie auf und geht ins Bad, wo sie sich die Zähne putzt.

Bastian denkt nach. Silja hat nächsten Monat Geburtstag, vielleicht hat sie sich etwas Besonderes überlegt? Oder sie hat noch einen speziellen Wunsch? Er wird sie fragen. Heute Abend, wenn diese Sache am Morsum Kliff geklärt ist. Alte Knochenfunde, was soll schon Großartiges daran sein. Bastian schiebt sich das letzte Brötchenstück in den Mund und steht auf. In der Diele schlüpft Silja bereits in ihre Winterstiefel.

»Kann's losgehen?«

»Von mir aus immer.«

Samstag, 30. Januar, 14.10 Uhr, Morsum Kliff

Thieß Hansen fühlt sich unwohl. Seit Stunden schon drückt er sich in den Morsumer Dünen herum, immer darauf bedacht, dass die ehemaligen Kollegen ihn nicht entdecken. Als er heute früh den frischen Schnee gesehen hat, wählte er helle Kleidung, sogar eine weiße Pudelmütze hat er aufgesetzt. Und jetzt steht er gut verborgen durch einen mit hohem Gras bewachsenen Dünenhügel mit dem Rücken zum Watt und dem Gesicht zur Heide.

Seufzend lässt Thieß den Feldstecher sinken. Es ist gar nicht so einfach, plötzlich Rentner zu sein. Jahrzehntelang hat er die Pflege der Naturschutzgebiete auf der Insel koordiniert. Er hat für seinen Job gelebt und sich mehr engagiert, als irgendjemand je von ihm gefordert hätte. Seit September letzten Jahres ist er im Ruhestand, und seitdem hat sich alles verändert.

Was hat er davon, dass er theoretisch ausschlafen könnte, so lange er will, wenn er doch jeden Morgen um halb sieben aufwacht? Und auch die Aussicht, nicht nur ein paar schnelle Blicke in die Zeitung zu werfen, sondern sich ganz gemütlich der Lektüre hingeben zu können, war verlockender, als es nun die Realität ist. Seit er endlos Zeit hat, kommt es ihm so vor, als stünde in der Zeitung jeden Tag das Gleiche. Und die Radionachrichten, die er immer auf dem Weg zur Arbeit gehört hat, sind ohnehin aktueller.

Thieß' Rente ist nicht schlecht, und eigentlich könnte er sich die Welt ansehen, bevor es zu spät ist. Mit seiner Frau ist er immer gern verreist, sie beide sind im Auto durch ganz Deutschland kutschiert. Aber Wiebke ist vor sieben Jahren an Krebs gestorben, und allein hat er einfach keine Lust zum Reisen.

Ja, er vermisst seinen Job mehr, als er je zugeben würde. Er vermisst seine Kollegen, er vermisst es, ihre Arbeitspläne zu erstellen und die durchgeführten Arbeiten zu kontrollieren und auszuwerten. Und am meisten vermisst er es, immer wieder durch die Heide zu stapfen, den würzigen Geruch einzuatmen und das gute Gefühl zu genießen, dass er dafür sorgen kann, das Gleichgewicht der Pflanzen zu erhalten.

Natürlich darf er auch als Privatmann endlos durch die Sylter Heide spazieren, aber eben nur auf den vorgegebenen Wegen und ohne Weisungsbefugnis, falls ihm etwas Ungutes auffallen sollte. Und das ist längst nicht das Gleiche.

Also treibt er sich immer wieder in der Nähe der ehemaligen Kollegen herum, beobachtet mit Argusaugen und oft auch mit dem Fernglas die Arbeit seines Nachfolgers und bemüht sich natürlich, möglichst unsichtbar zu sein. Ein Unterfangen, das nicht ganz leicht ist bei den weiten Sylter Horizonten. Manchmal hat er sich sogar schon kostümiert, unmögliche Sachen angezogen, in denen die ehemaligen Kollegen ihn nie vermuten würden, und schrille Hüte aufgesetzt.

Ab und an gönnt er es sich, tatsächlich den zufälligen Spaziergänger zu markieren und die Kollegen anzusprechen. *Das is ja 'n Ding, das wir uns über den Weg laufen. Seit wann seid ihr hier und was macht ihr gerade?* So was in der Art.

Die Reaktion der Kollegen ist immer positiv, sie freuen sich sichtbar, ihn zu sehen, und lassen sich gern auf einen Schwatz ein. Aber Thieß macht sich keine Illusionen darüber, dass sie ihn ganz schnell als Stalker einstufen würden, wenn sie wüssten, wie oft er auf ihren Spuren unterwegs ist. Sie würden sich bestenfalls über ihn lustig machen, schlimmstenfalls würde sein Nachfolger sich überwacht fühlen. Das fehlte noch.

Also hält Thieß Hansen sich versteckt.

Das tut er auch jetzt, obwohl es ihm unendlich schwerfällt. Denn irgendetwas haben die Kollegen beim Aushub der Kartoffelrosen entdeckt. Warum sonst hätten sie die Polizei gerufen? Und jetzt haben die Beamten auch noch Verstärkung bekommen. Der Mann und die Frau in Jeans und Daunenjacken, die gerade angekommen sind, wirken zwar wie Privatleute und sind auch aus einem Privatwagen gestiegen, aber ihr Gebaren ist durch und durch professionell. Wenn Thieß sich recht erinnert, hat er zumindest den bulligen Mann schon einmal gesehen. Das war vor gut vier Jahren, als die ganze Insel in Aufruhr war, weil in kurzem Abstand drei kleine Mädchen verschwanden. Und es gab nicht die leiseste Spur. Bei aufkommendem Sturm und Starkregen hat die Kripo am Weststrand schließlich die Kleidung eines der drei Mädchen gefunden. Damals ist Thieß als beratender Fachmann mit von der Partie gewesen. Und der stämmige Mann da drüben, dessen Körper in der Daunenjacke wie aufgeblasen aussieht, hat den Einsatz geleitet. Er ist also von der Kriminalpolizei.

Thieß gäbe einiges dafür, auch zu sehen, was sich neben dem Bagger in der Grube befindet, über die sich immer wieder alle beugen. Aber er hält sich zurück. Mehr noch, er macht sich aus dem Staub. Nach einem letzten Blick durch den Feldstecher verstaut er ihn in seinem Futteral und klettert von der

Düne. Dann steigt er hinunter zum Watt. Keinesfalls wird er es riskieren, den Kollegen jetzt noch in die Arme zu laufen. Er wird die klare Winterluft genießen und am Wasser entlang bis nach Morsum stapfen, wo er am Bahnhof seinen Wagen geparkt hat. Und er wird sich beeilen.

Nicht, dass die da drüben noch auf die Idee kommen, einen Suchtrupp durch die Dünen zu schicken. Bei der Kriminalpolizei weiß man ja nie. Es wäre zu blöd, wenn seine heimlichen Aktionen ausgerechnet in einem so heiklen Zusammenhang auffliegen würden.

Samstag, 30. Januar, 14.10 Uhr, Morsum Kliff

»Wann ist der Mensch dort unten wohl gestorben?«

Hauptkommissar Bastian Kreuzer blickt fragend zu dem Rechtsmediziner Dr. Olaf Bernstein, der mit griesgrämiger Miene und sehr schweigsam seit einigen Minuten neben der ausgehobenen Grube steht. Zu seinen üblichen Cordhosen und den ausgetretenen Schuhen mit den dicken Kreppsohlen trägt er eine uralte Barbour-Jacke, die ihm viel zu groß ist und an seiner hageren Gestalt wie an einer Vogelscheuche hängt. Unter der Jacke lugt der dicke Rollkragen eines Norwegerpullis hervor.

»Sie wollen den Todeszeitpunkt wissen? Jetzt gleich? Na, Sie sind lustig.« Dr. Bernstein wirft Bastian einen spöttischen Blick zu.

»Ich wollte ja nur eine grobe Einschätzung«, versucht dieser sich zu rechtfertigen. »Also sind die Knochen jetzt eher hundert oder eher zehn Jahre alt?«

Der Rechtsmediziner schweigt einige Sekunden, bis er sich schließlich zu einer Antwort herablässt. »Einesteils haben wir hier am Kliff fast reine Sandböden«, nuschelt er. »Die sind für eine schnelle Verwesung ideal. Da kann bei günstigen Bedingungen eine Leiche schon nach fünf Jahren skelettiert sein.«

»Und was sind in diesem Fall günstige Bedingungen?«, erkundigt sich Silja.

»Trockenheit. Je weniger Wasser von außen an die Leiche kommt, umso ungestörter können die inneren Verwesungsprozesse ablaufen. Deswegen sind bei Wüstenvölkern Särge überflüssig. Die vergraben ihre Leichen nur in Tücher verpackt im Sand. Bei uns braucht's die Särge, um das Wasser von außen abzuhalten, damit innen alles nach Plan ablaufen kann.«

»Aber hier regnet es doch ziemlich oft«, wirft Bastian ein.

»Das schon. Allerdings kann die Feuchtigkeit durch den losen Boden ebenso schnell wieder abfließen. Sie staut sich nicht um den Leichnam herum. Und wenn ich das richtig einschätze …«, der Rechtsmediziner beugt sich so tief zu dem Skelett herunter, dass Bastian und Silja erschrockene Blicke tauschen. Beide fürchten, er könne in die Grube rutschen. Doch Bernstein hält problemlos das Gleichgewicht. »Also wenn ich das richtig einschätze, dann sind die kleinen Skeletteile auch schon verwest. Zehenknöchelchen kann ich beispielsweise überhaupt nicht entdecken.«

»Das heißt?«

»Ganz grob geschätzt ist dieser Mensch da unten vor acht bis fünfzehn Jahren gestorben. Auf keinen Fall liegt er schon länger als zwanzig Jahre hier.« Er richtet sich wieder auf und reibt die Handflächen an seiner Cordhose ab, als habe er bereits Kontakt mit den Knochen gehabt. »Genaueres kann erst eine forensische Untersuchung ergeben. Und das dürfte dauern.«

»Bevor wir die Knochen überhaupt bergen können, muss die Kriminaltechnik eine Fotodokumentation machen.« Bastian zieht das Handy aus der Tasche. »Ich sage gleich in Flensburg Bescheid. Aber vor heute Nachmittag sind die bestimmt nicht hier. So lange müssen die uniformierten Kollegen das Grab sichern.«

Bernstein nickt. Er wirkt allerdings, als sei er nicht ganz bei der Sache. »Wo ist eigentlich der Kopf?« Sein Tonfall hört sich fast beiläufig an.

»Das wüssten wir auch gern.«

»Wenn wir den hätten, könnten wir einen Zahnstatus nehmen. Das hilft meistens. Vor allem bei Kindern, die ja regelmäßig zum Schulzahnarzt gehen und dann häufig eine Spange tragen müssen.«

»Bei Kindern?« Silja und Bastian sagen es wie aus einem Mund.

»Das da unten ist höchstwahrscheinlich ein Kinderskelett, das müssen Sie doch selbst gesehen haben. Mit Kopf nicht größer als einhundertfünfzig, höchstens einhundertfünfundfünfzig Zentimeter.« Bernstein hebt fragend die Augenbrauen und blickt von Bastian zu Silja, als könne er nicht fassen, dass dieser Umstand den Ermittlern entgangen sein sollte. Andererseits scheint ihn genau das zu weiteren Spekulationen herauszufordern. »Und wenn ich eine vorsichtige und höchst vorläufige Einschätzung hinzufügen darf …«, beginnt er, wobei sich ein gänzlich unangebrachtes, fast schelmisches Lächeln auf sein Gesicht stiehlt. »Ich halte es für ein weibliches Skelett. Für die Größe des Körpers ist die Hüfte unverhältnismäßig breit. Das wäre sicher eine junge Dame mit einem recht gebärfreudigen Becken geworden.«

»Ich … wir … also wir haben …«, keucht Silja, dann bricht sie ab, dreht sich abrupt um und läuft mit schnellen Schritten ein Stück die Straße hinauf.

»Was ist los mit Ihrer Kollegin?«, will Bernstein wissen.

Bastian antwortet nicht, sondern eilt seiner Freundin hinterher. Als er sie eingeholt hat, sieht er, dass sie kreidebleich ist. Er nimmt sie fest in den Arm.

»Ein Kind! In dieser Grube da hinten liegt ein junges Mädchen, Bastian«, schluchzt sie.

»Du denkst an deine Schwester?«

Silja nickt unter Tränen. Ein paar Sekunden lang klammert sie sich wortlos an ihm fest, dann platzt es aus ihr heraus: »Franziska war elf, als dieses Monster sie missbraucht und ermordet hat.«

»Das weiß ich doch. Aber …« Bastian stockt. Er scheut sich, das Unsagbare auszusprechen. Schließlich gibt er sich einen Ruck. »Du glaubst, hier könnte ein weiteres Opfer liegen?«

Silja schüttelt unter Tränen den Kopf. »Eigentlich nicht. Wir haben in Niebüll gelebt, als Franziska … als das geschah.« Sie schnieft und sucht nach einem Taschentuch. Als sie sich geschnäuzt hat, redet sie weiter. »Auch das zweite missbrauchte Mädchen ist damals auf dem Festland gefunden worden. Nichts spricht also für einen Täter von der Insel. Aber trotzdem … Beim Anblick dieser Knochen war plötzlich alles wieder da. Die Verzweiflung, das Bangen und am nächsten Morgen dann die furchtbare Gewissheit, dass wir sie nur noch begraben konnten. Entschuldige, dass ich so unprofessionell reagiere, aber es fühlt sich gerade so an, als sei es erst gestern passiert.«

Sie bricht ab und blickt verstört hinüber zu der Grube, die den grausigen Fund birgt. Behutsam dreht Bastian sie zu sich um.

»Es ist vollkommen normal, dass dich diese Sache aufregt. Am besten wird es sein, du fährst erst mal nach Hause und beruhigst dich etwas. Ich koordiniere hier den Rest und komme dann so schnell es geht nach. Okay?«

Silja nickt und wischt sich kurz über Gesicht. »Am Montag habe ich mich bestimmt wieder unter Kontrolle, dann gehen wir das Ganze gemeinsam an.«

»Ist gut. Nimm du ruhig den Wagen, ich komm schon zurück.«

»In Bernsteins Klapperkiste? Viel Spaß!« Silja zwinkert ihm zu.

Erleichtert atmet Bastian durch. »Na siehst du, es wird schon wieder.« Mit einem aufmunternden Lächeln wirft er ihr die Autoschlüssel zu.

»Muss ja«, antwortet Silja und greift sich die Schlüssel aus der Luft.

Samstag, 30. Januar, 14.15 Uhr, Flensburg, Siedlung Zur Aussicht

Die Staatsanwältin Elsbeth von Bispingen liegt in ihrer Badewanne und plätschert entspannt in den Schaumbergen. Nach einer langen und anstrengenden Joggingtour durchs nasskalte Flensburg hat sie sich das luxuriöse Bad hinreichend verdient, findet sie und greift nach dem Becher mit duftendem grünen Tee, der auf dem Wannenrand neben dem Handy liegt. Während sie noch trinkt, klingelt das

Telefon. Es ist der Sylter Journalist Fred Hübner, mit dem Elsbeth seit anderthalb Jahren liiert ist.

»Hallo, schöne Frau. Wobei störe ich denn?«

Anstelle einer Antwort plätschert Elsbeth etwas lauter.

»Oh, verstehe. Madame entspannen sich in heißem Wasser. Sehr vernünftig bei diesen Temperaturen.«

»Ich hab vorhin schon gesportelt. Jetzt bin ich völlig durchgefroren. Und du? Hast du die Archäologin schon kennengelernt?«

»Hab ich. Die ersten zwanzig Minuten liefen gut, aber dann haben irgendwelche Naturschützer direkt neben dem Hotel ein paar Knochen ausgegraben, und Alice Zabriski ist prompt zusammengeklappt.«

»Wegen ein paar Knochen? Ich dachte, sie sei Archäologin?«

»Es war ein Skelett, dem der Kopf fehlte.«

»Enthauptet. Pikant.«

»Nix pikant. Sei nicht so zynisch. Das hat die gute Frau natürlich an das furchtbare Schicksal ihrer Freundin erinnert.«

»Verstehe. Hat sie sich halbwegs wieder eingekriegt?«

»Keine Ahnung. Wir haben sie wiederbelebt, dann ist sie auf ihr Zimmer gegangen und wurde seitdem nicht mehr gesehen.«

»Und die Knochen?«

»Liegen bestimmt schon seit Jahren dort. Hab von meinem Hotelfenster aus gesehen, dass Kreuzer und die kleine Blanck vor Ort sind. Wobei die auch nicht ganz stabil zu sein scheint.«

»Die wirft doch sonst so schnell nichts aus der Bahn. Sah das Skelett denn so gruselig aus?«

»Überhaupt nicht. Eher wie im Biologieunterricht.«

»Warte mal kurz, ja?« Elsbeth legt das Handy zur Seite und trinkt noch einen Schluck Tee. Dann erhebt sie sich aus der

Wanne. Ihre roten Locken kleben auf Schultern und Rücken, als sie nach einem Handtuch greift, um ihren üppigen Körper trocken zu rubbeln.

»Könntest du wohl kurz den Bildschirm zuschalten?«, quakt es aus ihrem Handy.

»Lüstling«, ruft sie zurück, wickelt sich in das Handtuch, setzt sich auf den Badewannenrand und nimmt das Handy wieder in die Hand. Dann wird ihr Tonfall professionell. »Weiß Bernstein schon Bescheid?«

»Der ist, glaube ich, immer noch da draußen in der Heide. Aber was soll er schon sagen? Das ist eher ein Fall für einen Anthropologen.«

»Ich rufe ihn nachher trotzdem an. Werde aber höflichkeitshalber auf die offizielle Benachrichtigung durch Kreuzer warten.« Sie trinkt noch einen Schluck Tee, bevor sie weiterredet. »Bei einer Leiche ohne Kopf muss unser geschätzter Hauptkommissar alle Register ziehen. Sämtliche Cold Cases durchwühlen. Das wird ihm gar nicht passen.«

»Stimmt. Ein klassischer Aktenfresser sieht anders aus.« Fred lacht leise am anderen Ende der Leitung.

»Höre ich da so etwas wie Schadenfreude heraus?«

»Du weiß genau, dass Kreuzer und ich alte Feinde sind. Auch wenn wir zwischenzeitlich einen Waffenstillstand geschlossen haben.«

Elsbeth kichert. »Er ist bestimmt begeistert, wenn er herausfindet, dass du zurzeit direkt neben der Fundstelle wohnst. Wie lange soll euer Treffen übrigens dauern?«

»Geplant sind drei Tage.«

»Und wie ist sie so?«

»Die Archäologin? Traumatisiert, hab ich doch schon gesagt.«

»Die meine ich nicht. Ich rede von der Verlegerin. Hab mir Fotos im Internet angesehen. Diese Maria Wallot entspricht ziemlich genau deinem Beuteschema. Klug, attraktiv, erwachsen. Und sie ist gerade solo, habe ich gelesen.«

»Willst du mich jetzt verkuppeln, oder was?«

»Im Gegenteil. Ich will dich warnen. Es ist nie eine gute Idee, den Zorn einer Staatsanwältin auf sich zu ziehen. Das ist dir hoffentlich klar.«

»Sonnenklar, meine Liebste. Aber vielleicht möchtest du ja zu uns stoßen und mich persönlich überwachen?«

»Ich werde darüber nachdenken«, antwortet Elsbeth von Bispingen, haucht einen Kuss durch die Leitung und unterbricht die Verbindung.

Samstag, 30. Januar, 16.42 Uhr, Landhaus Severin*s, Morsum Kliff

Maria Wallot liegt auf ihrem Hotelbett und schaut aus dem Fenster. Ihr Blick gleitet über Heide und Dünen bis zum Wattenmeer. Sie bemüht sich nach Kräften, die Aussicht zu genießen, aber immer wieder schieben sich die Bilder vom Mittag dazwischen. Die körnige Erde, die Wurzelreste, die Knochen. Porös und zerbrechlich wirkten sie da unten in der Grube, ziemlich unwirklich und doch erschreckend real. Beine, Becken, Wirbelsäule, Arme, Schulterblätter, alles war im grellen Mittagslicht gut zu erkennen. Nur da, wo der Schädel hätte liegen müssen, war … einfach nichts.

Kein Wunder, dass Alice Zabriski bei diesem Anblick zusammengebrochen ist. Zum Glück kam sie schnell wieder zu sich, wenn sie auch danach noch etwas verwirrt schien. Immerhin konnte sich die Archäologin, gestützt von Fred Hübner, zurück ins Hotel schleppen, wo sie sich nach einem kräftigen Schnaps und unter gutem Zureden schließlich beruhigte. Eine kleine Verschnaufpause würde Alice Zabriski guttun, befand Maria schließlich und war heilfroh, dass ihr Gast sich folgsam auf sein Zimmer führen ließ. Es liegt direkt neben ihrem eigenen. Dort rumorte Alice Zabriski noch eine Zeitlang herum, wie Maria deutlich hören konnte, aber irgendwann musste sie eingeschlafen sein, denn seit zwei Stunden herrscht drüben Funkstille.

Zwei Stunden, in denen Maria gründlich darüber nachdenken konnte, ob und wie der grausige Fund ihre Planungen beeinflussen wird. Vielleicht werden sie alle drei mehr Zeit brauchen. Zeit, um zur Ruhe zu kommen. Zeit, um etwas Gemeinsames zu entwickeln. Ein Anruf an der Rezeption stellte sicher, dass die drei Zimmer auch für den Rest der nächsten Woche noch buchbar wären, was Maria beruhigte. Zunächst. Natürlich hat sie auch darüber nachgedacht, das Quartier zu wechseln. Aber würde das dem Knochenfund nicht eine zusätzliche Bedeutung verleihen, die Alice Zabriski vielleicht noch mehr verstören könnte?

Nein, sie werden hierbleiben und das Ganze so normal wie irgend möglich handhaben. Maria kann nur hoffen, dass die Knochen bald abtransportiert werden. Und bis dahin sollten sie und Fred Hübner tunlichst dafür sorgen, dass Alice Zabriski ein weiterer Blick in die Grube erspart bleibt.

Weil Maria die Straße von ihrem Fenster aus nicht sehen kann, zieht sie sich an und geht hinunter, um einen Kontrollblick auf die Fundstelle zu werfen. Leider hat sich dort noch nicht wirklich etwas getan. Das Areal ist mit Flatterband abgesperrt, zwei Beamte in Uniform frieren sich am Grubenrand die Beine ab, und unten liegen immer noch die Knochen. Da die Wintersonne schon sehr tief steht, wirkt das Ganze jetzt deutlich unheimlicher und erheblich düsterer als unter der Mittagssonne.

»Wissen Sie, wann man das alles abholen wird?«, erkundigt sich Maria.

»Angeblich ist ein Spezialist aus Flensburg unterwegs.« Der angesprochene Polizist wirft einen Blick auf seine Armbanduhr. »Schon fast fünf. Der müsste jeden Moment hier sein, nach dem, was Hauptkommissar Kreuzer gesagt hat.«

»Im Dunkeln kann er ja ohnehin nicht mehr viel machen, oder?«

»Wenn Sie wüssten, was wir für starke Scheinwerfer im Wagen haben …«

»Ach so? Aber heute Abend kommen die Knochen doch sicher noch weg, oder?«

»Ist nicht unsere Entscheidung, gute Frau.«

Maria seufzt und wünscht den beiden Beamten einen schönen Feierabend, dann geht sie zurück ins Hotel. Ein kurzer Blick in den Speisesaal und ein zweiter zur Bar beruhigen sie. Noch scheint Alice Zabriski ihr Zimmer nicht verlassen zu haben. Ob sie sie wecken soll? Wäre vielleicht besser, denn aus eigener leidvoller Erfahrung weiß Maria, dass jemand, der tagsüber zu lange schläft, dafür gerne mal nachts länger wach liegt. Und die Gedanken, die einen bei dieser Gelegenheit einholen können, sind nicht immer die angenehmsten.

Also klopft die Verlegerin an Alice Zabriskis Zimmertür. Erst zaghaft, dann fordernder. Nichts rührt sich drinnen. Kein Schnaufen, kein Husten und schon gar keine tapsenden Schritte sind zu vernehmen. Maria klopft noch ein weiteres Mal, diesmal laut und lange. Nichts.

»Frau Zabriski?«, ruft sie schließlich durch die geschlossene Tür. »Frau Zabriski, sind Sie wach?«

Keine Antwort.

Jetzt donnert Maria mit der Faust gegen die Tür. Nichts regt sich drinnen.

Dafür öffnet sich eine andere Tür weiter hinten am Gang, und Fred Hübner mustert sie irritiert.

»Alles in Ordnung? Sie scheuchen ja das ganze Hotel auf.«

»Ich wollte mit Alice Zabriski reden. Aber sie reagiert einfach nicht.«

Mit wenigen Schritten ist Fred Hübner bei ihr.

»Frau Zabriski, wir sind es. Bitte machen Sie doch auf!«

Als wieder nichts passiert, wechseln beide einen besorgten Blick. Schließlich spricht Maria es aus: »Sie wird sich doch nichts angetan haben.«

»Moment, das haben wir gleich.«

Fred Hübner eilt zur Treppe und nach unten. Sekunden später ist er mit einer Mitarbeiterin des Hotels wieder oben. Nach erneutem Klopfen und Rufen öffnet diese die Zimmertür mit der Generalkarte.

Der Raum ist leer, das Bett unberührt.

»Sie hat gar nicht geschlafen«, japst Maria. Dann wendet sie sich an die junge Frau von der Rezeption. »Haben Sie Frau Zabriski vielleicht weggehen sehen?«

»Das nicht. Aber ich war auch nicht immer hinter dem Tresen. Vielleicht ist sie ja einfach nur unten in der Sauna.«

Alle drei hasten ins Tiefgeschoss. Maria reißt zweimal hintereinander die Türen der Wärmekabine und der finnischen Sauna auf. Nichts. Es liegen auch keine benutzten Handtücher in den Körben und keine gebrauchten Teebeutel im Abfallbehälter.

»Hier war sie auch nicht«, stellt Fred Hübner schließlich fest.

»Abgereist kann sie aber nicht sein, ihre Tasche stand ja noch unausgepackt oben im Zimmer«, fügt Maria hinzu.

»Vielleicht hat sie einen Spaziergang gemacht?«, schlägt die Angestellte vor.

»In ihrem Zustand? Und dann an der Grube da draußen vorbei? Hoffentlich nicht.« Fred Hübner rollt mit den Augen.

»Wir gehen raus und fragen die Beamten, die die Fundstelle bewachen«, entscheidet Maria und stürmt wieder nach oben. Fred Hübner hinterher.

Draußen ist es inzwischen dunkel geworden. Neben der Grube parkt ein Kastenwagen, auf dessen Ladefläche einige Taschen stehen. Zwei starke Scheinwerfer sind am Rand der Grube aufgebaut. Sie leuchten nach unten und tauchen die Knochen in grelles Licht. Ein Mann im weißen Overall hockt neben dem Skelett und betastet vorsichtig die Fundstücke. Die beiden Polizisten wärmen sich währenddessen im Fond des Kastenwagens auf. Als Maria an die Fensterscheibe klopft, lassen sie das Glas nur widerwillig herunter.

»Was ist denn jetzt schon wieder?«

»Die Frau, die heute Mittag hier zusammengebrochen ist. Haben Sie die später noch mal gesehen?«

Die Männer blicken sich an, dann nicken sie gleichzeitig. »Die Dünne in dem komischen Rock? Ja, die war noch mal hier. Hat lange da runtergestarrt und ist dann weggehetzt, als ob der Teufel persönlich hinter ihr her wäre. War 'ne ziemlich komische Nummer.«

»In welche Richtung ist sie gelaufen?«

Die Polizisten deuten die Straße hinauf nach Osten, zum Ende der Insel hin. Maria stöhnt.

»Warum, um Himmels willen, haben Sie keinen Alarm geschlagen? Sie haben ja am Mittag schon gesehen, wie die Frau reagiert hat.«

»Wir sind doch keine Kindermädchen für überempfindliche Touristen.«

»Alles klar. Vielen Dank für Ihre Umsicht!« Wütend wendet sie sich ab. Dann sieht sie Fred Hübner fragend an. »Und was machen wir jetzt?«

»Wir gehen sie suchen. Was sonst?«

»Hier draußen? Morsum ist einer der dunkelsten Flecken Deutschlands. Ideal zum Sterne-Beobachten. Aber ganz bestimmt nicht geeignet, um nachts durch die Heide zu stolpern.«

»Und wenn sie einfach nur zum Bahnhof gelaufen und nach Westerland gefahren ist, um sich abzulenken?«

»Wäre sie so cool drauf gewesen, hätte sie uns sicher vorher Bescheid gesagt. Außerdem geht's zum Bahnhof in die andere Richtung.«

»Dann müssen wir wohl bis morgen früh warten und hoffen, dass sie wieder auftaucht.«

»Na, Sie haben Nerven. Die Frau ist extrem suizidgefährdet, das muss Ihnen doch klar sein.« Maria schließt die Augen und atmet einmal tief durch. Dann sagt sie entschieden: »Ich weiß, was wir machen. Wir alarmieren die Polizei.«

Samstag, 30. Januar, 17.20 Uhr, Kriminalkommissariat Westerland

Kriminaloberkommissar Sven Winterberg stellt seinen Wagen auf dem Parkplatz neben dem Backsteingebäude ab und steigt aus dem Auto. Sven ist schlank und sportlich, seine dunklen Locken trägt er kurz geschnitten. Im Mund hat der Kommissar noch den Geschmack des köstlichen Plundergebäcks, das auf der Insel den Namen »Bürgermeister« trägt. Es besteht aus Blätterteig, der mit Marzipan gefüllt und jede Kaloriensünde wert ist. Jedenfalls behauptet das Svens Frau Anja, die seit der Geburt ihres kleinen Nachzüglers Max ein bisschen mehr als früher auf ihre Figur achten muss. Aber heute waren Svens Eltern zum Kaffee bei ihnen, und alle haben kräftig zugelangt. Die Stimmung war gut, vor allem, weil der kleine Max zur Freude der Eltern und der Großeltern seine ersten Schritte getan hat. Mit äußerst konzentriertem Gesicht wankte er vom Tischbein zu seiner Mama, wo er sich, vielleicht aus Erschöpfung, vielleicht auch wegen des unerwarteten Jubels fallen ließ. Sogar Mette, die zwölfjährige Tochter der Winterbergs, konnte ihre Rührung nicht verbergen. »Er läuft, wie niedlich ist das denn«, hat sie gejuchzt.

Dann platzte Bastian Kreuzers Anruf in die allgemeine Aufregung. Svens Vorgesetzter ist schon lange ein Freund der Familie. Aber gleich bei Bastians ersten Worten war klar, dass dies ein dienstlicher Anruf werden würde.

»Sven, tut mir leid, dass ich dich stören muss, aber ich brauche dich. Die Hütte brennt, und zwar an zwei Ecken gleichzeitig.«

»Muss das sein? Wir haben die Eltern hier, und Klein-Mäxchen ist gerade unter die Läufer gegangen.«

»Lass stecken und komm her. In der Morsumer Heide haben Landschaftsschützer ein Gerippe ohne Kopf ausgegraben. Und nach einer potenziellen Selbstmörderin müssen wir auch noch suchen.«

Mit diesen Sätzen im Kopf ist Sven so schnell wie möglich nach Westerland ins Kriminalkommissariat gedüst. Jetzt verriegelt der Oberkommissar seinen Wagen und eilt ins Gebäude. Er grüßt erst den Pförtner, dann den wachhabenden Beamten, der hinter dem Tresen irgendwelche Akten sortiert. Der Beamte sieht nur kurz auf, murmelt: »Ist ja mächtig was los heute in der Heide«, dann widmet er sich weiter seinen Unterlagen. Sven spart sich jeden Kommentar und läuft die Treppe hinauf in den ersten Stock, wo die Kriminalpolizei ihre Räume hat.

Als er den großen Büroraum betritt, in dem die Schreibtische der drei Kommissare stehen, blickt Bastian Kreuzer erleichtert von seinem Rechner auf.

»Gut, dass du da bist. Ist nicht besonders lustig, in den Akten von verschwundenen Kindern zu wühlen.«

»Wieso Kinder?«, fragt Sven alarmiert.

»Das Skelett in der Heide gehört höchstwahrscheinlich zu einem Mädchen, geschätztes Alter: zwischen zehn und vierzehn Jahren. Eher vierzehn, der Größe nach zu urteilen. Genauer konnte Bernstein das nicht sagen. Allerdings ist gerade ein Fachmann vor Ort, der hat zwar die Schätzung aufgrund der Größe der Handwurzelknochen vorläufig bestätigt. Aber er nimmt alles mit und untersucht es noch gründlich.«

»Ich verstehe immer noch nicht. Erstens sind in den letzten Jahren keine Kinder auf Sylt verschwunden und zweitens …«

Sven bricht ab und rauft sich kurz die Haare. »Wie lange liegt dieses Skelett denn schon in der Heide?«

»Zwischen zehn und fünfzehn Jahren. Das heißt, dass das Mädchen etwa genauso lange tot ist, wie es vorher gelebt hat.«

Sven lässt sich auf seinen Schreibtischstuhl fallen. »Ich glaube, ich brauch jetzt einen Schnaps.« Dann weist er auf Bastians Rechner. »Gab's denn damals irgendwelche unaufgeklärten Fälle?«

»Leider ja. Gitta Kaltenbach, eine vierzehnjährige Schülerin aus Rantum, kam vor ziemlich genau vierzehn Jahren nicht von einem Kinobesuch in Westerland zurück. Zeitlich würde das also passen. Niemand hatte sie nach dem Ende der Vorstellung gesehen, und es hat auch niemand nach ihrem Verschwinden noch irgendetwas von ihr gehört. Ihre Leiche wurde nie gefunden.«

»Und du meinst, das könnte sie sein?«

Bastian weist auf einen dicken Aktenstapel, der vor ihm liegt. »Damals haben die Kollegen in mehrere Richtungen ermittelt. Man hielt es offenbar auch für möglich, dass Gitta einfach ausgebüxt ist. Sie galt als frühreif und hatte es zu Hause nicht besonders komfortabel.«

»Aber das ist noch lange kein Grund wegzulaufen, oder?«

Bastian seufzt. »Eigentlich nicht. Liebe hat ja nichts mit Geld zu tun. Allerdings ist Gitta Kaltenbach schon vor ihrem endgültigen Verschwinden zweimal weggelaufen und erst auf dem Festland wieder aufgegriffen worden. Beim ersten Mal in Niebüll, beim zweiten Mal ist sie bis Hamburg gekommen. Reeperbahn.«

»Mit vierzehn?« Sven Winterberg denkt unwillkürlich an Mette, die er vor einem halben Jahr beim Tindern erwischt hat. Mit zwölf! Die heftige Reaktion ihres Vaters hat Mette schwer verschreckt, und Sven kann nur hoffen, dass sie derartige Unternehmungen in Zukunft lässt. Die Erinnerung an diese unschöne Geschichte hat den Oberkommissar abgelenkt. Jetzt sieht er Bastian entschuldigend an. »Was hast du gerade gesagt?«

»Als Gitta Kaltenbach nach Hamburg abgehauen ist, war sie erst dreizehn. Muss ein ganz schönes Früchtchen gewesen sein.«

»Scheint so. Trotzdem sind für ihr drittes Verschwinden andere Ursachen möglich. Theoretisch könnte sie sehr wohl unsere Tote sein.«

»Auf jeden Fall. Das wird der Forensiker klären müssen. Der Vater lebt nicht mehr, aber die Mutter schon. Ich habe das prüfen lassen. Sie ist kurz nach dem Tod ihres Mannes von Rantum nach Keitum gezogen. Vermutlich hat sie es in der alten Wohnung nicht mehr allein ausgehalten, nachdem niemand von ihrer Familie mehr da war.«

»Wir werden sie um eine DNA-Probe bitten müssen«, seufzt Sven. Er lehnt sich in seinem Stuhl zurück und schließt kurz die Augen. »Es ist schon hart, wenn man einer Mutter nur ihr totes Kind wiedergeben kann.«

»Immerhin hätte die Mutter dann Gewissheit und könnte vielleicht Ruhe finden«, wirft Bastian ein. »Aber so weit sind wir noch lange nicht.«

Bastian beginnt in seinem Aktenstapel zu wühlen, bis er eine schmale Mappe herauszieht. Er tippt mit dem Finger darauf und sagt: »Damals hat man zwar mit Spürhunden in Rantum und auch in Westerland gesucht, aber natürlich hat niemand die ganze Insel abgeklappert. Und die Morsumer Heide ist ja nun wirklich ziemlich abgelegen. Es ist also möglich, dass wir diesen alten Fall noch mal ganz neu aufrollen müssen.«

»Kann man denn dem Skelett irgendwelche Gewaltanwendung ansehen?«

»Frag mich was Leichteres. Auf jeden Fall kann man ihm ansehen, dass der Kopf fehlt. Und den sollten wir jetzt möglichst schnell finden.«

»Darüber habe ich schon während der ganzen Fahrt nachgedacht: Warum liegt der Kopf woanders?«

»Irgendwelche Vorschläge? Spekulationen sind hochwillkommen.«

»Es gibt eigentlich nur eine Erklärung. Der Kopf verrät uns etwas über den Mörder, das uns das restliche Gerippe nicht verrät.«

»Oder über die Tote. Allerdings wissen wir nicht, ob wir diese Spuren auch noch nach mehr als zehn Jahren werden lesen können.«

Sven nickt. Dann sagt er irritiert: »Andere Frage: Wo ist Silja?«

Bastian schluckt. Er senkt den Kopf, denkt kurz nach und beginnt zögerlich: »Du erfährst es ja doch. Silja wollte nie, dass darüber geredet wird, aber jetzt wird es sich kaum vermeiden lassen.«

»Was ist los? Mach's nicht so spannend.«

»Silja hatte eine acht Jahre jüngere Schwester. Franziska. Nach Siljas Abitur sind die Eltern mit den Kindern von Rantum nach Niebüll gezogen. Wegen der deutlich niedrigeren Mietpreise, kannst du dir ja vorstellen. Die Familie wohnte noch nicht lange dort, als Franziska nicht zum Abendessen von Spielplatz nach Hause kam. Am nächsten Morgen fand man sie tot in einem Gebüsch. Missbraucht und erdrosselt.«

»O Gott. Und mit dieser Erinnerung läuft Silja durchs Leben?«

»Weißt du, wie sie es selbst nennt? Harte Schale, kaputter Kern«, murmelt Bastian. Dann strafft er den Oberkörper. »Diese Geschichte war der Auslöser dafür, dass Silja zur Polizei gegangen ist. Wir haben in den letzten Jahren immer mal wieder darüber geredet. Ich habe eigentlich gedacht, dass sie das Ganze inzwischen überwunden hat, soweit man so etwas überhaupt überwinden kann. Aber als Bernstein vorhin in seiner unnachahmlich flapsigen Art darauf hinwies, dass es sich vermutlich nicht um das Skelett eines Erwachsenen handelt, ist sie mir zusammengeklappt. Ich hab sie nach Hause geschickt und denke, dass wir möglicherweise ohne sie klarkommen müssen. Wenn wir uns noch weiter in diese Sache reinwühlen und es tatsächlich einen Zusammenhang geben sollte … das steht sie nicht durch.«

»Wann genau ist ihre Schwester umgebracht worden?«

»Vor fünfzehneinhalb Jahren. Und kurz vorher hatte es noch einen weiteren Mädchenmord gegeben. Auch auf dem Festland. In Husum.«

»Der Husumer Fall ist auch nicht aufgeklärt?«

Bastian schüttelt den Kopf. »Das wüsste Silja.«

»Und warum hat man, als Gitta verschwand, keine Verbindung zu den beiden Fällen auf dem Festland hergestellt?«

»Was weiß ich. So genau habe ich die Ermittlungsakten noch nicht geprüft. Vielleicht, weil die ersten beiden Morde zeitlich so nah beieinanderlagen und bis zum dritten anderthalb Jahre vergangen waren. Oder weil man im dritten Fall nie eine Leiche gefunden hat. Oder weil die Sylter Kollegen einfach geschlampt haben.«

»Kann ich mir nicht vorstellen. Dein Vorgänger war ein ganz Gründlicher.«

»Wir müssen auf jeden Fall mit ihm reden.«

»Hast du die Bispingen schon informiert?«

»Hab mit ihr gesprochen, bevor ich dich angerufen habe.«

»Und?«

»Was und?«

»Na kommt sie her?«

»Logisch. Ach übrigens … eines ist kurios. Das Skelett wurde ganz nah am *Landhaus Severin*s* gefunden. Und jetzt rate mal, wer dort gerade zu Gast ist.«

»Sag du es mir.«

»Fred Hübner, unser alter Bekannter und inzwischen der Lover unserer geschätzten Staatsanwältin.«

»Fred Hübner im Hotel? Was macht der da? Er hat doch eine Wohnung in Wennigstedt.«

»Ich weiß es nicht. Ich hab es auch nur von den Kollegen vor Ort erfahren. Er war wohl in Begleitung von zwei Damen. Die eine sah noch ziemlich knackig aus, die andere war schon älter und wirkte ein bisschen klapprig. Als sie das Skelett sah, sei sie erst mal in Ohnmacht gefallen. Dann sind sie rüber ins *Landhaus* gegangen.«

»Muss ja eine beeindruckende Veranstaltung gewesen sein.«

»Durchaus. Aber der Clou kommt noch. Die klapprige ältere Dame ist jetzt auch verschwunden.«

»Was?«

»Du hast ganz richtig gehört. Sie hat das Skelett gesehen und ist umgekippt. Kaum war sie wieder zu sich gekommen, war sie auch schon weg.«

»Wie? Weg?«

»Vermutlich raus aus dem Hotel, und dann schwups … weg eben.«

»Wer hat sie denn vermisst gemeldet?«

»Ihre Verlegerin.«

»Wer ist das nun wieder?«

In knappen Sätzen berichtet Bastian, was er von Maria Wallot über Alice Zabriski erfahren hat. Er schließt mit den Worten: »Du erinnerst dich sicher an den Vorfall in Afghanistan. Die geköpfte Archäologin war die Lebenspartnerin von Alice Zabriski. Kein Wunder, dass diese Geschichte jetzt wieder in ihr hochkocht.«

»Sie könnte sich was angetan haben?«

»Jepp.« Bastian steht auf. »Und deshalb werden wir jetzt auch alles mobilisieren, was zwei Beine hat, und uns schnellstens auf die Suche nach ihr machen.«

Samstag, 30. Januar, 18.35 Uhr, Morsum Kliff

Maria Wallot ist außer Atem. Seit fast zwei Stunden läuft sie kreuz und quer über die Ostspitze der Insel. Die Klippen hinauf, hinunter zum Watt, dort ein Stückchen entlang, dann wieder zurück und einmal durch die Heide. Im Hotel hat man ihr eine starke Taschenlampe geliehen. In deren Licht wirken Dünen, Heide und Klippen wie eine Gruselkulisse. Am Anfang hat Maria noch nach Alice Zabriski gerufen, aber mittlerweile ist sie völlig heiser. Längst tut der Hals weh, und der rechte Knöchel schmerzt, weil sie beim Aufstieg aufs Kliff ziemlich blöd umgeknickt ist. Doch sie gibt nicht auf. Ab und an begegnet Maria einem der Suchtrupps der Polizei. Die Beamten sind ebenfalls mit Taschenlampen ausgerüstet, deren Lichtstrahlen wie die Signale verirrter Aliens über die Heide huschen. Trotzdem wirkt die Suche der Polizei hilflos und irgendwie unkoordiniert. Kein Wunder, es ist Samstagabend, und wer mag schon durch Kälte und Wind irren, um jemanden zu suchen, den man noch nicht einmal kennt.

Was Maria angeht, sieht die Sache anders aus.

Ihr ist diese Suche ein Herzensbedürfnis.

Wenn Alice Zabriski etwas zustößt, dann kann sie die Hoffnung auf eine Rettung ihres Verlages begraben. Die Angst davor, dass ihr sorgsam eingefädelter Deal platzen könnte, lässt sie alle Kräfte mobilisieren. Trotz Dunkelheit, Kälte und Wind sucht sie weiter. Bei fast jedem Schritt muss sie sich vorwärtstasten, ein neuerliches Umknicken des Fußes kann sie sich nicht leisten. Deshalb dreht sie nun auch widerwillig den Dünen und den Klippen den Rücken und bleibt unten am Watt. Hier ist der Boden eben, und der halbe Mond am Himmel spendet ein wenig zusätzliches Licht. Maria läuft jetzt nach Westen in Richtung Morsum Dorf.

Noch aus Kinderzeiten kennt sie den schmalen Pfad, der vom Watt hinauf zur Straße führt. Links ist offenes Feld, aber rechts liegt eine Kette prächtiger Villen auf großen Grundstücken. Die erste in der Reihe hat einmal Marias Eltern gehört. Seit dem Verkauf ist Maria nie wieder hier gewesen. Es war eine bewusste Entscheidung, sie ahnte, dass der Anblick sie schmerzen würde. Aber jetzt ist es dunkel, und als sie auf den Pfad einbiegt, vermeidet sie den Blick hinüber zum Haus. Sie achtet auf ihre Füße, und obwohl so viele Jahre vergangen sind, hat sie das Gefühl, hier jeden Stein und jede Bodenunebenheit zu kennen. Selbst die Gerüche katapultieren sie zurück in ihre Kindheit. Das leicht Modrige des Schlicks unten am Watt, das Würzig-Erdige der Anpflanzungen hinter dem groben Holzzaun, der schon immer mehr eine symbolische als eine physische Barriere war.

Der Geruch nach guter Erde wird noch einmal intensiver,

als Maria die Stelle erreicht, wo früher der Kompost ihrer Eltern war. Natürlich haben die Eltern den Garten nicht selbst gepflegt, aber Leif, der Gärtner mit dem verwegenen Zopf im Nacken, hat von Anfang an darauf bestanden, die Gartenabfälle zu kompostieren. Das war noch lange vor jeglicher Ökobewegung und entsprang seinem sehr natürlichen Verhältnis zu Werden und Vergehen.

Unwillkürlich muss Maria bei der Erinnerung an den guten Leif lächeln. Er hatte immer ein offenes Ohr für sie und ihre Freundinnen und wurde nie müde, ihnen die Geheimnisse der Natur zu erklären. Oft kam er mit seltenen Blumen oder auch mit Süßigkeiten zu den Mädchen und gurrte verlockend: »Kommt mal mit, ihr Deerns, ich zeich euch was.« Und dann führte er sie zu den Blüten des Strand-Enzians, dem Gelege eines Watthuhns oder er präsentierte ihnen ein paar wilde Austern, die er gerade aus dem Watt geholt hatte.

Bei dem Gedanken daran, dass die neuen Eigentümer des Ferienhauses Leifs Kompostwirtschaft vielleicht fortführen, wird Maria warm ums Herz. Und da sie inzwischen vorn an der Straße angelangt ist, gönnt sie sich nun doch einen Blick hinüber zu dem staatlichen Friesenhaus. Natürlich sind alle Fenster dunkel, Ende Januar besuchen die wenigsten Ferienhausbesitzer die Insel. Aber sie erkennt im Mondlicht den hohen Eingangsgiebel und die schön geschwungene Sprossentür. Die zierlichen Kugelbäume, die Marias Vater einst längs des Weges zum Haus hat pflanzen lassen, sind inzwischen mächtig aufgeschossen und verdecken einen Großteil des Hauses.

Gerade will Maria sich abwenden, als sie Schritte hinter sich hört. Zwar war sie nie besonders ängstlich, aber hier ist es wirklich einsam, und die Geschehnisse des Tages haben ihre

Sinne geschärft. Als die Schritte sich nähern, fährt sie herum. Aus der Dunkelheit taucht eine Gestalt auf, die langsam näher kommt.

»Hallo?« Marias Stimme klingt viel zaghafter, als ihr lieb ist.

»Frau Wallot?«

Erleichtert erkennt sie Fred Hübner. »Sie haben sie auch nicht gefunden, oder?«

»Leider nein. Ich war, wie abgesprochen, mit dem Rad drüben auf der Marschseite. Bin immer wieder am Deich längs gefahren und hab mir die Seele aus dem Leib gebrüllt. Aber da war niemand. Und verstecken kann man sich da kaum. Ist ja alles flach wie ein Frühstücksbrett.«

»Die Polizei war auch erfolglos, oder?«

Fred Hübner nickt. »Vorhin haben die Beamten ihre Siebensachen zusammengepackt und sind abgezogen. Morgen früh suchen sie weiter.«

»Wenn es bis dahin nicht schon zu spät ist«, murmelt Maria. Dann weist sie mit einer Kopfbewegung hinüber zum *Landhaus Severin*s*, dessen Lichter durch die Dunkelheit schimmern. »Gehen wir zurück und trinken einen Grog. Ich brauch jetzt was zur Stärkung, sonst klappe ich zusammen.«

»Zurückgehen ist eine gute Idee. Alkohol nicht ganz so. Ich habe da eine unselige Karriere hinter mir. Hatte ich Ihnen doch erzählt, oder?«

Maria nickt und denkt: *Soll mir auch recht sein, dann trinke ich eben für zwei.*

Sonntag, 31. Januar, 11.00 Uhr, Pröstteft, Keitum

Angelika Kaltenbach fährt zusammen, als die Türglocke schellt. Martin und sie bekommen selten Besuch. Und unangemeldeten schon gar nicht. Sie wirft einen zaghaften Blick die Treppe hinauf. Gleich nach dem Frühstück hat sich Martin wieder nach oben verzogen. Das schmale Reihenhaus, in dem sie wohnen, hat unten nur die Küche und ein Zimmer. Oben sind das Bad, das Schlafzimmer und daneben eine Kammer. Dort steht der Computer, Martins Lieblingsspielzeug. Oft ballert und knallt es hinter der Kammertür stundenlang. Manchmal ist es aber auch ganz still. Angelika weiß nicht so genau, was ihr unheimlicher ist.

Auf jeden Fall scheint Martin das Klingeln nicht gehört zu haben. Also legt Angelika die Rouladenspieße, mit denen sie hantiert hat, beiseite, wischt sich die Hände ab und geht zur Tür. Draußen steht ein bulliger Mann in Jeans und Daunenjacke, den sie noch nie gesehen hat. Er hat die dicken Handschuhe unter die Achseln geklemmt und reibt sich die Hände im kalten Wind.

»Moin?«, begrüßt Angelika ihn misstrauisch.

»Frau Kaltenbach?«

Angelika nickt.

»Kreuzer ist mein Name. Bastian Kreuzer. Ich bin von der Kriminalpolizei Westerland. Ich würde gern mit Ihnen über Ihre verschwundene Tochter sprechen.«

Er hält ihr eine Plastikkarte unter die Nase, aber Angelika ist plötzlich so aufgeregt, dass ihr alles vor den Augen verschwimmt. Sie schafft es gerade noch, ein paar Schritte zurückzutreten und den Beamten hereinzulassen. Dann läuft sie voraus ins Wohnzimmer und lässt sich auf die Couch fallen. Es ist nicht besonders aufgeräumt in ihrem Haus, und vielleicht riecht es auch etwas muffig. Die Heizung läuft auf vollen Touren, und gelüftet haben sie lange nicht mehr. In der Ecke am Fenster steht der Wäscheständer, auf dem Martins verfärbte T-Shirts und Unterhosen trocknen. Vielleicht sollte sich Angelika dafür entschuldigen, aber sie bringt kein Wort heraus. Sie blickt den Kommissar nur stumm an und wartet darauf, dass er sich erklärt.

»Frau Kaltenbach, möglicherweise haben Sie schon von unserem Fund in Morsum gehört …«

»Nein. Ich weiß nicht. Was meinen Sie?«

»Darf ich?« Der Kommissar setzt sich neben sie auf die Couch und nimmt vorsichtig ihre Hand.

Ist das ein gutes oder ein schlechtes Zeichen? Angelika hält die Luft an.

»Gestern Mittag sind bei Grabungen im Morsumer Naturschutzgebiet die sterblichen Überreste eines jungen Mädchens gefunden worden, das im Alter Ihrer Tochter zum Zeitpunkt ihres Verschwindens war.«

»Sie haben Gitta gefunden?«

»Wir wissen es nicht. Aber die Möglichkeit besteht.«

»Und wie …?« Angelika stockt. Sie weiß nicht so recht, wie sie ihre Frage formulieren soll. Durch ihren Kopf spuken die merkwürdigsten Bilder. Verweste Leichen, die sie in Horrorfilmen gesehen hat. Bleiche Knochen und Schädel, an denen noch ein paar Haare kleben. Bei dem Gedanken, dass ihr Kind jetzt genauso aussehen könnte, wird ihr plötzlich schlecht. Sie springt auf, läuft in die Küche, dreht den Wasserhahn auf und klatscht sich das kalte Wasser mit beiden Händen ins Gesicht.

Es ist ihr egal, dass die Haare nass werden und die Schminke verwischt. Sie kann gar nicht mehr aufhören und wünscht sich nur noch, dass das Wasser ihre Gefühle eineisen und den Schmerz betäuben soll.

Als sie eine kräftige Hand auf der Schulter spürt, schreckt sie zusammen. Hinter ihr steht der Kommissar und dreht vorsichtig den Wasserhahn zu. Dann reicht er ihr das Küchenhandtuch, das immer noch neben den halb aufgewickelten Rouladen liegt.

»Bitte beruhigen Sie sich. Noch kennen wir die Identität der oder des Toten nicht. Aber wenn Sie uns ein Haar von sich oder auch eine Speichelprobe überlassen, dann wissen wir bald, ob es sich um Ihre Tochter handeln könnte.«

»Wurde sie …«, Angelika Kaltenbach atmet einmal tief durch, dann schließt sie die Augen und presst das eine furchtbare Wort heraus. »… umgebracht?«

»Die Tote, die wir gefunden haben, ist ermordet worden. Das kann ich mit Bestimmtheit sagen.«

»Aber wenn es nicht Gitta ist, dann könnte sie noch leben?«

»Theoretisch ja.« Der Blick des Kommissars ist alles andere als ermutigend.

»Theoretisch«, wiederholt Angelika matt.

Im gleichen Moment fliegt oben die Kammertür auf, und Martins Stimme dröhnt durch das schmale Haus.

»Mit wem redest du denn da?«

»Die Polizei ist hier.«

»Was? Ich komme sofort.« Hastig wird die Kammertür geschlossen. Es folgen einige Momente der Stille, dann geht die Tür wieder auf, und Martin poltert die Treppe hinunter. Das Unterhemd hängt ihm aus der Trainingshose, seine spärlichen Haare sind zu lang und ungekämmt. Mit grimmiger Miene mustert er den Kommissar.

»Martin Kaltenbach, hallo. Was wollen Sie von uns?«

»Moment mal.« Der Beamte blickt verwirrt von Angelika zu Martin und wieder zurück. »Ich dachte, Ihr Mann sei gestorben.«

»Mein Mann, Gittas Vater, ist seit elf Jahren tot, das ist richtig«, erklärt Angelika matt. »Aber jetzt lebe ich mit Martin zusammen. Das ist doch nicht verboten.«

»Nein, natürlich nicht. Ich dachte nur wegen des Namens.« Mit entschuldigendem Blick wendet der Kommissar sich Martin zu. »Sie haben geheiratet und den Namen Ihrer Frau angenommen?«

»Wir sind nicht verheiratet. Dann würde Gelis Witwenrente wegfallen, das können wir uns nicht leisten.«

»Aber dann …«, setzt der Kommissar an.

»Ich bin Gunnars älterer Bruder«, erklärt Martin unwirsch.

»Und Gunnar ist?«

»Mein verstorbener Mann.« Angelika macht eine Handbewegung, die fast entschuldigend wirkt. Aber da hat sich der Kommissar schon wieder Martin zugewandt.

»Dann sind Sie also Gittas Onkel.«

»Korrekt. Was dagegen?«

»Nein, natürlich nicht. Ich frage mich nur …«

Der Kommissar verstummt plötzlich, und Angelika erklärt: »Die Polizei hat vielleicht Gitta gefunden. Also jedenfalls eine Tote, die sie sein könnte.« Hilflos bricht sie ab.

»Die Leiche in Morsum?«

Martin klingt wenig überrascht, findet Angelika. »Woher weißt du davon?«

»Hab's im Internet gelesen.«

»Sagen Sie, Herr Kaltenbach, hat man Sie eigentlich vernommen, als Gitta verschwand? Ich kann mich gar nicht daran erinnern, dass Ihr Name in den Vernehmungsprotokollen aufgetaucht wäre.«

»Ich hatte damals nicht viel Kontakt zu Gunnar und seiner Familie. Wir haben uns nie richtig verstanden. Zehn Jahre Altersabstand sind vielleicht ein bisschen viel für eine innige Geschwisterbeziehung. Geli und ich sind uns erst nähergekommen, nachdem Gunnar tot war. Stimmt's Geli?« Er legt ihr den Arm um die Schulter und zieht sie an sich. »Gunnar, Geli und Gitta, das war mir immer zu viel G, wenn Sie wissen, was ich meine.« Martin lacht leise und wirft dem Kommissar einen kumpelhaften Blick zu, für den sich Angelika sofort schämt.

»Martin war damals Single, da hat man eben ganz andere Interessen«, murmelt sie. Es klingt hilflos.

»Ja, verstehe. Dann will ich auch gar nicht länger stören. Wenn ich Sie nur noch um die Speichelprobe bitten dürfte, Frau Kaltenbach. Und Sie vielleicht auch.« Der Kommissar wendet sich mit einem überaus freundlichen Lächeln Martin zu.

»Wieso ich? Ich hab doch mit Gittas Tod nichts zu tun. Ich kannte sie quasi überhaupt nicht.«

Das Lächeln des Kommissars vertieft sich noch. »Sie missverstehen mich, Herr Kaltenbach. Es geht um eine Identitätsüberprüfung der Toten aus Morsum. Ihr Bruder steht dafür ja leider nicht mehr zur Verfügung. Da wäre es natürlich günstig, wenn wir auch DNA aus der väterlichen Linie hätten. Und Sie sind uns doch sicher gern behilflich, oder?«

»Äh, ja.« Martin runzelt die Stirn und blickt zu Boden. Dann räuspert er sich. »Klar, natürlich, nur zu.« Er grinst plötzlich. »Was brauchen Sie? Spucke? Sperma? Sollen Sie haben.«

Sonntag, 31. Januar, 11.40 Uhr, Kriminalkommissariat Westerland

Silja glaubt, Svens und Bastians Blicke kaum noch ertragen zu können. Sorge und Wut stehen darin und natürlich endloses Mitleid. Mitleid mit ihr, die doch immer nur stark sein wollte.

Die eiserne Jungfrau, hat man Silja anfangs im Kollegenkreis genannt. Erst nachdem Bastian während der Ermittlungen zu ihrem ersten gemeinsamen Fall den Weg auf die Insel und bald auch in ihr Herz gefunden hat, konnte sie sich etwas öffnen. In den letzten Jahren ist sie lockerer geworden, weniger verbissen und weniger abweisend. Vielleicht weil sie in Bastian jemanden getroffen hat, der sie verstand und dem sie die furchtbare Geschichte ihrer Familie anvertrauen konnte.

Während die Bilder aus der Vergangenheit Siljas Hirn fluten, hört sie mit halbem Ohr, wie sich Sven und Bastian über die Suchaktion nach der verschwundenen Archäologin austauschen. *Wärmebildkamera, Helikopter, Spürhunde.* Die Worte gleiten an ihr ab, ohne ihr Innerstes zu erreichen. Zu tief ist sie bereits in ihre Erinnerungen eingetaucht.

Bastian war der Erste, dem sie von dem Auseinanderbrechen ihrer Familie nach dem Mord an ihrer kleinen Schwester erzählen konnte. Von der einst fröhlichen Truppe aus Mutter, Vater und vier Töchtern ist nach Franziskas Tod wenig übrig geblieben. Siljas Mutter ist bald nach dem Tod ihrer Jüngsten an Kummer gestorben. Auf dem Totenschein stand Herzversagen, und wenn man davon ausgeht, dass das Herz mehr als ein Muskel ist, stimmte das sogar. Die älteste Schwester, Maja, ist Gärtnerin geworden und nach Südengland gezogen. Dort lebt sie schon lange in einer lesbischen Beziehung. Es gibt kaum noch Kontakt zwischen ihr, Silja und Barbara, der dritten Schwester. Ein möglichst großer Abstand zwischen sich und die Restfamilie zu bringen, schien für Maja die Voraussetzung für ein glückliches Leben gewesen zu sein. Barbara wiederum hat einen deutlich konventionelleren Weg gewählt. Sie ist in Niebüll geblieben, hat früh geheiratet und drei Kinder bekommen. Zwei Töchter und einen Sohn. Die älteste Tochter ist Franziska wie aus dem Gesicht geschnitten, was natürlich ein Trost sein könnte. Und vielleicht ist es das für Barbara auch. Silja allerdings kommt mit dieser Ähnlichkeit von Jahr zu Jahr weniger gut klar. Jeder Besuch bei der Schwester reißt die alten Wunden von neuem auf, was Barbara ihr in irgendeiner Weise übel nimmt. Mit den Jahren ist das Verhältnis deutlich abgekühlt. Vielleicht auch, weil es fast ausschließlich Barbara ist, die sich um den dementen Vater kümmert. Nach dem Tod von Tochter und Ehefrau kam Siljas Vater mit der Welt immer weniger zurecht, so dass er nun schon viele Jahre in einem Heim in der Nähe von Niebüll lebt. Silja besucht ihn zu selten, das ist ihr sonnenklar. Aber es ist auch nicht so einfach, von dem eigenen Vater regelmäßig für eine beliebige Pflegekraft gehalten zu werden.

Bastians Hand, die sich behutsam auf ihren Arm legt, reißt Silja aus ihren Gedanken. »Liebste, willst du nicht doch lieber nach Hause? Du musst dir das hier wirklich nicht antun.«

Silja denkt kurz nach. Aber was würde das bringen? Aus Erfahrung weiß sie, dass es am besten ist, die Erinnerungen zu verdrängen. Und das funktioniert genau dann, wenn sie sich in ihre Arbeit stürzt. Also schüttelt sie energisch den Kopf. »Nein, es geht schon. Ich bleibe hier.«

»Silja, das tut mir alles so wahnsinnig leid. Ich hatte ja keine Ahnung …«, setzt Sven an.

»Tu mir den Gefallen und lass das mit dem Mitleid. Du hilfst mir nur dann, wenn du dich benimmst, als sei ich ein ganz normaler Teil des Ermittlerteams.« Ihre Stimme klingt schärfer als nötig, aber Sven scheint es ihr nicht übel zu nehmen. Er lächelt ihr kurz zu und widmet sich wieder dem aktuellen Fall.

»Ich fasse zusammen. Die gesamte Suchaktion hat bisher nichts gebracht. Wir haben noch keine Spur von Alice Zabriski. Wir wissen nicht, wohin sie gegangen ist. Und wir wissen ebenso wenig, ob sie noch lebt oder nicht.«

»Weiß der Teufel, wo sie abgeblieben ist«, kommentiert Bastian den ernüchternden Befund. »Aber es hilft alles nichts, wir müssen gleich noch ein paar Dinge wegen dieses Skeletts besprechen. Die forensische Untersuchung läuft, ich will dem Ergebnis auch nicht vorgreifen. Aber damit wir überhaupt weiterkommen, sollten wir als Arbeitshypothese mal davon ausgehen, dass es sich bei dem Mädchenskelett tatsächlich um die sterblichen Überreste der vermissten Gitta Kaltenbach handelt. Es schadet also nichts, wenn wir uns da schon mal einarbeiten.« Er zieht die Akten, die vor ihm liegen, näher zu sich heran und überfliegt sie. »Nachdem Gitta verschwand, wurden etliche Männer aus ihrem Umfeld vernommen. Ihr wisst ja, wie das ist. Die Mehrzahl aller Sexualdelikte findet innerhalb des Familien- und Freundeskreises statt.«

Silja nickt. Bei dem Gedanken daran, dass ihr trauernder Vater damals auch noch ein Alibi für die Tatzeit liefern musste, treten ihr die Tränen in die Augen. Sie blinzelt sie weg und fragt mit einer Stimme, die nur sehr wenig zittert: »Und mit wem genau haben die Ermittler damals gesprochen?«

»Natürlich mit Gittas Vater, dazu mit allen Lehrern, die sie gerade unterrichteten. Außerdem mit dem Trainer ihres Sportvereins und mit den beiden Ärzten, bei denen sie in Behandlung war.«

»Waren die denn verdächtig? Und welche Ärzte waren das?«

»Der Zahnarzt, der ihr die Spange angepasst hatte, und ein Gynäkologe.«

»Nahm sie etwa schon die Pille?«, fragt Silja erschrocken.

»Keine Ahnung.« Bastian blättert suchend in den Protokollen herum. »Vom Zahnarzt wollte man wohl vor allem den Gebissabdruck haben. Zur Identifizierung, falls man eine Leiche finden würde, was ja, wie wir wissen, nie geschehen ist. Und den Gynäkologen hat man wegen ihrer körperlichen und sexuellen Reife befragt. Gitta war recht groß für ihr Alter und offenbar auch schon voll entwickelt.«

»Deswegen war sich Bernstein mit dem Geschlecht so sicher«, murmelt Sven.

Bastian nickt und blättert weiter. »Wenn ich mir das hier alles genauer ansehe, dann fällt auf, dass man damals nicht mit letzter Energie wegen eines Tötungsdeliktes ermittelt hat. Das Mädel war schon zweimal ausgebüxt, es sah erheblich älter aus und hatte sich bereits auf der Reeperbahn rumgetrieben.«

»Aber man hat immerhin mit allen erwachsenen Männern aus ihrem Umfeld gesprochen«, schaltet sich Silja ein.

»Ganz recht. Nur mit dem leiblichen Onkel nicht, obwohl der auch auf der Insel lebte. Und das finde ich mehr als nur seltsam.« Als Bastian die fragenden Blicke der beiden Kollegen sieht, fügt er hinzu: »Ich habe euch ja vorhin von meinem merkwürdigen Hausbesuch erzählt, schon vergessen?«

»Natürlich nicht«, antwortet Silja nachdenklich. Sven runzelt schweigend die Stirn, sagt aber nichts. Schließlich spricht

Bastian ihn direkt an: »Du bist doch am längsten bei dem Verein hier dabei und kennst die älteren Kollegen. Der damals verantwortliche Leiter der Ermittlungen: Wie war der so? Und vor allem: Lebt der noch?«

»Allerdings. Hanns Lohse hat ein kleines Häuschen in Archsum. Soweit ich weiß, ist er noch ziemlich fit und genießt den Ruhestand. Ich habe vorhin schon vorsorglich mit ihm telefoniert. Wenn wir wollen, können wir gleich heute Nachmittag vorbeifahren.«

»Und ob wir das wollen.«

»Sollten wir damit nicht warten, bis wir wissen, ob unsere Tote überhaupt Gitta Kaltenbach ist?«, wendet Silja ein.

»Keinesfalls.« Bastian klingt entschieden. »Nach dem, was ich bei Gittas Mutter erlebt habe, müssen wir den Fall ohnehin neu aufrollen. Dieser Onkel hat sich zu merkwürdig verhalten. Allein die Tatsache, dass er damals nicht von sich aus den Kontakt zur Polizei gesucht hat, macht mich misstrauisch.«

»Das heißt, wir haben entweder eine identifizierte Tote und einen neuen Verdächtigen in einem alten Fall. Oder einen neuen Verdächtigen in einem alten Fall, der immer noch ohne Leiche ist, und eine kopflose Leiche ohne Fall dazu«, seufzt Sven. »Das sind ja tolle Aussichten.«

»Apropos kopflos«, schaltet sich Silja ein. »Was tun wir, um den Schädel zu finden? Wir können ja schlecht die ganze Morsumer Heide umgraben. Oder doch?«

Bastian lehnt sich zurück und verschränkt die Hände im Nacken. Dann verzieht er das Gesicht. »Ich muss das mit unserer allseits geschätzten Staatsanwältin besprechen. Aber das mache ich erst, wenn wir wissen, ob wir Gittas Skelett oder das einer Unbekannten gefunden haben.«

»Was macht das bei der Suche nach dem Schädel für einen Unterschied?«, fragt Silja.

»Sollte es sich tatsächlich um Gitta handeln, kann ich mehr Druck machen.«

»Andere Frage.« Silja, die bisher auf einer Ecke von Bastians Schreibtisch gesessen hat, steht auf und beginnt, ruhelos durch das Büro zu streifen. »Haben wir bei einem zehn bis fünfzehn Jahre alten Skelett eine Möglichkeit, herauszubekommen, ob es sich überhaupt um ein Sexualdelikt gehandelt hat?«

Die beiden Männer sehen sich an. Silja weiß genau, was sie denken. *Willst du das wirklich mit uns besprechen? Hier und heute und in allen Details? Bei deiner Familiengeschichte?* Aber sie lässt nicht locker.

»Also? Was meint ihr?«

»Letztendlich muss das natürlich Bernstein entscheiden«, antwortet Bastian zögernd. »Doch wenn ich mal vorgreifen darf: Falls es einschlägige Verletzungen am Knochenapparat gegeben hat, wird er das vermutlich feststellen können.«

»Dann ja. Das ist mir schon klar.« Silja schwankt plötzlich und erreicht mit zitternden Knien ihren Schreibtischstuhl. Sie lässt sich darauf fallen und schlägt die Hände vors Gesicht. Sie wird den beiden auf keinen Fall erzählen, was ihr gerade durch den Kopf schießt. Sie hätte sich ihre Frage bequem selbst beantworten können.

Es ist genau dieses Wissen, das sie jahrelang verdrängt hat.

Doch jetzt erinnert sich Silja wieder überdeutlich.

Die tote Franziska hatte eine Fraktur am Schambein.

Silja wird das Gespräch, das ihre Eltern mit dem ermittelnden Kommissar führten, nie vergessen. Das tränenerstickte Schluchzen der Mutter und die ungeheure Wut des Vaters, als der Kommissar dieses grausige Detail preisgab. In jenem

Moment brach ihre Welt ein zweites Mal zusammen. Silja konnte damals und kann bis heute nicht verstehen, warum der Ermittler ihren Eltern diesen sinnlosen Schmerz zufügen musste. Und die Empörung darüber, es mit einem derart herzlosen oder einfach unreflektierten Kommissar zu tun zu haben, hat in nicht geringem Maße zu ihrem Entschluss beigetragen, nach dem Abitur zur Kriminalpolizei zu gehen.

»Silja?« Bastian steht auf, geht zu ihr und streicht ihr sacht über die Schulter. »Du weißt, dass wir hiermit jederzeit aufhoren können. Und wie ich schon gesagt habe: Du musst dir das nicht antun. Sven und ich schaffen das auch allein.«

»Ich will und ich werde mir das aber antun«, faucht sie. Ruckartig hebt sie den Kopf, die Hände ballt sie zu Fäusten, als wolle sie sich für einen Ringkampf wappnen. Und genau so fühlt sie sich auch.

»Was den verschwundenen Schädel angeht, habe ich noch eine andere Idee«, sagt Bastian jetzt leise. Dabei hört er nicht auf, Siljas Schulter zu streicheln. »Wie ihr wisst, sind seit heute Morgen erneut alle verfügbaren Kollegen auf der Suche nach dieser Archäologin. Es wird immer wahrscheinlicher, dass sie sich etwas angetan hat. Und wenn das so sein sollte, dann wird es vermutlich irgendwo am Morsum Kliff passiert sein.«

»Warum sollte sie die Einsamkeit verlassen, wenn das, was sie vorhatte, doch das Allereinsamste ist, was ein Mensch tun kann«, stimmt ihm Sven zu.

»Sehr richtig. Und es wäre schließlich nicht das erste Mal, dass man eines sucht und etwas ganz anderes findet«, erklärt Bastian grimmig.

»Wie meinst du das?«, will Silja wissen.

»Ganz einfach. Wir nutzen die Gelegenheit, um nach dem

verschwundenen Schädel Ausschau zu halten. Ich sage gleich allen Kollegen Bescheid.«

»Du glaubst doch nicht im Ernst, dass der da irgendwo rumliegt«, wirft Sven ein. »Nach so vielen Jahren. Außerdem wäre es sinnlos gewesen, den Körper zu vergraben und den Schädel nicht.«

»Ja, das stimmt«, seufzt Bastian. »Ich weiß das alles selbst. Aber man wird doch wohl noch hoffen dürfen. Vielleicht hat ein Tier ihn irgendwann mal ausgegraben oder ein Regen ihn freigespült, falls er in der Nähe der Steilküste vergraben war. Es kann jedenfalls nichts schaden, besonders aufmerksam zu sein.«

»Aufmerksamkeit schadet nie«, gibt Sven zu. »Aber wenn du mich fragst, werden wir uns an dieser Sache noch gründlich die Zähne ausbeißen.«

Sonntag, 31. Januar, 14.40 Uhr, Deichweg, Achsum

Hanns Lohse legt noch ein Scheit ins Kaminfeuer und blickt sich zu seiner Enkeltochter um. Die zwölfjährige Lotte hat es sich auf dem Sofa bequem gemacht. Ihre Fohlenbeine stecken in pinkfarbenen Jogginghosen, die Füße in dicken Socken. Unter ihrem leichten Pulli zeichnen sich die knospenden Brüste ab. Hanns Lohse guckt zu lange hin. Schließlich sieht Lotte auf und fragt irritiert: »Ist was, Opa?«

Schnell schüttelt er den Kopf, dann verlässt er den Raum. Als es klingelt, steht er mitten im Flur und versucht, sich zu sammeln. Er wartet einige Sekunden, bevor er die Tür öffnet und die Kollegen hereinbittet.

An Sven Winterberg kann er sich gut erinnern. Er war schon in der Ausbildung ein aufgeweckter Bursche, der zu großen Hoffnungen Anlass bot. Eigentlich ist Hanns immer davon ausgegangen, dass Sven einmal sein Nachfolger wird. Doch dann ist es anders gekommen. Es spricht sehr für Sven Winterberg, dass er es anscheinend nicht übel genommen hat, dass man ihm einen Kollegen vom Festland als Chef vor die Nase gesetzt hat. Neugierig mustert Hanns diesen Bastian Kreuzer. Er wirkt gradlinig und offen, immerhin. Das sind Eigenschaften, die man auf der Insel schätzt.

Hanns bittet die beiden in seine Wohnküche und setzt Teewasser auf.

»Leben Sie allein hier?«, erkundigt sich der Hauptkommissar, während er seinen massigen Körper auf die Eckbank schiebt.

Mit abgewandtem Gesicht antwortet Hanns: »Zum Glück nicht. Meine Frau ist mit einer Freundin auf einer längeren Kreuzfahrt. War schon immer ihr Traum. Aber für mich ist das nichts. Ich bin manchmal ganz gern für mich. Außerdem habe ich übers Wochenende die Enkelin hier. Meine Tochter und ihr Mann sind auf einer Fortbildung.« Er nimmt drei Becher aus dem Hängeschrank und stellt sie auf den Tisch. Dazu Milch und Kandis. Eigentlich wartet er auf einen Kommentar Kreuzers, aber es kommt nichts. Also redet er weiter. »Aber das interessiert Sie alles doch nicht wirklich. Sie haben ein paar Fragen zu diesem ungeklärten Fall, stimmt's? Gitta Kaltenbach. Ich erinnere mich gut.«

»Wie war sie denn so?«, will Kreuzer jetzt wissen.

»Wer? Das Mädchen? Woher wissen Sie, dass ich sie kannte?«

»Sie ist zweimal ausgebüxt, bevor sie endgültig verschwand.

Das wird doch über Ihren Schreibtisch gegangen sein. Außerdem haben Sie sie befragt, das habe ich in den Protokollen gelesen.«

Hanns seufzt. Gleichzeitig stiehlt sich ein Lächeln auf sein Gesicht. »Sie war unglaublich kratzbürstig. Hat um sich geschlagen, als die Kollegen sie zurückgebracht haben.« Er streift den linken Ärmel seines Pullovers hoch und präsentiert eine feine Narbe. »Meine Erinnerung an den kleinen Wildfang. Bei jedem der beiden Gespräche, die ich mit ihr führte, hat sie versucht, abzuhauen. Und beim zweiten Mal hat sie mich sogar gebissen.«

»Merkwürdig. Alle anderen haben sie als nettes, umgängliches Mädchen beschrieben«, wundert sich Kreuzer.

»Das haben Sie auch aus den Protokollen, nicht wahr?« Das Wasser kocht. Hanns gießt es auf die Teeblätter und schwenkt die Kanne nachdenklich. »Mir ist dieser Widerspruch damals schon aufgefallen. Und die anderen Kollegen haben sich auch gewundert. Aber vermutlich war sie einfach sauer auf uns, weil wir sie wieder eingefangen haben.«

»Mag sein.«

Bastian Kreuzer räkelt sich auf der Bank und blickt sich in der gemütlichen Küche um. Sven Winterberg sitzt still lächelnd daneben und kaut an einem der Kekse, die in einer Schale auf dem Küchentisch stehen. Idylle pur, könnte man denken. Aber Hanns lässt sich nicht täuschen. Dies hier ist ein Verhör. Und aus irgendeinem Grund ist er der Verdächtige.

»Warum haben Sie Gitta Kaltenbachs Aggressivität nirgends erwähnt?«, will der Hauptkommissar jetzt wissen.

Bevor er antworten kann, mischt sich Sven ein. »Du weißt doch selbst, wie das ist«, beginnt er. Aber sein Chef lässt ihn nicht ausreden.

»Also warum?« insistiert Bastian.

Hanns zuckt mit den Schultern und bemüht sich um einen unaufgeregten Tonfall. »Ach wissen Sie, ich wollte die Sache nicht unnötig verkomplizieren. Das Mädchen war ja wieder da, und mir lag daran, dass die Eltern es nicht noch mehr unter Druck setzen.«

»Verstehe. Mit der Mutter habe ich übrigens gestern gesprochen. Sie wohnt jetzt in Keitum. Der Vater ist ja verstorben. Wie war er eigentlich?«

»Er hing wahnsinnig an seiner Tochter. Hat ihr zu viel durchgehen lassen, wenn Sie mich fragen. Und nachdem sie zum dritten Mal verschwunden war und nicht wieder auftauchte, ist er fast durchgedreht.«

»Haben Sie mal mit dem Gedanken gespielt, dass er Gitta etwas angetan haben könnte?«

»Nicht wirklich. Natürlich habe ich ihn ausführlich befragt. Wenn ich mich recht erinnere, hatte er ein Alibi für den Nachmittag. Aber das können Sie alles in den Protokollen nachlesen.«

Kreuzer nickt nachdenklich. Dann beobachtet er amüsiert, wie sein jüngerer Kollege sich den dritten oder vierten Keks in den Mund schiebt. »Reiß dich zusammen. Du frisst deinem alten Chef gerade die letzten Cookies weg.«

»Wenn du mir schon das Reden verbietest«, murmelt Sven mit vollem Mund.

Hanns weiß nicht genau, was von Svens Reaktion halten soll.

Gibt er jetzt den good guy? Oder ist das wieder so eine Ablenkungsnummer? Um Zeit zu gewinnen, beschäftigt er sich erst einmal ausführlich mit dem Tee. Er nimmt das Sieb betont langsam aus der Kanne, leert es über dem Müll, füllt die drei

Becher mit Tee und setzt sich zu den beiden Kommissaren an den Tisch. Ein paar Sekunden herrscht Schweigen. *Kleiner Machtkampf, aber nicht mit mir*, denkt er. Er ist ein alter Hase und kann abwarten.

»Gittas Vater hatte einen Bruder«, sagt Kreuzer plötzlich. Sein Tonfall klingt lauernd.

»Tatsächlich? Steht das in den Protokollen?«

»Eben nicht. Aber die Mutter lebt inzwischen mit ihm zusammen.« Das Schweigen wird ungemütlich. »Sie haben ihn nicht überprüft und nicht vernommen?«

Hanns räuspert sich. »Also daran kann ich mich jedenfalls nicht erinnern. Von einem Onkel war nie die Rede.«

»Jetzt ist es natürlich kaum noch möglich, dessen Alibi zu überprüfen. Er macht allerdings den Eindruck, als sei er eifersüchtig auf die kleine Familie gewesen. *Die drei Gs* hat er sie genannt. Gunnar, Geli und Gitta. Angeblich hat er sich von dem Bruder zurückgezogen, weil die drei sich selbst genug waren. Und Eifersucht ist immer ein Motiv, da stimmen Sie mir doch sicher zu.«

Hanns nickt. Er fühlt sich wie der letzte Trottel. Nicht nur, dass ihm diese alte Geschichte jetzt auf die Füße fällt. Er muss sich auch noch von einem Jüngeren belehren lassen.

»Haben Sie eigentlich einen Mord jemals in Betracht gezogen? Oder glaubten Sie einfach, die Kleine wäre ein drittes Mal ausgebüxt?«

»Bastian, wirklich.« Winterbergs Stimme klingt plötzlich sehr energisch. Hanns freut sich darüber, dass wenigstens der junge Kollege zu ihm hält. Aber der andere wartet hartnäckig auf eine Antwort.

»Natürlich haben wir nach beiden Seiten ermittelt. Aber es war schwer. Keine Leiche, keine Verdächtigen. Und niemand sagte ein schlechtes Wort über Gitta. In der Schule war sie unauffällig, eine mittelmäßige Schülerin, vielleicht manchmal ein bisschen frech. Die Ärzte schilderten sie als verständig. Und die Eltern redeten nur gut über sie.«

»Aber irgendetwas hat ja nicht gestimmt. Sonst wäre sie nicht zweimal abgehauen.«

»Oder dreimal«, entfährt es Hanns.

»Sie glauben nicht daran, dass wir in Morsum Gitta Kaltenbachs Skelett gefunden haben?«

Der alte Kommissar zuckt mit den Schultern. »Vielleicht will ich es einfach nicht wahrhaben. Ich habe mir immer vorgestellt, dass sie irgendwo ein freieres Leben gefunden hat. Sie hasste die Insel, fühlte sich eingeengt und abgeschottet. Sie hatte panische Angst davor, ihr Leben hier verbringen zu müssen, das hat sie mehrmals betont.«

»Trotzdem müssen wir prüfen, ob sie nicht hier sogar den Tod gefunden hat.«

»Wann werden Sie mit Sicherheit wissen, ob es Gittas Skelett ist, das in der Heide lag? Gibt es irgendwelche Indizien, die darauf hindeuten? Kleidung, Schuhe, irgendwas anderes?«

»Keine Indizien. Aber es läuft eine DNA-Analyse. Die Kollegen sind allerdings ziemlich überlastet.«

Hanns nickt. Ihm liegt eine Frage auf der Zunge, aber er beherrscht sich gerade noch rechtzeitig und stellt sie nicht. Dafür kommt jetzt der nächste Vorstoß von Kreuzer.

»Hatten Sie damals Kontakt zu den Kollegen auf dem Festland?«

»Natürlich. Die haben uns ja bei Gittas ersten beiden Ausbüxereien jeweils auf die richtige Spur gesetzt.«

»Das meine ich nicht. Etwa anderthalb Jahre vor Gittas Verschwinden gab es einen Mädchenmord in Husum. Und kurz darauf einen in Niebüll. Beide Leichen wurden fast sofort gefunden. Die Mädchen waren missbraucht und dann erdrosselt worden.«

»Aber was hat das mit Gitta zu tun? Ihre Leiche ist ja nirgends aufgetaucht. Und glauben Sie mir, wir haben zwischen Rantum und Westerland alles abgesucht.«

»Vielleicht ist der Mörder dreister geworden. Und professioneller.«

»Dreister? Wie meinen Sie das?«

Kreuzer winkt ab. »War nur so eine Idee. Sie haben jedenfalls nicht in diese Richtung ermittelt?«

Hanns schüttelt den Kopf. Er fühlt sich plötzlich sehr müde. Und als die beiden Kollegen sich endlich verabschieden, ist er unglaublich erleichtert. Viel mehr, als er sich eingestehen möchte.

Sonntag, 31. Januar, 20.55 Uhr, Landhaus Severin*s, Morsum Kliff

Maria Wallot ist deprimiert. Sie sitzt an der Bar und dreht das Weißweinglas zwischen den Fingern. Es ist schon ihr zweites, und es wird ganz bestimmt nicht das letzte für heute Abend bleiben.

Keine Spur von Alice Zabriski. Die Frau ist wie vom Erdboden verschluckt. Inzwischen rechnet Maria mit dem Schlimmsten. Hat sich die Archäologin vielleicht im Watt ertränkt? Vor einen Zug geworfen? Oder sich irgendwo in der Einsamkeit die Pulsadern aufgeschnitten? Die Gruselszenarien tanzen Tango in Marias Kopf. Nur mühsam kann sie sich zur Vernunft rufen.

Eine Tote auf den Gleisen hätte man längst entdeckt. Und wer sich die Pulsadern aufschneiden will, kann das besser im geheizten Zimmer erledigen. Oder in der Badewanne. Hat man alles schon erlebt. Ertränken dagegen kann man sich tatsächlich nur draußen. Aber ist das wirklich die Todesart, die man mitten im Winter wählen würde?

Maria schaudert, als ihr bewusstwird, mit welch irren Phantasien sie sich beschäftigt. Sie kippt den Weißwein hinunter und steigt vom Barhocker. Sie trägt einen engen Rock und eine weite Seidenbluse, dazu ziemlich hohe Pumps. Nicht ganz das richtige Outfit für einen winterlichen Inselurlaub, aber in Krisensituationen ist ein ordentliches Styling manchmal eine passable Stütze fürs Ego. Während sie hinüber in den Speisesaal geht, spürt sie, dass der Alkohol bereits seine Wirkung tut. Es sind noch zwei Tische frei. Und an Fred Hübners Ecktisch ist auch noch jede Menge Platz.

»Darf ich?«

»Aber immer.« Er schiebt ihr die Speisekarte entgegen, die er gerade zugeklappt hat. »Die Currywurst hier ist der Hit. Kann ich nur empfehlen.«

»Ehrlich gesagt, ist mir der Appetit gründlich vergangen.«

Der Journalist grinst. »Magisches Denken, oder wie? Ich kasteie mich, damit es der anderen bessergeht. Glauben Sie mir, davon kommt die Archäologin auch nicht wieder.«

Maria setzt sich seufzend, schiebt die Speisekarte beiseite und antwortet mit Leidensstimme: »Also gut, eine Currywurst. Aber auf Ihre Verantwortung.«

»Bier dazu?«, schlägt Fred Hübner vor.

»Besser nicht. Ich hatte schon zwei Gläser Weißwein.«

»Na dann bleiben Sie doch einfach dabei. Es ist nie gut, die Drogen zu wechseln.«

»Wollen Sie mich abfüllen?«

»Ist letztlich Ihre Entscheidung. Aber aus meinem intensiven Studium dieser Materie kann ich Ihnen versichern: Zunächst geht's einem besser.«

Er dreht sich um und winkt den Kellner herbei. Nachdem er die Bestellung aufgegeben hat, blickt er Maria fragend an.

»Was ist genau mit Ihnen los?«

»Wenn die Frau tot ist, bin ich erledigt.«

»Ja, komisch, für die Erlebnisse von Toten interessiert sich die Öffentlichkeit weit weniger als für die Qualen der noch Lebenden.«

»Das haben Sie schön gesagt«, entgegnet sie mit durchaus zynischem Unterton.

»Dinge schön auszudrücken ist mein Job, das sollten Sie wissen.«

Sie nickt und zupft unkonzentriert an ihrer Seidenbluse herum. In ihrem Bestreben, die Unterhaltung auf erfreulichere Themen zu lenken, fragt sie nach dem ersten, das ihr einfällt. »Sind sie eigentlich liiert?«

»Gegenfrage. Sind Sie immer so neugierig? Auch das ist eigentlich mein Job.«

»Na dann wissen Sie ja, wie es ist. Wer viel fragt, erfährt auch viel.« Sie legt den Kopf schräg und zieht die Augenbrauen hoch, während sie auf seine Antwort wartet.

»Sie werden die Dame meines Herzens vermutlich noch kennenlernen. Es ist die Flensburger Staatsanwältin, die die Ermittlungen wegen des Skeletts leiten wird.« In komischer Verzweiflung verdreht Fred Hübner die Augen. »Das habe ich mir echt nicht so ausgesucht. Ist manchmal auch nicht ganz einfach.«

»Fernbeziehung?«

»Auch, aber das ist nicht das Problem. In unserem Alter, sorry, in meinem Alter wollte ich sagen, ist man eigentlich ab und an ganz gern allein. Geht Ihnen das auch so?«

Maria nickt. Was hat sie sich eigentlich dabei gedacht, das Gespräch auf ein so verfängliches Thema zu bringen? Verwirrt mustert sie den Journalisten. Er hat das Rennfahreroutfit abgelegt und sieht in seinem schwarzen Hemd und der engen Jeans erfreulich gut aus. Maria, die schon immer ein Faible für One-Night-Stands hatte und nicht einsehen kann, warum sich daran mit zunehmendem Alter etwas ändern sollte, schiebt die Ärmel ihrer Seidenbluse über die Ellenbogen. Sie hat sehr schöne Hände und äußerst filigrane Gelenke, und das weiß sie auch.

»Sie wollen mich jetzt aber nicht abschleppen, oder?« Fred Hübner grinst sie offen an.

»Herrje, seien Sie doch nicht kindisch.«

Er glaubt ihr kein Wort, das kann sie deutlich sehen. Gut so. Trotzdem schaltet sie einen Gang zurück, als ihr Wein und die Apfelsaftschorle für ihn kommen.

»Falls Alice Zabriski sich tatsächlich umgebracht hat: Realisieren wir das Projekt trotzdem?«, fragt sie ihn nun.

»Wird schwierig. Ohne Zabriskis Autorisierung dürfen wir vermutlich die Niederschriften nicht verwenden. Da würden uns die Erben ganz schön die Hölle heißmachen.«

»Sie hat keine Kinder.«

»Es gibt immer Erben. Auch die Großtante vierten Grades verdient sich im Zweifelsfall gern was dazu.«

»Und außerdem will's hinterher sowieso niemand lesen. Das Thema hatten wir ja gerade«, seufzt Maria. »Es hilft alles nichts. Wir müssen Sie finden und zwar lebend.«

»Und wenn sie einfach abgehauen ist? In Morsum in einen

Zug gestiegen und sang- und klanglos zurück nach Hamburg gefahren?«

»Das hat die Polizei längst überprüft. Die sind doch keine Idioten.«

»Weiß man's?«

»Lassen Sie das nicht Ihre Staatsanwältin hören.«

Fred Hübner zuckt leichtfertig die Schultern. Ihm scheint das Geplänkel mindestens so viel Spaß zu machen wie ihr. Fast ist sie enttäuscht, als er wieder ernst wird.

»Nehmen wir mal an, Frau Zabriski lebt noch. Sie ist völlig durcheinander und irrt irgendwo hier herum.«

»Nicht sehr wahrscheinlich, oder?«

»Schon mal darüber nachgedacht, wie lange man es da draußen bei der Kälte aushalten kann?«

Zu ihrer Überraschung nickt Fred Hübner. »Ich hab's sogar gegoogelt. Eine Nacht schafft man, zwei eher nicht.«

Nachdenklich trinkt Maria von ihrem Wein. Dann murmelt sie: »Also entweder Alice Zabriski versteckt sich absichtlich vor uns, dann können wir das Projekt ohnehin vergessen. Oder sie lebt nicht mehr, dann gilt das Gleiche. Aber sollte sie noch leben, irgendwo da draußen, dann müssen wir sie finden, und zwar heute Nacht. Richtig?«

»Goldrichtig.« Obwohl der Kellner gerade mit zwei großen Tellern im Anmarsch ist, auf denen Currywurst und Pommes verlockend angerichtet sind, steht Fred Hübner auf. »Ich gehe noch einmal die Bahnstrecke ab. Irgendwie lässt mich der Gedanke nicht los, dass sie sich vielleicht wirklich umbringen wollte und es aus welchen Gründen auch immer nicht geschafft hat.«

»Aber Sie können doch nicht jetzt …«, beginnt Maria. Doch dann wird ihr klar, dass er recht hat.

»Essen Sie meine Currywurst ruhig mit. Und warten Sie nicht auf mich.« Er zwinkert ihr zu und schlendert aus dem Raum, während Maria darüber nachdenkt, ob dieses *Warten Sie nicht auf mich* nun anstößig gemeint war oder nicht.

Sonntag, 31. Januar, 21.07 Uhr, Norderstraße, Westerland

Als bei Silja Blanck und Bastian Kreuzer das Telefon klingelt, sitzen beide eng aneinandergekuschelt auf dem Sofa und machen sich über den aktuellen *Tatort* lustig.

»Guck mal, der latscht schon wieder ohne Schutzanzug direkt an der Leiche vorbei. Da wird sich der Rechtsmediziner aber über die vielen falschen Spuren freuen«, lästert Silja. Sie hält einen Teebecher in den Händen und nippt zwischendurch daran.

Bastian, der sich vor allem darüber freut, dass es ihm gelungen ist, seine Liebste ein wenig von den Geschehnissen der letzten beiden Tage abzulenken, setzt noch eins drauf: »Und ein Kommissar, der sofort weiß, dass das Opfer ungeschützten Geschlechtsverkehr hatte, sollte besser gleich eine Karriere als Wahrsager starten.«

Silja kichert, wird aber sofort wieder ernst. »Das Telefon. Willst du nicht rangehen?«

»Wir könnten ja gerade in der Wanne liegen, dann würden wir auch nicht rangehen. Nur mal so zum Beispiel.«

»Du bist kindisch.«

»Na und?«

Bastian legt den Arm um seine Freundin und zieht sie noch näher zu sich heran. Aber Silja lässt nicht locker.

»Vielleicht hat man die Archäologin gefunden. Oder den Schädel von dem Skelett.«

»Beides wäre auch in zwei Stunden noch eine gute Nachricht.«

»Sturkopf!« Silja stellt den Teebecher ab und rappelt sich vom Sofa hoch. Als sie den Anruf annimmt, regelt Bastian den Fernsehton herunter. Seine Aufmerksamkeit gilt nicht mehr dem Geschehen auf dem Bildschirm, sondern dem Gesicht seiner Freundin. Allerdings wird er aus ihrem Mienenspiel nicht wirklich schlau.

»Sven, hallo!« Lächeln. »Ja klar, kannst du mit ihm reden. Aber muss es unbedingt jetzt gleich sein, wir gucken gerade …« Verwirrung über eine offenbar harsche Unterbrechung. »Na, wenn du meinst. Was gibt es denn so Dringendes?« Kopfschütteln und eindeutig Verärgerung. »Okay, okay, ich gebe dich weiter.«

Als Silja mit dem Apparat in der Hand zurück zum Sofa kommt, hat sie das Gesicht zu einer Grimasse verzogen. »Er ist stinksauer, aber will mir nicht sagen, warum«, raunt sie und reicht Bastian den Hörer.

»Sven? Wo brennt's denn?«, brummt der Hauptkommissar. Gleich darauf muss er den Hörer ein ganzes Stück von seinem Ohr entfernen, weil der Kollege ohne Vorwarnung laut wird.

»Ist dir eigentlich klar, was du heute Nachmittag abgezogen hast?«

»Moment mal. Du redest von dem Gespräch mit Hanns Lohse, nehme ich an.«

»Tu nicht so scheinheilig!«

Bastian blickt verwundert auf das unschuldige Telefon, als könne ihm der Apparat erklären, warum Sven sich so aufregt. Dann drückt er es sich wieder ans Ohr.

»Ich habe den ehemaligen Kriminalhauptkommissar Hanns Lohse auf ein paar Versäumnisse aufmerksam gemacht, die ihm während einer lange zurückliegenden Ermittlung unterlaufen sind. Das wird er wohl aushalten müssen.«

»Du hast ihm mehr oder weniger eine absichtliche Verschleierung oder Verzerrung – oder wie immer du das nennen willst – der Ermittlungsergebnisse unterstellt. Mensch, Bastian, der Typ war mal mein Chef, der ist total integer. Das kannst du doch nicht machen!«

Bastian spürt, wie kalte Wut in ihm aufsteigt. Er setzt sich kerzengerade hin, räuspert sich vernehmlich und legt dann los: »Ich will dir mal was sagen: Ich kann noch ganz andere Dinge machen. Ich kann den ganzen Fall wieder aufrollen und dabei deinem hochgeschätzten Kollegen so ans Bein pinkeln, dass seine verdammte Hose bis zum Knie nass wird. Mindestens. Der Typ hat so übel geschlampt, dass ich den Verdacht nicht loswerde, er könne tatsächlich etwas zu verbergen haben.«

»Bastian, das ist doch lächerlich.«

Svens Stimme ist plötzlich leiser geworden. Fast klingt er erschrocken. Aber Bastian ist jetzt erst so richtig in Fahrt gekommen.

»Er hat doch förmlich darauf gewartet, dass ich ihm erzähle, dass dem Skelett der Kopf fehlt. Hast du das nicht gemerkt? Diese plumpe Frage nach Kleidung oder Schuhen oder anderen Merkmalen hatte doch nur den Zweck, uns aus der Deckung zu locken. Und dass der Kopf fehlt, ist erstklassiges Täterwissen, das muss ich dir ja wohl nicht erklären.«

»Ich glaube, du täuschst dich. Klar hätte er gern mehr Infos gehabt. Aber das ist nur natürlich. Jeden von uns belastet ein ungeklärter Fall. Auch nach Jahren. Warum sollte ihm das anders gehen? Das ist noch lange kein Grund, den ehemaligen Ermittlungsleiter derart in die Zange zu nehmen. Er ist schließlich kein Tatverdächtiger.«

»Woher willst du das so genau wissen? Er könnte das Mädchen zusammen mit dem Onkel umgebracht und anschließend die Ermittlungen manipuliert haben. Wäre nicht das erste Mal, dass ein Kriminalbeamter schuldig wird. Du hast doch selbst gesehen, wie er ins Trudeln kam, als es um die Wildheit von Gitta Kaltenbach ging. Das hat ihn angemacht, ganz klar. Damals wie heute. Dem ist fast einer abgegangen, als er uns die Narbe gezeigt hat. Wahrscheinlich streut er jeden Abend Salz darauf, um sich besser an das Kratzen und Beißen erinnern zu können.«

»Bastian, du bist verrückt. Das kannst du nicht ernst meinen.« Svens Stimme ist jetzt wieder normal und kontrolliert.

Bastian spürt, dass er zu weit gegangen ist. Aber es fällt ihm unerwartet schwer, sich zurückzunehmen. »Und wie erklärst du dir dann diese eklatanten Ermittlungsfehler?«

»Ich weiß es auch nicht«, seufzt Sven. »Er hat das Umfeld der Verschwundenen nicht ausreichend gecheckt, okay. Aber er ist ja auch eher davon ausgegangen, dass sie abgehauen ist. Nichts deutete damals auf ein Sexualdelikt hin.«

»Gitta Kaltenbach war sich ihrer sexuellen Attraktivität sehr bewusst, darin stimmen alle Aussagen überein. Es gehört wirklich keine besonders überragende Intelligenz dazu, auch in diese Richtung zu ermitteln. Nein, du kannst sagen, was du willst, aber bei der ganzen Geschichte gibt es meiner Meinung nach ein paar Zufälle zu viel.«

»Und wenn das Skelett von Morsum gar nicht Gitta Kaltenbach ist?«

»Dann rollen wir den Fall trotzdem wieder auf. Das sind wir der Mutter schuldig.«

Sonntag, 31. Januar, 21.31 Uhr, Nösistig, Morsum

Fred Hübner folgt dem Strahl seiner Taschenlampe durch die stockfinstere Nacht. Er hat sich dick eingepackt, Handschuhe, Mütze, gefütterte Stiefel, Daunenjacke. Trotzdem geht ihm der kalte Wind durch und durch. Sein Magen ist leer, sehnsüchtig denkt er an die Currywurst, die er im Übereifer zurückgelassen hat. Was für eine blöde Idee!

Aber andererseits war es zu verlockend, dieser Maria Wallot gegenüber den schnell entschlossenen Helden herauszukehren. Immer bereit, sich für die Dame seines Herzens ins Feuer zu stürzen. Kaum hat er das gedacht, ruft er sich zur Ordnung. Ins Feuer? Von wegen. Eher ja wohl in die eisige Kälte. Und von *Dame des Herzens* sollte besser auch nicht die Rede sein. Diesen Platz hat immer noch Elsbeth inne, die natürlich toben würde, wenn sie wüsste, was für eine bescheuerte Show er da gerade abgezogen hat. Wie ein verliebter Teenager. Peinlich!

Aber andererseits: Die Idee war gar nicht so abwegig. Eine verzweifelte Frau, die sich vor den Zug stürzen wollte und durch irgendetwas daran gehindert worden ist. Sie haben schließlich schon überall gesucht, auch die Polizei war gründlich. Aber ist tatsächlich jemand die Bahnstrecke abgelaufen? Haben sie sich nicht alle darauf verlassen, dass ein Zugführer oder auch Fahrgäste Alarm schlagen würden, wenn es etwas Auffälliges zu sehen gäbe? Was ist, wenn die Gesuchte in irgendeiner Ecke kauert, erschöpft von Kälte und Anstrengung? Wenn sie sich vielleicht sogar etwas gebrochen hat, einfach nicht mehr weiterkann?

Obwohl Fred erst seit wenigen Minuten unterwegs ist, ist er bereits mehrfach über Unebenheiten im Asphalt und herumliegende Steine gestolpert. Das Gleiche könnte Alice Zabriski passiert sein. Vielleicht hat sie mit Mühe und Not den Bahndamm erreicht und sich im Unterholz verkrochen. Ihr Handy lag jedenfalls in ihrem Zimmer auf dem Tisch, so dass sie im Zweifelsfall keine Hilfe rufen könnte.

Am Bahndamm angekommen, muss Fred feststellen, dass der Abhang zu den Gleisen hinunter steil abfällt und zusätzlich durch einen Zaun gesichert ist. Shit! Das hätte er besser vorher erkundet.

Plötzlich nähert sich tosend das Geräusch eines nächtlichen Zuges von hinten, dann beginnen die Schienen zu vibrieren, und für Sekunden erleuchten die Scheinwerfer und die Lichter hinter den Abteilfenstern die Nacht. Fred bleibt stehen und blickt dem Monster hinterher. Seine Idee erscheint ihm jetzt völlig absurd. Niemand würde sich freiwillig hier verstecken, niemand sich dauerhaft dieser erschreckenden Kulisse aussetzen.

Vielleicht sollte er schnellstens umkehren. Die flirtfreudige Verlegerin ein wenig bespaßen und dann brav allein in sein Bettchen gehen. Selbstredend keinen Alkohol trinken und auch sonst keine Dummheiten machen. Andererseits kann er, wenn er schon mal hier ist, auch noch entlang der Gleise nach Osten laufen, bis die Bahntrasse nur noch durch Marschland und Heide führt. Dort, am Ende der Insel, zweigt ein Weg zurück zum Hotel ab, wie Fred von gelegentlichen Exkursionen mit dem Rad weiß. Zu Fuß dürfte das Ganze in höchstens einer halben Stunde zu schaffen sein. Und dann hätte er wenigstens sein Gewissen beruhigt.

Also stiefelt er los. Mit der Taschenlampe leuchtet er

abwechselnd seinen Weg und den Abhang hinter dem Zaun aus. Auch den gegenüberliegenden Abhang versucht er abzusuchen, wobei es wenig wahrscheinlich scheint, dass Alice Zabriski dort hinübergelangt ist. Sie müsste den Zaun überklettert und dann noch die Gleise gekreuzt haben. Wozu sollte das gut gewesen sein?

Im Lichtkegel der Lampe wechseln sich kahle Büsche und unförmige Stapel aus Totholz ab. Schnee liegt zwischen den Gleisen längst nicht mehr, nur der Zaun ist ab und an noch ein wenig weiß gepudert. Ansonsten: Stille, Dunkelheit und über allem sehr hell die Sterne.

Plötzlich ist da ein Geräusch ganz dicht neben Fred. Es raschelt, und dann huscht etwas durchs Dickicht. Schnell lenkt er den Lichtstrahl hinterher, erwischt aber nur noch den hellen Puschelschwanz eines Kaninchens, das er offenbar aufgescheucht hat. Das Tier flitzt durch den Zaun auf die Straße und nach wenigen Metern wieder zurück in Richtung der Bahngleise.

Aber halt! Tut sich da nicht eine Öffnung im Zaun auf? Ganz regulär mit zwei Pfosten gesichert?

Fred tritt näher heran, und richtig: Der Zaun ist ohne ersichtlichen Grund auf der Länge von etwa einem Meter unterbrochen, und Treppenstufen aus brüchigem Beton führen hinunter zu den Gleisen. Vorsichtig betritt er die Stufen und leuchtet die Böschung links und rechts der Treppe ab. Nichts. Büsche, eine Schneeverwehung, ein alter Wanderschuh.

Irritiert bleibt Fred stehen.

Ein alter Wanderschuh.

Das Teil kennt er doch. Ist nicht Alice Zabriski mit genau solchen Schuhen aus dem Zug gestiegen? Das kann unmöglich ein Zufall sein.

Er spürt, wie sein Herz zu klopfen beginnt. Vorsichtig legt er die Taschenlampe zur Seite und greift nach dem Schuh. Der ist voller Schlamm und seitlich eingerissen. Sollte die Archäologin tatsächlich gestürzt sein?

Fred formt mit den Händen einen Trichter, durch den er laut in die Stille ruft: »Frau Zabriski? Alice? Sind sie hier irgendwo?«

Niemand antwortet.

Fred bereut es, dass er nicht schon im Hotel die Zugfahrpläne gecheckt hat. Wer weiß, ob das Internet hier draußen stark genug ist, um zuverlässig zu erkunden, wann die nächste Bahn kommt. Er tastet nach dem Handy in der Tasche, muss aber feststellen, dass er es offenbar bei seinem hastigen Aufbruch im Hotel vergessen hat. Mit einem leisen Fluch nähert er sich trotzdem den Gleisen. Nur dort unten kann er vernünftig laufen und beide Seiten der Böschung absuchen. Also geht er das Risiko ein und hofft darauf, einen sich nähernden Zug rechtzeitig zu hören.

Außerdem kann Alice Zabriski mit nur einem Schuh kaum besonders weit gekommen sein. Kurz durchzuckt ihn die Vorstellung, dass die Archäologin doch unter die Räder einer Bahn geraten ist, vielleicht sogar erst vor kurzem, und dass er derjenige sein wird, der hier ihren zertrümmerten Körper entdeckt. Bei den Gedanken daran wird ihm so schlecht, dass er einen Würgereiz unterdrücken muss. *Fred, du Memme*, sagt er sich, *jetzt reiß dich zusammen und bring diese Mission einfach hinter dich. Es winken Ruhm und Ehre und vielleicht sogar ein lukrativer Ghostwriter-Job.*

Schritt für Schritt, Bahnbohle für Bahnbohle tastet sich Fred voran. Zweimal flieht ein Kaninchen vor ihm, einmal schreckt er einen Vogel auf. Und einmal rutscht er mit dem

Fuß ab und knickt um. Zum Glück scheint nichts verstaucht zu sein.

Und dann sieht Fred plötzlich den roten Rock. Wie ein Fetzen zerrissenen Stoffes hängt ein Teil davon an einem dornigen Busch fest und flattert im Wind. Die Frau, die dahinter liegt, ist kaum zu erkennen. Sie hat sich mit Blättern und Zweigen zugedeckt, so dass nur der zweite Wanderschuh aus dem unförmigen Gebilde hervorsieht. Jeder Zugführer und auch jeder zufällig aus dem Fenster schauende Reisegast muss angenommen haben, dass in diesem wirren Blätterhaufen jemand unzulässigerweise ein paar Kleidungsstücke entsorgt hat. Mehr nicht.

Mit schnellen Schritten nähert sich Fred. Nichts regt sich unter den Blättern. *Es war alles umsonst, ich kann nur noch eine Tote bergen*, schießt es ihm durch den Kopf.

Doch dann hört er ein leises Röcheln, anschließend ein Husten und Keuchen. Er beugt sich hinunter, schiebt die Blätter zur Seite und leuchtet der Frau ins Gesicht. Alice Zabriskis Gesicht wirkt fast blau. Aber sie blinzelt ins Licht der Taschenlampe und bewegt wenig später matt eine Hand. In Zeitlupentempo wühlt sich ihr Arm aus einem Erdloch heraus und streckt sich Fred entgegen.

Er hilft ihr, sich aufzurichten. Dabei begreift er schnell, dass jedes Wort, jede Frage oder Erklärung die vollkommen entkräftete Frau nur noch mehr anstrengen würden. Also beugt er sich wortlos zu ihr herab und zieht sie auf seine rechte Schulter. Zwei eiskalte Arme klammern sich um seinen Hals, und das Keuchen ist ganz nah an seinem Ohr.

»Es wird alles gut«, raunt er ihr zu, während er sich ächzend aufrichtet. Die zierliche Frau ist schwerer, als er gedacht hätte. Unter der Last schwankend bemüht er sich, so schnell wie möglich zurück zu der Treppe zu kommen. »Sagen Sie nichts. Ich trage Sie jetzt ins Hotel. Es ist nicht weit, wir schaffen das schon.«

»Danke«, flüstert sie mit heiserer Stimme. Dann spürt er, wie ihr Körper auf seiner Schulter zusammensackt.

Alice Zabriski ist ohnmächtig geworden.

Montag, 1. Februar, 01.05 Uhr, Pröstteft, Keitum

Angelika Kaltenbach liegt wach auf ihrer Seite des Doppelbettes und lauscht in die Stille. Martin schnarcht nicht, ein schlechtes Zeichen. Andererseits hat er sich auch seit einer Viertelstunde nicht mehr bewegt. Eigentlich ein sicheres Indiz dafür, dass er tief und fest schläft. Und die Mengen an Alkohol, die er am vergangenen Abend in sich hineingeschüttet hat, müsste selbst ihn komplett umgehauen haben. Ganz gegen seine Gewohnheit hat er sich nach dem *Tatort* nicht ins Computerzimmer zurückgezogen, sondern immer wieder von diesem Kommissar angefangen, der sie am Morgen besucht hatte. Was der gewollt habe. Warum der so dusslige Fragen gestellt habe. Er konnte sich überhaupt nicht beruhigen.

Angelika hat wenig dazu gesagt. Sie fand weder Bastian Kreuzers Fragen dusslig, noch fand sie es verwunderlich, dass er sich bei ihr gemeldet hat. Auch wenn das die fast verheilt geglaubte Wunde wieder brutal aufgerissen hat.

Gitta. Ihr einziges Kind. Und dann so schwierig. Nicht nach außen, da wirkte sie immer verständig und nett. Aber sie war schon irgendwie schräg drauf. Flirtete alle Männer an, selbst ihren Vater. Angelika fand das gruselig, aber Gunnar freute sich darüber und meinte, das sei eben die Liebe einer Tochter zu ihrem Vater. Aber dieses ständige Abhauen. Sie wollte weg von der Insel und was erleben. Erst mit dreizehn, dann mit vierzehn. Sie war doch noch ein Kind, auch wenn sie schon voll entwickelt war.

Angelika seufzt. Der Ton hallt lauter als erwartet durch das stille Schlafzimmer. Besorgt schaut sie hinüber auf Martins Bettseite. Die Vorhänge sind nicht zugezogen, und die Straßenlaterne leuchtet den Raum ziemlich gut aus. Noch nicht einmal das hat Martin gestört, als er vor einer halben Stunde lallend ins Bett gefallen ist.

Seitdem wartet Angelika.

Heute Nacht wird sie sich endlich Gewissheit verschaffen. Vorgenommen hat sie sich das schon vor Monaten, aber nie hatte sie den Mut dazu. Und wahrscheinlich scheitert sie ohnehin bei dem Versuch, sich in Martins Programme einzuloggen. Wie soll sie sein Passwort erraten?

Allein diese Frage hat ihr bisher jeden Mut genommen. Aber seit dem Morgen ist etwas anders geworden. Die Möglichkeit, dass ihre Tochter einfach nur abgehauen ist, dass sie so herzlos war, Mutter und Vater ohne ein Wort zurückzulassen, diese Möglichkeit ist nicht mehr sehr wahrscheinlich. Es gibt eine weitaus grausigere Alternative. Jemand könnte Gitta etwas angetan und sie umgebracht haben.

Angelika wirft einen letzten prüfenden Blick auf Martin, der jetzt doch schnarcht. Er schläft tief und fest, daran besteht kein Zweifel. Leise steht sie auf und huscht zur Tür. Hier verharrt sie einen Moment und blickt bang zurück. Keine Regung, stattdessen noch lauteres Schnarchen. Gut so.

Vorsichtig drückt Angelika die Klinke herunter, schiebt

sich durch den Türspalt und schließt die Tür hinter sich. Zum Computerzimmer sind es nur wenige Schritte, die Tür ist angelehnt, dafür hat sie vor dem Zubettgehen gesorgt.

Als der Rechner beim Hochfahren ein akustisches Signal von sich gibt, erschrickt sie. Sie darf nicht vergessen, den Ton auszustellen. Aber zunächst verlangt der Rechner nach einem Passwort. Angelika versucht es mit Namen und Geburtsdaten der ganzen Familie. Nichts. Dann gibt sie Martins Lieblingsbiersorte, seine bevorzugte Fußballmannschaft, die Namen seiner besten Kumpels ein. Fehlanzeige. Natürlich.

Wie konnte sie nur hoffen, sein Passwort herauszufinden? Es gibt hunderttausend Möglichkeiten, schon ein einziger bewusst eingebauter Buchstabendreher erzeugt etwas, auf das niemand kommen wird.

Aber was wäre, wenn Martin es gar nicht für nötig gehalten hat, so vorsichtig zu sein? Hat er sich nicht immer über ihre Unkenntnis und ihr Desinteresse in Computerdingen lustig gemacht? Sie kann mit ihrem Handy im Internet shoppen und mit ihrer einzigen verblieben Freundin whatsappen. Das war es dann aber auch.

Gerade will sie entmutigt aufgeben, als sie ein Geräusch hört. Es klingt wie ein Schnauben oder Schniefen und kommt direkt aus dem Schlafzimmer. Angelika erstarrt. Nicht auszudenken, was geschehen würde, wenn Martin sie ertappen würde. Er kann ziemlich cholerisch sein, das hat sie schon mehrmals erlebt.

Sie lauscht mit klopfendem Herzen. Doch das Geräusch wiederholt sich nicht. Trotzdem sollte sie nichts riskieren. Vor allem nicht ohne Aussicht darauf, dass sich das Risiko lohnen könnte. Bevor sie aufgibt, wird sie noch drei Versuche unternehmen.

Angelika lehnt sich zurück und schließt die Augen. Sie versucht, sich zu entspannen. *Ich bin jetzt Martin*, sagt sie sich. *Ich will etwas nur für mich tun. Heimlich. Und versaut. Schon das Passwort, das mir diese dunkle Pforte öffnet, soll mich mit Vorfreude erfüllen.*

Angelika wird bereits bei dieser Vorstellung übel, aber sie reißt sich zusammen. Und dann gibt sie die Buchstaben-Zahlen-Kombination ein, die sie am meisten fürchtet. Gittas Namen und den Tag ihres Verschwindens, der möglicherweise auch ihr Todestag war.

Mit einem leisen *Pling* öffnet sich das Programm. Angelika hat Martins Passwort geknackt.

Montag, 1. Februar, 01.47 Uhr, Landhaus Severin*s, Morsum Kliff

Maria Wallot schreckt aus dem Schlaf hoch. Sie ist so verwirrt, dass sie ein wenig braucht, um sich zu orientieren. Schemenhaft nimmt sie das Bett, den Nachttisch und die beiden Sessel am Fenster wahr. Ihr eigenes Schlafzimmer sieht anders aus. Doch dann erinnert sie sich. Sie ist in einem Morsumer Hotelzimmer und hat einen aufregenden Abend hinter sich.

Zunächst die Sorge um Alice Zabriski, dann der Flirt mit Fred Hübner, sein überstürzter Aufbruch und schließlich die triumphale Rückkehr des Journalisten mit einer völlig entkräfteten und unterkühlten Archäologin auf den Schultern. Und als wäre das nicht schon genug Aufregung für einen einzigen Abend gewesen, hat anschließend der eilig verständigte Notarzt Alice Zabriskis sofortige Einweisung in die Nordseeklinik angeordnet. Nicht nur wegen ihres vermutlich verstauchten oder gebrochenen Knöchels. Vielmehr bestehe akute Lebensgefahr! Zabriskis Zustand sei überaus kritisch, ihr Kreislauf könne jeden Moment zusammenbrechen und dann würde er für nichts garantieren, erklärte der Mediziner.

Maria und Fred Hübner waren besorgt und erleichtert gleichzeitig, als der Krankenwagen das Hotel verlassen hatte. Ihre drängendsten Fragen waren unbeantwortet geblieben: Würde Alice Zabriski überleben? Und falls ja, wie stünde sie danach zu dem gemeinsamen Buchprojekt?

Nur zu gern hätte Maria mit Fred bei einem Glas Wein darüber gesprochen. Aber er blieb standhaft, was den Alkohol anging. Und auch sonst war er ziemlich wortkarg. Total erschöpft, wie er sagte, und ruhebedürftig. Also ist er auf sein Zimmer gegangen und hat Maria allein an der Bar zurückgelassen. Sie erinnert sich nur dunkel an die darauffolgenden Stunden, aber sie wird wohl einiges in sich hineingeschüttet haben, denn ihr Kopf brummt wie verrückt.

Vermutlich waren es diese Kopfschmerzen, die sie geweckt haben. Oder ist sie aus einem anderen Grund aufgewacht? Irgendetwas rumort in ihrem Kopf, und daran ist nicht nur der Restalkohol schuld.

Maria schaltet die Bettbeleuchtung an und setzt sich auf. Sie greift zu der Wasserflasche, die immer auf ihrem Nachttisch steht, und trinkt sie aus. Dabei bemüht sie sich, das Traumbild scharfzustellen, das undeutlich hinter ihrer Schädeldecke lauert.

Ein Männergesicht. Freundlich, aber auch unheimlich. Jemand, den sie kennt oder gekannt hat? Und ein vertrauter Ort. Viel Grün, etwas Braun. Ein Bild aus ihrer Kindheit? Vermutlich, denn etwas klarer taucht nun die Erinnerung an Marias liebste Sommerfreundin Annika auf. Ihren Eltern gehörte die Wattvilla ein paar Grundstücke weiter. Maria wundert sich nicht wenig über diesen unerwarteten Traumbesuch, denn sie hat seit Jahrzehnten nicht mehr an Annika gedacht. Aber vorhin sprang sie fröhlich lachend um Maria herum. Sie rief etwas, immer wieder. Nur was? Maria knipst das Licht wieder aus und schließt die Augen. Konzentriert sich auf die Traumreste. Irgendetwas daran war wichtig. Das weiß sie noch. Sie hat gedacht: *Das muss ich mir unbedingt merken*. Und dann ist sie aufgewacht.

Doch so sehr sie sich auch anstrengt, Maria kann Annikas Worte einfach nicht verstehen. Sie erinnert sich nur an einen Rhythmus. Tadada, tadada. Tadada tada tada ta. Tadada tada tada ta. Die Silben purzeln und überschlagen sich. Sie lachen und keckern, aber sie enthüllen ihr Geheimnis nicht.

Immer weiter gleitet der Traum fort und lässt Maria mit ihrem Kopfweh und ihrer Angst allein.

Montag, 1. Februar, 01.53 Uhr, Pröstteft, Keitum

Angelika sitzt wie betäubt vor Martins Rechner. Sie gäbe alles dafür, wenn sie die Filme, die sie in der letzten halben Stunde angeschaut hat, wieder vergessen könnte.

Aber das wird ihr nicht möglich sein. Nie mehr. Nicht in diesem Leben.

Nackte oder nur sehr spärlich bekleidete Kinder, Mädchen und Jungen, in obszönen Posen. Glatte Körper, angstgeweitete Augen. Das ist es also, womit Martin seine Zeit verbringt. Das ist es, was ihn aufgeilt. Angelika ist entsetzt. Und sie fragt sich, wie lange das schon geht. Seit wann besitzt Martin solche Videos? Und woher bezieht er sie? *Darknet*, diese Bezeichnung hat sie natürlich schon gehört. Bisher dachte sie, das sei etwas für Kriminelle, die sich Waffen oder Sprengstoff beschaffen wollen. Und klar, immer wieder hat sie gelesen, dass auch Kinderpornographie heiße Ware sei, die im Geheimen verbreitet werde. Aber es ist etwas ganz anderes, wenn man plötzlich damit konfrontiert ist. Wenn der Mann, der jede Nacht neben einem liegt, ein Teil dieser widerlichen Welt ist.

Angelika schließt die Augen und versucht, sich zu konzentrieren. Aus dem Schlafzimmer dringen keine Geräusche mehr. Offenbar hat Martin wieder in den Schlaf gefunden, wenn er denn überhaupt vorhin wach war. Aber das ist jetzt fast nebensächlich. Was bedeutet ihre Schnüffelei schon im Vergleich zu dem Furchtbaren, das sie entdeckt hat?

Die Kinder in den Videos sind keine vierzehn, sie sind deutlich jünger, als es Gitta bei ihrem Verschwinden war. Aber heißt das auch automatisch, dass Martin nichts mit Gittas Verschwinden zu tun hatte?

Natürlich nicht. Und das Schlimmste ist, Angelika fühlt sich plötzlich unendlich schuldig. Denn das, was sie bisher lediglich für Martins und ihr früheres Geheimnis hielt, die sexuelle Beziehung, die sie bereits während ihrer Ehe zu ihrem Schwager hatte, erscheint ihr mit einem Mal in einem ganz anderen Licht.

Ist es Martin nie um sie selbst gegangen, sondern nur darum, eine einfache Verbindung zu der heranwachsenden Gitta zu haben? Sind seine ganzen Beteuerungen nur vorgetäuscht gewesen? Immer wieder hat er erklärt, er könne dem Bruder nicht mehr ins Gesicht sehen, weil er heimlich mit dessen Frau schlafe, und halte darum Abstand zu der kleinen Familie.

War der wahre Grund vielleicht ein ganz anderer? Hat Martin in Wirklichkeit Angelikas Berichte über Gitta, ihre Klagen über Gittas wachsende Rebellion, nur genutzt, um besser über seine Nichte informiert zu sein? War das Verhältnis mit Angelika nur ein Schritt auf dem Weg zu Gitta? Ist sie als Mutter selbst schuld an dem Furchtbaren, das Gitta vermutlich zugestoßen ist?

Denn eines wird Angelika in diesen Minuten klar. Ihr Beharren darauf, dass Gitta nicht tot, sondern abgehauen sei, ihr Vertrauen darauf, dass die Tochter irgendwo ein anderes Leben angefangen habe, ihre Hoffnung darauf, irgendwann doch noch von ihr zu hören, das alles war Selbstbetrug. Eine einzige Augenwischerei, mit der sie sich vierzehn Jahre lang getröstet hat. Falls man das einen Trost nennen kann.

Es hat sowieso niemand außer ihr daran geglaubt. Oder jedenfalls fast niemand. Nur der damals ermittelnde Kommissar hat regelmäßig darauf hingewiesen, dass es diese Möglichkeit gibt. Und war er nicht der Fachmann für diese Dinge? Musste er es nicht am besten wissen?

Ein ungeheurer Verdacht keimt in Angelika auf. Ist der Kommissar etwa eingeweiht und sind seine beruhigenden Äußerungen nur Taktik gewesen? Ist es deshalb so leicht gewesen, Martin aus der Schusslinie zu halten?

Blödsinn! Angelika ruft sich selbst zur Ordnung. Sie darf jetzt nicht paranoid werden. Trotzdem kann es nicht schaden, den Kommissar von damals noch einmal anzurufen. Irgendwo muss sie sogar noch seine Privatnummer notiert haben. Denn die Frage ist doch: Wie hätte dieser Kommissar reagiert, wenn Angelika ihm bei Gittas Verschwinden von ihrem Verhältnis mit dem Schwager erzählt hätte? Falls der Kommissar nicht in die Sache verwickelt gewesen ist, wäre Martin natürlich auch überprüft worden. War es also in diesem Fall sie selbst, die durch ihr Verhalten die Ermittlungen behindert und eine Aufklärung erschwert hat?

Dann wäre alles ihre Schuld. Erst die Tat wegen ihrer Verbindung zu Martin. Und dann die Unmöglichkeit, sie aufzuklären, weil sie sich schützend vor ihren Liebhaber gestellt hat.

Der Gedanke daran ist kaum auszuhalten. Unvorstellbar, damit zu leben. Allein wie sie den nächsten Tag überstehen soll, ist Angelika ein Rätsel. Martin mit diesen Videos konfrontieren? Der Kriminalpolizei davon erzählen? Die Affäre mit dem Schwager gestehen?

Ich bringe mich um, schießt es ihr durch den Kopf. *Am besten wird es sein, ich bringe mich einfach um. Dann ist alles vorbei, und ich muss nichts mehr ertragen. Nicht die Schuld, nicht die Schande.*

Aber dann sieht sie plötzlich Martin vor sich. Nicht wirklich, er scheint immer noch tief und fest zu schlafen. Doch Angelika hat ihn trotzdem deutlich vor Augen. Seine Selbstgefälligkeit. Seine cholerischen Anfälle. Seine Drohungen.

Augenblicklich wächst eine ungeheure Wut in ihr.

»Das wirst du mir büßen«, flüstert sie. Und dann wird sie mit jedem Wort lauter. Sie steht auf und geht hinüber ins Schlafzimmer. »Damit kommst du nicht ungeschoren davon. Ich mache dich fertig, du Schwein!«

Montag, 1. Februar, 08.32 Uhr, Halemdüür, Westerland

Thieß Hansen hält es einfach nicht mehr aus. Seit er am Samstag in der Morsumer Heide spioniert hat, kommt er nicht zur Ruhe. In den beiden vergangenen Nächten hat er kaum geschlafen, stundenlang wälzte er sich in seinem Bett, viel zu viele Gedanken schwirrten durch seinen Kopf. Und tagsüber war es kaum besser. Immer wieder hat er das Telefon zur Hand genommen, um einen der ehemaligen Kollegen angerufen. Und wäre ein solcher Anruf nicht allzu verständlich gewesen? Im Radio und auch in den Zeitungen ist natürlich von dem Skelettfund berichtet worden. Da wäre es doch nur nachvollziehbar, dass der ehemalige Leiter der Landschaftsschützer sich dafür interessiert, was seine Kollegen da entdeckt haben.

Eine eigentümliche Scheu hat Thieß bisher davon abgehalten, sich einzumischen. Doch jetzt, nach einer weiteren schlaflosen Nacht, muss etwas geschehen. Die Frage ist nur, was genau?

Thieß könnte direkt im Büro anrufen und versuchen, seinen Nachfolger zu erreichen. Allerdings hat der bestimmt alle Hände voll zu tun und würde sich wahrscheinlich über eine weitere Ablenkung wenig freuen. Die Kollegen könnten da schon auskunftswilliger sein. Oder soll er es vielleicht doch wieder auf ein »zufälliges« Zusammentreffen anlegen?

Thieß überlegt lange, dann entscheidet er sich für einen Kompromiss. Er wird versuchen, die Kollegen vor Ort zu erwischen. Am besten in Morsum. Da werden sie ja wahrscheinlich weiterarbeiten. Und falls nicht, kann er wenigstens in Ruhe den Fundort des Skeletts besichtigen. Er ist dabei wahrscheinlich nicht der Einzige, schließlich ist Sensationstourismus eine der Plagen des Abendlandes. Aber was soll's. Je mehr Leute sich für die Fundstelle interessieren, umso weniger wird Thieß auffallen.

Schon die Erleichterung darüber, dass er endlich einen Entschluss gefasst hat, sorgt dafür, dass es ihm bessergeht. Er setzt sich in der schmalen Küche seines Reihenhauses einen Kaffee auf und schneidet zwei dicke Scheiben vom Vollkornbrot ab. Butter und Käse drauf und dann mit Appetit abgebissen. Während er isst, lässt er den Blick aus dem Fenster schweifen.

Draußen hängt Nebel über den Gärten, der Schnee von vorgestern ist vollständig geschmolzen, die Temperaturen sind gestiegen, und für heute Mittag ist ein kräftiger Landregen angesagt. Ein echtes Schietwetter also. Aber das kann Thieß nicht schrecken. Nach dem Tod seiner Frau hat er sich angewöhnt, bei jedem Wetter rauszugehen. Fast ständig ist seine Diele voller Erdkrümel und oft auch voller Pfützen. Die derben Gummistiefel stehen allzeit bereit neben der Tür, und an der Garderobe hängen drei verschiedene regenfeste Jacken.

Zu der dicksten von ihnen greift er jetzt. Zwar ist die Kanne noch halb voller Kaffee und die Zähne hat er sich auch noch nicht geputzt, aber nun, nachdem sein Entschluss einmal feststeht, kann er die Ungeduld kaum noch bezähmen. Er muss endlich erfahren, was genau die Kollegen in Morsum entdeckt haben.

Thieß steigt in seine Stiefel, steckt die gefütterten Handschuhe ein und schnappt sich Auto- und Wohnungsschlüssel. Dann öffnet er die Tür.

Draußen steht eine junge Frau, die mit Interesse sein Klingelschild mustert. Sie trägt einen dunkelblauen Daunenmantel und flache braune Stiefel. Ihre Haare sind zu einem Pferdeschwanz hochgebunden. Ihr schmales Gesicht ist außerordentlich apart und wirkt intelligent.

Jetzt lächelt sie ihn freundlich an und fragt: »Sie sind Thieß Hansen?«

»Schon. Aber ich habe gerade nicht so viel Zeit.«

»Wollen Sie nicht wissen, wer ich bin?«

Eigentlich nicht, denkt Thieß, *ich will jetzt endlich los.* Aber natürlich sagt er das nicht. Stattdessen blickt er die junge Frau auffordernd an. Auffordernd und ziemlich ungeduldig, um genau zu sein.

»Silja Blanck, Kriminalpolizei Westerland«, stellt sich seine Besucherin vor.

»Oh«, entfährt es Thieß. Und dann weiß er für ein paar Sekunden nicht mehr, was er sagen soll.

»Überrascht Sie mein Besuch?«

»Äh, doch. Durchaus. Worum geht's denn?«

»Das können Sie sich bestimmt denken. Vielleicht gehen wir für einen Moment rein? Es ist ziemlich ungemütlich hier im Nebel, finden Sie nicht?«

»Okay, ja natürlich.« Thieß versucht verzweifelt, sich zu konzentrieren. Warum kommt diese Kommissarin zu ihm? Er hat mit der ganzen Sache doch gar nichts zu tun. Ratlos zuckt er mit den Schultern und geht voran zurück ins Haus.

»Es ist bestimmt noch Kaffee in der Kanne, also, wenn Sie möchten«, bietet er an, nachdem sich beide die Wintersachen ausgezogen haben und er die Besucherin in die Küche gebeten hat.

Die Kommissarin nickt und hebt kurz die Kaffeekanne an. »Oh, die ist ja noch ganz voll. Sind Sie überstürzt aufgebrochen? Ich hoffe, ich habe Sie nicht an irgendetwas Wichtigem gehindert.« Ihr Blick gleitet über Thieß' Frühstücksteller, auf dem sogar noch ein halbes Käsebrot liegt.

»Ich wollte nur schnell noch mal raus, bevor es anfängt zu regnen. Mein Morgenspaziergang, wissen Sie. Ich lebe allein, da braucht man gewisse Routinen.« Langsam kehrt Thieß' Selbstbewusstsein zurück. Er wird sich von dieser jungen Frau doch nicht den Schneid abkaufen lassen!

Sie nickt, sieht allerdings wenig überzeugt aus.

»Ich komme wegen des Skelettfunds in der Morsumer Heide«, beginnt sie.

Thieß nickt bedächtig. »Das denke ich mir. Allerdings muss ich Sie enttäuschen. Ich bin pensioniert. Ich weiß nichts über die Arbeiten.«

»Interessant ist auch weniger, warum das Skelett ausgerechnet jetzt gefunden wurde, sondern eher, warum es in den letzten vierzehn Jahren nicht gefunden worden ist«, entgegnet sie kühl.

»Kaffee?« Thieß holt eine zweite Tasse aus dem Schrank, seine eigene steht noch auf dem Tisch, und gießt der Kommissarin ein. Er nutzt die Pause zum Nachdenken. Bedächtig sagt er: »Wir holen die Rosenwurzeln nicht jedes Jahr aus der Erde. Sie haben ja vielleicht gesehen, was das für ein Aufwand ist. Und oft schaffen wir auch nicht das ganze Areal. Da übersieht man schon mal was.«

»Trotzdem. Ich habe mit Ihren ehemaligen Kollegen geredet, und die haben mir gesagt, dass Sie bei jeder dieser Aktionen angeordnet hatten, erst mit einem Abstand von fünf Metern zu den Wegen oder Straßen zu graben.«

»Haben sie das gesagt?« Thieß merkt selbst, wie blödsinnig sich seine Frage anhören muss. Schnell schiebt er eine Erklärung hinterher. »Sie wissen bestimmt, dass wir die Rosa Rugosa, also die Kartoffelrosen, wie sie meist genannt werden, regelmäßig aus der Erde holen. Sonst würden ihre aggressiven Wurzeln die endemischen, also die heimischen Gewächse mit der Zeit vollständig unterdrücken.«

»Danke. Ich weiß, was endemisch heißt.«

Plötzlich klingt die Kommissarin irgendwie beleidigt. Und genau das gibt Thieß Auftrieb.

»Wenn wir also direkt am Wegesrand die Rosen entfernt hätten, dann hätten sich dort auch die heimischen Pflanzen besser ausbreiten können. Richtig?«

Sie nickt ungeduldig.

Die lässt sich aber nicht belehren, schießt es ihm durch den Kopf. Jetzt genießt er das kleine Scharmützel sogar. »Wenn nun also direkt am Wegesrand der Lungen-Enzian und die Moorlilie wieder wachsen würden, weil wir brav alle Rosen entfernt haben. Was glauben Sie, würde geschehen?«

Die Kommissarin zuckt die Schultern. Es ist ihr deutlich anzusehen, dass ihr die Richtung, die dieses Gespräch nimmt, nicht gefällt.

»Der nächste Tourist würde die Pflanzen ausbuddeln, ist doch klar. Sie glauben gar nicht, was die alles anrichten«, empört sich Thieß. »Ich könnte Ihnen Geschichten erzählen …«

»Ich finde sogar einleuchtend, was Sie sagen. Aber wenn das der Grund dafür sein sollte, dass unter Ihrer Ägide nicht am Wegrand gegraben wurde, dann frage ich mich doch, warum das Ihr Nachfolger anders handhabt.«

»Da müssen Sie den schon selbst fragen«, antwortet Thieß patzig. »Ich habe natürlich bei der Übergabe auf diese Überlegung hingewiesen. Mehrmals sogar, wenn ich mich recht erinnere. Was kann ich dafür, wenn der Neue sich nicht an meine Ratschläge hält?«

Die Kommissarin lächelt plötzlich. Aber das Lächeln wirkt irgendwie giftig.

»Darüber habe ich bereits mit Ihrem Nachfolger gesprochen. Er fand, dass Sie etwas zu sehr darauf bestanden haben, die Wegesränder in Ruhe zu lassen.«

»Na dann wissen Sie doch längst Bescheid! Da hätten Sie sich die Mühe eines Besuchs bei mir sparen können.«

»Ich wollte Sie gern kennenlernen«, antwortet die Kommissarin kühl. »Außerdem hätte es ja auch sein können, dass Sie ein bisschen etwas über den merkwürdigen Knochenfund wissen wollen. Eigentlich müsste Sie das doch interessieren, oder nicht?« Ihr Blick ist seltsam unergründlich.

Thieß schnappt nach Luft. Doch bevor er sich umstellen und nach den Details fragen kann, die ihn natürlich brennend interessieren, steht die Kommissarin auf.

»Aber ich will Sie nicht länger aufhalten. Sie waren ja gerade im Aufbruch, als ich kam. Danke für den Kaffee und einen schönen Tag noch.«

Montag, 1. Februar, 08.40 Uhr, Kriminalkommissariat Westerland

Zwischen ihm und Bastian ist längst nicht alles, wie es sein sollte. Das spürt Sven genau. Trotzdem bereut er seinen Wochenendanruf bei dem Kollegen nicht. Er ist immer noch der Meinung, dass sich Bastian unmöglich gegenüber dem alten Chef benommen hat. Aber er wird diese Sache jetzt nicht wieder thematisieren, jedenfalls nicht, solange Bastian nicht selbst davon anfängt.

Allerdings scheint der im Moment ganz andere Dinge im

Kopf zu haben. Auf Bastians Schreibtisch stehen zwei Kartons mit Akten, aus denen er einige Ordner genommen hat. In einem davon hat er seit einer halben Stunde konzentriert geblättert und Sven dabei weitgehend ignoriert. Jetzt blickt er auf.

»Ich habe Silja zu Thieß Hansen geschickt. Das ist der Typ, der bis vor kurzem für die Grabungen in den Naturschutzgebieten zuständig war. Sie soll herausfinden, warum er jahrelang verhindert hat, dass zu nah an den Wegen gegraben wurde.«

»Verstehe. Ich habe auch schon darüber nachgedacht, warum jemand sich die Mühe macht, eine kopflose Leiche bis nach Morsum zu transportieren, um sie dann direkt neben dem Weg zu vergraben.«

»Hoffentlich kommt Silja da weiter. Und hoffentlich braucht sie noch ein bisschen.« Bastian verstummt, kratzt sich am Kopf und blickt Sven anschließend direkt in die Augen. »Denn solange Silja weg ist, sollten wir beide mal ein paar grundsätzliche Sachen besprechen.«

»Wegen Hanns Lohse, meinst du?« *Ich habe mich getäuscht*, denkt Sven. *Jetzt kommt die Abrechnung.* Automatisch versteift sich sein Nacken.

Doch Bastian schüttelt den Kopf.

»Vergiss den jetzt mal. Dazu ist alles gesagt. Jedenfalls von meiner Seite.«

Ein fragender Blick trifft Sven. Er nickt erleichtert. Nachtragend ist Bastian jedenfalls nicht.

»Nein, ich rede von den beiden anderen unaufgeklärten Mädchenmorden. Ich habe mir die Unterlagen kommen lassen und mir mit denen die halbe Nacht um die Ohren geschlagen. Und weil es in einem Fall um Siljas Schwester geht, will ich das lieber ohne sie besprechen. Wir müssen sie nicht mehr als nötig aufregen.«

»Kannst du mich kurz auf den neuesten Stand bringen?«

»Neuester Stand ist gut. Seit Jahren hat sich niemand mehr um die beiden Morde gekümmert. Weder in Niebüll noch in Husum scheinen sie irgendein Interesse daran gehabt zu haben, diese Cold Cases wieder aufzuwärmen. Aber das wird sich jetzt vermutlich ändern. Also pass auf: Vor knapp sechzehn Jahren ist in Husum eine Dreizehnjährige missbraucht und anschließend erdrosselt worden. Lena Sander. Sie wurde wenige Stunden nach der Tat in einer öffentlichen Grünanlage von zwei spielenden Kindern gefunden. Es gab gravierende Verletzungen im Genitalbereich und im Mund, aber keine Spermaspuren. Obwohl eine ziemlich große Sonderkommission eingerichtet worden ist, fand man keinen Verdächtigen, und es kam folgerichtig auch zu keiner Verhaftung. Ein Fehlschlag auf der ganzen Linie also.

Wenige Monate später wurde Siljas Schwester Franziska umgebracht. In Niebüll. Sie war elf Jahre alt. Gleicher Tathergang, ähnliche Verletzungen. Natürlich hat man den alten Fall herangezogen. Trotzdem kamen die Kollegen nicht weiter. Es gab wieder keine Spermaspuren, und alle Verdächtigen hatten ein Alibi.«

»Wie alt war Silja damals?«

»Neunzehn. Die Familie war kurz vorher aus Rantum nach Niebüll gezogen. Silja hat ihr Abitur noch in Westerland gemacht. Eigentlich wollte sie Kunstgeschichte studieren, ist dann aber zur Kripo gegangen.«

»Na, das mit der Kunstgeschichte hat sie ja später nachgeholt, zumindest ein paar Semester lang«, wirft Sven ein. »Erinnerst du dich noch an diese Freundin, hieß sie nicht Judith, die Silja im Studium kennengelernt hat?«

»Ungern.« Bastian faltet die Hände und lässt seine Fingerknöchel knacken. Sven weiß sehr genau, dass Bastians Beziehung zu Silja wegen Judith beinahe kaputtgegangen wäre. Bastian fand die junge Praktikantin des ermordeten Galeristen außerordentlich attraktiv, auch wenn er sicher nicht daran gedacht hat, etwas mit ihr anzufangen. Na ja, jedenfalls nicht ernsthaft. Und dann gab es ein paar Situationen, die missverständlich waren. Natürlich ist Silja explodiert.

»Der Mord an dem Galeristen hat mir zwar einen Aufklärungsrekord beschert. Wir hatten die Täter innerhalb von vierundzwanzig Stunden, wenn ich mich recht erinnere. Allerdings waren das auch die anstrengendsten vierundzwanzig Stunden meines Lebens. Die Geschichte mit Judith war ein einziges Missverständnis.« Ein genervter Blick von Bastian sagt Sven überdeutlich, dass es besser wäre, das Thema fallenzulassen.

Nach einer kurzen Pause redet Bastian weiter. »Zurück zu den Mädchenmorden. Die beiden Fälle in Husum und Niebüll gehörten zusammen, daran hat nie jemand gezweifelt. Franziska Blanck war eindeutig das zweite Opfer des Husumer Monsters, wie man den Mörder damals nannte. Sie kam nicht zum Abendessen vom Spielplatz nach Hause, am nächsten Morgen hat man sie ganz in der Nähe gefunden. Missbraucht und erdrosselt.« Er unterbricht sich, schließt kurz die Augen und atmet einmal tief durch. »Das ist jetzt fünfzehneinhalb Jahre her.«

»Wie ist die Familie damit fertig geworden?«

»Gar nicht. Die Mutter ist an Kummer gestorben, der Vater wurde depressiv. Die beiden anderen Schwestern haben sich ziemlich abgekapselt. Und Silja kennst du ja selbst. Prinzessin Rührmichnichtan. Oder *noli me tangere*, wie sie immer sagt.«

»Noli was?«

»Vergiss es. Heißt das Gleiche.«

»Dann lass doch das blöde Latein stecken. Oder willst du mich fertigmachen?«

»Nee, gar nicht.« Bastian guckt überrascht und überlegt kurz. »Vielleicht färbt das Zusammensein mit Silja langsam ab.«

»Nicht, dass du uns noch zum Intellektuellen wirst.«

»Keine Sorge, Kumpel.«

Sven zuckt die Schultern und verdreht die Augen. Dann fragt er: »Gibt es eigentlich neue Infos über unser Skelett?«

»Deswegen wollte ich mit dir reden. Wann wir die Ergebnisse der DNA-Analyse bekommen, wissen die Götter. Ich habe versucht, so richtig Dampf zu machen. Aber jedes einzelne kriminaltechnische Institut Deutschlands ist unterbesetzt. Wenn du denen ein paar alte Knochen und eine neue DNA-Probe gibst, dann lachen die sich schlapp. Es soll schon vorgekommen sein, dass selbst direkt nach einem Mord sichergestellte Spuren wochenlang nicht ausgewertet wurden.«

»Wir wissen also immer noch nicht, ob es sich bei dem Skelett tatsächlich um die Tochter von Angelika Kaltenbach handelt«, seufzt Sven.

»Du sagst es. Es ist möglich, aber keinesfalls sicher. Und daran schließt sich die zweite Frage an: Ist der Mörder von Lena Sander und Franziska Blanck auch der Mörder von unserem Skelettmädchen? Es gibt da einige Abweichungen. Zwischen den ersten beiden Morden liegt ein knappes halbes Jahr. Zwischen dem Mord an Franziska und Gittas Verschwinden liegen anderthalb Jahre. Die ersten beiden Morde fanden auf dem Festland statt, der dritte hier auf der Insel. Und die ersten beiden Opfer hatten ihre Köpfe noch.«

»Alles richtig. Aber du weißt ja, wie das mit Triebtätern ist. Oft werden sie mit der Zeit wilder und gieriger. Das würde gut zu der verlängerten Latenzperiode passen. Der Typ hat sich vor dem dritten Mord länger zurückgehalten, also stand er bei dem Skelettmädchen besonders unter Strom.«

»Darüber habe ich auch schon nachgedacht. Der Täter wäre zwar wilder und gieriger, wie du es ausdrückst, aber eben auch vorsichtiger geworden. Denn die dritte Leiche hat er nicht einfach in ein Gebüsch gezerrt, sondern sie sehr gut versteckt. So gut, dass wir den Kopf immer noch nicht gefunden haben«, sagt Bastian stirnrunzelnd. »Und diesen Kopf brauchen wir dringend, denn mit einem Zahnstatus können wir hoffentlich auch ohne DNA-Analyse die Identität des Skelettmädchens klären.«

»Es gibt noch eine weitere Frage, über die wir uns Gedanken machen müssen«, wirft Sven ein.

»Und zwar?«

»Warum hat der Typ aufgehört? Innerhalb von zwei Jahren missbraucht er drei Mädchen und bringt sie mit wachsender Brutalität um. Und dann vergehen die Jahre, ohne dass er wieder zuschlägt. Verliert er die Lust? Zieht er weg? Oder was?«

»Vielleicht ist er gestorben«, antwortet Bastian. »Jack the Ripper hat man vermutlich aus genau diesem Grund nie gefasst. Der dürfte irgendwo unerkannt das Zeitliche gesegnet haben. Denn dass diese Burschen einfach so ihre Lust besiegen und tugendhaft werden, ist eher unwahrscheinlich. Und wenn sie den Ort wechseln, gibt's woanders Tote.«

»Oder das Internet ist schuld«, murmelt Sven.

»Wie meinst du das?«

»Vielleicht hat er rausgefunden, wo er sich Snuff-Videos besorgen kann.«

»Du meinst, zuzugucken ist genauso erregend, wie selbst Hand anzulegen?«

»Das hast du sehr diskret ausgedrückt. Aber ja, genau das meine ich. Es könnte doch sein, dass es unserem Täter irgendwann gereicht hat, das vorhandene Material zu sichten. War ja alles im Darknet, warum sollte er sich also noch selbst die Hände schmutzig machen.«

»Klingt nachvollziehbar. Trotzdem sollten wir diesen verdammten Kopf finden.«

»Wir können nicht die ganze Morsumer Heide umgraben lassen, oder?«

»Das muss die Staatsanwältin entscheiden. Sie ist auf dem Weg nach Sylt und kommt gegen Mittag vorbei.« Bastian verzieht bei dem Gedanken an seine überaus energische Vorgesetzte das Gesicht. »Wer weiß, vielleicht findet sie auch, dass wir die ganz große Keule rausholen sollten. Die Naturschützer sind ohnehin in der Heide zugange. Vielleicht kann man was kombinieren. Aber egal, was sie veranlasst, ermitteln können wir auch ohne Kopf, das ist schon mal klar. Wir haben eine Tote, die ganz sicher keines natürlichen Todes gestorben ist und die vermutlich vergewaltigt wurde, wie die Fraktur am Schambein nahelegt.«

»Und wir haben weit und breit keine andere Vermisste im passenden Alter und zur passenden Zeit als Gitta Kaltenbach.«

»Du sagst es, Kumpel. Also widmen wir uns mit Volldampf diesem alten Fall.«

»Nicht ganz, oder? Was ist mit der vermissten Archäologin?«

»Ach, das weißt du noch gar nicht?« Bastians Miene hellt sich plötzlich auf. »Unser spezieller Freund, Fred Hübner, hat sich wieder mal als Held profiliert. Er hat die gesuchte Archäologin letzte Nacht vom Bahndamm gepflückt. Schwer unterkühlt und mit gebrochenem Knöchel, aber immerhin lebend. Sie liegt jetzt in der Nordseeklinik.«

»Echt jetzt? Die Kollegen haben doch überall gesucht und sie nicht entdeckt.«

Bastian zuckt die Schultern. »Peinlich, aber wahr. Da musste wohl erst Fred Hübner kommen.«

»Na dann viel Spaß mit der Bispingen. Das streicht die dir doch bestimmt klafterdick aufs Butterbrot.«

»Bin ich jetzt auch für das Versagen der uniformierten Kollegen verantwortlich? Aber egal. Du weißt ja, Kumpel, es gibt nur eine Möglichkeit, sich mit unserer geschätzten Staatsanwältin gutzustellen. Man muss ihr Ergebnisse präsentieren. In unserem Fall heißt das: Einen Mord aufzuklären wäre gut, alle drei aufzuklären, wäre besser.«

Montag, 1. Februar, 10.17 Uhr, Nordseeklinik, Westerland

»Jetzt sagen Sie schon, auf welcher Station Sie Alice Zabriski untergebracht haben. Sie müssen mich einfach zu ihr lassen«, fordert Maria Wallot mit lauter Stimme.

Die Frau am Empfangstresen des Krankenhauses ist klein und zierlich, aber äußerst resolut. Und sie lässt sich nicht aus der Ruhe bringen. »Keine Besuche, das hat der Herr Professor extra angeordnet.«

»Ich bin kein Besuch, Herrgott nochmal. Ich bin ihre Bezugsperson.«

»Und wo waren Sie dann, als Frau Zabriski verschwunden ist?«

Im Nebenzimmer, denkt Maria entnervt, aber das sagt sie natürlich nicht laut. »*Bezugsperson* bedeutet nicht *Kindergärt-*

nerin«, schnaubt sie, schaltet aber gleich auf einen versöhnlicheren Tonfall um. »Aber jetzt wird Frau Zabriski mich sehen wollen. Können Sie sie nicht wenigstens fragen?«

»Bedaure.« Ohne ein weiteres Wort wendet sich die Tresendame ab.

Maria kommt sich vor wie die letzte Idiotin. Wutschnaubend tritt sie den Rückzug an. Auf dem Weg nach Morsum bricht sie alle Geschwindigkeitsrekorde. Und auf dem Parkplatz des Hotels hätte sie fast Fred Hübner umgenietet, der in seiner üblichen Fahrradkluft steckt und offensichtlich gerade von einer kleinen Trainingseinheit zurückgekehrt ist. Reaktionsschnell springt er zur Seite, wo er grinsend wartet, bis Maria ihren Wagen verlassen hat.

»Welche Laus ist Ihnen denn über die Leber gelaufen?«

»Die im Krankenhaus tun so, als hätten wir Alice Zabriski höchstpersönlich vor einen Zug geschubst. Die lassen mich einfach nicht zu ihr.«

»Ist vielleicht gar nicht so schlecht. Verstehen Sie mich nicht falsch, aber wir sollten uns besser absprechen und eine Strategie entwickeln, sonst platzt noch das ganze Projekt.«

»Ich will wissen, was die Frau sich dabei gedacht hat, einfach abzuhauen. Noch dazu ohne Handy. Es ist ein Wunder, dass sie bei der Kälte überhaupt überlebt hat.«

»Sie haben völlig recht. Ich tippe übrigens auf eine schockbedingte Amnesie. Mir schien Frau Zabriski restlos verwirrt. Die wusste nichts mehr über die vergangenen anderthalb Tage.«

»Sie haben sie gefragt?«

»Kurz bevor ich im Hotel ankam und wir den Notarzt gerufen haben, hatte sie einen lichten Moment. Dachte ich jedenfalls. Sie konnte sich noch an den Skelettfund erinnern. Aber der Rest war weg.«

»Immerhin hat sie Sie erkannt.«

»Ja, ganz offensichtlich. Das hat mich fast schon gewundert.«

»Für uns ist das jedenfalls phantastisch. Sie sind Zabriskis Retter. Nicht mehr und nicht weniger. Und wenn die Dame in Zukunft zu irgendjemandem Zutrauen haben wird, dann doch wohl zu Ihnen.«

»Das will ich schwer hoffen! Trotzdem sollten wir Ruhe bewahren. Übrigens ist es arschkalt hier draußen, jedenfalls wenn man sich nicht bewegt. Wollen wir nicht reingehen?«

»Kommen Sie mit an die Bar? Ich hatte heute Nacht einen dermaßen verstörenden Traum, dass ich immer noch ganz wirr bin. Ein Cognac wird mir jetzt guttun.«

»Ich leiste Ihnen gern Gesellschaft. Aber was den Cognac angeht … na, Sie wissen ja Bescheid.«

»Sie lassen mich wie die letzte Säuferin dastehen«, seufzt Maria theatralisch, während beide das Hotel betreten.

»Dann bestellen wir eben zwei Cognac, und Sie trinken erst den einen und anschließend auch noch den anderen«, schlägt Fred Hübner augenzwinkernd vor. »Ich sage nur schnell an der Rezeption Bescheid. Wie Sie sehen, ist dies ein anständiges Haus. Hier steht niemand schon am Vormittag hinter dem Tresen und wartet auf durstige Gäste.«

»Gute Idee.« Die Verlegerin schwingt sich auf den Barhocker. Kurz darauf nimmt der Journalist neben ihr Platz. Und wenig später werden die beiden Cognacs geliefert.

»Santé!«

Maria hebt ihr Glas und hält es Fred Hübner zum Anstoßen hin. Etwas zögerlich hebt er das zweite Glas und prostet ihr zu. Doch bevor er den Cognacschwenker wieder abstellen kann, durchschneidet eine scharfe Stimme den Raum.

»Das glaube ich jetzt nicht!«

Fred Hübner fährt herum, und als sich auch Maria umdreht, sieht sie eine üppige Rothaarige wutschnaubend vor dem Journalisten stehen.

»Das ist nicht das, wonach es aussieht«, beginnt Fred Hübner, wird aber sofort unterbrochen.

»Das sagen sie alle. Lass dir gefälligst etwas Besseres einfallen, wenn du mich schon belügen musst.«

»Entschuldigung. Ich bin an allem schuld«, versucht Maria Wallot die Situation zu retten.

»Zweifellos«, ätzt die Frau und bedenkt Maria mit einem Killerblick.

»Hallo! Können wir vielleicht mal vernünftig miteinander reden?« Fred Hübner stellt den Cognac ab, steht auf und will die andere in den Arm nehmen. Aber die dreht sich weg.

»Fass mich nicht an, du Heuchler. Mir erzählst du was von Arbeitstreffen. In Wirklichkeit machst du dir mit dieser Dame hier ein paar nette Stunden.« Sie beugt sich zum Tresen vor, greift nach dem vollen Cognacglas und leert es in einem Zug. Dann sieht sie auf ihre Armbanduhr. »Noch nicht mal elf. Und wie viele davon hattest du heute schon?«

Maria ist dieser Auftritt unendlich peinlich. Gern würde sie den Streit schlichten. Aber ein Blick auf Fred Hübner zeigt ihr, dass es dazu schon zu spät ist. Zornesröte überzieht das Gesicht des Journalisten.

»Auf dieser Ebene rede ich gar nicht mit dir, Elsbeth. Wenn du unbedingt jemanden abkanzeln willst, dann wende dich besser an die Loser von der Polizei. Angeblich haben die hier seit Samstag jeden Stein umgedreht. Aber ich war es, der die Frau letztlich gefunden hat.«

»Du bist ein Held, ich weiß. Und es freut mich für dich,

dass du ganz offensichtlich jemanden gefunden hast, der das auch angemessen mit dir feiert. Schönen Tag noch, die Herrschaften.«

Mit großer Geste dreht sich besagte Elsbeth um. Die roten Locken fliegen, als sie hoch erhobenen Hauptes die Hotelbar verlässt.

Montag, 1. Februar, 12.17 Uhr, Strandpromenade, Westerland

Silja steht ganz vorn an der Mauer, blickt hinüber zur Brandung und lässt sich den kalten Wind ins Gesicht wehen. Die Wellen sind mindestens drei Meter hoch, und der Westwind hat fast schon Sturmstärke. Außer Silja sind hier nur ein paar versprengte Touristen, die sich für wenige Sekunden gegen den Sturm stemmen, um das Naturschauspiel zu betrachten. Sie alle sind von Kopf bis Fuß verhüllt, die Kapuzen so festgezurrt, dass gerade noch ein kleiner Gesichtskreis aus Augen, Nase und Mund zu sehen ist. Silja ist die Einzige, die die Kapuze ihrer Daunenjacke nicht aufgesetzt hat. Ihre Haare fliegen im Wind, und ihre Ohren sind jetzt schon eiskalt.

Das Thermometer zeigt zwar keine Minusgrade mehr, und die letzten Schneereste sind längst geschmolzen, aber die Gischt, die der Wind herüberträgt, prickelt auf Siljas Haut wie tausend kleine Eiströpfchen. Jedes einzelne ein Schmerz. Jedes einzelne eine Erinnerung an den furchtbaren Sommer, in dem sie erst Abitur gemacht, dann nach Niebüll umgezogen ist und kurz darauf die jüngste Schwester verloren hat.

Seit mehr als fünfzehn Jahren hat Silja alles getan, um die

Erinnerung an diese Wochen zu verdrängen. Anders schien ihr ein Weiterleben einfach nicht möglich zu sein. Auch wenn Bastian der Erste war, zu dem sie viele Jahre später überhaupt von ihren Gefühlen sprechen konnte, hat das nichts Wesentliches an ihrer Einstellung geändert. Alles wegschieben, besser nicht daran denken, um nicht verrückt zu werden. Verrückt vor Hass und auch vor Rachsucht.

Silja musste nicht erst zur Kriminalpolizei gehen, um zu erkennen, dass diese Gefühle durch und durch zerstörerische Impulse waren. Manchmal war sie insgeheim sogar froh darüber, dass man Franziskas Mörder nie gefunden hat. Nur auf diese Weise konnten ihr Hass und ihre Rachsucht ins Leere laufen.

Und jetzt das.

Eine dritte Tote auf der Insel. Möglicherweise vom gleichen Monster umgebracht wie Franziska und das Husumer Mädchen.

Bastian hat Silja sofort angeboten, sie komplett von den Ermittlungen freizustellen. Jeder würde das verstehen und die Staatsanwältin es wahrscheinlich sogar fordern. Doch Silja hat abgelehnt. Hat auf ihre Stärke verwiesen und auf die vielen Jahre, die inzwischen vergangen sind. Auf die Professionalität, die sie mittlerweile erworben hat.

Aber hier und jetzt, angesichts des tobenden Meeres, das auf eine fast unheimliche Weise ihre so lange verdrängten Gefühle freisetzt, muss sie sich eingestehen, dass ihre Begründungen reine Lügen waren. Die angebliche Stärke ist angesichts der Hitze ihres Hasses längst dahingeschmolzen. Von ihrer Professionalität ist nur noch eine brüchige Fassade geblieben, hinter der es brodelt und kocht und Rachephantasien nur so sprießen.

Wenn Silja sich vorstellt, dass sie und ihre Kollegen den Mörder der drei Mädchen tatsächlich finden, wenn sie sich vorstellt, dass sie selbst unter Umständen in einigen Tagen oder Wochen dem Mann leibhaftig gegenübersteht, in dessen Augen die sterbende Franziska geblickt hat, dann brennen ihr sofort alle Sicherungen durch. Sie möchte die Dienstwaffe entsichern und ihm direkt ins Gesicht schießen. Sie möchte alle Kräfte mobilisieren, ihre Hände ganz fest um seinen verdammten Hals legen und ihn eigenhändig erwürgen. Sie möchte …

Es ist furchtbar, was ihr durch den Kopf geht. Jede einzelne dieser Racheaktionen wäre umstandslos geeignet, ihr gesamtes Leben zu zerstören. Aber obwohl Silja das alles sehr genau weiß, kann sie wenig gegen ihre Gefühle tun. Nur eines bleibt ihr und darauf richtet sie ihre gesamte Konzentration: Sie muss jeden einzelnen dieser bösen Gedanken vor Sven und vor allem vor Bastian verbergen. Sie muss cool, beherrscht und berechenbar wirken. Und vor allem anderen: Sie muss auf jeden Fall verhindern, dass man sie von den Ermittlungen abzieht.

Als sie sich von dem tobenden Meer abwendet, sind ihre Schritte schnell und entschlossen. Ihre Miene ist beherrscht und ebenso kalt wie der eisige Westwind. Niemand sieht die Hände, die sie zu harten Fäusten geballt tief in den Taschen ihrer Daunenjacke vergraben hat.

Montag, 1. Februar, 12.45 Uhr, Kriminalkommissariat Westerland

Bastian Kreuzer ist mies drauf. Immer wieder sieht er auf die Uhr und wartet darauf, dass sich die Tür seines Büros öffnet und die Staatsanwältin Elsbeth von Bispingen hereingestürmt kommt. Sie nimmt selten ein Blatt vor den Mund und macht sich dafür umso häufiger ein Vergnügen daraus, ihn und seine Kollegen zusammenzufalten.

Elsbeth von Bispingen und er sind alte Feinde. Schon oft hat sie ihm mit Konsequenzen gedroht, sollte er seine Fälle nicht gründlich bearbeiten und – vor allem das – erfolgreich abschließen. Bisher ist es ihm jedes Mal gelungen, die Staatsanwältin zufriedenzustellen. Und er weiß, er muss auch weiterhin liefern, denn es ist sehr wahrscheinlich, dass sie längst von seiner und Siljas gemeinsamer Wohnung weiß. Unter Kollegen sind Beziehungen nicht erwünscht, und dass die Staatsanwältin das bisher stillschweigend geduldet hat, sagt noch gar nichts. Sie könnte ihnen immer noch richtig Ärger machen. Ein bisschen Goodwill ist also durchaus angebracht, denn was Elsbeth von Bispingen zu dem verzwickten aktuellen Fall und zu den spärlichen bisherigen Ergebnissen zu sagen haben wird, will Bastian lieber nicht hören. Und falls sie erfahren sollte, dass Silja unmittelbar betroffen ist und trotzdem ermittelt, wäre mit Sicherheit die Hölle los.

Doch als wenig später tatsächlich die Tür geöffnet wird, geschieht dies sanft, fast zaghaft. Bastian rechnet damit, dass es einer der Polizeianwärter ist, der sich zögernd nähern wird. Umso erstaunter ist er, als tatsächlich die Staatsanwältin vor ihm steht.

Elsbeth von Bispingen sieht schlecht aus, findet der Hauptkommissar. Es ist nicht nur die winterblasse Haut, auch wenn diese, wie bei allen Rothaarigen, in den lichtarmen Monaten besonders durchscheinend wirkt. Es sind auch zwei Sorgenfalten links und rechts des Mundes, die er vorher noch nie wahrgenommen hat.

Bastian muss an die Tragödie denken, die sich im vergangenen Sommer in der Familie des Bruders der Staatsanwältin abgespielt hat. Vermutlich hat das Spuren hinterlassen. Aber da ist noch mehr. Ein Gesichtsausdruck, den er von ihr nicht kennt und nur schwer deuten kann. Ist sie einfach nur mürrisch? Richtig wütend? Oder vielleicht sogar angeekelt?

Was dir gerade über die Leber gelaufen ist, möchte ich gar nicht wissen, denkt er, während er ihr einen Kaffee anbietet.

»Taugt Ihre Maschine was?«, erkundigt sie sich misstrauisch.

»Nicht wirklich. Aber ich glaube kaum, dass uns der Steuerzahler in naher Zukunft das George-Clooney-Modell finanzieren wird.«

Sie lacht nicht. Verzieht noch nicht einmal den Mund. Und dass sie sogar auf eine ihrer sonst üblichen spöttischen Bemerkungen verzichtet, besorgt den Hauptkommissar schon fast.

»Ich kann auch gern einen Kollegen in die Fußgängerzone schicken. Da gibt's ganz ordentlichen Coffee to go«, bietet er an.

»Nicht nötig, ich nehme das Zeug da aus Ihrer Kanne. Mir ist ohnehin schon schlecht.«

Bastian ist verwirrt. Solche Töne hat er noch nie von der bärbeißigen Staatsanwältin vernommen.

Die Bispingen sieht Bastians besorgten Blick und errät ganz offensichtlich seine Gedanken. Sie verdreht die Augen und murmelt: »Es ist nichts Wichtiges. Nur eine kleine private Irritation.«

Bastian nickt, denkt sich seinen Teil und gießt ihr einen Becher voll. »Milch, Zucker?«

»Schwarz. Danke.«

Die Staatsanwältin nimmt ihm den Kaffeebecher aus der Hand und lässt sich auf den Stuhl vor seinem Schreibtisch fallen. Sie stellt den Becher auf einem Aktenstapel ab, greift sich mit beiden Händen in die langen roten Locken, dreht sie zu einem straffen Dutt am Hinterkopf zusammen und fixiert die Haare mit einem Gummiband, das sie aus ihrer Hosentasche gezogen hat. Es wirkt, als wolle sie nicht ihre Haare, sondern etwas ganz anderes strangulieren. Dann probiert sie den Kaffee und stöhnt.

»Der ist ja noch übler, als ich erwartet habe.«

»Das Gleiche kann man von unserem gegenwärtigen Fall auch sagen.« Bastian deutet auf den Aktenstapel, auf dem eben noch der Becher der Staatsanwältin gestanden hat. »Ein Skelett ohne Kopf, ein ungelöster Fall in der Vergangenheit und jede Menge schlampiger Ermittlungen.«

»Sie reden vom Verschwinden Gitta Kaltenbachs, nehme ich an. Haben Sie die alten Akten komplett durchgesehen?« Ihr Blick wird aufmerksam.

Jetzt wetzt sie das Messer, und gleich sticht sie zu, denkt Bastian. Vorsichtig beginnt er: »Es gibt mindestens einen Verdächtigen, der damals gar nicht vernommen worden ist. Der Onkel der Toten. Er ist jetzt mit der Mutter liiert. Ich habe ihn getroffen, als ich mit ihr reden wollte. Merkwürdiger Typ.«

»Das wirft kein gutes Licht auf den damaligen Ermittlungsleiter«, murmelt die Bispingen. Dann nippt sie noch einmal an ihrem Kaffee und verzieht das Gesicht.

Bastian kennt diese Grimasse des Abscheus nur allzu gut. Normalerweise kündigt sie einen der staatsanwaltlichen Wutausbrüche an. Doch heute ist sie eindeutig auf den Kaffee gemünzt.

»Und jetzt stellen Sie sich vor, Sie müssten das jeden Morgen trinken«, bemerkt der Hauptkommissar erleichtert. »Übrigens bin ich wegen meines Amtsvorgängers schon mit Oberkommissar Winterberg aneinandergeraten. Er fand, dass ich seinen alten Chef zu hart rangenommen habe.«

»Auf Sylt waren die Seilschaften schon immer etwas enger. Deshalb war ich auch froh, als Sie hier angefangen haben. Ein bisschen frisches Blut kann nie schaden. Und bei einem Cold Case bringt ein unverbrauchter Blick vielleicht sogar den Durchbruch.«

Bastian glaubt, sich verhört zu haben. Biedert sich die Staatsanwältin jetzt etwa bei ihm an? »Apropos Durchbruch«, traut er sich zu antworten. »Wir bräuchten dringend Klarheit darüber, ob es sich bei dem Skelett wirklich um Gitta Kaltenbachs sterbliche Überreste handelt.«

»Ich weiß. Die KTU ist komplett überlastet. Wie immer. Hab gestern schon mit denen telefoniert und Druck gemacht. Aber bei einer vierzehn Jahre alten Leiche ist Dringlichkeit schwer zu vermitteln. Immerhin haben sie mir zugesagt, dass wir am Ende der Woche erfahren, was Sache ist.«

»Und bis dahin? Drehen wir Däumchen? Oder suchen wir den Kopf?«

»Die Heide ums Morsum Kliff ist ein Naturschutzgebiet. Ich kann da nicht so einfach graben lassen.« Sie klingt eher verzagt als abweisend.

»Von einfach war auch nicht die Rede. Aber hey, es geht um Mord. Und falls Ihnen das bei der Entscheidung hilft: Ich habe mit dem Landschaftsschutz geredet. Im nächsten Jahr planen die ohnehin eine gesteuerte Brandrodung.«

»Die brennen die Heide ab?«

Bastian nickt. »Das machen die alle paar Jahre. Asche ist ein guter Dünger, und die Samen keimen dann neu. In Südafrika ist das auch üblich, habe ich gelernt.«

Elsbeth von Bispingen runzelt die Stirn, sagt aber nichts.

»Jetzt geben Sie sich schon einen Ruck. Ich will diesen verdammten Kopf finden. Und dann will ich, dass der Kerl bestraft wird, der das Mädchen auf dem Gewissen hat.«

»Und vielleicht noch zwei andere dazu.«

Der lauernde Blick der Staatsanwältin gefällt Bastian gar nicht. Weiß sie etwas über Siljas familiären Hintergrund? War die ganze weichgespülte Unterhaltung nur das Vorgeplänkel für einen echt harten Angang? Er überlegt kurz und beschließt, den Stier bei den Hörnern zu packen. »Sie haben recht. Eigentlich geht es um drei Mordfälle. Wenn wir es geschickt anstellen, können wir vielleicht einen Serienmörder fassen.«

»Der möglicherweise sogar die Schwester Ihrer Kollegin auf dem Gewissen hat. Ich weiß Bescheid. Und ich kann Ihnen nur eines sagen, Kreuzer. Sie bewegen sich da auf sehr dünnem Eis. Wenn das schiefgeht und man Ihnen Unverhältnismäßigkeit nachweisen kann, möchte ich nicht in Ihrer Haut stecken.«

Ich auch nicht, denkt Bastian. Doch er antwortet etwas anderes: »Das halte ich aus.«

»Tapfer.« Elsbeth von Bispingen klingt weder boshaft noch schadenfroh. Eher aufmunternd. Bastian versteht die Welt nicht mehr.

»Wo steckt sie eigentlich, Ihre Kollegin?«, erkundigt sich die Staatsanwältin nun.

»Sie macht ein paar Routinebefragungen«, antwortet er ausweichend. »Bevor wir nicht wissen, woran wir mit dem Skelett sind, halte ich sie aus den Ermittlungen weitgehend raus.«

»Sehr weise von Ihnen. Und klären Sie die Rolle des ehemaligen Dienststellenleiters. Wenn wir schon in der Vergangenheit herumstochern, dann gründlich. Das schließt auch Ihren Kollegen Winterberg ein. Nicht, dass der auch noch Dreck am Stecken hat.«

»Also echt jetzt, Frau von Bispingen …«, beginnt Bastian aufgebracht, beschließt dann aber, sich zu mäßigen. Schließlich kann es nur von Vorteil sein, wenn der Ermittlungsleiter und die Staatsanwältin ausnahmsweise einträchtig an einem Strang ziehen. »Sven Winterberg hat erst hier angefangen, nachdem die Ermittlungen im Fall Kaltenbach schon eingestellt waren«, erklärt er mit ruhiger Stimme. Und nachdem er den zweifelnden Blick der Staatsanwältin gesehen hat, fügt er leicht beschämt hinzu: »Das habe ich gleich als Erstes recherchiert. Sicher ist sicher.«

Elsbeth von Bispingen nickt. Dann leert sie mutig den Kaffeebecher, stellt ihn zurück auf den Schreibtisch und holt tief Luft.

»Nehmen wir einmal an, der Täter in allen drei Fällen wäre tatsächlich derselbe. Dann wäre die Wahrscheinlichkeit ziemlich groß, dass er zumindest damals auf Sylt gelebt hat. Vielleicht tut er es sogar heute noch. Stimmen Sie mir da zu?«

Bastian zögert, was der Staatsanwältin ein kleines Lächeln entlockt.

»Sie wollen eine Begründung? Dabei ist es doch ganz offensichtlich. Falls es derselbe Täter war, dann hat er sich beim dritten Mord mächtig angestrengt, um die Leiche verschwinden zu lassen, während er bei den beiden Festlandsmorden die Mädchen einfach ins nächste Gebüsch gezerrt hat.«

»Ja, darüber haben wir uns auch schon Gedanken gemacht.«

»Aber auf die naheliegendste Begründung sind Sie nicht gekommen?«

Bastian schluckt. Er weiß, er sollte jetzt besser etwas Schlaues sagen. Also tastet er sich an das mögliche Motiv heran.

»Mal ganz langsam. Warum sollte sich ein Sylter Täter, der auf dem Festland mordet, sonderliche Mühe beim Verstecken der Leichen geben? Viel wichtiger war es, keine Spuren zu hinterlassen. Und natürlich sollte man ihm keinerlei Verbindung zu den Mädchen nachweisen können. Darüber hinaus war es am schlausten, so schnell wie möglich vom Tatort zu verschwinden. Hier auf der Insel konnte er sich sicher fühlen. Sexualtäter stammen in der Regel entweder aus dem Umfeld ihrer Opfer oder sie begegnen ihnen durch Zufall. Das heißt, sie halten sich gewohnheitsmäßig in der Nähe ihrer Opfer auf. Beides träfe auf einen Sylter, der auf dem Festland mordet, nicht zu.«

»Ganz genau. Als er dann zum dritten Mal gemordet hat, und diesmal auf der Insel, musste er viel gründlicher dafür sorgen, dass niemand ihm auf die Spur kommt. Und am besten gelingt das natürlich, wenn es erst gar keine Leiche gibt.«

»Korrekt. Trotzdem stellen sich jetzt zwei Fragen.«

Elsbeth von Bispingen nickt und murmelt: »Erstens: Warum ist der dritte Mord nicht wieder auf dem Festland begangen worden?«

»Und zweitens: Wie ist der Sylter Täter auf seine Opfer auf dem Festland aufmerksam geworden?«, fügt Bastian hinzu.

»Die Familie Ihrer Kollegin ist erst kurz vorher von der Insel nach Niebüll gezogen. Der Täter hätte Franziska Blanck also durchaus von früher kennen können. Den Bezugspunkt im Husumer Fall sollten Sie dringend recherchieren.«

»Ich klemm mich dahinter«, sagt Bastian. »Und um auf den ersten Punkt zurückzukommen. Der Kollege Winterberg hat eine gute Theorie dazu. Sexualwiederholungstäter werden mit zunehmender Anzahl von Delikten oft gieriger oder grausamer. Und vielleicht ist dieser hier eben auch ungeduldiger geworden. Oder, um es lapidar auszudrücken: Er hat's einfach nicht mehr ausgehalten und deshalb gleich hier auf der Insel zugeschlagen.«

»Genau das habe ich auch überlegt. Und daraus ergibt sich das weitere Vorgehen. Finden Sie raus, was die drei toten Mädchen gemeinsam hatten. Bekannte, Hobbys, Krankheiten, was weiß ich. Mit etwas Glück kommen wir so dem Täter auf die Spur.«

»Immer vorausgesetzt, dass wir mit unseren Hypothesen richtigliegen.«

»Wer nicht wagt, der nicht gewinnt. Und außerdem haben wir ja nichts anderes, oder?« Die Staatsanwältin wirft ihm einen letzten aufmunternden Blick zu, bevor sie den Raum verlässt. Die Tür schließt sie sehr leise hinter sich.

Montag, 1. Februar, 16.07 Uhr, Landhaus Severin*s, Morsum Kliff

Nachdem der ganze Tag schon kalt und stürmisch war, hat am Nachmittag auch noch ein fieser Sprühregen eingesetzt. Maria Wallot musste sich dieses Wetter nur ein paar Minuten lang durchs Fenster ansehen, um zu beschließen, den Rest des Tages im Hotel zu verbringen und die Sauna aufzusuchen. Doch kaum hat es sich die Verlegerin im Untergeschoss des Hotels bei kuschligen 90 Grad auf einer Holzbank bequem gemacht, breiten sich alle möglichen Erinnerungen in ihrem Kopf aus.

Der Traum der letzten Nacht ist auf eine unheimliche Weise präsent. Der elterliche Garten, die fröhliche Nachbarstochter. Vor allem die Melodie, zu der Annika herumhüpfte, gibt Maria zu denken. Warum, um alles in der Welt, fällt ihr der Text dazu nicht ein?

Es war ein Lied, oder etwas Ähnliches, das weiß sie noch. Es war etwas Gereimtes, etwas, das sich leicht merken ließ und zu dessen Rhythmus Annika sich bewegte. Maria sieht sie förmlich vor sich, wie sie in der verborgenen Ecke, in der der Kompost untergebracht war …

Halt! Das ist es. Der Kompost! Schlagartig ist der Text wieder da.

Im Kompost, im Kompost verschwindet alles wie es soll und macht die Blumenkästen voll.

Dass sie darauf nicht vorher gekommen ist! Die Frage ist nur, warum träumt sie plötzlich davon? Und was hat das Ganze mit ihrer gegenwärtigen Situation zu tun?

Wahrscheinlich nichts, beruhigt sich Maria, schließlich ist sie auf ihrer nächtlichen Suche nach Alice Zabriski an dem Bretterverschlag an der Grundstücksgrenze vorbeigekommen. Das ist keine zwei Tage her. Maria hat den charakteristischen Kompostgeruch deutlich wahrgenommen. Hat sich noch gewundert, dass er sogar im Winter bemerkbar ist. Heißt es nicht immer, dass Träume Tagesreste verarbeiten? Bei ihr war es eben ein Nachtrest.

Maria streckt sich aus und hebt die Arme über den Kopf. Sie atmet tief ein und wieder aus. Sie wischt sich ein paar

Schweißperlen vom Dekolleté. Sie sagt sich, wie luxuriös es ist, diese gepflegte Sauna ganz für sich ganz allein zu haben. Sie schließt die Augen und versucht, sich zu entspannen. Die Ruhe und die Wärme zu genießen. Einatmen. Ausatmen. Schwitzen. Die Gelenke lockern. Die Gedanken laufen lassen. Runterkommen.

Im Kompost, im Kompost verschwindet alles wie es soll und macht die Blumenkästen voll.

Da ist er wieder dieser Reim. Heimtückisch schleicht er sich in Marias Kopf. *Erst kann ich mich nicht erinnern, und jetzt werde ich's nicht mehr los.*

Maria kapituliert. Sie setzt sich auf und beginnt zu grübeln. *Im Kompost, im Kompost verschwindet alles wie es soll und macht die Blumenkästen voll.* Das singt zwar Annika, aber ausgedacht hat sie es sich nicht. Das kam von woanders. Ein Mann? Aber wer? Und war da nicht auch ein Gesicht in ihrem Traum? Verschwommen und düster. Dafür sehr präsent.

Maria legt sich wieder hin. Sie schließt die Augen und hört tief in sich hinein. Und plötzlich weiß sie es. Leif, der Gärtner ihrer Eltern, der sich immer endlos viel Zeit für Maria und die Freundin genommen hat. Der ihnen alles erklärt hat. Auch die Kompostwirtschaft.

Im Kompost, im Kompost verschwindet alles wie es soll und macht die Blumenkästen voll, war Leifs Leitspruch. Immer wieder predigte der Gärtner den beiden Mädchen diesen Satz, den sie natürlich auf die verrottenden Gartenabfälle bezogen haben, aus denen frische und nährstoffreiche Gartenerde entstehen sollte. Tatsache ist aber auch, dass der Reim angesichts der Suche nach einem Mädchenschädel eine neue und außerordentlich erschreckende Bedeutung bekommt.

Glaube ich wirklich, dass unser Gärtner Leif ein Mädchen

missbraucht und umgebracht hat? Es anschließend geköpft und den Kopf in unserem Kompost versteckt hat?

Natürlich nicht. Leif war nett und tüchtig, aufrichtig und herzensgut.

Andererseits gab es diesen speziellen Moment vor dem Verkauf des Grundstücks. Maria drehte eine letzte Runde durch den Garten, der bald nicht mehr ihr gehören würde. Sie besuchte die Orte ihrer Kindheit, versuchte, sich so viel wie möglich einzuprägen und vor dem Vergessen zu bewahren. Auch der Kompost war so ein Ort. Und während sie noch gedankenverloren davorstand, entdeckte sie …

Nein, Maria weiß genau, dass sie diesen Gedanken nicht weiterdenken darf. Auf gar keinen Fall. Aber er sitzt schon viel zu fest. Sie versucht alles, um sich auf die Gegenwart zu konzentrieren. Nur das Jetzt zählt. Und vielleicht noch die Erinnerungen, die unmittelbar durch den Skelettfund geweckt worden sind.

Wenn sie nur schätzen könnte, wie alt das Skelett in der Grube war. Maria ist jetzt Anfang fünfzig, bei ihrem Traumbild handelt es sich also um Geschehnisse, die etwa vierzig Jahre auf dem Buckel haben. Kann man diesen überhaupt noch trauen? Und wie lange hat Leif eigentlich für ihre Eltern gearbeitet? War er noch an Bord, als Maria das Haus verkauft hat? Doch das war er. Jedenfalls glaubt Maria, sich an eine fürstliche Prämie zu erinnern, die sie dem inzwischen gealterten Gärtner zum Abschied überreichte. Maria rechnet nach und stellt fest, dass das auch schon zehn Jahre her ist. Plötzlich wüsste sie gern, ob die damalige Käuferin, eine Industriellentochter, wohl immer noch die Eigentümerin ist. Vielleicht sollte sie einfach mal klingeln und um eine nostalgische kleine Führung bitten.

Um dann am Kompost zu verweilen und vielleicht sogar ein bisschen darin herumzuwühlen? Und ganz beiläufig zu fragen, ob Leif vielleicht immer noch dort arbeitet?

Ausgeschlossen.

Warum sollte sie sich überhaupt darum kümmern?

Ich habe mit diesen alten Knochen nichts zu tun. Und es ist auch nicht meine Aufgabe, den Schädel zu finden. Meine einzige Aufgabe ist es vielmehr, dafür zu sorgen, dass der Deal mit Fred Hübner und Alice Zabriski zustande kommt. Dass die Erinnerungen der Archäologin möglichst bald im Wallot-Verlag erscheinen und uns helfen, unsere Finanzen zu sanieren.

Bei dem Gedanken an einen Verlag, der endlich wieder Gewinne macht, lockern sich Marias Glieder. Seit zwei Monaten sind die Erlöse aus dem Verkauf der Wattvilla aufgebraucht, und langsam wird es eng. Sehr eng, um genau zu sein.

Leider hält die Entspannung nicht lange an. Die Vorstellung, komplett von Alice Zabriskis Wohlwollen abhängig zu sein, ist nicht besonders angenehm. Wahrscheinlich war die Einladung nach Sylt eine Schnapsidee, überlegt sie. Fred Hübner wäre sicher auch nach Hamburg gekommen. Jetzt allerdings scheint er hier auf der Insel ein Problem mit seiner Angebeteten zu haben. Ob er sich überhaupt noch weglocken ließe?

Außerdem kann es dauern, bis Alice Zabriski aus der Nordseeklinik entlassen wird. Den Ärzten macht weniger der gebrochene Knöchel, sondern vielmehr der labile Gesamtzustand der Patientin Sorgen.

Maria seufzt vernehmlich. Dann setzt sie sich erneut auf. Und spürt, wie ihr Herz hämmert. Sieht die heftig roten Flecken auf ihren Armen und Beinen. Blickt auf die Sandhur an der Holzvertäfelung der Saunawand.

Ihre Zeit ist abgelaufen. Wahrscheinlich schon länger. Und wer weiß, ob sie das nicht auch metaphorisch verstehen sollte.

Montag, 1. Februar, 17.40 Uhr, Kriminalkommissariat Westerland

Nervös trommelt Sven Winterberg auf seinen Schreibtisch. Er hat geduldig die alten Akten der beiden Mädchenmorde auf dem Festland durchgearbeitet. Hat die Vernehmungsprotokolle gecheckt und besonders darauf geachtet, ob es irgendwelche Hinweise auf Doppelungen gibt. Ein Lehrer, der möglicherweise zuerst Lena Sander in Husum und später Franziska Blanck und Gitta Kaltenbach auf Sylt unterrichtet hat. Eine Sylter Spielkameradin von Franziska oder Gitta, deren Großeltern auf dem Festland wohnen? Irgendetwas, das eine Verbindung zwischen den drei misshandelten und ermordeten Mädchen nahelegen würde. Aber da war nichts. Oder Sven war zu blind, um es zu erkennen.

Wütend schlägt er mit der flachen Hand auf den Aktenstapel. Dann sieht er auf seine Armbanduhr. Fast sechs. Er sollte nach Hause gehen, noch eine Stunde mit dem kleinen Max spielen und den Rest des Abends mit seiner Frau verbringen. Sich ablenken. Den Kopf freikriegen.

Bastian ist schon vor einer ganzen Weile verschwunden. Er machte sich Sorgen um Silja, weil sie wieder mal nicht ans Telefon ging. Beide Kommissare kennen diese Unsitte der Kollegin schon. Und sie wissen genau, was sie bedeutet. Entweder Silja will beim Nachdenken nicht gestört werden. Oder es geht ihr schlecht. Sehr schlecht, um genau zu sein.

»Ich halte hier die Stellung, geh du sie suchen«, hat er gesagt und seitdem nichts mehr von Bastian gehört. Doch plötzlich hallen Schritte durch den Flur vor dem Büro. Die Tür fliegt auf, und ein uniformierter Kollege betritt den Raum.

»Gibt Arbeit«, verkündet er kurzangebunden. »Gerade ist ein Haushaltsunfall mit Todesfolge reingekommen.«

Sven stöhnt. »Fensterputzen bei der Kälte sollte echt verboten werden.«

»Nee. Kellertreppe. Oben gestolpert, und als die Frau unten ankam, war sie mausetot.«

»Auch nicht besser. Eigentlich sogar der Klassiker. Wer hat den Fall gemeldet?«

»Der Lebensgefährte. Er klang ziemlich cool, wenn du mich fragst.«

»Ich fahr hin und guck mir das an. Hast du die Adresse?«

»Hab ich unten notiert. Irgendwo in Keitum. Warte mal, im Pröstteft, glaube ich. Meine Schwiegermutter hat da mal gewohnt.«

»Pröstteft, Pröstteft …« Sven Winterberg merkt, wie sich die Härchen auf seinen Unterarmen aufstellen. Es kribbelt plötzlich ganz merkwürdig in seinen Fingern. Und dann weiß er, warum ihm die Adresse bekannt vorkommt. »Der Name der Toten ist nicht zufällig Kaltenbach?«

»Doch. Und zwar sowohl der Name der Toten als auch der ihres Partners. Obwohl sie nicht verheiratet sind. Irre, oder?« Der Beamte wird jetzt richtig temperamentvoll. »Vielleicht sind das aber auch Bruder und Schwester und er hat nur aus Versehen von seiner Partnerin geredet. Kann einen ja schon ziemlich durcheinanderbringen, wenn da plötzlich jemand mausetot auf der Kellertreppe liegt …«

»Heilige Scheiße, sei doch mal ruhig.«

»Ich mein ja bloß …«

Während der Uniformierte beleidigt abdreht, greift Sven nach seinem Handy, um Bastian zu erreichen.

»Hey, Kumpel, alles gut. Silja war ein bisschen durch den Wind, wir sind jetzt erst mal nach Hause gegangen. Ich dachte, du schaffst das auch allein«, beginnt Bastian grußlos.

»Halt die Luft an. Die Kaltenbach ist tot. Angeblich die Kellertreppe runtergefallen. Ihr Typ hat hier angerufen. Ich fahr sofort los. Treffen wir uns dort?«

Am anderen Ende der Leitung ist es einen winzigen Moment lang still. Sehr still. Dann hört Sven ein unflätiges Fluchen. Und anschließend wieder Bastians normale Stimme. Nur etwas leiser als sonst, fast schon beunruhigend leise.

»Ich komme, so schnell ich kann. Das stinkt doch zum Himmel. Und ich will verdammt nochmal verflucht sein, wenn wir diesen Kaltenbach jetzt nicht drankriegen.«

Montag, 1. Februar, 18.03 Uhr, Pröstteft, Keitum

Vor dem schmalen Reihenhaus hat sich ein kleiner Menschenauflauf gebildet. Als Bastian aus seinem Wagen steigt, nimmt kaum jemand Notiz von ihm, denn alle Aufmerksamkeit ist auf das Spektakel an der Haustür konzentriert.

Am Boden kniet, sichtlich erschöpft, Martin Kaltenbach. Ein Rettungssanitäter versucht, ihm eine Glukoselösung einzuflößen, während Sven Winterberg sich darum bemüht, den Mann ins Haus zu bugsieren.

Bastian drängt sich durch die gaffende Menge und blafft: »Was ist hier los, zum Teufel?«

»Kleiner Schwächeanfall, geht gleich wieder«, japst Martin Kaltenbach und wirft dem Kommissar einen Blick zu, in dem Unterwürfigkeit und Anklage gleichermaßen stehen.

»Was machen Sie überhaupt in dieser Kälte vor dem Haus?«

»Er wollte abhauen, denke ich mal«, erklärt Sven finster. »Hab ihn gerade noch erwischt, als ich ankam.«

»Blödsinn. Ich hab's nur drinnen nicht mehr ausgehalten. Die Vorstellung, dass sie die ganze Zeit da unten lag, während ich …« Er unterbricht sich, um gegen einen plötzlichen Schluckauf zu kämpfen. »Sorry, aber ich bin völlig durch den Wind.«

»Wir versuchen, ihn zu stabilisieren«, mischt sich der Rettungssanitäter ein und weist auf die Glukoselösung, »Kann einen ganz schön umhauen, so ein Anblick.«

»Waren Sie drinnen?«, fragt Bastian.

Der Sanitäter nickt. »Für uns gab es da nichts mehr zu tun. Die Frau ist schon kalt.«

»Haben Sie mit irgendjemandem über den Vorfall gesprochen? Außer mit der Polizei natürlich?«, erkundigt sich Bastian bei Kaltenbach, während sein misstrauischer Blick über die dick eingemummelten Nachbarn wandert, die sich ganz offensichtlich auf eine längere Vorstellung eingestellt haben. »Gehen Sie wieder nach Hause, Herrschaften, hier gibt's nichts zu sehen«, ruft er ihnen zu.

Niemand rührt sich. Aber die Stimmung unter den Leuten ist aggressiv. Und die Aggressionen richten sich nicht gegen Martin Kaltenbach.

»Angelikas Treppe war schon lange morsch, aber das kümmert die Gesellschaft, der die Häuser gehören, ja wenig«, beschwert sich ein alter Mann, Typ Seebär.

»Ist Tante Geli tot?«, fragt ein kleiner Junge mit sehr weit aufgerissenen Augen.

»Die Häuser hier sind alle feucht. Das ist im Winter nicht lustig.« Eine junge Frau, die ihre abgearbeiteten Hände reibt, tritt einen Schritt vor. Sie ist die Einzige ohne Handschuhe, und ihr Blick ist anklagend. »Hier auf der Insel geht's nur um die Badegäste. Was mit uns wird, interessiert niemanden.«

»Hören Sie, es tut mir leid, wenn Sie in Ihrer Siedlung einen Renovierungsstau haben. Und ich kann gut verstehen, dass Sie das aufregt. Aber ich bin Kriminalpolizist, kein Bauinspektor. Bei mir sind Sie falsch.« Bastian bückt sich und hievt Martin Kaltenbach mit Svens Hilfe in die Höhe. »Wir gehen jetzt rein, und Sie setzen sich erst mal hin.«

Kaltenbach nickt matt und lässt sich ins Innere des Hauses führen. Dort riecht es feucht und muffig, nach schlecht getrockneter Wäsche, kaltem Zigarettenrauch und schmutzigem Geschirr. Der Körper der toten Angelika Kaltenbach liegt nur zwei Schritte von der Tür entfernt am Fuß der Treppe, die ins obere Stockwerk führt. Sie trägt ein Nachthemd und ist barfuß. Über dem rechten Ohr klafft ein Riss in ihrem Schädel, aus dem jede Menge Blut gelaufen ist. Ansonsten scheint sie unverletzt zu sein. Angelika Kaltenbachs Augen sind weit aufgerissen, der Mund in einem stummen Schrei erstarrt.

Bastian bleibt wie angewurzelt vor der Toten stehen. »Sagten Sie nicht, sie sei die Kellertreppe hinuntergefallen?«, will er schließlich von Martin Kaltenbach wissen.

»Ich? Wieso? Nein, dann würde sie doch nicht hier liegen«, gibt er verwirrt zurück.

Bastian bückt sich und berührt das Blut am Boden mit einem Finger. »Komplett trocken.« Dann versucht er vorsichtig, einen Arm der Toten anzuheben. »Die Leichenstarre hat auch schon eingesetzt.« Mit strenger Stimme fragt er den Lebensgefährten der Toten: »Wie lange liegt sie schon hier?«

Martin Kaltenbach schluckt. »Keine Ahnung. Seit heute früh vielleicht. Sie hat ja auch noch ihr Nachthemd an.«

»Und warum haben Sie sie jetzt erst gefunden?«

»Hab ich nicht. Also nicht jetzt erst. Irgendwann mittags. Also, als ich aufgestanden bin.« Er verhaspelt sich und beginnt noch einmal neu. »Sorry, wirklich. Aber das ist alles so … so …« Offensichtlich fällt ihm kein Wort ein, das seinen Zustand angemessen beschreiben könnte.

Bastian und Sven wechseln einen kurzen Blick. Dann zieht der Hauptkommissar seinen Kollegen in die Küche und schließt die Tür.

»Hör zu, Sven. Hausdurchsuchung, sofort. Bestell alle Kollegen ein, die du finden kannst. Um den Durchsuchungsbeschluss kümmere ich mich, wenn wir Zeit dafür haben. Die Bispingen wird mitspielen, da habe ich keinen Zweifel. Wir berufen uns auf Gefahr im Verzug. Der Typ sitzt seit Stunden mit einer toten Frau hier im Haus. Das stinkt zum Himmel, wenn du mich fragst.«

Sven nickt bedächtig, während er sich nachdenklich durch seine kurz geschnittenen Locken fährt. »Könnte sein, dass Kaltenbach richtig Dreck an Stecken hat, da gebe ich dir recht. Könnte aber ebenso gut sein, dass er einfach einen Schock hat. Überleg mal. Nichts von dem, was er sagt oder tut, passt zusammen. Erst sitzt er stundenlang mit der Toten im Haus, dann versucht er wegzulaufen. Am Telefon sagt er was von einer Kellertreppe, dabei muss er doch fast über sie gestolpert sein, als er von oben runterkam.«

»Trotzdem. Der Kerl war mir von Anfang an suspekt. Wir

stellen hier alles auf den Kopf, und dann sehen wir weiter.« Bastian blickt sich in der Küche um. In der Spüle stapelt sich benutztes Geschirr. Die Teller, Tassen und Gläser weisen stark verkrustete Speisereste auf. Der Brotkorb ist leer und die Glaskanne der Kaffeemaschine ebenfalls. »Wir müssen dringend rausbekommen, was Martin Kaltenbach gemacht hat, bevor er mittags runterkam. Falls das überhaupt stimmt. Und selbst wenn. Kann mir keiner erzählen, dass er von dem Sturz nichts gemerkt hat. Weißt du, was das für einen Lärm macht, wenn ein Mensch eine Treppe herunterpoltert? Von eventuellen Schreien mal ganz abgesehen.«

»Wie wär's, wenn ich gleich mal die Nachbarn befrage«, schlägt Sven vor. »Vielleicht hat jemand von denen was gehört. Haben bestimmt nur Pappwände, die Buden.« Er schlägt probeweise mit der Faust gegen eine der Wände und reibt sich anschließend fluchend die Fingerknöchel. »Oder auch nicht. Die Häuser scheinen stabiler zu sein, als sie wirken.«

»Frag trotzdem. Und lass dir vor allem erzählen, wie die Nachbarn von dem Todesfall erfahren haben. Das wirkte fast wie eine Theaterinszenierung.«

»Ich hab schon gefragt. Gleich als ich ankam. Offenbar ist Martin Kaltenbach wild fuchtelnd auf die Straße gelaufen und hat die ganze Nachbarschaft zusammengeschrien.«

»War das nach oder vor seinem Anruf bei uns?«

»Danach. Die Nachbarn sind rausgelaufen, haben ihn gefragt, was los sei, er hat's ihnen gesagt und ist dann vor seiner Tür zusammengebrochen. Ein Nachbar hat die Rettung gerufen, die kam etwa zeitgleich mit mir.«

Bastian Kreuzer blickt seinen Kollegen ungläubig an. »Echt jetzt?« Und als Sven Winterberg nickt, murmelt der Hauptkommissar: »Also ich kann mich nur wiederholen. Entweder

Martin Kaltenbach ist total ausgetickt. Oder er spielt uns hier das Theater seines Lebens vor.«

»Du meinst, er hat sie gestoßen und macht jetzt auf unzurechnungsfähig?«

»Möglich ist es. Hat er getrunken?«

»Hab nichts gerochen.«

»Wir bestimmen den Blutalkohol. Sicher ist sicher. Und krall dir sein Handy. Ich will alle Telefonverbindungen der letzten vierundzwanzig Stunden.«

Bevor Bastian weiterreden kann, wird die Küchentür aufgerissen. Einer der uniformierten Kollegen schwenkt ein Papiertaschentuch in der Hand, aus dem ein Kassenbeleg von Aldi lugt.

»Ich dachte, das solltet ihr gleich sehen. Lag in der Diele unter dem Schlüsselbund der Toten.«

»Was hattest du da rumzufummeln?«, mosert Bastian und nimmt dem Kollegen vorsichtig das Tuch und den Bon ab. Auf der Rückseite stehen in krakliger Schrift eine Sylter Festnetznummer und darunter ein einziges Wort:

Schwein!

Die beiden Kommissare wechseln einen kurzen Blick. Dann holt Bastian sein Handy aus der Tasche und tippt die Nummer ein.

Beim dritten Klingeln springt ein Anrufbeantworter an: »Hier ist der Anschluss von Hanns Lohse. Nachrichten bitte nach dem Piepton.«

Bastian unterbricht die Verbindung. Auf den fragenden Blick seines Kollegen reagiert er, indem er ihm konzentriert in die Augen blickt.

»Hör mir jetzt gut zu, denn ich sage das nur einmal. Der Anschluss gehört deinem Exchef. Dem angeblich ach so sauberen Hanns Lohse. Ich fahr da jetzt hin und stell dem die Bude auf den Kopf. Du bleibst hier und wartest auf Dr. Bernstein. Anschließend überwachst du die Hausdurchsuchung. Und falls du je irgendwelche übertriebenen Solidaritätsgedanken in punkto Lohse gehegt hast, vergisst du die am besten ganz schnell. Kapiert?«

Sven beißt die Zähne zusammen und schließt kurz die Augen. Dann nickt er wortlos.

Montag, 1. Februar, 21.17 Uhr, Landhaus Severin*s, Morsum Kliff

»Ich weiß es wirklich sehr zu schätzen, dass Sie mir heute Abend Gesellschaft leisten.« Maria Wallot hebt ihr Weinglas und prostet Fred Hübner zu. Die beiden sind die einzigen Gäste am Tresen der Hotelbar. Vor ihnen stehen zwei Schälchen mit Nüssen und Blätterteiggebäck. Auf der Theke und den drei unbesetzten Tischen, die hinter ihnen längs der Fenster stehen, brennen Kerzen und tauchen den Raum in ein heimeliges Licht.

Fred Hübner nippt an seinem Apfelsaft, nicht ohne das Weinglas seiner Gesprächspartnerin mit einem verlangenden Blick zu streifen. »Oh, keine Ursache. Die Dame meines Herzens hat sich ja leider gründlich von mir abgewendet.«

»So schlimm? Das tut mir leid, ehrlich.«

»Sagte Judas und verständigte die Häscher.«

»Seien Sie nicht geschmacklos, Hübner. Oder darf ich Fred sagen? Ich bin übrigens Maria, prost.«

»Maria Magdalena oder bloß Maria?« Freds Blick ist amüsiert.

»Mit Ihnen langweilt man sich nicht so schnell, das gefällt mir.«

»Mit mir langweilt man sich überhaupt nicht, das kann ich Ihnen versprechen.« Wieder gilt sein verlangender Blick Marias Glas. »Und dabei dürfen Sie eines nicht vergessen. Sie haben mich bisher nur in nüchternem Zustand erlebt.«

»Bisher?«

»Führen Sie mich nicht in Versuchung.«

»Das tun Sie doch selbst schon den ganzen Abend lang.«

»Auch wieder wahr.« Fred beugt sich weit zurück und gibt mit leiser Stimme einer der Kellnerinnen Bescheid, die gerade aus der Küche kommt, um eine Suppe im Speisesaal aufzutragen. »Wir würden gern noch etwa bestellen.«

Maria hebt eine Augenbraue, sagt aber nichts. Als die Kellnerin wenig später vor ihnen steht, ordert Fred ein weiteres Glas Weißwein und einen Cognac.

»Für Sie vielleicht noch einen Apfelsaft?«, erkundigt sich die Bedienung.

»Danke nein. Das wird nicht nötig sein.«

»Sie sind ein Mann von Format«, nimmt Maria das Geplänkel wieder auf.

»Ach, hören Sie doch auf! Ich bin ein alter Säufer, der gerade dabei ist, die Contenance zu verlieren.«

»Sie sind in Beichtlaune. Das trifft sich gut.« Maria schlägt ein Bein über das andere, wobei ihr ohnehin sehr enger Rock noch ein Stück weiter über ihre Schenkel rutscht. Sie fängt Freds Blick und lächelt kurz. »So weit sind wir noch nicht. Vorher möchte ich gern wissen, wie ernst es zwischen Ihnen und dieser temperamentvollen rothaarigen Dame war. Wie hieß sie noch gleich? Elisabeth?«

»Elsbeth. Und es war ziemlich ernst. Aber ich schätze mal,

das ist inzwischen Geschichte. Zumal …« Er beobachtet die Kellnerin, die gerade die Getränke hinter dem Tresen einschenkt. Als sie wieder in der Küche verschwunden ist, setzt Fred seinen Satz fort. »Zumal ich jetzt nur vollbringe, was mir besagte rothaarige Dame heute Vormittag ohnehin schon unterstellt hat.« Er hebt das Cognacglas zur Nase, atmet tief ein, schließt die Augen und seufzt: »Wie habe ich das vermisst!«

»Noch können Sie zurück, Fred«, sagt Maria leise.

»Kurz vorm Ziel soll ich scheuen? Sie enttäuschen mich, Werteste!«

Währen der Cognac durch Freds Kehle rinnt, entspannt sich sein Gesicht in einer Weise, die Maria trotz allem überrascht. »Wie lange waren Sie abhängig?«

»Zu lange. Und das wissen Sie genau. Niemand kann mir erzählen, dass Sie sich nicht akribisch über mich informiert haben, bevor Sie mich engagiert haben.«

»Stimmt. Nur schade, dass ich mich nicht genau genug über mich selbst informiert habe«, murmelt sie.

»Das müssen Sie mir erklären.« Fred dreht den Cognacschwenker zwischen beiden Händen und blickt versonnen auf das goldene Getränk.

»Seit dieses Skelett aufgetaucht ist, habe ich äußerst alarmierende Träume«, beginnt sie vorsichtig.

»Reden Sie weiter.« Freds Stimme ist ganz ruhig. Er stellt das Glas auf dem Tresen ab und widmet Maria seine ganze Aufmerksamkeit.

In den nächsten Minuten erzählt sie mit knappen Sätzen von ihrer Kindheit in der Morsumer Villa, von der Nachbarstochter, von dem freundlichen Gärtner und seinem Sinnspruch.

Fred hört aufmerksam zu, ohne sie ein einziges Mal zu unterbrechen. Als sie fertig ist, sagt er beschwichtigend: »Das ist vierzig Jahre her. Damals waren die drei Mordopfer noch nicht einmal geboren.«

»Warum drei? Und woher wissen Sie, wie lange das Skelett schon in der Heide lag?«

Jetzt ist es an Fred, ein wenig auszuholen.

»Die temperamentvolle rothaarige Dame von heute Vormittag, Sie erinnern sich bestimmt«, beginnt er ironisch, »ist Elsbeth von Bispingen, die für die Insel zuständige Staatsanwältin. Und bevor sie im denkbar ungeeignetsten Moment hier höchstpersönlich auftauchte, habe ich länger mit ihr telefoniert. Sie war so freundlich, mich in die Details des Falles einzuweihen.« In wenigen Sätzen umreißt Fred die Lage.

Maria holt tief Luft und sagt dann im Brustton der Überzeugung: »Schöne Scheiße!«

»Ganz wie man's nimmt, Werteste. Immerhin kann ich auf diese Weise Ihre Bedenken komplett zerstreuen.«

»Nicht ganz. Da ist noch etwas anderes. Leider.«

Maria blickt ihn prüfend an. Sie erwartet, dass Fred wenigstens etwas überrascht guckt. Aber sie täuscht sich gründlich.

Zu ihrem nicht geringen Erstaunen murmelt er nur: »Ja, so ist es meistens im Leben. Wir glauben, dass sich ausnahmsweise einmal alles gefügt hat, und dann entdecken wir den Haken an der Geschichte.«

»Sie wissen gar nicht, wie recht Sie haben. Das Furchtbare ist allerdings, dass der Haken in meinem Fall die Form eines Schädels hat. Jedenfalls gehe ich mit ziemlich großer Sicherheit davon aus.«

Fred, der gerade sein Glas geleert hat, verschluckt sich und muss husten. Als er wieder Luft bekommt, fragt er mit tonloser Stimme: »Sie wollen mir jetzt aber nicht erzählen, dass Sie wissen, wo der Kopf zu unserer mysteriösen Leiche zu finden ist?«

Maria steht wortlos auf, umrundet den Tresen, öffnet den Kühlschrank und schenkt sich Wein nach. Anschließend angelt sie die Cognacflasche aus dem Regal über der Bar und blickt Fred fragend an. Als er nickt, schenkt sie auch ihm nach.

»Ich war heute Nachmittag in der Sauna.« Sie weist hinüber zu dem zentralen Mittelgang, der den Barbereich von dem Restaurant trennt und an dessen Ende die Treppe in den Keller führt. »Hab versucht, meine Gedanken zu ordnen und Klarheit über diese verstörenden Träume zu gewinnen. Danach bin ich wieder hoch in mein Zimmer. Hab mich hingelegt und eine Weile geschlafen.« Sie seufzt. »Das war ein Fehler, wie sich herausstellen sollte. Denn während ich schlief, hatte ich einen weiteren Traum. Und diesmal kamen weder unser alter Gärtner Leif noch meine ehemalige Freundin Annika darin vor.«

»Sondern?«

»Nur unser alter Komposthaufen und ich. Und ein blanker Schädel.«

»Mein Gott, Maria, das war doch nur ein Traum.«

»Stimmt. Das Problem ist allerdings, dass ich ziemlich genau weiß, was das Traumbild ausgelöst hat.«

»Ich höre.«

»Am Tag des Hausverkaufs, direkt vor dem Notartermin, hat mich die Melancholie gepackt und ich bin ein letztes Mal durch unseren Garten gegangen. Ich war allein, es war der Garten meiner Kindheit, ich wollte noch einmal alles sehen, riechen, fühlen. Irgendwann stand ich auch vor dem Kompost. Ich wollte ein letztes Mal diesen würzigen Duft riechen und habe deshalb mit einer Schaufel ein wenig darin herumgerührt.«

»Ja und?«

»Plötzlich sah ich etwas …«

»Was denn?«

Sie zuckt die Schultern. »Keine Ahnung, was es genau war. Es hat geschimmert wie ein blanker Knochen.«

»Du hast nicht nachgesehen?«

»Wenn du es genau wissen willst, nein, habe ich nicht. Ich habe mich umgedreht und bin auf direktem Weg zum Notar gefahren.«

Montag, 1. Februar, 22.21 Uhr, Kriminalkommissariat Westerland

»Was für ein Abend!« Bastian Kreuzer lässt sich hinter seinen Schreibtisch fallen und öffnet geräuschvoll eine Bierflasche, während Silja verständnislos den Kopf schüttelt. Er grinst. »Sag jetzt nichts, Süße, denn das habe ich mir redlich verdient. Ein Hoch auf den Bahnhofskiosk.« Er setzt die Flasche an den Mund, legt den Kopf in den Nacken und lässt das Bier direkt in seine Kehle laufen.

Silja schraubt eine Seltersflasche auf und gießt sich ein Glas voll. Sie legt Wert darauf, nüchtern zu bleiben. Bei dem, was sie vorhat, kann sie es sich nicht leisten, die Kontrolle zu verlieren.

»Wann kommt Sven?«, will Bastian jetzt wissen.

»Müsste jeden Augenblick hier sein. Die haben für die Hausdurchsuchung bei den Kaltenbachs etwa genauso lange gebraucht wie wir bei Hanns Lohse.«

»Na, dann wollen wir mal hoffen, dass sie auch so erfolgreich waren.«

Bei Bastians Worten öffnet sich die Bürotür, und Sven kommt herein. Er wirkt müde und enttäuscht.

»Musste das sein, dass wir hier noch eine nächtliche Konferenz abhalten?«, mosert er. »Hätte doch wirklich bis morgen Zeit gehabt.«

»Eben nicht. Setzt dich. Auch ein Bier?« Bastian weist auf das Sixpack neben seinem Schreibtisch.

»Gute Idee. Lass rüberwachsen.«

Während beide Männer trinken, entsteht eine Pause. Silja blickt von einem zum anderen, dann ergreift sie das Wort.

»Die Telefonnummer auf der Flurkommode bei Kaltenbachs hat direkt zu deinem ehemaligen Chef geführt, das weißt du schon?«

Sven nickt. Er sieht alles andere als glücklich aus.

»Bastian hat mich verständigt, und wir haben uns dort getroffen. Allerdings war Hanns Lohse nicht zu Hause, als wir ankamen. Also hat der Schlüsseldienst uns freundlicherweise geholfen.«

»Hat die Bispingen so schnell einen Durchsuchungsbeschluss rausgerückt?«, fragt Sven erstaunt.

»Brauchten wir nicht. Gefahr im Verzug. Schon mal gehört?«, säuselt Bastian und macht ein harmloses Gesicht. »Wir mussten befürchten, dass eine Vernichtung von wichtigen Beweismitteln unmittelbar bevorsteht.«

»Spar dir deine Ironie. Klär mich lieber auf. Vielleicht wundert es dich, aber ich kann mir immer noch nicht vorstellen, dass Hanns Lohse was mit der Sache zu tun hat.«

»Dann halt dich jetzt mal gut an deinem Bier fest.«

Doch bevor Bastian weiterreden kann, wirft Silja ihm

einen warnenden Blick zu. *Wenn es irgendetwas gibt, das wir im Moment gar nicht gebrauchen können, dann ist das Zoff innerhalb des Teams.* Mit energischer Stimme fordert sie: »Lass mich reden, okay?«

»Nach zehn Uhr übernehmen die Ladys die Führung, wusstest du das noch nicht?«, frotzelt Bastian in Svens Richtung.

Aber der lässt sich nicht aufheitern. »Also, raus mit der Sprache. Was habt ihr gefunden?«

Silja räuspert sich. Es fällt ihr schwer, distanzierende Worte für das zu finden, was sie gesehen hat. »Wir mussten nicht lange suchen. Dein alter Chef war nicht besonders phantasievoll bei der Auswahl seiner Verstecke. Im Kleiderschrank direkt neben seinem Bett stand ein ziemlich ramponierter Karton. Darin waren ein ganzes Sortiment pornographischer Fotos mit Kindern aller Altersstufen und jede Menge schmutziger kleiner Magazine.«

Sven wird blass. Es ist deutlich zu sehen, dass er die Zähne fest zusammenbeißt. Aber er sagt nichts.

Bastian blickt den Kollegen forschend an. Er bemüht sich, keinen Triumph zu zeigen. Doch dann kann er sich nicht mehr zurückhalten, setzt sich kerzengerade auf und stellt die Bierflasche ab. »Und das war längst noch nicht alles. Auf Hanns Lohses Rechner ging die ganz große Sause ab.«

»Bastian!«, mahnt Silja.

Aber der Hauptkommissar lässt sich nicht noch einmal unterbrechen.

»Wenn irgendjemand weiß, wie man sich im Darknet bewegen muss, dann ja wohl ein Exkripomann. Und ich kann dir sagen, Kumpel, dieses Wissen hat dein feiner ehemaliger Chef zu nutzen gewusst. Wenn es uns nur gelingt, die Hälfte der

Burschen zu identifizieren, mit denen er in Kontakt stand, dann wirft das republikweit Wellen.«

»Träum weiter«, wirft Silja ein. »Du weißt so gut wie wir beide auch, dass die sofort alle Verbindungen löschen, wenn einer von ihnen aufgeflogen ist. Es gibt da so Spezialprogramme, die das identifizieren und automatisch in Gang setzen.«

»Okay«, räumt Bastian ein. »Aber den einen Vogel haben wir schon mal.«

»War der Rechner nicht passwortgeschützt?«, will Sven wissen.

»Na klar war er das. Wir hatten mit dem Timing Glück«, antwortet Silja. »Als wir ankamen, war Lohse ja nicht da. Aber auf dem Küchentisch, direkt neben dem aufgeklappten Rechner, stand ein halbvolles Glas Wein. Der Wein war noch ziemlich kühl. Lohse konnte also noch nicht lange weg sein. Und wir hofften, dass er bald wiederkommen würde. Schließlich hatte er am Wochenende Besuch von seiner Enkelin. Da wird er sich aller Wahrscheinlichkeit nach mit seinem widerwärtigen Hobby zurückgehalten haben. Nachdem wir also die Fotos und den restlichen Schweinkram im Schlafzimmer gefunden hatten, haben wir das bisschen Unordnung schnell wieder aufgeräumt und uns auf die Lauer gelegt.«

»Ihr habt euch in der Wohnung versteckt?«

Silja nickt, und Bastian übernimmt wieder: »Da der Rechner aufgeklappt in der Küche stand, haben wir zwei Hübschen uns in der Kammer versteckt. Und was soll ich sagen? Keine zehn Minuten später spazierte Hanns Lohse leicht angeheitert durch seine Tür. Die hatte er übrigens nur ins Schloss gezogen, deshalb musste der Schlüsseldienst auch nichts zerstören. Wir haben sie einfach wieder zugemacht, als wir drinnen waren. Lohse war vermutlich nur ein bisschen Frischluft schnappen oder kurz mal den Kopf klarkriegen, bevor das Abendspäßchen beginnen konnte. Vielleicht hat er auch irgendwo noch einen gekippt. Was weiß ich, ist auch egal. Jedenfalls kam er in seine Wohnung zurück, ohne irgendetwas zu bemerken.«

»Und dann?«

»Hat er sich an seinen Rechner gesetzt.« Bastian versucht gar nicht erst, den triumphierenden Unterton aus seiner Stimme zu verbannen.

»Echt jetzt?«

»Echt. Es war unglaublich. Er war mitten im schönsten Kinderrummel, als wir ihn überraschten.«

»Bastian, bitte!« Silja hat Mühe, die Beherrschung zu behalten. Schon der Anblick der entwürdigenden Fotos hat sie mitgenommen. Von dem, was sich dann auf Hanns Lohses Rechner präsentierte, gar nicht zu reden. Wenn Bastian jetzt anfangen sollte, darüber Witze zu reißen, wäre das mehr, als sie ertragen kann.

»Und was hat er gesagt? Ich meine, hat er sich irgendwie gerechtfertigt?«

»Wie willst du dich da rechtfertigen?«, fragt Bastian fassungslos zurück. »Er hat einfach die Schnauze gehalten und einen Anwalt angerufen. War auch das Schlaueste, was er machen konnte.«

»Aber den Rechner habt ihr eingesackt?«

»Was glaubst du denn?«

»Okay, schon klar. Und wo ist Lohse jetzt?«

»Zu Hause. Ich wollte die Geduld der Bispingen nicht überstrapazieren. Wenn ich ihn nach der ungenehmigten Hausdurchsuchung auch noch eingebuchtet hätte, wäre sie mir vielleicht doch ins Gesicht gesprungen.«

»Hast du schon mit ihr geredet?«

»Geht nicht ans Handy.« Bastian verdreht die Augen. »Wahrscheinlich ist sie mit Fred Hübner im akuten Liebestaumel.«

»Jetzt lass doch den Scheiß, Bastian. Das Privatleben der Bispingen geht uns gar nichts an«, unterbricht Silja das Geplänkel. Dann wendet sie sich ungeduldig an Sven. »Und jetzt du! Wie ist es bei Kaltenbach gelaufen?«

Sven seufzt. »Die Hausdurchsuchung? Das genaue Gegenteil. Keine Pornographie, nirgends. Und der Rechner war absolut sauber.«

»Du hast ihn hoffentlich trotzdem mitgenommen?«, erkundigt sich Bastian besorgt.

»Aber sicher. Unsere Techniker kümmern sich darum. Außerdem habe ich den ganzen Kaltenbach eingesackt und hergebracht. Er sitzt jetzt unten in der Zelle.«

»Oh, heftig. Hast du *das* mit der Bispingen abgesprochen?« Bastian klingt ehrlich überrascht. Er bückt sich und fummelt eine zweite Flasche Bier aus dem Sixpack. »Auch noch eine?«

»Nee, lass mal. Es reicht schon, dass ich so spät zu Anja nach Hause komme. Dann muss ich nicht auch noch volltrunken sein.«

»Volltrunken? Nach zwei Bier? Ich bitte dich!«

»Trotzdem.« Sven denkt einen Moment nach, dann sagt er mit ruhiger Stimme. »Bei Martin Kaltenbach bestand nicht nur begründeter Verdacht auf Mord oder zumindest Totschlag, sondern ebenfalls Verdunkelungsgefahr. Der Rechner war leer, wie gesagt, und sein Handy war weg. Hat er angeblich gestern verloren. Selten so gelacht, oder? Wenn wir Kaltenbach auch nur einen Tag länger in seinem Haus gelassen hätten, mal ganz abgesehen davon, dass es ein Tatort ist, wer weiß, was er dann noch hätte verschwinden lassen.«

»Hoffentlich kauft die Bispingen dir das ab«, murmelt Silja. »Er hatte ja schon ziemlich viel Zeit, um gründlich aufzuräumen.«

»Apropos Zeit«, meint Bastian. »Was hat Bernstein zum Todeszeitpunkt von Angelika Kaltenbach gesagt?«

»Zunächst gar nichts, du kennst ihn ja. Aber schließlich hat er sich festgelegt. Sie ist auf jeden Fall vor zehn Uhr vormittags gestorben. Vermutlich sogar erheblich früher. Morgen wissen wir Genaueres.«

»Das heißt, der gute Martin hatte einen ganzen Tag, um eventuelle Spuren zu verwischen«, resümiert Silja. »Und dabei ist es erst mal egal, ob er seine Partnerin umgebracht hat oder sonst irgendwie in der Sache drinhängt.«

»Gab's Kampfspuren?«, will Bastian wissen.

»Wohl nicht.« Sven seufzt. »Aber hey, wenn jemand oben auf einer Treppe steht und von hinten kommt eine Person, der man nichts Böses unterstellt, dann genügt schon ein leichter Schubs. Das wissen wir doch alle.«

Montag, 1. Februar, 23.42 Uhr, Morsum

»Das ist jetzt schon das zweite Mal innerhalb von drei Tagen, dass ich mich mit Ihnen, sorry, mit dir, bei Nacht, Nebel und eisiger Kälte hier am Watt rumdrücke. Meinst du, ich sollte mir Sorgen machen?« Fred Hübners Stimme klingt weniger besorgt als vielmehr amüsiert.

»Auf jeden Fall. Schließlich hast du gerade deine Beziehung geschreddert«, murmelt Maria Wallot, während sie sich bemüht, mit dem Strahl ihrer Handytaschenlampe den Weg auszuleuchten, der vom *Landhaus Severin*s* zu den Villen am Watt führt. Da sie zu Fuß unterwegs sind, haben sie die Abkürzung genommen, die sie an der großen Freifläche fürs jährliche Biikebrennen vorbeiführt. Natürlich gibt es hier keine Straßenlaternen.

Der nächtliche Himmel ist so klar, dass beide zu einem beeindruckenden Sternenzelt aufblicken können. Maria meint sogar, die Milchstraße zu erkennen. Sie bleibt stehen und zieht den dicken Schal enger um ihren Hals. Beide tragen dunkle Hosen, Stiefel, Daunenjacken, Handschuhe und Mützen. Trotzdem treibt ihr der kalte Wind die Tränen in die Augen. »Hast du deine Staatsanwältin inzwischen eigentlich erreicht?«

»Keine Chance. Sie drückt mich weg, sowie ich mich melde.«

»Weißt du, wo sie wohnt?«

»Ich weiß ja noch nicht mal, ob sie noch auf der Insel ist.«

»Sie ist doch bestimmt mit kleinem Gepäck gekommen, weil sie ein paar Sachen bei dir hat, oder? Die wird sie demnächst holen wollen.«

»Falls ihr Stolz das zulässt«, sagt Fred zweifelnd.

»Na hör mal. Du siehst doch, wie wir beide uns eingemummelt haben. Bei der Kälte braucht sie jedes Stück.«

»Sie hat einen Schlüssel, also dürfte das ihr geringstes Problem sein.« Fred wendet sich ab und setzt mit energischen Schritten seinen Weg fort.

Maria bleibt nichts anderes übrig, als ihre Augen von den Sternen zurück auf den Boden zu lenken und ihm zu folgen. Sie ist sich längst nicht mehr sicher, ob es wirklich eine gute Idee war, nur aufgrund eines Traums und einer vagen Erinnerung diese nächtliche Aktion zu starten.

»Wir hätten vielleicht bis morgen früh warten sollen«, ruft sie Fred hinterher. »Lass uns lieber umkehren.«

»Auf keinen Fall. Oder glaubst du, ich will morgen von irgendwelchen Spaziergängern dabei beobachtet werden, wie ich auf einem fremden Grundstück in einem Komposthaufen wühle?«, ruft ihr Fred über die Schulter hinweg zu.

»Der Hausverkauf ist über zehn Jahre her. Seitdem hat bestimmt jemand den Kompost auf dem Grundstück verteilt. Und wenn da ein Schädel dringelegen hätte, hätte man es längst gemerkt.«

»Einspruch.« Fred bleibt stehen und dreht sich um. »Logikfehler. Hätte man den Schädel gefunden, hättest du es unter Garantie als Erste erfahren. Was glaubst du denn, wie schnell die Polizei an deiner Tür gescharrt hätte. Und was folgt daraus? Denk nach!«

Maria zuckt die Schultern und schweigt. Sie will nur noch zurück ins Hotel und möglichst schnell in ihr Bett. *Was wir hier tun, ist der reine Wahnsinn!*

Aber Fred bleibt beharrlich. »Es gibt nur eine logische Schlussfolgerung, Maria. Entweder da war nie ein Schädel. Oder es ist einer da, und noch hat ihn niemand entdeckt. Erinnere dich bitte daran, was du mir erzählt hast. Es geht nicht nur um deinen gruseligen Traum von eurem alten Komposthaufen.«

»Okay. Ich hatte diesen Abschiedsmoment vor dem Hausverkauf.«

»Und dabei hast du einen Schädel gesehen. Hast du vorhin gesagt.«

»Einen Knochen. Oder irgendetwas, das wie ein blanker Knochen geschimmert hat«, korrigiert ihn Maria. »Ich habe dir doch gesagt, dass ich sofort die Schaufel weggeworfen habe und abgehauen bin. Zunächst waren es nur der Schreck und auch Panik, irgendwie. Aber als ich im Wagen saß und mich etwas beruhigt hatte, wurde mir klar, dass ich den Hausverkauf knicken könnte, wenn diese Entdeckung publik werden würde. Niemand will ein Grundstück, auf dem ein Toter verbuddelt ist. Und schon gar nicht zu dem astronomischen Preis, den die Käuferin zu zahlen bereit war.«

»Und genau deshalb gucken wir jetzt nach. Wahrscheinlich finden wir gar nichts, und dann hast du Ruhe.«

»Ich hab Schiss, Fred, wirklich. Ich bin nicht so mutig, wie du glaubst.«

»Da hast du vorhin an der Bar aber noch ganz anders geklungen.«

Maria seufzt. »Ja, ich weiß. Aber da war ich auch noch betrunken. Die Kälte hat mich nüchtern werden lassen. Und jetzt kommt mir unser Plan komplett verrückt vor.«

»Also ich kann nicht sagen, dass ich mich nüchtern fühle. Ganz im Gegenteil. Und ich bin dir wahnsinnig dankbar für die Anregung zu diesem kleinen Ausflug. Ein einziges Glas mehr und ich wäre volltrunken vom Barhocker geplumpst.«

»Wir könnten umkehren und sofort ins Bett gehen.«

»Der Weg zu den Zimmern führt an der Bar vorbei, vergiss das nicht. Außerdem habe ich nicht umsonst die Schöpfkelle aus der Sauna geklaut.« Fred zieht die Kelle wie ein Schwert mehrmals durch die Luft. »Ich werde uns verteidigen bis aufs Blut. Und vorher werde ich diesen Komposthaufen gründlich umrühren.«

»Du bist betrunken.«

»Sag ich doch. Aber du bist schuld daran. Und das badest du jetzt aus.«

»Also gut. Da vorn, das erste Haus rechts ist es. Und wenn wir den schmalen Weg zum Watt runtergehen, kommen wir direkt am Kompost vorbei.«

»Kein Zaun?«

»Kannst du vergessen. Der ist hüfthoch, da kommen wir sogar ohne Räuberleiter rüber.«

Die letzten hundert Meter legen beide schweigend zurück. Als sie den Zaun überstiegen haben und vor dem Kompost stehen, hält Fred die Saunakelle fragend in die Höhe. »Willst du oder soll ich?«

»Ich leuchte, du rührst.«

Während Fred vorsichtig die oberen Schichten zur Seite schiebt, muss Maria widerwillig erkennen, dass sich ganz offensichtlich niemand in den vergangenen Jahren um den Kompost gekümmert hat. Nachdem Fred die Oberflächenschicht aus matschigem Laub entfernt hat, bewegt er nur noch satt glänzende reife Erde mit der Kelle. Maria beugt sich weiter über den Rand und leuchtet mit ihrem Handy jetzt ganz dicht an der Kelle.

»Das ist alles komplett verrottet«, murmelt sie. »So was braucht Jahre.«

»Lässt sich auch total einfach wegschieben. Gut, dass es nicht gefroren ist.« Fred sucht weiter. Beide schweigen. Dann sagt er plötzlich: »Warte mal, hier ist irgendetwas Festes.«

Abrupt lässt Fred die hölzerne Kelle los und richtet sich auf. Als Maria ihm ins Gesicht leuchtet, sieht sie, dass auch er jetzt ängstlich ist.

»Der Gefrierkern im Kompost wird das nicht sein«, versucht er zu scherzen. »Soweit ich mich erinnere, hatten wir in diesem Winter keine längeren Frostperioden. Also wenn du mich fragst …«

»Ich frag dich aber nicht. Ich sehe jetzt selbst nach.« Maria drückt ihm ihr Handy in die Hand und greift entschlossen nach der Kelle, die immer noch im Kompost steckt. Maria zieht sie heraus. Dann überfällt sie plötzlich eine ungeheure Wut auf den ganzen Schlamassel. Sie holt weit aus und lässt die Kelle auf die Stelle niedersausen, an der Fred einen Widerstand gespürt hat. Ein hohler Ton erklingt.

»Hört sich an wie eine Bongo oder so«, flüstert Fred.

»Machst du Witze?« Maria lässt die Kelle fallen und schiebt mit beiden Händen die Erde zur Seite. In Sekundenschnelle sind ihre Handschuhe pechschwarz. Dann hält sie inne. »Siehst du das?« Sie deutet auf eine schwarze Kuppel, die sich aus der lockeren Erde erhebt.

»Könnte ein Fußball sein.« Freds Blick straft seine Worte Lügen.

»Klar. Oder eine Bowlingkugel«, spottet Maria.

»Hat aber geklungen wie ein Schädel. Auch wenn ich nicht weiß, warum du gleich so rabiat sein musstest. Jetzt wird die Polizei glauben, der Typ hier drin sei durch einen stumpfen Schlag ums Leben gekommen, wie es immer so schön heißt.«

»Ist mir egal, was die glauben. Wir machen jetzt nämlich die Biege. Ich will hier weg und zwar schnell.«

»Aber vorher will ich sicher sein.« Fred reicht Maria das Handy. Dann holt er tief Luft und greift anschließend ebenfalls mit beiden Händen zu. Ein kurzer Ruck und einige knappe Rüttelbewegungen, mehr braucht es nicht, bis er den Schädel aus dem Kompost hebt.

Dienstag, 2. Februar, 08.09 Uhr, Kriminalkommissariat Westerland

Oberkommissar Sven Winterberg zieht erstaunte Blicke auf sich, als er erklärt, den verdächtigen Martin Kaltenbach höchstpersönlich aus der Zelle holen und nach oben zum Verhör bringen zu wollen. Normalerweise ist das der Job der uniformierten Kollegen. Daher befinden sich die drei Zellen der Westerländer Polizeidienststelle auch in den hinteren Räumen im Parterre des Gebäudes.

Sven ignoriert die erstaunten Blicke, lässt sich den Schlüssel aushändigen und öffnet die Zellentür. Dem Kommissar ist sehr an einem ersten Eindruck gelegen. Wird er einem Mörder oder eher einem geschockten Hinterbliebenen ins Gesicht sehen?

Martin Kaltenbach kauert gebückt auf der Pritsche und hat den Kopf in die Hände gestützt. Als er die Tür knarren hört, blickt er auf. Der Mann sieht erbärmlich aus, findet Sven. Er wirkt übernächtigt, verheult und verzweifelt. Er erwidert Svens Gruß nicht und nickt nur matt, als der Kommissar ihn auffordert mitzukommen.

Wie in Trance setzt Martin Kaltenbach seine Schritte, er hält den Kopf gesenkt und wirkt ganz und gar apathisch. Auf der Treppe stolpert er und wäre fast gestürzt.

»Geht es Ihnen so weit gut?«, erkundigt sich Sven besorgt. Dabei ist er nicht ganz sicher, ob er an Kaltenbachs desaströse Verfassung glauben oder sie für gut gespieltes Theater halten soll.

»Meinen Sie die Frage ernst?« Ein Ruck geht durch Kaltenbach, er bleibt stehen, hebt den Blick und blinzelt Sven zweifelnd an.

»Ich rede von Ihrem körperlichen Zustand«, verteidigt sich Sven und ärgert sich gleichzeitig über seine defensive Antwort.

»Wie würde es Ihnen gehen, wenn Ihre Frau in den Tod stürzt, während Sie im Nebenraum schlafen, und die Polizei hinterher versuchen würde, Ihnen einen Mord anzuhängen?« Seine Stimme klingt weniger vorwurfsvoll als vielmehr resigniert.

»Herr Kaltenbach, solche Erklärungen sollten Sie sich besser für die Vernehmung aufsparen.«

»Sie haben gefragt.«

Sven zuckt die Achseln und stößt die Tür zum Vernehmungsraum auf, wo Bastian bereits an einem schmalen Tisch sitzt und in einer dicken Aktenmappe blättert. »Guten Morgen«, murmelt er, ohne aufzusehen.

»Hab schon bessere erlebt.«

Bastian kommentiert Kaltenbachs Galgenhumor nicht. Mit ernster Stimme sagt er: »Mein Beileid zum Tod Ihrer Partnerin.«

Kaltenbach lässt sich auf einen der beiden leeren Stühle plumpsen und denkt gar nicht daran, dem Hauptkommissar zu antworten oder ihn auch nur anzusehen.

»Ist Ihnen inzwischen eingefallen, wo Ihr Handy sein könnte?«, beginnt Bastian die Befragung.

Kaltenbach schüttelt den Kopf.

»Sie bleiben dabei, dass Sie es ausgerechnet gestern verloren haben?«

Kaltenbach nickt.

»Wollen Sie dann vielleicht die Güte haben, uns zu erklären, warum Ihr Rechner so blank ist wie ein frisch gescheuertes Spülbecken?«

»Er wurde in den letzten Wochen immer langsamer, da habe ich eben alles gelöscht. Ich mache das alle ein oder zwei Jahre routinemäßig. War ohnehin nichts Wichtiges drauf«, knurrt Kaltenbach.

»Wann genau haben Sie die Platte denn leer geputzt?«

»Vorgestern Abend.«

»Nur wenige Stunden, bevor Ihre Partnerin sterben musste. Das können Sie Ihrer Großmutter erzählen.« Bastian schlägt den Aktenordner zu und setzt sich kerzengerade auf. »Hören Sie mir jetzt gut zu, Herr Kaltenbach, denn ich sage das nur ein Mal. Es gibt Etliches, dessen Sie sich schuldig gemacht haben könnten. Möglicherweise Mord oder Totschlag, auf jeden Fall Verschleierung einer Straftat. Niemand findet seine Partnerin tot am Fuß einer Treppe und wartet fast einen ganzen Tag lang, bevor er die Polizei verständigt. Jedenfalls niemand, der unschuldig ist.«

Martin Kaltenbach blickt zu Boden und schweigt.

»Ich verstehe Sie so schlecht«, raunzt Bastian. »Was sagten Sie noch mal, warum Sie gewartet haben?«

»Ich stand unter Schock.«

»Vielleicht erzählen Sie uns erst einmal, wie und wann Sie Angelika Kaltenbach gefunden haben, dann erzähle ich Ihnen auch, was unser Rechtsmediziner dazu sagt.«

Martin Kaltenbach wirft einen Blick auf Sven, der während der ganzen Zeit stumm neben ihm gestanden hat und sich nun auf den letzten freien Stuhl setzt. Sven bemüht sich um einen neutralen Gesichtsausdruck und nickt ihm zu.

»Ich will einen Anwalt«, erklärt Kaltenbach plötzlich.

»Brauchen Sie einen? Interessant«, kontert Bastian.

»Ich bin unschuldig. Und Sie wollen mir hier einen Mord in die Schuhe schieben.«

»Bisher habe ich Sie nur gefragt, was in der Nacht geschehen ist, in der Ihre Partnerin sterben musste.«

»Ich weiß nicht viel.« Martin Kaltenbach beugt sich vor und stützt beide Ellenbogen auf den Vernehmungstisch. Er öffnet die Handflächen und macht ein verzweifeltes Gesicht. »Ehrlich, das müssen Sie mir glauben.« Er sucht Bastians Blick. »Ich habe tief und fest geschlafen, bin dann aber von einem ziemlich lauten Geräusch aufgewacht. War ein Poltern oder so. Ich dachte, da ist vielleicht jemand eingebrochen. Keine Ahnung, was es bei uns zu stehlen gäbe, aber man weiß ja nie. Weil es draußen stockdunkel war, habe ich die Nachttischlampe angemacht.«

»Wie spät war es da?«

Kaltenbach zuckt die Achseln. »Hat mich nicht interessiert. Ich wollte mir nur irgendwas suchen, um mich zu verteidigen. Aber dann habe ich gesehen, dass Angelika nicht neben mir im Bett liegt, und das hat mich beruhigt.«

»Beruhigt, sagen Sie? Hätten Sie nicht vielmehr befürchten müssen, dass der Eindringling ihr etwas angetan hat?«

»Hat er ja vielleicht auch«, antwortet Kaltenbach. »Aber hinterher ist man immer schlauer. Als ich das leere Bett sah, hab ich jedenfalls was anderes gedacht.« Er räuspert sich, bevor er weiterspricht. »Geli hat Schlafstörungen seit Gittas Tod. Manchmal ist das ganz schlimm. Dann macht sie sich einen Tee oder trinkt auch schon mal ein Bier, damit sie wieder einschlafen kann. Vielleicht ist sie gestolpert oder irgendwo gegengeknallt, hab ich gedacht. Das passiert manchmal. Geli war noch nie die Geschickteste. Trotzdem geistert sie nachts im Stockdunklen durchs Haus. Ist irgend so ein blöder Energiespar-Tick von ihr. Also habe ich gewartet und gehorcht, ob es noch weitere Geräusche gibt. Als alles still blieb, dachte ich, sie sitzt noch in der Küche, und wollte einfach nur wieder einschlafen. Hat aber irgendwie nicht funktioniert. Nach einer Weile habe ich dann eine Schlaftablette genommen.«

»Eine ganze? Und welche Sorte?«

»Eine ganze. Die Sorte weiß ich nicht.«

»Wo heben Sie die auf?«

»Die Tabletten? Ich gar nicht, aber Geli hat immer welche in ihrer Nachttischschublade.«

»Und womit haben Sie die runtergespült? Mussten Sie dazu nicht ins Bad gehen?«

»Auf meinem Nachttisch steht eine Flasche Wasser.«

»Wir werden das überprüfen.«

Bastian nickt Sven zu, der verzweifelt versucht, sich daran zu erinnern, was er auf und in den beiden Nachttischen vorgefunden hat. *Doch, Tabletten könnten dabei gewesen sein. Und eine Wasserflasche auch.*

»Dann bin ich weggeratzt, aber komplett.« Martin Kaltenbachs Stimme wird jetzt lebhafter, auch kehrt ein wenig Farbe in sein Gesicht zurück. »Ist echt der Hammer, wie die wirken. Als ich aufgewacht bin, war's schon zwölf Uhr mittags, vielleicht sogar halb eins. Ich war ziemlich benommen, ehrlich gesagt. Nehme solche Dinger sonst nicht.«

»Und dann?«

»Bin ich aufgestanden. Und schnell über den Flur ins Bad, hatte einen verdammten Druck auf der Blase. Deshalb hab ich gar nicht auf die Treppe geguckt.«

»Ist Ihnen nicht aufgefallen, dass es ganz still war?«

»Nö, noch nicht. Erst als ich aus dem Bad kam und runter wollte, da beschlich mich so ein komisches Gefühl. Vielleicht war's die Stille, so wie Sie gesagt haben, vielleicht war es aber auch eine Vorahnung. Aber ich kam gar nicht dazu, darüber nachzudenken, denn dann hab ich Geli auch schon entdeckt.« Martin Kaltenbach unterbricht sich und schluckt ein paarmal. »Sie lag da unten und rührte sich nicht.«

»Das muss so gegen ein Uhr mittags gewesen sein, oder?«

»Keine Ahnung. Kann sein. Ich hab nicht auf die Uhr gesehen. Ich bin nur runter und hab an ihr gerüttelt, ihren Namen gerufen. Aber sie war schon …«

»Was?«

»Kalt. Oder kühl. Oder wie auch immer man das bezeichnen soll. Sie war jedenfalls ganz eindeutig tot.« Er richtet sich auf und seufzt. »Es hatte keinen Zweck mehr, die Rettung zu rufen, das war mir sofort klar.«

»Und dann? Was haben Sie dann gemacht?«, schaltet sich Sven in die Vernehmung ein.

Martin Kaltenbach zuckt die Schultern. »Kann mich nicht mehr genau erinnern. Ich musste das alles erst mal verdauen, schätze ich.«

»Das *alles*?«, unterbricht ihn Sven. »Was genau meinen Sie damit? Was mussten Sie noch verdauen außer dem Tod von Angelika Kaltenbach?«

Kaltenbachs Antwort kommt mit einer winzigen Verzögerung. »Nichts. Nur Gelis Tod. Reicht doch, oder?«

»Sie wollen uns also erzählen, dass Sie von ein Uhr mittags bis halb sechs Uhr am Abend mit der Toten allein im Haus waren und zu benommen, um etwas zu unternehmen.«

Martin Kaltenbach nickt wortlos. In seinem Gesicht steht fast so etwas wie Aufsässigkeit. Bastian zieht zweifelnd die Brauen hoch. Dann schlägt er noch einmal die Akte auf und tippt mit dem Finger auf den obersten Bogen.

»Ich habe hier den vorläufigen Obduktionsbefund unseres Rechtsmediziners. Er ist sich ziemlich sicher, was den Todeszeitpunkt angeht. Das Ganze passt nicht wirklich mit Ihren Aussagen zusammen.«

Sven sitzt mucksmäuschenstill. Nur keine Reaktion zeigen. Er weiß genau, dass Bastian blufft. Dr. Bernstein hat den Todeszeitpunkt inzwischen auf sechs Uhr morgens plus minus eine Stunde korrigiert. Wegen der stabilen Temperatur im Haus und des fast schulbuchmäßigen Verlaufs der Totenstarre konnte er sich auf diese verhältnismäßig enge Zeitspanne festlegen. Wenn man von einer Wirkungsdauer der Schlaftabletten von sechs bis acht Stunden ausgeht, würde die Aussage Kaltenbachs sogar perfekt passen.

»Ich kann's nicht ändern«, erklärt der jetzt. »Ich hab Ihnen jedenfalls die Wahrheit gesagt.«

Der Blick Bastians, den Sven auffängt, spricht eine deutliche Sprache. *Mist, hat nicht geklappt.* Sven nickt unmerklich. Aber Bastian ist noch nicht am Ende.

»Nächste Frage.« Er hält den Einkaufsbon hoch, auf dessen Rückseite die Festnetznummer von Hanns Lohse, Svens Exchef, notiert ist. Das Wort *Schwein*, das darunter mit Ausrufezeichen steht, verdeckt er geschickt mit dem Daumen. »Haben Sie das geschrieben?«

Martin Kaltenbach schaut kaum hin. »Was ist das? Eine Telefonnummer? Ich schreibe nichts auf Kassenbons. Das ist eher Gelis Art. Diese komische Sparsamkeit eben. Ist auch ihre Schrift.«

»Wissen Sie, welche Telefonnummer das ist?«

»Sollte ich?«

»Vielleicht. Es ist die Nummer des damaligen Ermittlungsleiters, der Sie nie zum Tod Ihrer Nichte befragt hat.«

Kaltenbach nickt, ohne irgendeine Emotion zu zeigen. Nach einer Weile murmelt er: »Die hat der Typ Geli damals selbst gegeben. Falls noch was ist. Sie hat die Nummer gehütet wie einen Schatz.«

»Mag sein«, widerspricht Bastian lächelnd. »Es gibt da nur ein Problem. Oder besser gesagt, gibt es zwei Probleme. Erstens: Der Bon ist von letzter Woche. Frau Kaltenbach muss also die Nummer des Kommissars herausgesucht, neu notiert und in ihrer Diele unter dem Schlüsselbund deponiert haben. Es sieht ganz so aus, als wollte sie den Kommissar dringend anrufen, bevor sie sterben musste.«

»Sie haben sie ja auch aufgescheucht mit Ihrem Besuch. Da ist alles wieder in ihr hochgekocht«, erklärt Martin Kaltenbach achselzuckend. »Kein Wunder, dass sie noch einmal mit dem Kommissar von damals reden wollte.«

»Und damit kommen wir zum zweiten Problem.« Bastian nimmt den Finger von dem Schriftzug unter der Telefonnummer und hält Kaltenbach den Bon direkt vors Gesicht.

»Schwein«, liest der verdattert vor. »Ich verstehe nicht ganz, was das jetzt …«, beginnt er, verstummt dann aber plötzlich.

Während der nächsten Sekunden können Sven und Bastian ihm förmlich dabei zusehen, wie sich das Begreifen langsam Bahn bricht.

Dienstag, 2. Februar, 11.46 Uhr, Maybachstraße, Westerland

Maria Wallot hat ihre Kleidung sorgfältig gewählt. Eine alte Jeans, ein unauffälliger Schal, die Daunenjacke, einfache Stiefel. Sie hat ihre Haare nicht frisch gewaschen, sondern sie mit einem Gummi im Nacken zusammengenommen. Sie trägt keinen Schmuck und hat sich nicht geschminkt. Man sieht ihren Ansatz zum Doppelkinn, man sieht ihre Augenringe und die fleckige Haut auf den Wangen. Auch die winzigen Furchen zu beiden Seiten des Mundes wirken ohne ablenkenden Lippenstift viel markanter.

Maria sieht aus wie eine x-beliebige Durchschnittsfrau mittleren Alters, die gerade das Haus verlassen hat, um ein paar lästige Besorgungen zu erledigen. Sie fällt nicht auf, und niemand wird sich an sie erinnern können. Und genau so soll es sein.

Maria lenkt den Wagen auf den Parkplatz und zieht brav ein Ticket. Ein Knöllchen wäre jetzt extrem uncool. Mit schnellen Schritten geht sie hinüber zu H. B. Jensen, dem Kaufhaus der Inselhauptstadt. Drinnen steuert sie zielstrebig die Papierabteilung an und kauft einen billigen Block, ein paar dämliche Sticker, zwei Rollen Geschenkpapier, eine Großpackung selbstklebende Umschläge und ein Sechserpack Kugelschreiber. Sie zahlt bar, wirft ihre Einkäufe in den alten Beutel, den sie aus dem Auto mitgenommen hat, und verlässt das Geschäft.

Wenig später fährt sie Richtung Hörnum. Maria lässt die Siedlungen im Süden Westerlands hinter sich, durchquert Rantum, ohne anzuhalten, und stoppt erst auf dem Parkplatz der *Sansibar.* Hier ist kein Mensch. Am Dienstagvormittag im Februar haben selbst international bekannte It-Places auf Sylt keine Saison. Vielleicht ist die *Sansibar* auch gar nicht geöffnet. Maria weiß es nicht, und es interessiert sie auch nicht. Das Einzige, was sie interessiert, ist der Zweizeiler, den sie jetzt verfassen wird.

Maria behält ihre Lederhandschuhe an, als sie die Einkäufe hervornimmt. Sie reißt ein Blatt von dem Block und nimmt einen Kuli aus der Packung. Sie schreibt mit der linken Hand, obwohl sie Rechtshänderin ist. Sie weiß genau, je weniger sie schreibt, umso ernster wird man ihre Nachricht nehmen. Neun Worte müssen genügen. Anschließend kommt das Blatt in den Umschlag. Dass er selbstklebend sein sollte, ist ihr erst im letzten Moment eingefallen. Kein Speichel auf dem Papier. Auch wenn sie nicht glaubt, dass es zu einem DNA-Abgleich kommen wird. Aber man weiß ja nie.

Die genaue Adresse googelt sie. Selbstverständlich verzichtet sie auf den Absender.

Als der Brief zugeklebt neben ihr auf dem Beifahrersitz liegt, wirft Maria alle restlichen Einkäufe in eine Tüte. Um die Entsorgung wird sie sich später kümmern.

Dann fährt sie weiter nach Hörnum. Ein kräftiger Regenschauer zwingt sie dazu, langsam zu fahren. Aber Maria hat keine Eile. In Hörnum sucht sie die örtliche Poststelle und kauft Briefmarken. Sie zahlt passend und geht am Briefkasten vorbei, ohne den Brief zu frankieren und ihn einzuwerfen. Sie setzt sich wieder ins Auto und fährt über Rantum, Westerland, Wenningstedt und Kampen nach List. Sie frankiert den Brief und wirft ihn in den Briefkasten am Ortseingang. Vielleicht ist das übertrieben, aber Maria ist es lieber so. Anschließend zerreißt sie die restlichen Umschläge und das Papier des Blocks zu kleinen Schnipseln, die sie wahllos mit den Stickern versieht. Die Geschenkpapierrollen knickt sie mehrmals, bis sie unbrauchbar aussehen. Zuletzt wirft sie alles zusammen zu den Kulis in den Beutel. Auf dem Rückweg hält sie am Wennigstedter Supermarkt und entsorgt den Beutelinhalt in einem Müllcontainer, der versteckt hinten auf dem Parkplatz steht.

Niemand sieht sie dabei.

Als alles erledigt ist, steigt Maria wieder in ihren Wagen und fährt zurück nach Morsum. Sie achtet darauf, dass die Rezeption nicht besetzt ist, als sie hoch in ihr Zimmer huscht. Inzwischen ist es eins vorbei. Maria ist von Kopf bis Fuß durchgeschwitzt und froh darüber, dass sie das jetzt erst bemerkt. Sie reißt sich die Klamotten von Leib und nimmt eine sehr lange und sehr heiße Dusche. Dann schlüpft sie in den Hotelbademantel und brüht sich einen Früchtetee auf.

Der Hörnumer Briefkasten wird um 16 Uhr geleert. Morgen früh müsste ihre Nachricht bei der Kriminalpolizei Westerland angekommen sein.

Dienstag, 2. Februar, 12.57 Uhr, Nordseeklinik, Westerland

Als Elsbeth von Bispingen die Tür zur Pathologie aufstößt, zieht sie unwillkürlich ihre Daunenjacke enger um sich. Es scheint ihr heute hier kälter als sonst zu sein. Das Licht kommt ihr heller und die Miene des Rechtsmediziners noch mürrischer vor.

»Der Kollege Kreuzer ist noch nicht da?«, erkundigt sie sich anstelle einer Begrüßung.

»Er kam zu früh und störte, da habe ich ihn hinten in eine Kühlkammer gesperrt«, murmelt Dr. Bernstein, ohne von der Leiche aufzusehen, die vor ihm auf dem Metalltisch liegt.

»Sehr komisch, wirklich.«

Elsbeth tritt näher an den Tisch heran. Die Tote ist leicht übergewichtig, ein schlaffer Bauch und die blutleer wirkenden Brüste zeugen von ihrem fortgeschrittenen Alter. Ihre Augen blicken starr zur Decke, der entsetzte Gesichtsausdruck, mit dem sie gestorben sein muss, hat die tiefen Falten in ihrem Gesicht noch verstärkt.

»Angelika Kaltenbach, nehme ich an?«, murmelt Elsbeth. Insgeheim stellt sie sich die Frage, ob ihr eigener nackter Körper auf diesem Tisch womöglich ebenso unvorteilhaft wirken würde. »Wie alt war sie eigentlich?«

Bernstein blickt auf. »Sechsundvierzig, warum fragen Sie?«

Touché, denkt Elsbeth, antwortet dann aber so lakonisch wie möglich. »Ach nichts, hat mich nur interessiert.«

»Interessiert Sie auch, wie die Dame von innen aussieht? Ich bin kurz vor dem großen T-Schnitt. Sie dürfen gern bleiben.«

Bevor Elsbeth antworten kann, öffnet sich die Tür erneut, und Bastian Kreuzer betritt den Raum.

»Moin. Bin ich zu spät?«

»Keineswegs. Ich war zu früh.« Elsbeth ist unendlich froh, nicht mehr allein mit dem schrulligen Rechtsmediziner und dieser Leiche zu sein, die sie auf so ungute Weise an ihre eigene Sterblichkeit erinnert. Mit betont forscher Stimme sagt sie zu Bernstein: »Bevor Sie zur großen Schlächterei ansetzen, können Sie uns vielleicht darüber informieren, was Sie jetzt schon wissen.«

»Aber gern«, antwortet Bernstein, ohne im Mindesten seinen Unwillen zu verbergen. Er legt die Instrumente aus der Hand, nach denen er schon gegriffen hatte, und stützt sich mit beiden Händen auf dem Seziertisch ab.

»Das Wichtigste zuerst«, beginnt er. »Diese Frau hier hat sich das Genick gebrochen. Mit an Sicherheit grenzender Wahrscheinlichkeit beim Treppensturz. Die Platzwunde am Kopf und der daraus resultierende Blutverlust wären vermutlich nicht tödlich gewesen. Aber einen Genickbruch überlebt niemand.« Bernstein zuckt die Schultern und redet mit unbeteiligter Stimme weiter. »Sie ist nach ihrem Tod nicht bewegt worden, das kann man an den Leichenflecken erkennen. Und sie hat keinerlei Abwehrverletzungen. Mehr noch, ich kann insgesamt keinen Hinweis auf eine irgend geartete Fremdeinwirkung bei ihrem Tod entdecken.«

»Das heißt aber nicht, dass sie nicht die Treppe hinuntergestoßen worden sein könnte, oder?«, erkundigt sich Bastian.

»Richtig. Nur können wir es nicht beweisen. Ein leichter Schubs zum Beispiel muss nicht unbedingt Spuren hinterlassen.«

»Dachte ich mir. Und der Todeszeitpunkt?«

»Habe ich Ihrem Kollegen doch heute früh schon telefonisch durchgegeben. Reden Sie bei der Kripo jetzt gar nicht mehr miteinander, oder was?«

»Ich wollte nur wissen, ob es dabei bleibt«, entschuldigt sich Bastian.

»Sechs Uhr, plus minus eine Stunde«, knurrt der Rechtsmediziner. »Kann ich jetzt endlich beginnen?« Er greift wieder zu seinen Instrumenten.

»Müssen wir unbedingt dabei sein?« Elsbeth von Bispingen wirft dem Hauptkommissar einen hilfesuchenden Blick zu. Er reagiert mit leichtem Stirnrunzeln, scheint dann aber die Botschaft zu verstehen.

»Wir wollen Sie nicht unnötig stören, Bernstein. Wir gehen kurz raus und klären ein paar Dinge. In vierzig Minuten sind wir zurück, okay?«

Elsbeth wartet die Antwort des Rechtsmediziners gar nicht erst ab. Erleichtert stößt sie die Tür nach draußen auf. Bastian Kreuzer folgt ihr nach kurzem Zögern.

»Alles okay?«, will er wissen, als sie auf dem Weg zum Haupteingang sind.

»Geht so.« Mit größter Verwunderung erkennt Elsbeth, dass

sie kurz davor ist, dem Hauptkommissar ihr Herz auszuschütten. Ausgerechnet ihrem Lieblingsfeind innerhalb der Behörde, den sie wegen seiner eigenwilligen Ermittlungsmethoden schon seit Jahren auf dem Kieker hat. Mit einem Seitenblick versucht sie zu erkunden, ob er vielleicht schon etwas von ihren privaten Problemen ahnt. Aber Bastian Kreuzer wirkt harmlos wie ein neugeborenes Baby. Wahrscheinlich bezieht er ihre labile Verfassung auf den Besuch in der Pathologie.

»Gehen wir ein Stück durch die Kälte? Die frische Luft wird Ihnen guttun. Wie Bernstein es seit Jahren da unten aushalten kann, ist mir ein einziges Rätsel«, schlägt Kreuzer schließlich vor.

Elsbeth nickt dankbar. Und tatsächlich hilft ihr die klare Nordseeluft, sich zu konzentrieren. Einige Minuten laufen sie schweigend nebeneinander her. Der kleine Wald hinter der Klinik führt zum Weststrand, hier ist es still und auf eine fast beängstigende Weise friedlich, findet Elsbeth. Bis auf das Krächzen einiger Möwen und das Martinshorn eines Feuerwehrwagens ist nichts zu hören. Elsbeth denkt darüber nach, dass es nur ein Strandspaziergang von einer guten halben Stunde wäre, um zu Fred Hübners Wennigstedter Maisonette zu kommen. Sie könnte einfach an seiner Tür klingeln und ihn um eine Aussprache bitten. Oder gleich den eigenen Schlüssel benutzen. Aber dann fällt ihr ein, dass Fred wahrscheinlich immer noch mit der Verlegerin in dem Morsumer Hotel wohnt. Und dieser Dame noch einmal zu begegnen ist ganz sicher das Allerletzte, was sie will.

Mühsam konzentriert sich die Staatsanwältin wieder auf den mysteriösen Todesfall der letzten Nacht.

»Ausgerechnet die Mutter eines der drei Vergewaltigungsopfer soll bei einem Unfall im Haushalt ums Leben gekommen sein, während wir den Fall neu aufrollen. Das stinkt doch zum Himmel«, entrüstet sie sich. »Wie war das gestern genau? Erzählen Sie mal von Anfang an.«

In knappen Worten berichtet Bastian von dem merkwürdigen Verhalten Martin Kaltenbachs, den Hausdurchsuchungen bei ihm und dem ehemals ermittelndem Kommissar Hanns Lohse sowie der morgendlichen Vernehmung Kaltenbachs. Als er um die nachträgliche Billigung seiner Maßnahmen bittet, beruhigt ihn Elsbeth.

»Machen Sie sich deshalb keine Sorgen. Das decke ich. Wir müssen schnell vorwärtskommen, und Sie scheinen auf dem richtigen Weg zu sein.« Nach einer kurzen Pause fährt sie fort: »Kinderpornographie also. Das Unappetitlichste von allem. Vielleicht kann die KTU ja die Inhalte von Kaltenbachs Rechner wieder hochholen. Haben Sie die letzten Ortungsdaten von seinem Handy?«

»Keitum, Wattnähe. Wahrscheinlich ist es in hohem Bogen durch die Luft geflogen und liegt jetzt tief im Schlick vergraben.«

Die Staatsanwältin nickt. Nachdenklich lässt sie ihren Blick zurück in Richtung Krankenhaus schweifen. Da liegt die Mutter eines mutmaßlichen Opfers tot in der Pathologie. Und alles sieht wie ein gewöhnlicher Unfall aus. Nur die Reaktionen des Umfeldes der Toten passen so gar nicht dazu. »Wir müssen feststellen, ob es eine Verbindung zwischen diesem pensionierten Kommissar und dem Ehemann der Toten gibt.«

»Schwager, nicht Ehemann. Sie haben den gleichen Namen, sind aber nicht verheiratet.«

»Ach ja, ich vergaß.« Elsbeth räuspert sich. Sie sind jetzt am Übergang zum Strand angekommen, und das gleichmäßige Rauschen der Brandung beruhigt ihre Nerven. »Geht man eigentlich oft am Meer spazieren, wenn man auf der Insel wohnt?«, fragt sie nachdenklich.

Bastian Kreuzer wirft ihr einen überraschten Blick zu. Dann antwortet er leise: »Nicht oft genug, fürchte ich.«

Elsbeth nickt. »So ist es immer, oder? Das Gute, das man hat, schätzt man nicht genug.« Wieder blickt sie nach Norden, wo irgendwo im Dunst der Strandübergang liegt, der zum Wenningstedter Dorfteich und damit direkt zu Fred Hübners Maisonette führt.

»Ist es in Ordnung, wenn wir Martin Kaltenbach noch ein wenig mehr in die Mangel nehmen? Außerdem würde ich gern bei dem ehemaligen Dienststellenleiter die Daumenschrauben anziehen.«

Die Staatsanwältin nickt geistesabwesend. Sie braucht einen Moment, bis sie sich wieder auf den Fall konzentrieren kann. Dann antwortet sie mit entschiedener Stimme: »Ich habe Ihnen ja schon am Telefon gesagt, dass Sie diesbezüglich keine Rücksicht nehmen sollten. Der Typ hängt mit drin, hundert Pro!«

Dienstag, 2. Februar, 13.45 Uhr, Kriminalkommissariat Westerland

Silja ist allein im Büro. Das Treffen mit Bastian und Sven in der Pizzeria *Toni*, das gleich im Anschluss an Bastians Unterredung mit der Staatsanwältin geplant war, hat sie abgesagt. *Kein Hunger*, das musste als Begründung reichen. Natürlich war Bastian besorgt, aber als Silja ihm in Aussicht stellte, dass nach Sven auch sie noch einmal die gesamten Unterlagen der alten Fälle durchgehen würde, beruhigte er sich schnell.

»Vier Augen sehen mehr als zwei«, war alles, was er dazu sagte.

Und jetzt sitzt Silja Blanck hier – und vor ihr liegt die Akte Franziska Blanck. Alles, was man jemals über die letzten Stunden, über das Leiden und das Sterben ihrer kleinen Schwester herausgefunden hat, ist zwischen den beiden verblassten blauen Pappdeckeln festgehalten. Silja muss die Akte nur noch aufschlagen.

Unschlüssig steht sie auf und holt sich einen Kaffee aus der Maschine. Wie üblich schmeckt er bitter. Silja stellt den Becher neben die Akte und legt beide Hände flach auf die brüchige Pappe. Sie schließt die Augen und wünscht sich, ihre kleine Schwester berühren zu können. Nur einmal noch, ein letztes Mal. Sie würde ihr so gern sagen, wie sehr sie sie geliebt hat, wie sehr sie sie vermisst.

Als Silja merkt, dass ihr Tränen in die Augen treten, reißt sie sich zusammen. Nur wer emotional nicht involviert ist, kann klar denken. Dieser Grundsatz allen kriminalistischen Handelns ist ihr in der Ausbildung immer wieder gepredigt worden. Andererseits kann Hass ein Motor sein, der auch einen Ermittler zu Spitzenleistungen antreibt. Aber dieser Motor darf keinesfalls heißlaufen, ermahnt sich Silja. Hass ist nur dann produktiv, wenn er kalt und berechnend ist. Vielleicht ist ein Abstand von mehr als fünfzehn Jahren zu der schrecklichen Tat also genau das, was sie gebraucht hat, um erfolgreich zu sein.

Sie leert den Becher mit dem bitteren Kaffee auf einen Zug. Dann schlägt sie die Akte auf.

Die beiden Fotos, die sie als Erstes sieht, könnten unterschiedlicher nicht sein. Und ihr Anblick ist bestens geeignet, alle guten Vorsätze in punkto Objektivität über den Haufen zu werfen.

Links strahlt eine lebendige, fröhliche Franziska in die Kamera. Sie ist bis zur Taille zu sehen und trägt ein Bikinioberteil, das auf ihrer komplett flachen Brust eigentlich überflüssig ist. Im Hintergrund erkennt Silja den kleinen Garten, der die Rantumer Wohnung der Familie nach hinten begrenzt hat. Auf dem Gartentisch steht ein Krug mit Eistee, dem Lieblingsgetränk der Schwestern an heißen Sommertagen.

Auf dem rechten Foto ist eine kreidebleiche Franziska zu sehen. Kratzspuren im Gesicht, schreckgeweitete Augen, den Mund in einem stummen Schrei geöffnet.

Plötzlich kann Silja die Tränen nicht mehr zurückhalten. Sie schaut auf die Uhr und gibt sich dreißig Sekunden, in denen sie hemmungslos schluchzt. Dann angelt sie ein Taschentuch aus ihrer Schreibtischschublade und schnäuzt sich die Nase.

Weiter jetzt. Silja bemüht sich, das zweite Foto mit professioneller Nüchternheit zu mustern. Es ist ganz offensichtlich aufgenommen worden kurz nachdem man Franziskas Leichnam entdeckt hat. Im Haar kleben Grashalme, und auf dem Kinn ist eine erdfarbene Schmutzspur. Silja nimmt eine Lupe aus der Schreibtischschublade und beugt sich tief über das Foto. Jedes Detail kann wichtig sein. Die Kommissarin erkennt einzelne Erdpartikel, einen ganz leichten ersten Schorf auf den Kratzwunden und einen Rest angetrockneter Flüssigkeit im Mundwinkel, der Speichel, aber genauso gut auch Sperma sein könnte.

Natürlich ist diese Flüssigkeit untersucht worden, daran erinnert sich Silja nun wieder. Wäre es Sperma gewesen, hätte man die DNA des Täters gehabt. Es war Franziskas eigener Speichel, das hatten die Ermittler zerknirscht einsehen müssen.

Genaueres wird sich im Obduktionsbefund finden, der den

Eltern natürlich nicht vorgelegt worden ist. Silja hat in ihrer beruflichen Laufbahn schon genug Obduktionsbefunde gelesen, um zu wissen, dass deren Inhalte keinesfalls etwas für trauernde Hinterbliebene sind.

Und tatsächlich führt die Auflistung der pathologischen Maßnahmen auch Silja an ihre Grenzen. Aber sie steht die Lektüre durch. Danach weiß sie drei Dinge genauer, als ihr lieb ist. Die Schwester wurde vor ihrem Tod penetriert, wobei der Vergewaltiger mit großer Sicherheit ein Kondom benutzt, vermutlich sogar Gummihandschuhe getragen hat. Es fanden sich weder Fingerabdrücke noch Spermaspuren. Allerdings hat das Monster sich nicht damit begnügt, Franziska vaginal zu missbrauchen, er hat es auch oral getan. Nicht nur Franziskas Schambein war lädiert, auch ihr Rachen war aufgerissen und wund. *Was hat das Schwein getan? Was hat es Franziska in den Mund gesteckt?*

Sie weiß, sie wird es vermutlich nie erfahren. Oder vielleicht doch? Denn der Vergewaltiger hat ihrer kleinen Schwester ganz offensichtlich einen Schneidezahn ausgebrochen. Der Zahn fehlte in ihrem Kiefer und wurde auch nicht in der Umgebung der Toten gefunden. *Befindet er sich etwa noch im Besitz des Monsters? Könnte es sich um einen Fetisch, eine Art makabres Andenken an die Tat handeln?*

Hastig greift Silja nach der zweiten Akte. Lena Sander aus Husum wurde wie Franziska in einer öffentlichen Grünanlage missbraucht und ermordet. Es gab auch in ihrem Fall Verletzungen im Genitalbereich und im Mund. Ungeduldig blättert Silja durch die Akte, bis sie auf die entsprechenden Fotos stößt. Und tatsächlich. Auch der toten Lena Spitzig fehlte ein Zahn. Diesmal war es ein Eckzahn. *Du Schwein*, murmelt sie. *Du verdammtes, perverses Schwein!*

Und dann weiß sie plötzlich die Antwort auf die Frage, die alle Ermittler seit Tagen beschäftigt. Falls der Täter in den beiden Festlands-Fällen auch der Morsumer Mörder sein sollte, hatte er gute Gründe, den Kopf seines Opfers verschwinden zu lassen. *Wenn wir den Schädel finden und ihm ein Zahn fehlt, haben wir fast schon den Beweis dafür, dass es sich um denselben Täter handelt*, denkt Silja. Sie steht auf und stürzt hinaus. Sie kann es kaum erwarten, Bastian und Sven von ihrer Entdeckung zu erzählen.

Dienstag, 2. Februar, 16.12 Uhr, Haus am Dorfteich, Wenningstedt

Als Elsbeth von Bispingen den Schlüssel ins Schloss steckt, sieht sie sich unwillkürlich um. Niemand da. Niemand, der beobachten kann, wie sie in Fred Hübners Maisonettewohnung schlüpft.

Drinnen ist es kühl. *Natürlich, er hat die Heizung abgestellt*, überlegt Elsbeth. *Hoffentlich finde ich den Regler, um sie anzuwerfen.*

Aber vorher geht die Staatsanwältin noch im Mantel hinüber zum Küchentresen. Sie schaltet die Espressomaschine ein und wartet darauf, dass das Blinklicht erlischt. Währenddessen horcht sie in sich hinein. Schuldgefühle? Kaum. Eher schon Triumph darüber, dass sie auf die famose Idee gekommen ist, Freds Hotelaufenthalt auszunutzen, um heimlich in seiner Wohnung zu übernachten. *Geschieht ihm recht, wenn er mich schon mit dieser Verlagsschlampe betrügen muss.*

Die vergangene Nacht hat Elsbeth in einem kleinen Hotel in Westerland verbracht. Eine durchgelegene Matratze und abgenutzte Handtücher haben ihr wenig Lust auf eine Wiederholung gemacht. Und als sie nach dem Gespräch mit Bastian Kreuzer über ihre sehnsuchtsvollen Blicke den Strand hinauf Richtung Wennigstedt nachgedacht hat, brauchte es nicht mehr viel, damit ihr Entschluss feststand.

Natürlich ist es schmerzlich, durch Freds Wohnung zu laufen, ohne dass er hier ist. Aber die Tatsache, dass er noch nicht einmal von ihrem Eindringen weiß, löst auch ein Prickeln aus, einen fast schon unanständigen Schauer, der Elsbeth seltsamerweise guttut. Trotzdem ist sie nicht sicher, wie sie sich nach der ersten Nacht in seinem Bett fühlen wird. Aber bis dahin sind es noch etliche Stunden, und sie hat vorher weiß Gott noch einiges zu erledigen.

Elsbeth trinkt den Espresso und macht sich gleich einen zweiten. Sie findet die Heiztherme im Abstellraum und wuchtet ihren Koffer hinauf in die Schlafebene. Dem Bett schenkt sie lieber keine Beachtung, sondern flüchtet gleich wieder nach unten. Hier setzt sie sich aufs Sofa, öffnet ihren Rechner und holt das Handy aus der Tasche.

Die Telefonnummer des Landeskriminalamts Nordrhein-Westfalen ist schnell gefunden. Elsbeth weiß, dass in Düsseldorf die zentrale Auswertungs- und Sammelstelle für Kinderpornographie beheimatet ist. Und wenn man den Sylter Ermittlern irgendwo fachkundig helfen kann, dann dort. Alle bundesweit sichergestellten Bilder und Filme von sexuellem Missbrauch Minderjähriger werden in dieser Behörde gesammelt, überprüft und abgeglichen. In seltenen Glücksfällen können Täter anhand von Gesichtserkennung identifiziert und dingfest gemacht werden. Häufiger ist allerdings die mühsame und kleinteilige Recherche. Gibt es irgendetwas auf dem Foto oder Film, das Aufschluss über Tatzeit oder Tatort geben könnte? Eine herumliegende Zeitung, eine verräterische Einkaufstüte, ein auffälliges Kleidungsstück? Ein ungewöhnliches Geräusch? Die dortigen Ermittler sind Spezialisten und kommen aus allen Bereichen. Neben Beamten des Landeskriminalamts arbeiten in Düsseldorf Juristen, Psychologen und sogar ehemalige Journalisten.

Elsbeth von Bispingen muss nur kurz warten, dann meldet sich der Dienststellenleiter, mit dem sie schon mehrmals Kontakt hatte.

»Die Kollegen auf Sylt haben gestern Abend den Rechner eines Pädokriminellen konfisziert«, beginnt die Staatsanwältin. »Sind die Daten schon bei Ihnen angekommen?«

»Werden gerade gesichtet«, ist die knappe Antwort. »Und danke, dass Sie so schnell waren. Vielleicht gelingt es uns, die Chatverläufe rechtzeitig zu rekonstruieren, dann können wir unter Umständen das ganze Netzwerk drankriegen. Wenn die anderen erst mal etwas von dem Leck im System merken, ist es zu spä...«

»Deshalb rufe ich an«, unterbricht ihn Elsbeth. »Es gibt noch einen zweiten Verdächtigen, der wenige Stunden vor dem Zugriff seinen Rechner komplett geleert und sein Handy entsorgt hat. Die KTU arbeitet schon an der Rekonstruktion der Inhalte, aber das kann dauern, und der Ausgang ist ungewiss. Ich würde Ihnen gern trotzdem schon mal ein Foto des Verdächtigen und alle Daten, die wir rausgeben dürfen, zukommen lassen. Vielleicht lassen Sie das auch durchlaufen.«

»Aber sicher.«

»Und außerdem würde ich Ihnen gern das Foto einer Minderjährigen schicken, die vor vierzehn Jahren von der Insel verschwunden ist. Bisher war nicht klar, ob sie ausgerissen war oder ermordet wurde, aber jetzt erhärten sich die Verdachtsmomente für ein Verbrechen.«

»Nur her damit.«

»Danke.« Elsbeth stockt. Sie weiß nicht so recht, wie sie ihre nächste Frage formulieren soll. »Da ist noch was«, beginnt sie. »Der Besitzer des kontaminierten Rechners ist ein Kollege. Er hat die Untersuchung im Fall des vor vierzehn Jahren verschwundenen Mädchens geleitet. Noch ist er auf freiem Fuß. Weniger weil wir uns erhoffen, dass er uns vielleicht zu anderen Tatern führt, dafür wird er zu vorsichtig sein. Der Grund ist eher, dass wir diese nicht von uns aus aufschrecken wollen. Eine Verhaftung spricht sich auf der Insel schnell herum. Ich muss mich also auf Ihre absolute Diskretion verlassen können. Und wenn es irgend geht, lassen sie keinen Kripokollegen das Material sichten. Wir haben hier schon genügend Zeit durch falsche Rücksichtnahme verloren.«

»Oookay.«

Elsbeth kann hören, dass ihrem Gesprächspartner die Anfrage nicht schmeckt. Wer lässt sich schon gern unterstellen, dass die eigenen Mitarbeiter nicht koscher sein könnten.

»Ich weiß, das ist viel verlangt«, setzt sie beschwörend hinzu. »Aber wenn wir schnell sind, dann gelingt uns vielleicht ein echter Coup. Dafür lohnt sich jeder Einsatz.«

»In Ordnung. Ich werde sehen, was sich machen lässt«, gesteht ihr der Dienststellenleiter zu. »Aber wenn ich auch noch eine Bitte äußern dürfte …«

»Ja?«

»Graben Sie weiträumig.«

»Sie wissen von dem verschwundenen Kopf des Skeletts?«, fragt Elsbeth irritiert.

»Wie? Was? Nein, ich meinte das eher metaphorisch. Wenn

man ein stinkendes Nest ausheben will, sollte man die Spritzer am Rand nicht übersehen. Lassen Sie die Kollegen lieber noch einmal alle Personen checken, die irgendwann im Lauf der Ermittlungen aufgetaucht sind. Oft treten dann die merkwürdigsten Verbindungen zutage.«

»Ich geb's gern weiter. Sehr gern sogar. Denn um die Wahrheit zu sagen: Sie sprechen mir hundertprozentig aus der Seele.«

Dienstag, 2. Februar, 16.39 Uhr, Deichweg, Achsum

Hanns Lohse greift nach seinen Autoschlüsseln und lässt die Haustür hinter sich ins Schloss fallen. Draußen ist es nicht viel heller als in seiner fensterlosen Diele. Am Himmel brauen sich dunkle Wolken zusammen. Sehr dunkle Wolken. Er geht noch einmal hinein und holt seine Regenjacke. Auf dem kurzen Weg zu seinem Wagen fallen die ersten Tropfen. Der Wind ist so stark, dass Hanns sich mit aller Macht dagegenstemmen muss. Es ist fast schon lächerlich, wie gut das Wetter zu seiner Situation passt. Alles ist gegen ihn, und die ärgste Entladung steht ihm noch bevor.

Allerdings ist Hanns nicht umsonst jahrzehntelang Ermittler gewesen. Er weiß besser als alle anderen, wie man sich schützt, sich verbirgt und auch, wie man im allerschlimmsten Fall die Konsequenzen seines Tuns minimieren kann. Man muss nur schnell sein und einen Plan haben.

Diesen Notfallplan hat Hanns seit Jahren im Kopf. Nie hat er auch nur einen seiner Kumpels eingeweiht, denn ein Geheimnis bleibt nur so lange geheim, wie niemand sonst daran Anteil hat. Jetzt gilt es zu retten, was noch zu retten ist.

Hanns steigt in seinen Wagen und startet durch. Tochter und Schwiegersohn wohnen nicht weit entfernt in Tinnum direkt hinter der Bahnstrecke. Sie müssten jetzt langsam Feierabend haben, so dass er mit Sicherheit jemanden bei seinem Spontanbesuch antreffen wird. Der Rest wird sich regeln lassen.

Während er fährt, prasselt ein kräftiger Schauer aufs Autodach. Die Straßen sind leer, und es folgt ihm niemand, jedenfalls soweit er das bei der eingeschränkten Sicht beurteilen kann. Würde ihn auch wundern, wenn die Kollegen eine Beschattung angeordnet hätten. Bei der personellen und finanziellen Ausstattung müsste da schon mehr passieren als bloß die Entdeckung von ein paar saftigen Filmen. Trotzdem beschließt Hanns, vorsichtig zu sein. Er blickt auf langer, schnurgerader Strecke in den Rückspiegel und stellt sicher, dass kein Wagen direkt hinter ihm ist. Dann biegt er ziemlich abrupt in die Einfahrt einer Tankstelle ein und wartet ab. Zwei Lieferwagen, ein Motorrad, dessen Fahrer bestimmt schon völlig durchnässt ist, und vier PKWs donnern vorbei. Jeder will möglichst schnell das Regengebiet hinter sich lassen, niemand verringert das Tempo, niemand biegt in die nächstfolgende Einfahrt. Hanns ist sauber. Für sein Telefon und sein Handy gilt das vermutlich weniger. Ein wichtiger Grund für seinen jetzigen Spontanbesuch. Wenn auch nicht der einzige.

Als er fünf Minuten später am Haus seiner Tochter klingelt, macht sie selbst auf.

»Papa, hallo. Was führt dich denn bei diesem Schietwetter her?«

»Als ich losgefahren bin, war noch alles okay«, lügt er. »Und ich hatte doch schon lange versprochen, ein paar Flaschen von dem Winzerwein vorbeizubringen, der euch letztens so gut geschmeckt hat.« Er schwenkt die schwere Tüte, die er mitgebracht hat.

»Ach, das ist aber lieb von dir. Willst du kurz reinkommen?«

»Eigentlich nicht, ich bin mit einem Freund verabredet und ohnehin schon zu spät. Aber vielleicht kann ich ihn mal kurz von euch aus anrufen, hab mein Handy zu Hause liegen lassen.«

»Ja klar, bedien dich.« Sie weist auf den Festnetzapparat in der Diele. »Hast du die Nummer im Kopf?«

»Du kennst doch mein formidables Gedächtnis. Bislang hab ich noch keine Anzeichen von Alzheimer«, grummelt er und zwinkert seiner Tochter zu.

»Dann lass dich nicht stören, ich bin beim Salatschnippeln in der Küche.«

Hanns nickt, wartet, bis seine Tochter die Tür hinter sich geschlossen hat, und tippt die Nummernfolge ein, die er seit Jahren auswendig weiß.

Am anderen Ende wird nach wenigen Sekunden abgehoben.

»Moin, moin.«

»Ich bin's. Hör gut zu und stell mir jetzt keine Fragen«, beginnt Hanns.

»Was ist los? Ist etwas passiert?«

»Keine Fragen, habe ich gesagt, Herrgott nochmal.«

»Okay.« Die Stimme klingt plötzlich unsicher, fast zaghaft.

»Du löschst alles und zwar sofort. Vor allem deinen Mail-Account. Und schick die vereinbarte Warnung raus. An alle, hörst du, das ist wichtig.«

»Alles löschen.« Tiefer Seufzer. »Auch die Kopien?«

»Zum Teufel, ja! Natürlich auch die Kopien.«

»Was ist passiert? Bist du aufgeflogen?«

Hanns' Antwort besteht nur aus einem einzigen Satz.

»Sie haben meinen Rechner.«

»Scheiße!«

»Kannst du laut sagen. Und noch was. Morgen Abend, die Zwanzig-Uhr-Vorstellung im Kino in Westerland. Wir treffen uns dort um Punkt halb neun auf dem Klo, dann besprechen wir den Rest.«

»Morgen Abend, okay, ja, geht klar …«

Hanns hört, wie am anderen Ende der Leitung mit Papier geraschelt wird.

»Bist du irre, das jetzt aufzuschreiben? Sollen die Kollegen den Zettel bei dir finden, oder was? Merk dir das gefälligst. Morgen halb neun, auf dem Kinoklo. Ist ja wohl nicht allzu schwer.«

»Ist ja gut. Komm runter, okay?«

»Ich bin bereits unten und zwar total. So am Arsch wie ich jetzt bin, möchtest du niemals sein, das kannst du mir glauben. Also tu einfach, was ich dir gesagt habe. Und zwar sofort, hörst du? Und sofort heißt auch sofort, nicht, dass du dir vorher noch eine nette Viertelstunde machst. Verstanden?«

Am anderen Ende entsteht eine Pause.

»Verstanden?«, brüllt Hanns ins Telefon. Er ist kurz davor, die Contenance zu verlieren. Irritiert steckt seine Tochter den Kopf aus der Küchentür.

»Alles in Ordnung bei dir, Papa?«

»Alles in Butter«, wispert Hanns und zeigt vielsagend auf den Hörer. »Seine Ohren sind nicht mehr die besten.«

»Verstehe.« Die Tochter verschwindet wieder in der Küche.

»Ich muss jetzt Schluss machen. Du weißt, was du zu tun hast.«

»Halt, warte. Eines noch. Was ist mit Martin?«

»Keine Ahnung. Gitta ist tot, das hast du ja sicher mitbekommen. Da ermitteln die Kollegen zwangsläufig. Wir dürfen Martin also auf keinen Fall kontaktieren. Der muss für sich selber sorgen.«

»Geschieht ihm recht«, brummelt die Stimme. »Ich hab ihn eigentlich noch nie gemocht.«

»Ich auch nicht. Aber ich hoffe, dass er davon nichts ahnt und sich trotzdem an unseren Schwur hält«, antwortet Hanns grimmig. Dann legt er grußlos auf.

Mittwoch, 3. Februar, 10.17 Uhr, Kriminalkommissariat Westerland

Im Büro herrscht angespannte Stille. Alle drei Kommissare haben die Augen starr auf ihre Bildschirme gerichtet und tippen ab und an auf den Tastaturen herum.

»Gibt's schon irgendwelche Resultate von der Telefonüberwachung bei meinem Exchef?«, fragt Sven mit Leichenbittermiene.

»Negativ.« Silja verdreht die Augen. »Alles andere hätte mich auch sehr gewundert. Der kann sich doch ganz genau denken, wie wir vorgehen.«

»Wann wollt ihr ihn eigentlich vernehmen? Ich bin da ja wohl raus.«

Silja zuckt die Schultern und blickt hinüber zu Bastian.

Obwohl er ihren Blick spürt, reagiert er nicht, sondern starrt auf seinen Bildschirm, auf dem sich gerade eine Mail öffnet. Er braucht nur wenige Sekunden, um den Inhalt zu überfliegen, dann ruft er triumphierend: »Bingo! Die Ergebnisse der DNA-Analyse sind da. Hat sich also gelohnt, dass die Bispingen Druck gemacht hat.«

»Und? Mach's nicht so spannend.« Sven steht auf und tritt hinter Bastian, um selbst auf dessen Bildschirm gucken zu können.

»Jackpot«, murmeln beide wie aus einem Munde.

»Es sind also die Knochen von Gitta Kaltenbach?«, will Silja wissen.

»Mit achtundneunzigprozentiger Wahrscheinlichkeit«, liest Bastian befriedigt vor.

»Das reicht. Aber …« Silja seufzt. »Das Einzige, was wir für Gittas Mutter nun noch tun können, ist, sie neben ihrer Tochter beizusetzen. Ist das nicht furchtbar?«

»Ja und nein«, widerspricht Bastian energisch. »Natürlich ist das schrecklich. Aber wir sind noch nicht am Ende. Wir können und müssen noch viel mehr tun. Wir müssen Gittas Kopf finden. Und wir müssen die Verbindung zwischen Gittas Onkel Martin Kaltenbach und deinem Exchef Hanns Lohse prüfen.« Er wendet sich um und blickt Sven eindringlich ins Gesicht. »Das ist dir doch klar, oder?«

»Ich sage ja gar nichts mehr. Für mich ist der Mann erledigt. Du hattest recht, von Anfang an. Tut mir leid, dass ich so lange gebraucht habe, um das zu kapieren.«

»Hey, heute früh geht hier echt die Post ab«, unterbricht Silja die beiden Kommissare. »Die Techniker haben sich gerade gemeldet. Sie haben einige Inhalte von Kaltenbachs leergefegtem Rechner rekonstruieren können. Sie haben sogar ein Dokument mit einer Auflistung angehängt.«

»Und?«, will Bastian ungeduldig wissen.

Es entsteht eine kurze Pause, dann kommt Siljas Antwort. Ihre Stimme klingt ziemlich enttäuscht. »Na ja, soweit ich sehe, ist das alles uninteressant für uns. Versicherungsvergleiche. Internetrecherche zu Plasmafernsehern. Ein Buchungsportal für Billigreisen. Lauter so'n Zeug … Obwohl, wartet mal. Das hier könnte doch noch interessant sein. Eine Website für die Vermittlung von Au-pair-Mädchen.«

»Nicht, dass die Kaltenbachs dafür Verwendung gehabt hätten«, ätzt Bastian.

»Ganz genau. Aber wenn man die Website anklickt, dann kann man einige sehr hübsche junge Frauen sehen«, bemerkt Silja.

»Wenn du dir ein Tinder-Profil erstellst, kannst du auch einige sehr hübsche junge Frauen sehen«, wirft Sven ein. »Du musst nur entsprechende Suchkriterien eingeben. Verboten ist das nicht.«

Bastian rollt seinen Bürostuhl zurück und steht auf. Unruhig tigert er durch den Raum. »Das ist doch alles Bullshit, Leute! Wenn wir nicht aufpassen, läuft uns die Zeit davon. Jetzt gerade ist der Fall heiß, aber wie lange noch? Es bleibt uns nur eines: Wir müssen Hanns Lohse in die Mangel nehmen, schnell und gründlich. Das ist immerhin die einzige echte Spur, die wir bisher haben.«

»Sicher? Dass die Jungs von der KTU bei Kaltenbach nur belangloses Zeug gefunden haben, kann ja auch bedeuten, dass er cleverer ist, als wir dachten«, gibt Sven zu bedenken. »Vielleicht kennt er den Unterschied zwischen Richtig-Löschen und nur Irgendwo-auf-dem-Rechner-Versenken besser, als wir ihm zugetraut haben.«

»Na toll. Und was soll uns das nützen, bitteschön?« Bastian stellt sich ans Fenster und blickt hinaus in den feuchten, düsteren Tag. Auf dem Bahnhof ist gerade ein Interregio angekommen. Die Reisenden ziehen die Köpfe ein und eilen geduckt durch den Nieselregen den Bussen und Taxis entgegen. Er wendet sich ab. »So wie die Leute da draußen fühle ich mich auch gerade. Die Sicht ist schlecht, und es gibt keine Hoffnung auf Besserung.«

»Für heute Nachmittag hat der Wetterbericht Sonne angesagt«, widerspricht Silja.

»Für unsere Ermittlungen auch?«

Alle drei sehen sich an. Schweigen. Stirnrunzeln. Seufzen. Ein verzagtes Lächeln von Sven.

»Kaffee?«, fragt Bastian leise.

Bevor die anderen beiden antworten können, wird die Bürotür geöffnet. Der uniformierte Kollege, der hereinkommt, hält einen Briefumschlag in der Hand.

»Hättest anklopfen können«, mosert Bastian.

»Hättest deine Post auch selbst abholen können«, gibt der Kollege schlagfertig zurück. Doch dann kann er sich ein Grinsen nicht verkneifen. »Möglicherweise hab ich hier ganz was Feines für euch. Ein Kuvert ohne Absender mit handgeschriebener Adresse.« Er hebt den Brief hoch und liest mit amüsierter Stimme vor: »*An die Kommisare in Wetserland.* Putzig, oder? Die Adresse ist allerdings korrekt geschrieben.«

Mit wenigen Schritten ist Bastian bei ihm und reißt ihm den Umschlag aus der Hand. »Wer hat den sonst noch angetatscht?«

»Der Briefträger, denke ich mal. Und unser Pförtner mit Sicherheit auch. Und jetzt du«, stichelt der Kollege.

»Egal. Wichtig ist, was drin ist.« Bastian bückt sich und kramt in seinem Schreibtisch, bis er eine Beweismitteltüte und Gummihandschuhe findet. Er streift die Handschuhe über, schneidet die Tüte an einer Seite und am Boden auf und legt sie flach auf seinen Schreibtisch. Sowohl Silja als auch Sven stehen längst neugierig neben ihm. Auch der uniformierte Kollege lugt ihm über die Schulter. Vorsichtig löst Bastian die Gummierung des Umschlags.

»Selbstklebend«, murmelt er. »Auf Speichelspuren können wir schon mal nicht hoffen.«

Mit spitzen Fingern zieht er einen DIN-A4-Zettel heraus und entfaltet ihn. Es steht nur eine einzige Zeile auf dem Zettel. Keine Anrede, keine Unterschrift und natürlich auch kein Datum. Die Schrift ist krakelig, aber halbwegs gut zu lesen.

Euer Schädel is in Muasem aufm kompos vom Wattblick

Die drei Kommissare sehen sich an. Und dann reden sie plötzlich alle gleichzeitig.

»Wenn das stimmt, sind wir auf einer ganz heißen Spur.« Sven.

»Das ist, verdammt nochmal, Täterwissen.« Bastian.

»Das ändert alles.« Silja.

»Und was kriegt der hoffnungsvolle Bote?« Der uniformierte Kollege.

»Einen Auftrag«, pariert Bastian. »Du gehst runter und nimmst dir unseren Pförtner vor. Wer hat den Umschlag abgegeben? Oder wo war er deponiert? Ich will alle Einzelheiten wissen.«

»Ist nicht dein Ernst, oder?« Er hebt spöttisch die Augenbrauen und weist auf das Kuvert, das neben dem Brief auf Bastians Schreibtisch liegt. »Das Teil kam mit der Post und steckte ganz regulär in unserem Briefkasten. Hab ich, glaube ich, vor drei Sekunden auch schon mal erwähnt.«

Bastian holt tief Luft und schließt kurz die Augen. »Stimmt. Entschuldige! Mir sind kurzzeitig die Nerven durchgegangen. War wahrscheinlich das Adrenalin oder so was Ähnliches.«

»Der Jäger auf der Fährte, schon klar.« Immer noch grinsend macht sich der Kollege auf den Weg nach unten.

Nachdem die Tür hinter ihm ins Schloss gefallen ist, wirft sich Bastian auf seinen Schreibtischstuhl und verschränkt die Arme vor der Brust. Auffordernd blickt er Silja und Sven an.

»Eure Profiler-Kenntnisse sind gefragt, Leute. *Euer Schädel is in Muasem aufm kompos vom Wattblick.* Was sagt uns das über den Verfasser dieses kleinen Briefchens?«

»Lasst uns am besten Wort für Wort vorgehen«, schlägt Silja vor. »Ich fang mal an. *Euer Schädel.* Der Typ duzt uns. Verbrecherjargon. Oder er will andeuten, dass er mit uns auf Augenhöhe ist. *Is aufm kompos.* Mit Hochdeutsch und korrekter Rechtschreibung hat er es schon mal nicht. Weiter: *Muasem.* Das ist Morsum auf Friesisch. Der Typ ist also von der Insel.«

»Ein Sylter mit niedrigem Bildungsstand und krimineller Vergangenheit«, fasst Sven zusammen. »Für mich klingt das überzeugend.«

Bastian wiegt nachdenklich den Kopf. Dann greift er nach dem Briefumschlag und mustert den Poststempel. »Ist gestern in List aufgegeben worden.«

»Das kann alles heißen«, sagt Silja. »Ich würde so ein Schreiben auch nicht in den Briefkasten bei mir um die Ecke stecken.«

»Dann heißt das aber genau genommen, dass der Täter eher nicht aus List kommt, oder?« Sven blickt sie fragend an.

»Hört mal, Leute, das ist doch alles zweitrangig«, fällt ihm Bastian ins Wort. »Wir geben den Zettel ja ohnehin zur KTU, und die gucken, ob sie irgendwelche Spuren sicherstellen können. Und während sie das tun, fahren wir nach Morsum und …« Er unterbricht sich, um sich nachdenklich am Hals zu kratzen. »Ja, um was eigentlich zu tun?«

»Na ja, du hast mich vorhin nicht ausreden lassen«, sagt Silja. »*Aufm kompos vom Wattblick. Vom Wattblick* heißt ja wohl von dem Wattblick. Und Wattblick ist großgeschrieben. Das sieht mir ganz nach einem Häusernamen aus.«

»Klingt logisch«, muss Bastian zugeben. »Und wenn der Name Programm ist, dann kann es sich nur um eine der Villen ganz im Norden Morsums handeln.«

»Üp Klef heißt die Straße. Da müssen wir hin«, stimmt Sven zu.

»Brauchen wir nur noch rauszufinden, welches der Häuser den ungeheuer einfallsreichen Namen *Wattblick* trägt. Hoffentlich gibt's nicht mehrere davon«, murmelt Silja und greift nach ihrer Daunenjacke. »Denn dann schrecken wir möglicherweise mit unserer Sucherei jemanden auf, der gar nicht begeistert über unseren Besuch sein dürfte.«

»Halt, wartet. Ich habe eine bessere Idee. Wir finden die Handynummer des Postboten heraus. Der kennt alle Häusernamen im Schlaf. Der sagt uns sofort, wo wir fündig werden«, schlägt Bastian vor.

»Super. Das haben wir gleich.« Sven geht zu seinem Rechner und klickt sich durch ein paar Seiten. Wenige Minuten später ruft er triumphierend: »Ansgar Manthei, Postzusteller in Morsum. Ich ruf den jetzt an.«

Während Sven ein paar Sätze mit dem Postboten wechselt, zieht sich auch Bastian seine Jacke über. Dann nimmt er die Dienstwaffe aus der Schreibtischschublade und steckt sie ins Halfter. Als er Siljas erstaunten Blick sieht, zuckt er die Schultern. »Sicher ist sicher.«

Inzwischen hat Sven das Gespräch beendet. »Ich hatte recht. Das Haus *Wattblick* steht üp Klef, also auf dem Kliff, und zwar als Letztes vor dem Beginn des Naturschutzgebietes. Wir können es gar nicht verfehlen.«

Mittwoch, 3. Februar, 11.40 Uhr, Nordseeklinik Westerland

Maria Wallot parkt schwungvoll ein, reißt ihre Autotür auf und atmet ganz tief durch.

»Herrlich, diese Winterluft!«

Fred Hübner blickt skeptisch vom Beifahrersitz aus in den trüben Morgen hinaus. »Hättest du nicht ein bisschen näher am Eingang parken können? Bis wir durch die Tür sind, sind wir durchgeweicht.«

»Der Nieselregen kann mich mal. Heute wird ein Erfolgstag, das spüre ich. Als Erstes werden wir Alice Zabriski wieder auf Kurs bringen, immerhin verdankt sie dir ihr Leben. Und dann können wir in Ruhe zusehen, wie die Kripo sich mit unserem Schädel beschäftigt.«

»Das ist nicht *unser* Schädel, Maria. Und ich kann dir nur empfehlen, dich auf keinen Fall von den Bullen bei so einer Formulierung ertappen zu lassen. Die verstehen da keinen Spaß.«

Maria zuckt die Schultern und steigt aus. »Mir egal. Ich habe alles getan, um sie auf eine komplett falsche Fährte zu locken. Ich bin aus dem Schneider, glaub mir. Und du auch.«

»Ich stand nie unter Verdacht. Ist ein cooles Gefühl. Das hatten wir nämlich auch schon ganz anders.« Mit schnellen Schritten folgt Fred der Verlegerin durch den Regen zum Krankenhauseingang. In der Tür schüttelt sie sich kurz und stolziert dann zielstrebig am Empfangsdrachen vorbei.

»Woher weißt du eigentlich, wo sie liegt?«, wispert Fred, als sie unbehelligt vor den Fahrstühlen angekommen sind.

Maria grinst. »Ich habe alle Stationen durchtelefoniert und mich jedes Mal als ziemlich aufdringliche Journalistin ausgegeben. Mit wechselnden Anliegen, was die Zabriski betrifft. Eines kurioser als das andere. Natürlich hat man mich jedes Mal abgewiesen. Aber nur auf der Orthopädie war man richtig alarmiert. Da gehen wir jetzt hin.«

»Und dann?«

»Gucken wir in jedes Zimmer. Wir sind zu zweit, und wenn wir uns beeilen, haben wir sie, bevor eine Schwester uns aufhalten kann.«

»Na dann ...« Fred Stimme klingt zweifelnd.

Doch zu seinem großen Erstaunen geht alles glatt. Maria grüßt jede Schwester, der sie auf der Orthopädie-Station begegnen, überaus freundlich. Es wirkt eindeutig so, als sei sie nicht zum ersten Mal hier, und die Schwestern scheinen auf das Theater hereinzufallen. Also rollen Maria und Fred die Station von zwei Seiten auf. Schon beim dritten Zimmer hat Fred Erfolg. Eine erstaunlich munter wirkende Alice Zabriski schenkt ihm ein strahlendes Lächeln, kaum dass er den Kopf durch die Tür gesteckt hat.

»Herr Hübner, wie schön! Ich wollte Sie schon gestern dringend anrufen, aber der nervige Arzt hat mir vorerst jeden Kontakt verboten.« Sie verdreht die Augen und schaltet den Fernseher aus, in dem n-tv läuft.

»Ich sehe, Sie haben das Interesse am Weltgeschehen nicht verloren.« Fred setzt sich auf den Stuhl neben das Bett. Erst jetzt fällt ihm auf, dass ein Blumenstrauß vielleicht angebracht gewesen wäre.

»Ich habe zwar einen gebrochenen Knöchel, bin aber nicht gehirnamputiert. Und zum Glück habe ich ein Einzelzimmer bekommen.«

»Wie geht's Ihnen sonst?«

»Sie meinen psychisch? Super. Aber ich befürchte, dass die

hier auf der Station ein bisschen nachhelfen. Opioide sind bekanntlich nicht nur schmerzlindernd.«

»Und so was schlucken Sie? Geht Ihnen das nicht gegen den Strich?«

Alice Zabriski seufzt und wird plötzlich ernst. »Ich bin ja eher spartanisch drauf, das haben Sie bestimmt schon gemerkt. Das galt bisher natürlich auch für meinen Medikamentenkonsum. Will heißen: Ich habe nie etwas genommen. Habe ich immer verweigert und auf die Selbstheilungskräfte meines Körpers vertraut. Noch nicht einmal während der ganz schlimmen Phasen nach der Entführung bin ich von diesem Prinzip abgewichen.« Sie richtet sich auf und klopft ihr Kissen zurecht. »Aber jetzt … ich weiß auch nicht. Gegen die ersten Infusionen konnte ich mich nicht wehren, weil ich da mehr oder weniger bewusstlos war. Und nun finde ich es zur Abwechslung mal ganz angenehm. Vielleicht ist einfach mein Konto an Schmerz- und Trauertoleranz überzogen.«

Sie unterbricht sich und horcht nach draußen, wo ein heftiger Tumult entstanden ist. Laute Stimmen, ein Poltern hinter der Tür. Dann fliegt sie auf, sekundenlang sieht man einige wild gestikulierende Personen, schließlich schlüpft ein Arzt ins Zimmer und zieht die Tür schnell wieder hinter sich ins Schloss. Als er Fred sieht, bleibt er verwirrt stehen.

»Frau Zabriski, Sie haben Besuch?«

»Ist das verboten?«

»Nein, wir wollten Sie nur …«

»Abschirmen? Oder wegsperren? Vergessen Sie's. Mir geht's gut.«

Sichtlich fassungslos blickt der Arzt von seiner Patientin zu ihrem Besucher und wieder zurück. Bevor er etwas sagen kann, redet Alice Zabriski weiter.

»Und übrigens: Diesem Herrn hier verdanke ich mein Leben. Darf ich vorstellen: Fred Hübner. Dr. Marquardt.«

»Also, wenn Sie wirklich glauben, dass das gut für Sie ist, dann will ich gar nicht …«, beginnt der Arzt lahm.

»Draußen ist noch jemand für Sie«, unterbricht ihn Fred, wobei er nur Alice Zabriski anschaut. »Frau Wallot hat mich begleitet.«

»Na dann rein mit ihr.« Alice Zabriski klingt fast schon übermütig.

»Frau Zabriski, Sie stehen unter starken Medikamenten. Ich bin nicht sicher, ob eine Konfrontation mit der Vergangenheit jetzt das ist, was Sie brauchen«, mahnt der Arzt.

»Maria Wallot ist mitnichten meine Vergangenheit, Herr Doktor. Eher meine Zukunft. Also lassen Sie sie schon rein.«

Resigniert zuckt Dr. Marquardt die Schultern. »Wie Sie meinen. Aber nur kurz. Nicht länger als zehn Minuten. Und danach messen wir Ihren Puls. Ich will auf keinen Fall, dass Sie sich aufregen.«

»Ja, ja. Jetzt machen Sie schon.«

Sekunden später ist der Arzt gegangen, und Maria steht neben Alice Zabriskis Bett und reibt sich die Oberarme. »Die hätten mich draußen fast gelyncht. Unglaublich, wie kräftig diese Schwestern zupacken können.« Erleichtert lässt sich die Verlegerin auf Zabriskis Bettkante fallen. Dann mustert sie die Archäologin von oben bis unten. »Den Knöchel hat's bös erwischt, oder? Aber sonst sehen Sie ziemlich gut aus. Die Kur hier scheint Ihnen zu bekommen.«

»Die geben mir irgendwas Stimmungsaufhellendes«, erklärt Alice Zabriski. »Morphium wahrscheinlich. Ist zur Abwechslung mal ganz nett.«

Maria wirft Fred einen knappen Blick zu. *Weißt du das schon?*

Als er lächelnd nickt, wendet sie sich wieder der Archäologin zu.

»Also ich finde, Sie machen das richtig. Es bringt nichts, immer in der Vergangenheit festzuhängen. Bauen Sie sich ein neues Leben auf. Wir helfen Ihnen gern dabei.«

»Ich hasse es, untätig herumzuliegen. Und mit dem Knöchel kann das noch eine ganze Weile dauern. Aber falls Sie mir ein Diktaphon besorgen könnten?«

»Nichts lieber als das«, gibt Maria zurück. Sie strahlt über das ganze Gesicht. »Gibt es sonst noch irgendwas, mit dem wir Sie erfreuen können?«

»Ein Handy wäre nett. Die sehen das hier zwar nicht so gern, aber ich muss es ihnen ja nicht auf die Nase binden.«

»Wollen Sie erst mal meins?«, bietet Fred an. »Da können Sie auch die Diktierfunktion nutzen. Und nachher besorge ich Ihnen in Westerland ein Prepaid-Modell, dann können wir wieder tauschen.«

»Nicht nötig. Mein eigenes Handy liegt ja im Hotel. Sie müssten es nur holen. Mit dem Netzkabel natürlich.«

»Absolut kein Problem«, erwidert Maria. »Das erledigen wir sofort.«

»Solange nehmen Sie aber meins«, beharrt Fred. »Die paar Stunden halte ich auch ohne durch. Und falls man Ihnen hier noch mehr Steine in den Weg legt, können Sie uns gleich erreichen. Der Code ist 0815, und frisch aufgeladen ist es auch.«

Mittwoch, 3. Februar, 11.55 Uhr, Villa Wattblick, Morsum

Die Straße Üp Klef liegt da wie ausgestorben. Sie verläuft parallel zum Morsumer Watt westlich vom Kliff. Zu beiden Seiten stehen prächtige Villen, von denen unter Garantie keine einzige von Syltern bewohnt wird. Trotz des immer noch anhaltenden Nieselregens, trotz des wolkenverhangenen Himmels wirkt hier nichts trist. Jeder Busch, jeder Baum ist korrekt beschnitten, die Rasenflächen strahlen in fast unwirklichem Grün, und jedes Detail der Häuser ist gepflegt und sorgsam ausgewählt.

Die Villa Wattblick steht, wie ihr Name schon sagt, auf der Wattseite der Straße und ist die letzte in der Reihe. Das Grundstück ist leicht abfallend und zieht sich hinunter bis zum Strand. An der Ostseite des Grundstücks führt ein Spazierweg zum Wasser.

Bastian stoppt den Wagen direkt an der Kreuzung, und alle drei Ermittler steigen aus. Bevor sie losgefahren sind, hat es eine kurze Kabbelei zwischen ihnen gegeben, weil jeder mitwollte. Obwohl das Bastian gegen den Strich ging, hat er schließlich eingelenkt.

»Dann lasst uns mal hoffen, dass die Bispingen uns nicht bei diesem unprofessionellen Verhalten erwischt«, war alles, was er sagte.

Und nun stehen sie hier. Silja rüttelt ungeduldig an der Pforte zur Villa. »Ist abgeschlossen.«

»Kein Problem, da drüberzusteigen«, sagt Sven.

»Aber warum sollten wir?« Bastian schlägt den Weg hinunter zum Watt ein. »Der Zaun hier ist nur hüfthoch, und ein

Kompost ist doch meist an der Grundstücksgrenze und nicht direkt vor der Terrasse. Oder täusche ich mich da? Kommt mit, wir gucken erst mal.«

Der Weg ist breit und mit Schotter bestreut. Die Steinchen knirschen unter den Füßen der Kommissare. Von Watt wallen Nebelschwaden hinauf und hüllen sie ein.

Silja stürmt mit schnellen Schritten voran. Jede Minute Wartezeit ist ihr zu viel. Falls irgendwo hier auf diesem Grundstück wirklich der vermisste Schädel Gitta Kaltenbachs versteckt sein sollte, wird ihnen dieser Fund mehr als nur eine Komplettierung der sterblichen Überreste dieses armen Mädchens bescheren. Was sie am meisten interessiert, ist die Frage, ob auch diesem Gebiss ein Zahn fehlen wird.

In ihrer Eile übersieht Silja die kleine Buschgruppe hinter dem Zaun und läuft zu weit. Sie ist schon fast am Watt angelangt, sie riecht den Tang und das Salz, sieht schon die Möwen auf dem schlickrigen Wasser, als sie den Ruf Bastians hört.

»Hey, Süße, wo willst du hin? Komm wieder hoch, wir haben gefunden, was wir suchen.«

Silja fährt herum und erschrickt. Obwohl sie Bastians Stimme deutlich vernommen hat, sind weder er noch Sven zu sehen. So dicht war der Nebel doch eben noch nicht. Dreht sie jetzt schon völlig durch? Verwirrt eilt sie zurück. Und dann entdeckt sie die beiden direkt hinter dem Zaun. Zwei eng verzweigte Rhododendren verbergen die Kommissare und mit ihnen ein ziemlich ramponiertes Kompostgatter. Silja klettert über den niedrigen Jägerzaun, ihre Hände rutschen an dem grünspanigen Holz ab, und sie braucht zwei Anläufe. Dann steht sie direkt vor dem ungepflegt wirkenden Gemisch aus Blättern, Rinde und sehr dunkler Erde, das das Kompostgatter bis zum Rand ausfüllt.

»Wir hätten irgendwas zum Graben mitnehmen sollen«, kann Silja gerade noch sagen, dann entdeckt sie, worauf ihre Kollegen wortlos starren.

Zwischen dem verrottenden Laub wölbt sich ein kleines Stückchen einer grünbraun gefleckten Kugel. Sie ist nicht heil, sondern weist einen zackigen Riss in der Mitte auf.

Die Kommissarin schluckt und beugt sich tiefer darüber. »Das ist der Schädel, oder?« Silja ist selbst erstaunt über den merkwürdigen Klang ihrer Stimme.

»Sieht so aus«, antwortet Bastian. »Stellt sich nur die Frage, warum der diese Bruchstelle hat. Und wenn ihr euch mal die Kanten genauer anschaut, dann seht ihr deutlich, dass der Riss ganz frisch sein muss. Er ist deutlich heller als der Rest. Ich würde mal tippen, der ist keine Woche alt. Auf dem restlichen Schädel ist überall dieser schmierige grünliche Belag, nur hier, wo die Bruchstelle ist, wirkt alles sauber und wie frisch seziert.«

»Denkt ihr auch, was ich denke?« Sven beugt sich tiefer über den Kompost. »Der Schädel liegt ganz sicher schon lange hier verborgen. Aber derjenige, der uns den Brief geschrieben hat, ist vorher nachsehen gefahren, ob das Teil wirklich noch da ist.«

»Okay, das kann ich verstehen. Aber warum musste er ihn zertrümmern?«, fragt Silja fassungslos.

»Weil er wütend war?«, schlägt Bastian vor.

»Auf wen denn? Auf die Tote? Auf sich selbst? Nach über vierzehn Jahren?« Silja schüttelt den Kopf. »Das ergibt doch keinen Sinn.«

»Aber etwas anderes ergibt schon Sinn«, erklärt Bastian nachdenklich. »Worauf kann man nach so langer Zeit mit Recht noch stinksauer sein?«

»Eigentlich doch nur auf den Mörder«, sagt Sven mit tonloser Stimme.

»Exakt.«

»Das heißt, dass möglicherweise der Briefschreiber gar nicht der Mörder ist«, folgert Sven leise.

»Es gibt noch eine andere Möglichkeit.« Nachdenklich zieht Silja die Stirn in Falten. »Jemand hat diesen Schädel zufällig entdeckt. Vielleicht bei dem Versuch, den Kompost umzusetzen. Dabei ist der Schädel beschädigt worden, und der Entdecker hat kalte Füße bekommen. Wahrscheinlich wissen inzwischen einige auf der Insel, dass wir genau danach suchen, nicht?«

»Also erstens: Einen Kompost setzt man wohl kaum mitten im Winter um. Da ruht das Ganze, und die Beete haben auch erst im Frühjahr was von der frischen Erde. Warum sollte man sich also bei diesem Mistwetter die Arbeit machen?«, widerspricht Sven. »Und zweitens: Guckt euch mal die Erde an. Die ist komplett vergoren oder wie auch immer man das nennt.«

»Was meinst du damit?«, will Silja wissen.

»Hier sind bis auf die paar Blätter, die von allein auf den Haufen gesegelt sind, überhaupt keine Pflanzenreste oder anderer Biomüll zu sehen. Das ist alles längst in Erde umgewandelt. So etwas dauert Jahre.«

»Ich kapiere immer noch nicht, warum das wichtig sein sollte.«

»Man merkt, dass ihr beide keinen Garten habt«, sagt Sven lächelnd. »Diesen Kompost hat seit Jahren niemand mehr angerührt, da halte ich jede Wette. Nicht alle Grundstücksbesitzer machen sich die Mühe, ihre Abfälle auch wirklich zu kompostieren. Und schon gar keine Leute, die nicht regelmäßig auf der Insel sind. Die haben einen Gärtner, der kommt mit seinem Pick-up, schmeißt alles, was er weggeschnitten hat, da drauf und entsorgt es woanders. Ein Kompost muss gepflegt werden. Das ist anstrengend. Warum sollte sich jemand freiwillig diese Arbeit machen?«

»Verstehe«, sagt Bastian langsam. »Es wäre also möglich, dass jemand, der schon zur Zeit des Mordes von diesem verlassenen Kompost wusste, den Schädel hier versteckt hat.«

»Und seitdem hat niemand ihn entdeckt«, setzt Sven hinzu.

»Bis jetzt«, murmelt Silja. »Bis jetzt.«

Mittwoch, 3. Februar, 12.03 Uhr, Haus am Dorfteich, Wenningstedt

Elsbeth von Bispingen macht sich den dritten Espresso dieses Morgens. Sie wird einfach nicht richtig wach. Die Nacht in Fred Hübners Bett ohne den Journalisten an ihrer Seite, ja sogar ohne Freds Wissen um ihren Aufenthalt in seiner Wohnung, hat sich weitaus schlafloser und schmerzlicher gestaltet, als sie erwartet hätte. Jedes Mal, wenn sie endlich eingenickt war, quälten sie entsetzlich anschauliche Träume, die Fred in trauter Harmonie mit der attraktiven Verlegerin zeigten.

Um die unschönen Gedanken zumindest für kurze Zeit aus ihrem Hirn zu verbannen, wählt Elsbeth die Handynummer Bastian Kreuzers. Es dauert, bis er rangeht. Und dann klingt seine Stimme anders als sonst. Irgendwie rau und aufgeregt.

»Kreuzer? Ist alles in Ordnung?«

»Frau von Bispingen?« Er schluckt hörbar, dann murmelt er: »Dass Sie ausgerechnet jetzt anrufen …«

»Was ist los? Klären Sie mich auf!«

»Wir haben den Schädel«, ist alles, was er antwortet.

Elsbeth braucht einen Moment, um die Zusammenhänge herzustellen.

»Den Kopf zu dem Skelett? Wie konnten Sie den so schnell finden?«

»Die Kurzform, okay? Der Hinweis kam mit einem anonymen Brief. Ein Komposthaufen auf einem privaten Grundstück in Morsum. Wir sind hingefahren, eigentlich nur, um erst mal zu gucken. Aber dann war alles ganz einfach.«

»Wie jetzt? Sie haben hoffentlich keine Spuren vernichtet.«

»Nach vierzehn Jahren? In einem Komposthaufen? Machen Sie Witze? Das hat die Natur längst für uns besorgt.«

»Trotzdem. Das muss ich selbst sehen. Wenn Sie mir die Adresse geben, komme ich vorbei.«

»Okay. Wir warten hier ohnehin auf Dr. Bernstein und den Fotografen mitsamt der Spurensicherung.«

Elsbeth notiert die Adresse und legt auf. Dann googelt sie den Weg. Die Straße, an der die Villa liegt, ist nur wenige hundert Meter vom *Landhaus Severin*s* entfernt, in dem sich Fred vermutlich mit der Verlegerin eine nette Zeit macht. Die Erkenntnis versetzt Elsbeth einen Stich. Was wäre, wenn sie ihm dort begegnen würde? Vielleicht sogar mit seiner neuen Flamme. Nach der vergangenen Nacht fühlt sie sich einer solchen Konfrontation kaum gewachsen. Bevor sie richtig darüber nachdenken kann, was sie tut, greift sie noch einmal zum Handy und ruft Freds Nummer auf.

Vielleicht ist ja doch alles anders, als sie geglaubt hat. Vielleicht hat sie sich grundlegend getäuscht. Vielleicht wartet er auf ihren Anruf. Oder er braucht sie. Wenn er wieder angefangen hat zu trinken, dann ist er jetzt möglicherweise völlig am Boden zerstört.

Vielleicht, vielleicht, vielleicht.

Es ist Zeit, sich Gewissheit zu verschaffen.

Elsbeth drückt auf das grüne Symbol, wenig später klingelt es bei Freds Anschluss. Eine endlose Weile lang passiert gar nichts, und sie will gerade die Verbindung unterbrechen, als der Anruf doch noch angenommen wird. Eine Frauenstimme meldet sich. Etwas heiser, aber nicht unsympathisch.

»Ja, hallo.«

Elsbeth legt sofort auf. Sie lässt ihr Handy auf Freds Esstisch fallen, als sei es plötzlich glühend heiß. Dann greift sie wie mechanisch zu Freds Kaffeetasse und trinkt den letzten Schluck Espresso. So ist das also. Während sie hier in Erinnerungen an die gemeinsame Zeit versinkt, ist er mit der Neuen bereits so weit, dass die wie selbstverständlich an sein Handy geht. Und sich noch traut zu fragen, wer denn wohl anruft. Wahrscheinlich liegen die beiden gerade miteinander im Bett und lachen sich kugelig über die dämliche Staatsanwältin, die sich doch tatsächlich eingebildet hat, etwas Besonderes für Fred Hübner zu sein.

Denn natürlich wissen sie genau, wer da eben angerufen hat. Elsbeths Name erscheint ja klar und deutlich auf seinem Display. Er hat der anderen also absichtlich das Handy gegeben. Nicht gerade die feine englische Art, jemandem mitzuteilen, dass alles aus ist. Aber durchaus wirkungsvoll.

Elsbeth atmet tief durch, dabei fasst sie einen Entschluss. Sie muss hier verschwinden, und zwar sofort. Sie wird sich doch nicht die Blöße geben, Fred glauben zu lassen, dass sie auf eine Versöhnung gewartet hat. Und das ausgerechnet in seiner eigenen Wohnung.

Elsbeth ruft noch einmal bei Bastian durch und kündigt eine kleine Verspätung an. Dann geht sie hoch ins Schlafzimmer, rafft ihre Sachen zusammen, räumt das Bad auf, bringt auch unten alles wieder in Ordnung und macht zuletzt die Heizung aus. Solange Fred nicht akribisch nach Spuren ihres Aufenthaltes suchen wird, die Kaffeekapseln zählt oder irgendetwas in der Art, wird er niemals dahinterkommen, dass sie hier war.

Niemals!

Das ist zwar ein schwacher Trost, aber im Moment alles, was sie hat.

Mittwoch, 3. Februar, 12.17 Uhr, Dorfstraße, Morsum

Viel zu schnell braust Maria Wallot die Überlandstrecke zwischen Archsum und Morsum entlang. Wie verängstigte Kinder weichen die Nebelschwaden zur Seite, und ab und an flieht ein Hase verschreckt vom Straßenrand. Die Verlegerin singt aufgekratzt die Songs aus dem Autoradio mit und sieht keinen Anlass, ihre gute Laune vor Fred Hübner zu verbergen.

»Hab ich's heute früh nicht gleich gesagt? Alles wendet sich zum Guten! Und siehe da, genauso ist es gekommen.«

»Wir sollten uns nicht zu früh freuen. Erst mal abwarten, wie die Zabriski so drauf ist, wenn die Opiate abgesetzt werden. Nicht unwahrscheinlich, dass dann das große Heulen und Zähneklappern beginnt.«

»Vielleicht setzt sie die Medikamente ja nicht ab. Sie ist nicht dumm, ihr muss doch sonnenklar sein, dass die gute Laune, diese ganze optimistische Stimmung eine direkte Folge der Medikation ist. Soll noch andere Menschen geben, die darauf auch über längere Zeit nicht verzichten wollen.«

»Das Zeug macht hochgradig abhängig, Maria.«

Sie zuckt die Schultern. »Depressionen sind auch nicht besonders sexy, oder?«

Bevor Fred etwas erwidern kann, bremst Maria unvermittelt am Ortseingang von Morsum. Sie weist auf den Holzkahn mit den vier Ruderfiguren, der rechts der Straße steht. Die Puppen tragen Friesennerze und sind damit durchaus angemessen gekleidet.

»Was bedeuten die eigentlich?«, will sie wissen. »Das frage ich mich schon seit Jahren. Im Sommer haben die doch immer diese blauweiß gestreiften Hemden an, oder irre ich mich?«

»Das weißt du nicht? Sie erinnern an die Zeit vor dem Bau des Hindenburgdammes, in der die Post noch übers Watt geliefert wurde und hier in Morsum anlandete. Bei jedem Wetter waren die Jungs mit ihrem Postboot unterwegs. Sogar im strengsten Winter, wenn das Watt komplett vereist war. Dann wurden dem Boot eben Rollen untergeschoben.«

»Ist ja witzig. Wie lange gibt's die hier denn schon? Die müssten mir doch schon als Kind aufgefallen sein.«

»Kann ich so aus dem Kopf nicht sagen«, beginnt Fred, aber dann erregt ein Wagenkonvoi, der sich von hinten nähert, seine Aufmerksamkeit. Ein Streifenwagen, ein Kleinbus und ein unauffälliges Mittelklasseauto fahren mit überhöhter Geschwindigkeit an ihnen vorbei.

Maria grinst den Journalisten an. »Siehst du, ich bin nicht die Einzige, die hier zu schnell fährt.«

»Im Gegensatz zu dir dürfen die das aber. Wenn mich nicht alles täuscht, hat am Steuer des letzten Wagens Dr. Bernstein gesessen. Der Rechtsmediziner der Insel. Und in dem Bus könnten durchaus die Jungs von der Spurensicherung unterwegs sein.«

»Du meinst, die fahren zur Wattvilla? So schnell schon?«

»Wann hast du den Brief denn eingesteckt?«

»Gestern.«

»Dann ist er heute angekommen. Zumindest ihre Post scheinen Kreuzer und Co. also zeitnah zu lesen. Mal sehen, was sie sonst noch draufhaben.«

»Du willst da aber jetzt nicht vorbeifahren, oder?«

»Gott bewahre! Wir beide halten uns schön im Hintergrund. Sonst wäre deine ganze Briefaktion ja völlig überflüssig gewesen.«

»Also zum Hotel?« Maria startet den Wagen und fährt langsam an.

»Ganz genau. Und das Beste wird sein, du bleibst auch dort. Keine langen Spaziergänge, die dich doch noch ganz zufällig zu eurem ehemaligen Haus führen, hörst du? Geh einfach in die Sauna und sorge dafür, dass das Hotelpersonal das auch mitkriegt.«

»Und du?«

»Ich schwinge mich aufs Rad und bringe der Zabriski ihr Handy.«

»Bei dem Mistwetter?«

»Das bisschen Nieselregen macht mir nichts. Außerdem bin ich seit zwei Tagen nicht mehr Rad gefahren. Man kann nicht nur nach Alkohol süchtig sein, weißt du.«

»Apropos Alkohol. Hast du nach unserer kleinen Entgleisung noch was getrunken? Ich hätte dich abhalten sollen, hab seitdem ein schlechtes Gewissen.«

»Zu Recht.« Fred macht eine Kunstpause und bemüht sich um einen strengen Gesichtsausdruck. Als er Marias zerknirschte Miene sieht, muss er lachen. »Keine Sorge. Ich habe den Rückfall gut verkraftet. Bin nur froh, dass wir an dem

Abend nicht noch weitergetrunken haben. Am nächsten Morgen hatte ich mich wieder unter Kontrolle.«

»Und deine Freundin? Die Staatsanwältin? Hast du mit der noch mal geredet?«

Fred schüttelt den Kopf. »Da ist mein Stolz vor. Schließlich hat sie sich unmöglich benommen. Das soll sie dann auch mal schön selbst wieder einrenken.«

»Du hängst an ihr, oder?«

»Glaub schon.«

Im Auto breitet sich Schweigen aus. Maria ist froh, dass es bisher bei den harmlosen Flirts zwischen ihnen geblieben ist. Nicht, dass sie einer Affäre abgeneigt gewesen wäre, aber auf Stress mit Fred Hübners Ex hat sie ganz bestimmt keine Lust.

»Enttäuscht?«, kommt jetzt Freds leise Stimme vom Nebensitz.

Maria zuckt die Schultern. Dann lacht sie plötzlich wie befreit auf und erklärt: »Ach weißt du, als Single lebt sich's deutlich unbeschwerter. Zu verachten ist das nicht.«

Mittwoch, 3. Februar, 12.20 Uhr, Villa Wattblick, Morsum

Fasziniert beobachtet Silja Blanck, wie Dr. Bernstein den Schädel aus dem Komposthaufen schält. Unendlich behutsam bettet der Rechtsmediziner ihn auf eine bereitgelegte helle Plane. Sofort beginnt der Fotograf, das Beweisstück aus allen Richtungen abzulichten. Silja hat deutlich Mühe, sich zurückzuhalten.

»Was ist mit dem Gebiss?«, wendet sie sich an Bernstein. »Da fehlt ein Zahn, oder?«

»Es fehlen drei, mindestens«, gibt der Rechtsmediziner unwirsch zurück. »Und die Backenzähne habe ich noch gar nicht ansehen können. Dazu muss ich den Schädel aufklappen, und das machen wir erst nach der ersten Fotoserie. Falls uns dabei was kaputtgeht, haben wir wenigstens den ursprünglichen Zustand dokumentiert.« Als er sieht, wie unzufrieden die Kommissarin wirkt, fragt er nach. »Warum sind die Zähne so wichtig?«

»Den anderen beiden Opfern fehlte jeweils ein Zahn. Beide wurden gewaltsam entfernt, und sie lagen nicht neben den toten Mädchen«, erläutert Bastian, der dicht neben Silja steht. »Sollte sich dieses Muster hier wiederholen, wäre das ein wichtiger Hinweis für uns.«

»Machen Sie sich da mal nicht zu viele Hoffnungen«, grummelt Bernstein. »Nach vierzehn Jahren in einem Komposthaufen kann schon mal der eine oder andere Zahn verlorengehen.«

»Aber die müssten dann doch hier noch drin liegen, oder?« Silja weist auf den Berg fruchtbarer Erde, vor dem sie stehen.

»Wollen Sie damit andeuten, dass die Spurensicherung das alles durchsuchen soll? Die werden begeistert sein.«

»Ich kann's nicht ändern.« Als Silja ihre nächste Frage stellt, zittert ihre Stimme, denn sie weiß genau, wieviel von der Antwort abhängt. »Angenommen, wir finden die fehlenden Zähne bis auf einen einzigen. Dann können Sie doch sicher sagen, welcher fehlt, oder?«

»Kommt auf den Verwesungszustand an«, antwortet Bernstein knapp.

»Aber können Sie sagen, ob der fehlende Zahn kurz vor oder nach dem Eintritt des Todes gewaltsam entfernt worden ist?«

Bernstein denkt kurz nach, dann sagt er bedächtig: »Es

macht wenig Unterschied, ob ein Zahn von einem Zahnarzt gezogen worden ist oder gewaltsam entfernt wurde. Darauf wollen Sie doch hinaus, oder? Jedes Zahnziehen ist eine ziemlich gewalttätige Prozedur. Was ich möglicherweise werde erkennen können, ist, ob ein fehlender Zahn erst im Lauf des Verwesungsprozesses ausgefallen ist. Wenn wir Glück haben, sind die Spuren dann weniger markant. Es ist gewissermaßen eine natürlich ablaufende Trennung.«

Silja kann nicht verhindern, dass sich der Schauer, der sie durchfährt, auch in einem deutlich sichtbaren Schütteln äußert. Sie senkt den Blick und bedankt sich bei Dr. Bernstein, der sich wieder voll und ganz dem Schädel zuwendet.

Bevor die trüben Gedanken sie vollends vereinnahmen können, spricht Sven sie an.

»Hast du mal einen Moment?«

»Ja klar. Was ist?«

»Die ersten Journalisten sind hier. Weiß der Teufel, wie die das so schnell spitzgekriegt haben. Was sagen wir denen?«

»Wie wär's mit der Wahrheit«, schlägt Silja spontan vor. »Bastian, was meinst du?«

Bastian reibt sich nachdenklich den Hinterkopf. Dann lockert er die Schultern und schüttelt sich kurz. Er wirkt wie ein Boxer vor einem wichtigen Kampf.

»Warum nicht? Scheuchen wir die ganze Insel auf. Sorgen wir dafür, dass alle, die etwas zu vertuschen haben, so richtig Feuer unterm Hintern kriegen.«

»Okay. Dann mal los.« Mit energischen Schritten geht Sven nach vorn zum Tor des Anwesens, wo die Journalisten warten.

»Heute Abend ist auf Sylt die Hölle los, davon kannst du schon mal ausgehen«, murmelt Bastian in Siljas Richtung. Aber sie ist bereits abgelenkt.

»Guck mal dahinten. Sind das nicht die roten Locken der Bispingen?«

Wenige Sekunden später steht die Staatsanwältin vor ihnen. Sie ist blass und wirkt übernächtigt, aber ihre Stimme klingt energisch, fast schon abenteuerlustig.

»Und? Sieht der Schädel sehr gruselig aus?«

»Kommt drauf an, welche Vorstellungen man damit verbindet«, antwortet Bastian vorsichtig und wirft Silja einen Seitenblick zu.

Die Kommissarin atmet tief durch. Sie darf sich weder aufregen noch sich provozieren lassen. Cool bleiben und möglichst unbeteiligt wirken, das ist die richtige Strategie. Zum Glück achtet die Staatsanwältin nicht weiter auf Silja. Sie nähert sich neugierig dem Komposthaufen und zieht beim Anblick des Schädels heftig die Luft ein.

»So was sehe ich auch nicht alle Tage«, murmelt sie, bevor sie sich abwendet. Es scheint, als ob ihr Gesicht noch ein wenig bleicher geworden ist, aber sie hat sich schnell wieder unter Kontrolle. »Wir müssen natürlich die DNA-Analyse abwarten. Aber intern können wir vielleicht schon mal davon ausgehen, dass dies der gesuchte Schädel ist, oder was meinen Sie?«, wendet sie sich an Bastian.

»Der anonyme Briefeschreiber war da ganz eindeutig. Ich denke, dem können wir bis auf weiteres trauen.«

»Es gibt noch eine schnellere Methode, um die Identität des Schädels festzustellen«, mischt sich Silja ein. »Wir fragen den damaligen Zahnarzt des Mädchens. Wenn wir Glück haben, hat er noch einen Zahnstatus.«

»Nach vierzehn Jahren?« Zweifelnd wiegt Elsbeth von Bispingen den Kopf.

»Einen Versuch ist das allemal wert«, sagt Bastian. »Aber

jetzt, da die Mutter tot ist, können wir den Zahnarzt vielleicht nicht so einfach finden.«

»Gitta Kaltenbach kam aus Rantum, so wie meine Schwester auch. Damals gab es nur einen einzigen Zahnarzt bei uns, und er war noch nicht besonders alt. Wahrscheinlich praktiziert er noch. Ich erinnere mich gut an ihn, den können wir fragen.«

»Übernimmst du das?«

»Klar, kein Problem.«

Wenn du gedacht hast, ich leiste mir hier in aller Öffentlichkeit den nächsten Zusammenbruch, dann hast du mich unterschätzt, denkt Silja grimmig. Niemand soll sehen, wie sehr ihr der Schädelfund an die Nieren geht. Noch nicht einmal Bastian.

»Was war das eigentlich für ein Brief, den Sie da bekommen haben?«, erkundigt sich die Bispingen jetzt.

»Kam heute Morgen anonym mit der Post. Aufgegeben in List und in ziemlich einfacher Sprache abgefasst. Keine Anrede, keine Schlussformel. Nur ein einziger Satz: *Euer Schädel is in Muasem aufm kompos vom Wattblick*«, zitiert Bastian.

»Klingt nicht gerade nach einem Intellektuellen als Absender.«

»Andererseits gab es weder Fingerabdrücke noch irgendwelche brauchbaren Hinweise durch Papier oder Stift oder Ähnliches, was für eine gute Planung spricht. Auch die Briefmarke war selbstklebend.«

»Das kann alles Zufall sein.«

»Bis auf die fehlenden Fingerabdrücke. Das hat mich dann doch misstrauisch gemacht.«

»Das ist ein gewisser Widerspruch, da gebe ich Ihnen recht. Aber andererseits …« Elsbeth von Bispingen überlegt. »Heutzutage weiß jeder durchschnittliche Fernsehkonsument, wie man Fingerabdrücke vermeidet und warum das wichtig ist. Und wenn tatsächlich der Mörder den Brief geschrieben hat …«

»Nur: Warum sollte er das tun?«, fällt ihr Silja ins Wort.

Die Staatsanwältin zuckt die Schultern. »Er wollte die Sache ins Reine bringen. Mit dem Ganzen abschließen sozusagen, ohne allerdings selbst dafür haftbar gemacht zu werden. Kommt häufiger vor, als Sie vielleicht denken.«

»Und was heißt das jetzt für uns?«

»Wir reden mit den Eigentümern dieses Grundstücks, was sonst. Sie sind der Schlüssel zu dem Ganzen, das ist doch klar«, erklärt Elsbeth von Bispingen entschieden. Dann wendet sie sich an Bastian. »Wissen Sie schon, wem die Hütte hier gehört?«

»Noch nicht, aber das kostet uns einen Anruf beim Grundstücksamt.«

»Na dann los, worauf warten Sie noch?« Die Staatsanwältin wirft dem Kommissar einen leicht spöttischen Blick zu. »Und wenn Sie den Besitzer ausfindig gemacht haben, dann quetschen Sie ihn ordentlich aus. So ein Komposthaufen ist ja nicht gerade eine Augenweide. Normalerweise pflegt man den, oder man ebnet ihn ein. Beziehungsweise lässt das von seinem Gärtner erledigen. Hier hat jemand aber ganz offensichtlich einfach jahrelang abgewartet, bis das Ganze so richtig schön durchgegoren war. Nicht unverdächtig, oder was meinen Sie?«

Bastian lässt sich mit seiner Antwort Zeit. Bedächtig sagt er schließlich: »Das ist alles richtig. Aber irgendwie passt trotzdem nichts zusammen. Wenn der Besitzer des Grundstücks etwas mit dem Mord zu tun hätte, würde er sich doch wohl kaum mit solch einem Brief selbst belasten. Mal ganz davon abgesehen, dass der Brief anders abgefasst wäre. Und wenn es nicht der Eigentümer war, sondern jemand völlig anderes den Mord begangen hat, warum konnte er sich beim Verstecken dann so sicher sein, dass der Kopf hier die ganzen Jahre lang nicht entdeckt werden würde?«

»Finden Sie das raus, Kreuzer. Das ist doch Ihr Job, oder irre ich mich da?«, entgegnet die Staatsanwältin knapp.

Mittwoch, 3. Februar, 13.52 Uhr, Zahnarztpraxis Großkopf, Rantum

Silja steigt aus dem Wagen und blickt an der schmucklosen Hausfassade hinauf. Die Praxis von Dr. Großkopf liegt im ersten Stock eines Gebäudes aus den sechziger Jahren über einem ziemlich nobel wirkenden Fischrestaurant. In Siljas Kindheit ist dies noch eine einfache Räucherei gewesen. Sie erinnert sich plötzlich genau an den würzigen Geruch, der im Sommer durch die offenen Praxisfenster strömte, wenn unten der Ofen in Betrieb war. Dr. Großkopf entschuldigte sich dann lächelnd und vergaß nie, den immer gleichen Satz hinzuzufügen: *Aber Räucheraal essen wir schließlich alle gern.*

Nie hat sich Silja getraut, dem Arzt ihre tief verwurzelte Abscheu vor jeder Art von Räucherfisch einzugestehen. Als Kind wäre ihr dies wie ein Verrat an der Insel erschienen.

Jetzt ist das Restaurant geschlossen, ein Schild weist auf die Betriebsferien im Januar und Februar hin. Die Tür zur Praxistreppe ist angelehnt, und schon beim Aufstieg überkommen Silja jede Menge Erinnerungen. Wie oft war sie gemeinsam mit der jüngeren Schwester hier, die im Gegensatz zu Silja immer etwas Angst vor dem Besuch bei Dr. Großkopf hatte.

Franziskas kleine Hand wurde dann schon im Treppenhaus feucht.

Du bleibst hier und passt auf mich auf?

Aber klar. Kannst dich auf mich verlassen.

Das war ihr Standarddialog. Kaum waren sie allerdings oben in den hellen Praxisräumen angekommen, verlor sich Franziskas Angst vollständig. Und die freundliche zugewandte Art von Dr. Großkopf tat ein Übriges, um die Kleine zu beruhigen.

Silja stößt die Tür auf und blickt sich um. Die Einrichtung ist neu, anstelle des alten Holzschreibtischs, hinter dem die Zahnarzthelferin saß, empfängt sie nun ein halbrunder Tresen aus weißem Lack und Chrom. Auch die Tresendame ist eine andere als früher.

»Guten Tag.« Fragend blickt sie Silja entgegen.

Klar, hier kennt man sich immer noch, und mich hat sie noch nie gesehen, schießt es Silja durch den Kopf.

»Hallo, mein Name ist Silja Blanck. Ich war früher Patientin bei Dr. Großkopf, bin jetzt aber beruflich hier«, beginnt sie und zeigt ihren Dienstausweis.

Die Praxishilfe wirft nur einen kurzen Blick darauf. Ihre Stimme bleibt höflich distanziert. »Und was genau kann ich für Sie tun?«

»Wenn es möglich ist, würde ich gern mit dem Doktor persönlich sprechen. Muss auch nicht lange sein. Oder ist er in der Mittagspause?«

»Schon, aber er sitzt hinten. Ich frage ihn mal. Wenn Sie einen Moment warten wollen.« Sie steht auf und verschwindet in einem langen Gang, der, wie Silja sich erinnert, zu den Praxisräumen und den Laboren führt. Wahrscheinlich gibt es dort auch einen Aufenthaltsraum für die Mitarbeiter.

Es dauert nur ein paar Sekunden, bis der Arzt auftaucht. Silja hätte ihn überall wiedererkannt. Seine Haare sind grau geworden, aber voll geblieben. Und auch die große Gestalt, sportlich und schlank, ist immer noch die gleiche. Kurz kneift er die Augen zusammen, dann streckt er Silja zögernd beide Hände entgegen. Es wirkt, als wolle er die ihren ergreifen, überlege es sich dann aber doch anders.

»Frau Blanck, oder darf ich noch Silja sagen?«, beginnt er herzlich. »Ich war damals so geschockt, als ich von Franziskas Tod erfahren habe. Ich wollte Ihren Eltern schreiben, aber hatte die neue Adresse nicht.« Er stockt kurz, dann setzt er noch einmal an. »Auch wenn es schon so lange her ist: mein tief empfundenes Beileid.«

»Danke«, antwortet Silja gerührt. Es gibt nicht viele Menschen, die den richtigen Ton im Umgang mit Trauernden treffen. Dr. Großkopf scheint dazuzugehören. Sie muss sich räuspern, bevor sie weiterreden kann. »Um ehrlich zu sein, Franziskas Tod ist auch der Anlass für meinen Besuch. Unter anderem.«

»Sie sind jetzt bei der Sylter Kriminalpolizei? Jedenfalls sagte Marion das eben.« Er weist auf den blanken Tresen, der jetzt verwaist ist.

Silja nickt. »Von dem Skelettfund in der Morsumer Heide haben Sie wahrscheinlich gehört. Das haben wir zum Anlass genommen, uns mehrere alte Fälle noch einmal vorzunehmen.«

»Verstehe«, antwortet Dr. Großkopf, sieht dabei aber ziemlich verwirrt aus. »Weiß man denn schon, um wen es sich bei dem Skelett handelt?«

»Ja, und deswegen bin ich hier. Vermutlich war es ein Mädchen, das hier in Rantum gewohnt hat, es war drei Jahre älter als meine Schwester. Und da wir dringend den Zahnstatus zur Identifizierung brauchen, dachte ich, sie könnte so wie Franziska vielleicht auch Ihre Patientin gewesen sein.«

»Der Name?« Jochen Großkopfs Stimme klingt jetzt sehr geschäftsmäßig. Mit wenigen Schritten ist er hinter dem Tresen und fährt den Rechner hoch.

»Gitta Kaltenbach«, sagt Silja.

»Moment mal.« Irritiert blickt der Zahnarzt auf. »Ist das nicht die kleine frühreife Maus, die immer ausgebüxt ist?«

»Beim dritten Mal hat man sie nie wiedergefunden. Möglicherweise ist ihr etwas zugestoßen.« Obwohl sich Silja bewusst vorsichtig ausdrückt, begreift Dr. Großkopf sofort.

»Sie meinen, dass sie auch … so wie Ihre Schwester …« Er bricht ab. Offensichtlich scheut er sich, das Schreckliche zu benennen.

»Vergewaltigt und ermordet worden ist, genau«, hilft ihm Silja.

»Du meine Güte!« Während der Zahnarzt sich durch seine Unterlagen klickt, bemüht er sich sichtlich um Fassung. Schließlich scheint er etwas gefunden zu haben. Er richtet sich auf und fragt: »Was brauchen Sie denn genau?«

»Den Zahnstatus. Am besten wäre allerdings ein kompletter Gebissabdruck.«

»Schwierig. Leider beides. Die Unterlagen zum Zahnstatus werden routinemäßig nach zehn Jahren gelöscht, wenn in dieser Zeit keine Patientenbesuche mehr stattgefunden haben. Was natürlich der Fall war.«

»Und der Gebissabdruck?«

»Darüber steht hier nichts. Allerdings glaube ich mich zu erinnern, dass der bei Ihnen sein müsste?«

»Bei uns?«

»Also bei der Kriminalpolizei, meine ich. Irgendwann haben Ihre Kollegen den Gips angefordert. Da kam ein Anruf vom Festland, ich glaube aus St. Peter-Ording oder so. Nageln Sie mich nicht fest, das ist mindestens auch schon fünf Jahre her. Jedenfalls hatten wir damals die Unterlagen noch.«

»Was wollten die denn mit dem Gebissabdruck?«

»Ihre Kollegen waren ziemlich wortkarg, aber offenbar mussten sie einen weiblichen Leichnam identifizieren, von dem sie dachten, es könne Gitta Kaltenbach sein. Da habe ich natürlich gern geholfen.«

»Hat man Sie über das Ergebnis informiert?«

»Machen Sie Witze?«

Silja seufzt. »Schon klar. Und der Abdruck ist natürlich auch nie zurückgekommen. Ich erkundige mich. Wäre ja auch zu schön gewesen, wenn Sie hätten helfen können.«

Der Zahnarzt nickt und wendet sich vom Rechner ab. Er geht zu Silja zurück und blickt ihr direkt in die Augen: »Geht es Ihnen gut? Es muss Sie doch wahnsinnig belasten, diese alte Geschichte wieder so präsent zu haben.«

»Das tut es, glauben Sie mir. Aber es hilft ja nichts. Wenn ich dazu beitragen kann, die Morde aufzuklären, dann wird es mir bessergehen.«

»Viel Erfolg dabei. Und grüßen Sie Ihre Eltern von mir.«

»Das mache ich gern«, antwortet Silja und denkt dabei: *Wenn du wüsstest, was aus ihnen geworden ist …*

Mittwoch, 3. Februar, 14.20 Uhr, Kriminalkommissariat Westerland

»Danke für die Auskunft«, sagt Sven Winterberg und legt das Telefon zurück in die Halterung. Dann starrt er auf den Zettel, den er soeben beschriftet hat.

Barbara Heitmeyer, Hamburg Blankenese, steht dort, gefolgt von einer Telefonnummer, die so geheim ist, dass selbst die Dame von der Telekom erst ihren Chef fragen und einen Rückruf über die offizielle Polizeivermittlung starten musste, bevor sie dem Kommissar die Nummer verraten hat. Barbara Heitmeyer sei eine schützenswerte Person, und es gebe Anweisung von ganz oben, mit ihrer Nummer außerordentlich sorgfältig umzugehen, hat sie Sven mit strenger Stimme erklärt, bevor sie seufzend das Geheimnis preisgab.

Sven blickt aus dem Fenster und denkt darüber nach, wie es sein muss, so viel Geld zu haben, dass man sich alles leisten kann. Im Zweifelsfall sogar das Schweigen von Behörden. Wird man von dem ganzen Geld paranoid und hat vor allem Angst? Oder lebt man in solch einer Blase, dass niemand, den man nicht ausdrücklich persönlich autorisiert hat, einen kontaktieren darf?

Draußen fegt ein heftiger Wind monströse Wolkentürme über den Himmel und kann trotzdem nicht verhindern, dass für Sekunden die Wintersonne aufblitzt. Aber ebenso schnell ist sie wieder verschwunden, einfach weggeschluckt von neuen endlos grauen Wolkenmassen. Trübheit senkt sich auf die Straße und den Bahnhof vor Svens Bürofenster. Alle Farben werden blass und matt und müde. Und genau so fühlt sich Sven. Plötzlich fehlt ihm die Energie für den anstehenden

Anruf. Aber er reißt sich zusammen, greift nach dem Hörer und tippt die Ziffern ein.

Es klingelt gar nicht mal lange, dann wird am anderen Ende abgehoben.

Insgeheim hat Sven damit gerechnet, dass eine Hausangestellte oder ein Portier am Apparat sein würden, aber eine Frauenstimme sagt klar und deutlich: »Heitmeyer. Hallo.«

»Sven Winterberg. Kriminalpolizei Westerland.«

Pause. Schließlich kommt die überaus kühle Frage: »Ist etwas passiert?«

»Kann man so sagen. Spreche ich mit Frau Barbara Heitmeyer?«

»Ja.«

»Sie sind die Besitzerin des Hauses Wattblick in Morsum. Das ist doch richtig, oder?«

»Ja.«

Sven kann förmlich spüren, wie sich am anderen Ende der Leitung etwas versteift. Die Reaktion ist ganz typisch. *Ich weiß nicht, was kommt, also sage ich nur das Allernötigste.*

Sind wieder mal supertolle Voraussetzungen für ein Recherchegespräch, denkt Sven und entscheidet sich für einen dosierten Konfrontationskurs.

»Frau Heitmeyer, wir haben heute Vormittag auf Ihrem Grundstück einen menschlichen Schädel gefunden.«

»Was hatten Sie auf meinem Grundstück zu suchen? Ich wüsste nicht, dass die Polizei einfach so auf Privatbesitz …«, ereifert sich die Dame aus Hamburg.

»Es geht um einen Menschenschädel, der gewaltsam vom Körper getrennt worden ist«, kontert Sven kühl. »Wir sprechen also von Mord. Möglicherweise können Sie sich vorstellen, dass wir da niemanden um Erlaubnis fragen müssen.«

»Aber wir waren … Wir haben doch nicht … Sie glauben jetzt nicht etwa, dass mein Mann oder ich jemanden umgebracht haben.« Das Lachen am anderen Ende der Leitung klingt hysterisch.

»Wir glauben gar nichts. Wir wüssten nur gern zwei Dinge. Wie lange besitzen Sie das Haus schon? Und wer ist für die Bewirtschaftung ihres Gartens zuständig?«

»Wo haben Sie den Kopf überhaupt gefunden?«

»Ich stelle hier die Fragen, Frau Heitmeyer. Also bitte antworten Sie präzise. Ich wiederhole: Erstens …«

»Ich bin nicht blöd. Ich kann mir Ihre Fragen ganz gut merken«, kommt die schnippische Antwort. »Erstens: Seit etwa zehn Jahren. Und zweitens: Das macht die Firma Krause aus Tinnum. Und zwar seit dem Kauf zu unserer größten Zufriedenheit. Den Gärtner, den die Vorbesitzerin hatte, mochte ich irgendwie nicht. Aber das wird Sie wohl kaum interessieren.«

»Im Gegenteil. Das interessiert mich brennend. Deshalb wüsste ich jetzt gern die Namen sowohl von der Vorbesitzerin als auch von deren Gärtner.«

»Die Vorbesitzerin? Maria Wallot. Verlegerin aus Berlin, soweit ich weiß. Und an den Namen des Gärtners erinnere ich mich nicht. Wie auch? Ich habe nur ein einziges Mal mit ihm geredet.«

»Was war denn so abstoßend an ihm, dass Sie ihn nicht übernehmen wollten?«

»Abstoßend? Nichts. Aber er hat den ganzen Garten allein bewirtschaftet. Wenn er mal krank war, blieb alles liegen. Da ist mir eine Firma lieber. Und die Krauses sind ein Familienbetrieb, in dem neben dem Seniorchef auch seine drei Söhne arbeiten.«

»Eben sagten Sie noch, dass Sie den alten Gärtner nicht mochten.«

»Tatsächlich? Dann habe ich mich wohl unklar ausgedrückt. Es ging mir nur um die Verlässlichkeit.«

Du mich auch, denkt Sven, lässt sich aber nichts anmerken.

»Andere Frage. Es gibt auf Ihrem Grundstück einen Komposthaufen, direkt an der Grenze zum Wattweg, den kennen Sie sicher.«

Barbara Heitmeyer stöhnt. »Nicht Sie auch noch! Der alte Krause liegt mir jeden Sommer in den Ohren und will den plattmachen. Sein Anblick sei eine Schande für den ganzen Garten.«

»Das kann man durchaus so sehen. Sie bewirtschaften den Komposthaufen nicht, oder haben Sie das in den Jahren seit dem Grundstückskauf jemals getan?«

»Nein, nie. Aber die Erde ist extrem hochwertig, das weiß doch jeder. Und irgendwann legen wir vielleicht mal ein richtig schönes Rosenbeet vor der Terrasse an, und dann kann man die Erde verwenden. Aber ich verstehe nicht ganz, warum Sie ausgerechnet nach dem Kompost fragen.«

Barbara Heitmeyer hat den letzten Satz kaum beendet, als sie plötzlich sehr scharf die Luft einzieht. Sven Winterberg gäbe etwas dafür, wenn er ihr jetzt ins Gesicht sehen könnte.

»Sie wollen mir hier aber nicht erklären, dass Sie einen Totenkopf in meinem Kompost gefunden haben«, ächzt sie.

»Leider doch.«

Schweigen am anderen Ende der Leitung.

Den Schock hast du dir verdient, du arrogante Tante, denkt Sven befriedigt. Dann stellt er mit geschäftsmäßiger Stimme seine letzte Frage und nimmt gleichzeitig einen Stift zur Hand. »Wie, sagten Sie noch mal, hieß die Vorbesitzerin?«

»Wallot. Maria Wallot.«

Mittwoch, 3. Februar, 14.44 Uhr, Café Wien, Westerland

»Wallot. Maria Wallot. Lebt angeblich in Berlin. Sagt Ihnen der Name was?« Bastian Kreuzers Stimme klingt beiläufig. Sein Blick ist auf die Kuchentheke gerichtet, und seine Gedanken kreisen um die Frage, ob es eher ein Stück Bürgermeister oder doch lieber gleich eine ordentliche Portion Friesentorte sein sollen. Deshalb bekommt er nicht mit, wie die Staatsanwältin Elsbeth von Bispingen schlagartig erbleicht.

»Das ist jetzt nicht Ihr Ernst, oder?«

»Was? Dass dieser Dame früher das Grundstück mit dem Gruselkompost gehört hat? Wir haben keinen Grund, an der Aussage der jetzigen Besitzerin zu zweifeln. Und ich glaube, mein Kollege hat das sogar beim Grundbuchamt überprüft.« Bastian hat sich für die Friesentorte entschieden und konzentriert sich nun wieder auf sein Gegenüber. Er bekommt einen Schreck, als er der Staatsanwältin ins Gesicht sieht. »Was ist denn plötzlich mit Ihnen los? Sie sehen aus, als sei Ihnen ein Geist erschienen«, versucht er zu scherzen.

Der Vorschlag, die anstehende Besprechung ins Café zu verlegen, ist von ihm selbst gekommen. So fahrig wie die Bispingen seit ihrem Auftauchen auf der Insel wirkte, würde ihr der eine oder andere Kaffee guttun, fand Bastian. Und er selbst schiebt schon seit Stunden ziemlichen Hunger. An ein zünftiges Mittagessen war bei der ganzen Aufregung begreiflicherweise nicht zu denken. Also Kaffee und Kuchen, hat er sich überlegt. Und jetzt kollabiert ihm die Staatsanwältin hier fast.

»Sollen wir vielleicht einen Moment rausgehen? Sie sehen aus, als könnten Sie einen Schluck frische Luft gebrauchen.«

»Nicht nötig. Aber wenn Sie schon vom Schlucken sprechen. Ein Schnaps wäre gut.«

»Sicher?« Erstaunt blickt Bastian die Staatsanwältin an. Seit sie auf der Insel ist, überrascht sie ihn immer wieder.

»Ich kenne Maria Wallot«, beginnt sie jetzt, korrigiert sich aber sofort. »Nein, das ist nicht ganz korrekt. Aber ich weiß genau, wer sie ist. Erinnern Sie sich an die verschwundene Archäologin?«

»Die von Fred Hübner am Bahndamm gerettet worden ist?«

Elsbeth von Bispingen nickt. Es entgeht Bastian nicht, dass diesmal das leichte Lächeln auf ihrem Gesicht fehlt, das sonst zuverlässig bei der Nennung des Journalistennamens erscheint. *Ach, daher weht der Wind*, begreift er plötzlich. *Beim Paar Bispingen / Hübner hängt der Haussegen schief.*

Natürlich lässt sich Bastian nichts anmerken. Mit ruhiger Stimme erklärt er: »Ich erinnere mich. War jetzt kein Ruhmesblatt für die uniformierten Kollegen, aber letztendlich ist ja alles gutgegangen.«

Die Bispingen geht nicht auf seine Ausführungen ein. Mit tonloser Stimme sagt sie: »Die Archäologin soll ein Buch über ihre Erlebnisse in Afghanistan schreiben. Herr Hübner wird ihr Ghostwriter werden, und Frau Wallot ist ihre Verlegerin. Beide wohnen zurzeit im *Landhaus Severin*s* in Morsum.«

»Diese Maria Wallot ist auf der Insel?«

»Sagte ich doch gerade. Haben Sie's mit den Ohren?«

»Eigentlich nicht. Aber Sie müssen schon zugeben, dass das ein äußerst merkwürdiger Zufall ist.«

»*Falls* es einer ist«, kontert die Staatsanwältin kryptisch. Ihr Gesicht bekommt langsam wieder Farbe, und in ihren Augen blitzt etwas von dem Bastian nur allzu bekannten Kampfgeist auf.

»Wie meinen Sie das?«

Elsbeth von Bispingen zuckt mit den Schultern. »Das sind ein paar Zufälle zu viel, finden Sie nicht? Und deshalb werde ich höchstpersönlich dabei sein, wenn Sie diese Person vernehmen.«

»Also, Frau von Bispingen, ich will mich ja nicht einmischen, aber wahrscheinlich wird es doch das Gespräch mit dem ehemaligen Gärtner der Verlegerin sein, das interessanter ist.«

»Für Sie vielleicht.«

»Auf jeden Fall. Er war offensichtlich über die Jahre allein für die Pflege des Gartens zuständig. Falls also irgendjemand wirklich unbemerkt den Kopf einer Toten in diesem Kompost verstecken konnte, dann er.«

»Haben Sie den Namen des Gärtners?«

»Noch nicht. Aber die Verlegerin wird ihn wissen.«

»Na sehen Sie. Wieder laufen alle Fäden bei dieser Person zusammen. Ich bin dabei, wenn sie mit ihr reden, und damit basta.«

»Okay, ganz wie Sie wollen.« Bastian winkt der Bedienung. »Für Sie auch Friesentorte?«

»Kalorien sind jetzt genau das, was ich brauche.«

»Sehr vernünftig. Zwei Kaffee und zweimal die Friesentorte«, bestellt Bastian. Anschließend ordert er noch den Schnaps für die Staatsanwältin, korrigiert sich aber sofort. »Wissen Sie was? Bringen Sie zwei.«

Mittwoch, 3. Februar, 15.03 Uhr, Kriminalkommissariat Westerland

Als Silja das Büro betritt, sitzt nur Sven an seinem Schreibtisch.

»Wo ist Bastian?«

»Hat ein Date mit der Bispingen. Wenn sie schon mal hier ist, will er sie auch enger in die Ermittlungen einbinden.«

»Sehr weise.« Silja zwinkert Sven zu. »Gibt's sonst was Neues?«

»Ich habe mit der Besitzerin des Watthauses gesprochen, und wir wissen jetzt, wem das Haus vor vierzehn Jahren gehört hat.«

»Bestimmt niemandem von der Insel, oder?«

Sven lacht kurz auf. »Machst du Witze? Natürlich nicht.«

»War ja klar.« Silja lässt sich auf ihren Stuhl fallen und reibt sich das Gesicht. Sie fühlt sich müde und mutlos. »Ich war beim Zahnarzt von Gitta Kaltenbach. Ihr Gebiss ist leider verschwunden.«

»So eine Praxis kann das nicht ewig aufheben. Was hast du denn gedacht?«

»Es ist viel schlimmer. Die Kollegen vom Festland haben vor einigen Jahren eine Tote gefunden, die sie zunächst nicht identifizieren konnten. Sie haben angenommen, das sei Gitta und folgerichtig das Gebiss angefordert. Der Arzt hat's verschickt und dann nie wieder etwas von denen gehört.«

»Woher weißt du das?«

»Hat mir der Zahnarzt erzählt. Und ein Anruf in St. Peter-Ording hat ergeben, dass das Gebiss nicht mehr dort ist. Die Kollegen müssen es verschlampt haben.«

»Oder weggeworfen.«

»Oder das. Jedenfalls können wir den Kopf jetzt nicht eindeutig zuordnen und müssen wieder auf die DNA-Analyse warten.«

»Und die Tote auf dem Festland war natürlich nicht Gitta.« Stellt Sven lakonisch fest.

»Natürlich nicht.«

»Ach übrigens, bevor ich's vergesse. Bernstein hat sich vorhin noch mal gemeldet. Zwei der drei fehlenden Zähne waren tatsächlich noch im Kompost.«

Silja zieht scharf die Luft ein. »Und der dritte?«

»Könnte theoretisch überall sein. Von einem Vogel weggepickt, irgendwie aus dem Kompost gerutscht, von den Kollegen übersehen.«

»Oder vom Mörder einbehalten.«

Sven nickt.

Silja überlegt einen Moment, dann sagt sie entschlossen: »Wir müssen die Bude von deinem Exchef gründlich durchsuchen und alles auf den Kopf stellen. Bastian und ich haben ja nur oberflächlich in seinen Sachen gewühlt.«

»Lass das Bastian lieber erst mit der Bispingen klären.«

»Sicher. Was glaubst du denn? Ich gebe ihm gleich Bescheid, dann kann er das sofort regeln.« Sie holt ihr Handy aus der Tasche und tippt eilig eine SMS. Nachdem sie sie abgeschickt hat, wendet sie sich wieder dem Kollegen zu und fragt stirnrunzelnd: »Wann wird er eigentlich vernommen?«

»Wer? Lohse?«

»Wer sonst?«

»Ich glaube, da gab's ein Problem mit dem Termin. Er ist irgendwie nicht zu erreichen.«

»Wie? Er taucht unter und niemand kümmert sich?« Siljas Stimme wird schrill.

»Wir haben ihn zweimal vergeblich angerufen. Das muss noch nichts heißen.«

»Sag mal, bin ich hier im Irrenhaus? Warum ist noch niemand hingefahren? Weiß Bastian überhaupt davon?« Wieder springt sie auf und zieht dabei das Handy aus der Tasche. »Wir hätten ihn gleich verhaften sollen. Dann wäre das nicht passiert.«

»Jetzt beruhige dich erst mal. Wir erwischen ihn schon noch. Wo soll er denn groß sein?«

»Wo soll er denn groß sein«, äfft Silja den Kollegen nach. »Auf dem Festland beispielsweise? Das nächste Kind missbrauchen?« Ihre Stimme kippt, und sie merkt, dass sie kurz davor ist, hysterisch zu werden. Die Kontrolle entgleitet ihr, und zurück bleibt nur der blanke Horror.

»Silja, Silja, stopp. Jetzt mal ganz langsam.« Sven nimmt sie in den Arm und führt sie zu ihren Schreibtischstuhl zurück. »Setz dich wieder hin und hör mir zu. Nur zwei Minuten lang. Und wenn ich dich dann nicht überzeugt habe, können wir immer noch gemeinsam in den Notfallmodus umschalten, okay?«

Silja schüttelt den Kopf, setzt sich dann aber doch. Sie gäbe etwas darum, jetzt allein sein zu können, in Ruhe ihre Gedanken zu ordnen und selbst herauszufinden, ob ihre plötzliche Panik angebracht ist oder nicht. Aber Sven lässt nicht locker.

»Hanns Lohse hat verbotenes Material auf seinem Rechner. Und er hat in seinen Ermittlungen geschlampt. Aber das reicht noch nicht, um ihm einen Mord zu unterstellen.«

»Nicht?«, faucht Silja. »Er hat das Opfer gekannt, vergiss das nicht. Zweimal ist Gitta Kaltenbach weggelaufen, zweimal hat er sie zurückgeholt. Es gab eine körperliche Auseinandersetzung. Die Kratznarbe hat er uns selbst gezeigt. Ich muss dir wohl kaum erklären, was so eine Konfrontation bei jemandem auslösen kann, der ohnehin anfällig ist für diesen ganzen Scheiß.«

Silja verstummt. Es ist, als weiche alle Kraft aus ihrem Körper. Nicht vorstellbar, dass sie jemals wieder ihre Stimme erheben, dass sie jemals wieder energisch widersprechen könnte. Die Kommissarin fühlt sich wie eine leere Form, wie ein schlaffer Sack, dessen Inhalt sich unversehens auf den Boden ergossen hat. Da liegt er nun, und jeder kann darauf herumtrampeln.

Umso erstaunter ist sie, als Sven einlenkt.

»Du hast recht. Wir haben einen Fehler gemacht und Lohse unterschätzt. Ich greife mir zwei Beamte und fahre ihn suchen. Sowie ich ihn habe, schleppe ich ihn her, damit wir ihn vernehmen können.«

»Danke, Sven. Und übrigens: Was ist eigentlich mit Kaltenbach? Sitzt der immer noch unten in der Zelle?«

»Die achtundvierzig Stunden, die wir ihn ohne weitere Formalitäten festhalten können, sind noch nicht rum. Warum sollten wir ihn früher gehen lassen?«

Silja überlegt einen Moment, dann antwortet sie: »Es ist unlogisch, was ihr tut. Entweder man lässt alle Verdächtigen frei herumlaufen und guckt sich genau an, was sie unternehmen. Oder man separiert sie und spielt sie gegeneinander aus.«

»Du unterstellst, dass die beiden was miteinander zu tun haben.«

»Noch nie darüber nachgedacht? Das würde erklären, warum Lohse damals Martin Kaltenbach nicht vernommen hat, obwohl es nicht besonders schwer gewesen sein dürfte, herauszufinden, dass Gitta einen Onkel hatte.«

»Du meinst, er hat ihn gedeckt?«

»Wäre doch möglich.«

»Aber wie passt dann dieser anonyme Brief dazu, den wir bekommen haben? Den kann nur jemand geschrieben haben, der sicher in seiner Deckung sitzt, und auf keinen Fall jemand, der ohnehin schon unter Verdacht steht. Das ergibt überhaupt keinen Sinn.«

»Touché. Daran habe ich nicht gedacht«, antwortet Silja mutlos. Im selben Moment piept ihr Handy, um eine SMS anzukündigen. Sie schaut aufs Display und atmet auf. »Immerhin. Die Bispingen hat grünes Licht für die Wohnungsdurchsuchung bei Lohse gegeben. Das machen wir sofort. Und bei Kaltenbach sollen die Kollegen auch noch einmal gründlich suchen. Wenn wir bei einem der beiden die drei Zähne finden könnten, wären wir ein gutes Stück weiter.«

»Du glaubst wirklich, dass der Mörder jedem seiner Opfer einen Zahn ausgebrochen und als Trophäe behalten hat?«

»Jedem der Mädchen hat einer gefehlt. Das ist nie und nimmer ein Zufall«, sagt Silja energisch und greift nach ihrer Jacke. »Komm, lass uns fahren und endlich Licht in diese trübe Angelegenheit bringen.«

Mittwoch, 16.07 Uhr, Keitumer Landstraße

Elsbeth von Bispingen trommelt ungeduldig auf das Armaturenbrett von Bastian Kreuzers Wagen. Jeder andere Verkehrsteilnehmer, der ganz zu Recht auf seiner Vorfahrt besteht, jede rote Ampel, von denen es allerdings nicht allzu viele auf dem Weg nach Morsum gibt, und nicht zuletzt jede Geschwindigkeitsbeschränkung lassen sie nur noch ungeduldiger werden. Und wütender.

Dass ihr Verhalten unprofessionell ist, braucht ihr niemand zu sagen. Kreuzer kann sich seine tadelnden Blicke von ihr aus gern sonst wohin stecken. Die Neuigkeit, dass ausgerechnet Freds neue Flamme die Voreigentümerin des Watthauses ist, gibt Elsbeths ohnehin vorhandenen Aversionen so richtig Zunder.

Man muss sich das mal vorstellen, denkt sie. *Nachdem Gitta Kaltenbach ermordet worden ist, war Maria Wallot noch ganze vier Jahre lang die Besitzerin des Grundstücks, auf dem die Beamten jetzt den Schädel des armen Mädchens gefunden haben.* Vermutlich gefunden, korrigiert sich die Staatsanwältin der Form halber. Denn niemand glaubt wirklich, dass der Schädel tatsächlich zu einer anderen Leiche gehört. Dafür sind die Indizien zu eindeutig. Das Alter passt, und der Bekennerbrief hat wenig Spielraum für Interpretationen gelassen. *Vier Jahre hat sich Maria Wallot zumindest sporadisch auf dem Grundstück aufgehalten. Und nichts bemerkt? Oder nichts bemerken wollen?*

Da gibt es durchaus einiges, das die Verlegerin ihnen ganz genau wird erklären müssen.

Inzwischen hat Kreuzer den großen Keitumer Kreisverkehr passiert. Links rauscht der Bahnhof an ihnen vorbei, rechts gibt es nur flaches Land mit einigen Wirtschaftsgebäuden. Im Sommer findet hier regelmäßig das Poloturnier statt, und die Straße ist voller SUVs und anderen Angeberschlitten, aber jetzt ist sie wie ausgestorben. Nass und verlassen liegen auch die Felder und Wiesen im Nieselregen.

»Und Sie sind sicher, dass wir uns nicht ankündigen sollen?«, fragt Kreuzer gerade zum dritten Mal. Als Elsbeth schweigt, setzt er nach. »Höflicher wäre es schon. Schließlich wollen wir ja vor allem Auskünfte von dieser Verlegerin. Da wäre es möglicherweise hilfreich, wenn wir sie nicht von vornherein gegen uns aufbringen.«

»Wir fahren hin und überraschen sie. Und dann sehen wir weiter«, erklärt Elsbeth entschieden. Ihr ist durchaus bewusst, dass das vor allem für sie selbst eine Überraschung der sehr unangenehmen Art werden könnte. Bei diesem Mistwetter spräche wenig gegen ein Schäferstündchen am Nachmittag. *Will ich wirklich riskieren, Fred mit seiner neuen Flamme in flagranti zu ertappen?*, fragt sie sich nicht zum ersten Mal auf dieser Fahrt. Aber die Antwort ist immer noch ja. Lieber ein Ende mit Schrecken als die dauernde Ungewissheit.

Doch je näher sie dem *Landhaus Severin*s* kommen, desto banger wird ihr. Inzwischen liegen nur noch wenige hundert Meter zwischen Kreuzers Wagen und dem Hotel. Links und rechts fliegt die Landschaft vorbei, abgeerntete Felder und wenige Bäume, deren Konturen sich im Nebel verlieren. Nur das Landhaus glänzt wie ein festlich beleuchteter Christbaum inmitten der Dämmerung. Erstaunlich viele Wagen stehen auf dem Parkplatz seitlich des Gebäudes. *Heiße Waffeln am Nachmittag, während draußen der Nebel wabert, das hat schon was*, überlegt Elsbeth. Dann rauscht Kreuzer auch schon in eine Lücke, stellt den Motor ab und wendet sich zu ihr um.

»Bereit?«

Elsbeth nickt knapp. Sekunden später eilen beide geduckt durch den Nieselregen.

Im Inneren des Hotels ist es warm und trocken, es duftet nach frischem Gebäck und Glühwein. Die Tür zum Speiseraum steht offen, angeregtes Geplauder dringt heraus.

»Was kann ich für Sie tun?«, empfängt die junge Frau hinter dem Tresen die Ankömmlinge. Ihr Lächeln gefriert, als sie Bastian Kreuzers Dienstausweis sieht.

»Keine Sorge, wir wollen gar nicht groß stören«, versucht er sie zu beruhigen. »Wir möchten lediglich einem Ihrer Gäste ein paar Fragen stellen. Ist Maria Wallot zufällig im Hause?«

»Das kann ich so nicht sagen. Aber ich rufe gern oben an. Moment bitte.«

Kommissar und Staatsanwältin wechseln einen Blick.

Jetzt geht es los, denkt Elsbeth und bemüht sich, die stetig wachsende Unruhe zu bekämpfen. Zum Glück erhält die Hotelangestellte sehr schnell eine Antwort aus dem Zimmer.

Sie horcht einige Sekunden ins Telefon, dann sagt sie: »Frau Wallot hat gerade geschlafen. Sie macht sich kurz zurecht, dann kommt sie runter. Vielleicht möchten Sie in der Bar warten.«

Wieder kommt ein fragender Blick von Kreuzer, den Elsbeth nickend erwidert. Die Hotelbar ist der schmale Raum gleich links neben dem Eingang, an den Elsbeth nicht unbedingt positive Erinnerungen hat. Sie setzt sich so an einen der Tische, dass sie die Diele und den Windfang im Blick hat. Falls die Verlegerin abhauen will, wird sie sie aufhalten können. Es sei denn …

»Glauben Sie, dass es hier einen Hinterausgang gibt, Kreuzer?«

»Ich glaube, dass Sie gerade mächtig übertreiben. Wir vernehmen eine Zeugin, keine Verdächtige.« Seine Stimme klingt genervt.

»Trotzdem müssen Sie mir eines versprechen. Gehen Sie ihr nicht auf den Leim. Sie ist geschickt und äußerst manipulativ.« Erschrocken hält Elsbeth inne. Ist sie zu weit gegangen? So viel hat sie gar nicht verraten wollen.

»Sie kennen die Verlegerin?«, erkundigt sich Kreuzer natürlich sofort.

Elsbeth spart sich die Antwort. Mit finsterer Miene mustert sie den Barhocker, auf dem Fred bei ihrer kurzen Begegnung vorgestern gesessen hat. Den Hocker daneben straft die Staatsanwältin mit Nichtachtung. Dass Bastian Kreuzer seine Frage nicht wiederholt, rechnet sie ihm hoch an.

Kurze Zeit später steht Maria Wallot vor ihnen. Die Verlegerin trägt eine graue Flanellhose mit sehr weiten Beinen, dazu schwarze Stiefeletten und eine rosafarbene Seidenbluse. An ihrem Handgelenk sitzt eine sichtbar wertvolle goldene Uhr. Die brünetten Haare sind kinnlang, seitlich gescheitelt und hinter die Ohren gestrichen. In jedem Ohr steckt eine daumennageldicke graue Perle. *Pures altes Geld! Immer wieder schön, wenn man das so deutlich unter die Nase gerieben bekommt*, denkt Elsbeth wütend.

»Guten Tag. Sie wollten mich sprechen?« Sehr selbstbewusst steht Maria Wallot im Raum und macht aus ihrer Verwunderung keinen Hehl. Falls sie Elsbeth erkannt haben sollte, lässt sie es sich mit keiner Regung anmerken.

»Es geht um Ihr Haus am Morsumer Watt …«, beginnt Bastian Kreuzer, wird aber sofort unterbrochen.

»Ich besitze kein Haus am Watt.«

»Jetzt nicht mehr«, mischt sich Elsbeth ein.

Maria Wallot würdigt die Staatsanwältin keines Blickes. »Wie wäre es, wenn Sie beide sich kurz vorstellen würden? Die junge Frau am Telefon sagte, Sie seien von der Kriminalpolizei?«

»Ich bin Hauptkommissar Kreuzer, und dies ist Elsbeth von Bispingen, die ermittelnde Staatsanwältin.«

»Gegen wen ermittelnd, wenn ich fragen darf?«, erkundigt sich die Wallot unterkühlt.

Jetzt reicht es Elsbeth endgültig. Sie holt tief Luft, dann legt sie los.

»Vor vierzehn Jahren wurde hier auf der Insel ein Mädchen missbraucht und getötet. Vor einigen Tagen haben wir ihre sterblichen Überreste gefunden. Aber das wissen Sie natürlich längst. Wenn mich nicht alles täuscht, waren Sie ganz in der Nähe, als das Skelett ausgegraben wurde.« Die Verlegerin will etwas erwidern, doch Elsbeth bringt sie mit einer einzigen Geste zum Schweigen. »Ich war noch nicht fertig. Vermutlich haben Sie beim Blick in die Grube bemerkt, dass dem Skelett der Kopf fehlte. Selbstverständlich haben wir nichts unversucht gelassen, um ihn zu finden. Und heute Vormittag waren wir erfolgreich. Merkwürdigerweise befand sich der Schädel des Opfers ausgerechnet auf Ihrem ehemaligen Grundstück.«

»Sind Sie jetzt fertig?«, kontert Maria Wallot überaus kühl. »Dann darf ich vielleicht meine Frage wiederholen. Gegen wen ermitteln Sie?«

»Es gibt eine Reihe von Verdächtigen.« Bastian Kreuzers Stimme klingt warm und sympathieheischend. »Sie, Frau Wallot, gehören nach dem jetzigen Erkenntnisstand nicht dazu. Aber natürlich interessiert uns, ob Sie etwas Ungewöhnliches auf dem Wattgrundstück bemerkt haben, als es Ihnen noch gehört hat.«

»Ich war nach dem Tod meiner Eltern selten dort. Hatte zu viel im Verlag zu tun. Deshalb habe ich das Haus schließlich auch verkauft.«

»Wer war für den Garten zuständig?«

»Leif, der alte Gärtner meiner Eltern.«

»Hat Leif auch einen Nachnamen?«

»Leif Mortensen. Alter friesischer Adel.«

Die irritierten Blicke Elsbeths und Kreuzers quittiert Maria Wallot mit einem kurzen Lächeln.

Schöne Zähne hat sie auch noch, denkt Elsbeth resigniert. Und weil sie sich ausführlicher, als ihr lieb ist, vorstellen muss, wie sich Fred vielleicht gerade jetzt oben im Bett der Verlegerin wohlig räkelt, bekommt sie den Fortgang der Vernehmung nur teilweise mit.

Geduldig antwortet Maria Wallot auf die Fragen des Kommissars. Gewiss, der Gärtner sei immer zuverlässig gewesen. Nein, sie habe längst keinen Kontakt mehr zu ihm. Und ja, sie habe ihn durchaus den Erwerbern des Watthauses zur Weiterbeschäftigung empfohlen. Warum auch nicht?

Während Elsbeth sich noch bemüht, den schmerzhaften Gedanken an Fred zu verdrängen, kann sie sehen, wie sich Bastian Kreuzers Gesichtsausdruck verändert. Die Staatsanwältin kennt den Kommissar inzwischen gut genug, um zu wissen, dass er etwas im Schilde führt. Und tatsächlich schießt er jetzt die entscheidende Frage ab.

»Hatten Sie nicht mal Beete um die Terrasse herum?« Harmlos klingt das und soll doch die Verlegerin in eine Falle locken.

Maria Wallot runzelt die Stirn. »Sehr viel früher vielleicht. Ich kann mich nicht mehr genau erinnern. Aber ganz sicher nicht, nachdem ich das Haus geerbt hatte. Ich war nicht oft dort, wie gesagt, und Leif und ich haben das Grundstück eher pflegeleicht gehalten. Warum fragen Sie?«

»Nun, wir haben, wie gesagt, einen Schädel in Ihrem ehemaligen Garten ausgegraben«, beginnt Bastian und lässt die Wallot nicht aus den Augen.

»Neben der Terrasse?« Sie schreit es fast, ihre Miene ändert sich vollständig, von Coolness keine Spur mehr.

»Wo hätten Sie den Schädel denn erwartet?«, pariert Bastian.

Maria Wallot schweigt. Sie ist klug genug, um zu wissen, dass sie direkt in Kreuzers Falle getappt ist.

»Frau Wallot, was verschweigen Sie uns?« Elsbeths Stimme ist jetzt scharf wie eines der Steakmesser aus ihrer gut bestückten Küche.

Die Verlegerin schüttelt den Kopf. Sie ringt sichtlich um Fassung und kann erst nach einigen Sekunden antworten. »Sie müssen mit Leif reden. Ich habe niemals in diesem Garten gegraben, das schwöre ich Ihnen. Höchstens als Kind, aber das war lange vor dem Mord.«

»Trotzdem hat es Sie überrascht, dass der Schädel neben der Terrasse gelegen haben soll«, erklärt Bastian Kreuzer kühl.

»Wäre es nicht sicherer gewesen, etwas Verdächtiges an einer abgelegenen Stelle zu vergraben? An der Grundstücksgrenze zum Beispiel«, ist die matte Antwort.

»Oder im Komposthaufen vielleicht«, wirft Elsbeth wie beiläufig ein. Ihr ist schon klar, dass sie gerade Täterwissen verrät, aber es ist ihr wichtiger, die Reaktion der Verlegerin zu beobachten.

Maria Wallots Blick huscht durch den Raum. Auf ihren sorgfältig geschminkten Wangen erscheinen rote Flecken, und ihr Atem geht schneller. »Leif hat den Kompost regelmäßig umgesetzt«, flüstert sie. »Ich glaube nicht, dass ein Schädel dort gut aufgehoben gewesen wäre.«

»Woher wissen Sie das so genau, wenn Sie in den letzten Jahren vor dem Verkauf nur noch selten in der Wattvilla waren?«, fragt Bastian streng.

»Ich weiß es nicht«, muss die Wallot zugeben. »Aber ich bin immer davon ausgegangen.«

»Sie sind davon ausgegangen, dass ein Schädel im Komposthaufen nicht gut aufgehoben gewesen wäre?« Die Stimme der Staatsanwältin klingt frostig.

»Sie wissen genau, dass ich das so nicht gesagt habe.« Jetzt wird auch Maria Wallot wütend.

»Wir brechen hier ab«, entscheidet Bastian Kreuzer und steht auf. Im Grunde genommen ist ihm Elsbeth dankbar dafür. Sie verzichtet auf jeden Widerspruch und erhebt sich ebenfalls.

»Kommissar Kreuzer und ich werden so schnell wie möglich mit dem Gärtner reden. Und dann sehen wir weiter.« Im Hinausgehen wendet sie sich noch einmal zu Maria Wallot um. »Ich denke, Sie sollten besser noch einige Tage auf der Insel bleiben.«

»Das hatte ich ohnehin vor.« Maria Wallots Stimme klingt kämpferisch

Hastig und ohne einen Abschiedsgruß rauscht Elsbeth von Bispingen aus dem Raum. Sie hat Mühe, ruhig zu bleiben. Und noch mehr Mühe hat sie damit, sich nicht vorzustellen, wie die Verlegerin die kommenden Tage und vor allem die Nächte verbringen wird.

Mittwoch, 3. Februar, 16.57 Uhr, Nordseeklinik Westerland

Fred Hübner verlässt pfeifend das Krankenhaus. Alles wird gut, davon ist er überzeugt. Jedenfalls alles, was seine berufliche Zukunft betrifft. Alice Zabriski ist nach wie vor fest entschlossen, ihre verstörenden Erlebnisse in Afghanistan schriftlich aufzuarbeiten. Und Fred als ihr Lebensretter scheint der Archäologin genau der richtige Ghostwriter für dieses Projekt zu sein.

Etwas anders sieht es mit Freds privater Zukunft aus. Er ist immer noch sauer auf Elsbeth und nimmt ihr den kurzen Auftritt in der Hotelbar nach wie vor übel. Etwas mehr Zutrauen in seine psychische Stabilität hätte er sich ihrerseits schon gewünscht. Andererseits muss er zugeben, dass der Anblick eines Mannes, der bereits am Vormittag ein volles Cognacglas in der Hand hält und gerade im Begriff ist, mit einer durchaus attraktiven Dame im passenden Alter anzustoßen, natürlich nicht geeignet ist, eine derart impulsive Natur wie Elsbeth zu beruhigen.

Aber was tun?

Fred besteigt sein Rennrad und macht sich auf den Weg zurück nach Morsum. Er wird unterwegs darüber nachdenken, wie er aus dieser verfahrenen Situation wieder herauskommen kann, ohne sein Gesicht zu verlieren. Aber erst mal wird er kräftig in die Pedale treten, sich den Wind um die Nase wehen lassen und dabei runterkommen. Zumindest psychisch.

Fred ist mit Gesichtsmaske, dicken Handschuhen und der allerfeinsten Radlerbekleidung unterwegs. Er nimmt die Abkürzung durch einige kleine Straßen, um möglichst bald auf die gerade Trasse zu stoßen, die direkt nach Keitum und dann weiter nach Morsum führt. Dort angekommen erreicht er schnell das angestrebte Tempo. Kein Hügel, und fast keine Kreuzung halten ihn jetzt mehr auf. Das Gefühl, im Dunklen dahinzufliegen, flasht Fred beinahe so, wie es früher der eine oder andere Cognac getan hat. Er kann förmlich spüren, wie sein Körper in Adrenalin badet. Immer schneller tritt er, immer wilder klopft sein Herz. Der Gedanke an Elsbeth ist plötzlich weit weg. Fred rauscht von Lichtkegel zu Lichtkegel, den Kopf tief über den Lenker gebeugt. Er sieht fast nichts außer den paar Straßenmetern vor sich. In einer Wahnsinnsgeschwindigkeit fliegt er dahin.

Doch dann gibt es dieses Geräusch, das nicht aufhört. Ein nachhaltiges Hupen schreckt ihn auf. Erst kam es von der Gegenfahrbahn, dann verschwand es in der Ferne, aber jetzt ist es direkt hinter ihm, und es überholt ihn auch nicht, sondern hält ziemlich genau sein Tempo.

Fred Hübner ist zu schnell, um sich umzudrehen. Ein winziges Steinchen, eine rutschige Stelle auf der Straße würden ihm sofort zum Verhängnis werden. Also drosselt er widerwillig sein Tempo. Der schöne Rausch verfliegt, zurück bleibt eine leichte Wut auf den Störenfried. Und ein klopfendes Herz.

Als er sein Rad zum Stehen gebracht hat und sich umdreht, erkennt er Bastian Kreuzers Wagen. Schon manches Scharmützel hat er mit dem Kommissar ausgefochten. Zwar haben sie sich in letzter Zeit etwas besser vertragen, aber wie es scheint, ist es damit vorbei. Kampflustig richtet Fred sich auf.

Doch entgegen seinen Erwartungen, öffnet sich nicht die Fahrertür, sondern die des Beifahrers. Sekunden später steigt Elsbeth von Bispingen aus. Sie sieht schlecht aus, das kann er sogar in der Dunkelheit sehen. Tiefe Schatten unter den Augen und Kerben links und rechts des Mundes.

»Geht's dir nicht gut?« Er hat die Frage schon gestellt, bevor er überhaupt nachdenken kann. Seine Hände krampfen sich um den Fahrradlenker.

»Dreimal darfst du raten.« Sie verdreht die Augen und kommt ein paar Schritte auf ihn zu. Kreuzer bleibt im Wagen und fummelt an seinem Handy herum, wie Fred mit einem Seitenblick erkennen kann. Also scheint es sich eher um ein

Privatgespräch zu handeln. Mitten auf der Straße? Bei Nacht und Nebel? Fred weiß nicht, was er denken soll. Er freut sich darüber, Elsbeth zu sehen. Gleichzeitig ist er aber immer noch sauer auf sie. Schweigend blickt er ihr entgegen.

»Wo kommst du her?«, will sie wissen.

»Ist das jetzt eine Vernehmung, oder was?«, kontert Fred.

»Nein, nur …« Sie wirkt verwirrt. Und sehr verletzlich.

Aber Fred ist noch nicht bereit, nachzugeben. »Was meinst du mit *nur* genau?«

»Na ja, ich wundere mich darüber, dass du bei diesem Mistwetter mit dem Fahrrad unterwegs bist.«

»Ich war in der Nordseeklinik bei Frau Zabriski, wenn du es genau wissen willst. Sie hatte kurzzeitig mein Handy, und jetzt habe ich ihr ihres wiedergebracht.«

»Ach so?« Zu Fred großem Erstaunen klingt Elsbeth plötzlich gar nicht mehr schnippisch, sondern eher erleichtert. Sie schaut ihm direkt in die Augen und kaut auf ihrer Lippe herum. Dann sagt sie plötzlich: »Entschuldige bitte, ich habe mich unmöglich benommen.«

Hat er sich gerade verhört? Fragend blickt Fred in Elsbeths Gesicht. Zerknirscht sieht sie aus und dabei ziemlich liebenswert. Trotz der Falten.

Fred klappt den Ständer seines Rades herunter, lässt den Lenker los und geht die letzten beiden Schritte auf sie zu. Steht jetzt sehr dicht vor ihr. Möchte sie am liebsten in den Arm nehmen. Traut sich aber nicht. Traut dem Frieden nicht.

»Sollen wir nicht besser woanders miteinander reden?«

»Gern. Heute Abend?«

»Und wo? Ich bin immer noch im *Landhaus*. Aber das weißt du wahrscheinlich.«

»Nicht dort.«

Fred nickt. War ja klar, dass sie Maria nicht über den Weg laufen will. »Meine Wohnung ist kalt und ungemütlich. Hab die Heizung runtergedreht«, sagt er unschlüssig.

»Wie wär's mit Keitum? Das ist auf halbem Weg«, schlägt sie vor.

»Wo wohnst du denn jetzt?«

»Westerland?« Es klingt eher wie eine Frage als wie eine Tatsache.

»Lass uns doch da treffen. Ich nehme den Regionalexpress, dann muss ich nicht noch mal durch die Nacht radeln. Schreib mir einfach, wo ich dich finden kann.«

Sie nickt. Atmet einmal tief durch und sieht ihm direkt in die Augen.

»Und … Fred?«

»Ja?«

»Es tut mir leid, wirklich.«

Mittwoch, 3. Februar, 19.22 Uhr, Kriminalkommissariat Westerland

Sven reißt die Tür zum Büro auf, stürmt herein, wirft die dicke Jacke zu Boden und lässt sich stöhnend auf seinen Schreibtischstuhl fallen. Er sackt mit dem Oberkörper nach vorn und vergräbt das Gesicht in den Händen.

»Was ist? Habt ihr Lohse gefunden?«, will Silja wissen.

Schweigend schüttelt der Oberkommissar den Kopf. Es dauert eine ganze Weile, bis er aufblickt und antwortet.

»Der Typ ist wie vom Erdboden verschluckt. Nicht zu Hause, nicht bei seiner Tochter, und ans Handy geht er auch nicht.«

Als Silja etwas erwidern will, hebt er warnend die Hand.

»Sag's nicht. Ich weiß es auch so. Wir haben Scheiße gebaut. Oder besser gesagt, ich war's. Wahrscheinlich kann ich immer noch nicht glauben, dass mein Exchef wirklich was mit den Morden zu tun haben soll.«

Silja zieht tief die Luft ein und verkneift sich jeden Kommentar. Stattdessen fragt sie: »Und die Hausdurchsuchungen bei Lohse und Kaltenbach? Sind die fehlenden Zähne aufgetaucht?«

»Die Durchsuchungen laufen noch. Aber soweit ich weiß, ist bis jetzt nichts gefunden worden.« Sven fährt sich mit beiden Händen durch die dunklen Locken, die vom Nieselregen noch feucht sind. Dann fragt er leise: »Und Kaltenbach? Ist der wieder auf freiem Fuß?«

Silja nickt. »Bastian fand die Idee gut. Und die Staatsanwältin hat zugestimmt, dass wir ihn beobachten lassen können.«

»Wann ist er hier raus?«

»Vor einer guten Stunde etwa. Warum fragst du?«

»Weil er bei sich zu Hause nicht angekommen ist. Die Kollegen sind immer noch vor Ort und hätten sofort Bescheid gesagt.«

»Soweit ich weiß, hat er das Kommissariat zu Fuß verlassen und irrt seitdem da drüben in der Fußgängerzone herum.«

»Bei diesem Mistwetter? Sehr merkwürdig«, überlegt Sven. »Vielleicht hat er gemerkt, dass ihm jemand folgt, und will den abschütteln.«

»Aber um was zu tun? Das ist doch jetzt die Frage.«

»Was ist die Frage?«, kommt Bastian Kreuzers Stimme von der Tür. Der Hauptkommissar ist völlig durchnässt und niest kräftig.

Mit knappen Sätzen klärt ihn Silja auf. Dann fragt sie mit einem Blick auf Kreuzers völlig verschmutzte Jacke: »Wo hast du dich denn rumgetrieben? Wolltest du nicht nach dem Gespräch mit der Verlegerin gleich herkommen?«

»Ich habe die Bispingen in Westerland abgesetzt und bin anschließend nach Morsum raus. Irgendetwas am Verhalten dieser Maria Wallot war nicht koscher. Ich habe mir ihr ehemaliges Grundstück noch einmal genau angesehen, aber …«

»Im Dunkeln?« fragt Silja ungläubig.

»Das wirkt völlig bescheuert, ich weiß. Aber ich war fest davon überzeugt, dass ich vor Ort eine Eingebung haben würde …« Als Bastian die ungläubigen Blicke seiner beiden Kollegen sieht, bricht er ab.

»Natürlich hattest du keine.« Silja macht sich gar nicht erst die Mühe, ihre Feststellung als Frage zu formulieren.

»Ich nicht. Aber ich war auch nicht allein dort. Ich habe in Westerland den ehemaligen Gärtner der Wallot-Familie aufgestöbert und ihn gleich mitgenommen.«

»Nach Morsum. Auf das stockdunkle Grundstück. Verstehe ich das recht?« Siljas Blick wirkt, als zweifle sie an Bastians Verstand. Auch Sven guckt reichlich irritiert.

Es ist Bastian deutlich anzusehen, dass er seinen Auftritt weidlich genießt.

»Ganz genau. Von Maria Wallot haben wir den Namen des Gärtners bekommen. Und da Leif Mortensen ordentlich im Telefonbuch stand und auch zu Hause war, habe ich Nägel mit Köpfen gemacht. Er ist Ende Sechzig und noch ziemlich gut beieinander. Kaum Falten, dichte Haare, tolle Zähne, kräftiger Körper. Die Arbeit im Freien scheint fit zu halten. Nachdem er den Job auf dem Morsumer Grundstück verloren hat, hat er sich gleich was Neues gesucht. Seitdem arbeitet er zweimal in der Woche auf dem Friedhof der Severinskirche. Und hat eine äußerst kräftige Stablampe im Haus.«

»Jetzt willst du uns aber nicht erzählen, dass ihr auf dem Wallot-Grundstück noch einen zweiten Schädel gefunden habt, oder?«

»Lass die Ironie stecken, Sven, das konntest du schon mal besser. Ich habe den Gärtner nach Morsum gefahren und ihn vor Ort mit unseren Erkenntnissen konfrontiert. Und zwar auf dem Grundstück des Hauses, direkt vor dem Komposthaufen.« Bastian macht eine Kunstpause, in der er im Kühlschrank nach Bier sucht. Als seine Suche erfolglos bleibt, knallt er die Kühlschranktür zu, seufzt kurz und redet dann weiter. »Leif Mortensen war entsetzt, als er von unserem Fund erfahren hat. Es wirkte authentisch. Um genau zu sein, war er nicht nur entsetzt, sondern irgendwie auch beschämt …«

»Beschämt?« Das Wort kommt gleichzeitig aus Siljas und Svens Mund.

Bastian nickt. »Beschämt darüber, dass sich in dem von ihm gehegten Garten über Jahre hinweg ein Schädel befunden haben soll. Er konnte das überhaupt nicht glauben.«

»War vielleicht gut geschauspielert«, schlägt Sven vor.

Bastian zuckt die Schultern. »Glaube ich eigentlich nicht. Er hätte ja nur zu behaupten brauchen, dass er in den letzten vier Jahren vor dem Grundstücksverkauf den Kompost nicht mehr angerührt hat. Die Wallot war in dieser Zeit kaum noch da. Keiner hat ihn kontrolliert, niemand hätte ihm das Gegenteil beweisen können. Stattdessen hat Leif Mortensen aber darauf beharrt, dass er diesen Kompost weiterhin in jedem Frühsommer umgesetzt hat. Bis zuletzt.«

Stille breitet sich aus. In Bastian Kreuzers Blick liegt Triumph. »Euch ist schon klar, was das bedeuten würde, oder?«

»Der Schädel war vier Jahre lang woanders und ist dann umgebettet worden«, erklärt Sven.

»Das wäre die eine Variante.«

Nach kurzem Nachdenken sagt Silja: »Oder derjenige, der den Schädel auf dem Grundstück versteckt hat, wusste jedes Mal vorher, wann der Gärtner den Kompost umsetzen würde.«

»Du hast's erfasst.« Bastian klingt außerordentlich zufrieden. »Und jetzt ahnt ihr wahrscheinlich auch, was meine Hausaufgaben für Leif Mortensen waren. Nämlich sich an jeden zu erinnern, mit dem er regelmäßig über seine Arbeit geredet hat.«

»War oder ist er verheiratet?«, will Silja wissen.

»Hab ich auch gefragt. Fehlanzeige. Auch sonst scheint er nicht besonders viele soziale Kontakte zu haben. Es gab eine Mutter, die inzwischen verstorben ist, und zwei Freunde, die weggezogen sind.«

»Aufs Festland?«, fragt Silja hoffnungsvoll.

»Nee, nach Frankreich. Alle beide. Haben sich dort zusammen einen Weinberg gekauft und sich selbständig gemacht.«

»Na toll!« Wieder fährt sich Sven durch die Haare, die immer noch nicht ganz getrocknet sind. »Da wären wir ja so weit wie zuvor.«

»Wart's ab. Morgen Nachmittag kommt Leif hierher. Ich will ihn noch mal genauer befragen. Bis dahin habt ihr Zeit, eure Thesen anzupassen.«

»Was willst du damit sagen?«, schnappt Sven.

Doch bevor Bastian antworten kann, klingelt Svens Handy. Nach einem Blick aufs Display murmelt er: »Das ist der Schatten von Kaltenbach«, und stellt den Lautsprecher an.

Die Stimme des Kollegen, der die Beschattung Kaltenbachs übernommen hat, klingt triumphierend. »Der Typ hat vor zwanzig Minuten seine Wanderungen durch den Westerländer Regen aufgegeben. Er ist am Bahnhof in ein Taxi gestiegen und nach Archsum gefahren. Und jetzt ratet mal, wo er gerade steht und verzweifelt auf den Klingelknopf drückt.«

»Archsum …«, kann Sven gerade noch murmeln, als er auch schon von der Stimme aus dem Handy unterbrochen wird.

»Richtig, Kollege. Vor dem Haus von Hanns Lohse, deinem Exchef. Und just in diesem Moment öffnet ihm – Überraschung – einer unserer Leute. Die stellen offenbar immer noch die Hütte auf den Kopf.«

»Und?«, erkundigt sich Sven atemlos. »Wie reagiert Kaltenbach? Los, sag schon.«

Es entsteht eine kleine Pause, in der man klatschende Geräusche näher kommen und sich dann entfernen hört. Schnelle Schritte auf nassem Untergrund. Alle drei Kommissare blicken sich schweigend an. Dann kommt wieder die Stimme aus dem Handy.

»Ihr habt's gehört, oder? Der Kerl hat die Beine in die Hand genommen und ist getürmt. Er hätte mich fast umgerannt, so eilig hatte er's. Mal sehen, wo er hinwill. Ich melde mich so schnell wie möglich wieder, aber jetzt muss ich erst mal hinterher.«

Mittwoch, 4. Februar, 20.32 Uhr, Kinowelt Westerland

Seit gut zehn Minuten läuft der Hauptfilm, alles starrt gebannt auf die Leinwand. Vorsichtig steht Hanns Lohse auf und schiebt sich aus der Reihe. Sicherheitshalber ist er später gekommen, als es bereits dunkel war und die Werbung lief. Er hat sich in der vorletzten Reihe auf einen Randplatz gesetzt und abgewartet. Immer wieder hat er sich umgesehen und auch die Personen in den Reihen vor sich so gut es ging gemustert. Doch niemand hat ihn verfolgt, dessen ist er jetzt sicher, und im Vorführraum gibt es auch keine auffälligen Bewegungen. Langsam wird Hanns ruhiger. Trotzdem sieht er sich auf seinem Weg zu den Toiletten mehrmals um. Nichts. Der Gang ist leer, alle Türen sind fest verschlossen, niemand späht durch irgendwelche Ritzen. Auch in der Herrentoilette herrscht Leere.

Er inspiziert die Kabinen. Eine ist abgeschlossen.

»Hallo?«, sagt er leise.

Eine ihm bekannte Stimme antwortet.

»Ich bin hier.«

»Kannst rauskommen.«

»Damit man uns zusammen sieht? Nein, danke.«

»Ist niemand hier.«

»Das kann sich jede Sekunde ändern. Was willst du?«

»Hast du alles gelöscht?«

»Was glaubst du denn? Natürlich. Mussten wir uns treffen, damit du mich das fragen kannst?«

Hanns seufzt und schüttelt den Kopf. Lächerlich, dass er jetzt mit einer geschlossenen Klotür reden muss. Aber er ist nicht in der Position, Bedingungen zu stellen.

»Erinnerst du dich noch an unseren Schwur?«, fragt er stattdessen.

»Ich schon. Was ist mit Andy?«

»Ich bin nicht so blöd, ausgerechnet jetzt mit ihm Kontakt aufzunehmen. Habe ich das nicht bereits am Telefon gesagt? Aber ich denke, dass er weiß, was auf dem Spiel steht.«

»Hoffentlich.« Hinter der geschlossenen Tür wird abgezogen.

Man kann es mit der Realitätstreue auch übertreiben, denkt Hanns. Dann hört er eine Gürtelschließe klappern. *Da hat aber jemand sprichwörtlich Schiss.* Ein Reißverschluss ratscht, dann redet der andere weiter, als sei nichts gewesen. »Wegen mir musst du dir jedenfalls keine Sorgen machen. Du weißt, wie viel ich zu verlieren habe. Ich bin nach wie vor dabei.«

»Ich auch, das wollte ich dir nur versichern. Mich haben sie zwar schon am Arsch, aber ich bleibe loyal.«

»Schwur ist Schwur«, kommt es hinter der Tür hervor. Die Stimme ist eindringlich und klingt plötzlich sehr jung. Sie öffnet die Tür zu einer Erinnerung, die so frisch und farbig ist, als sei sie erst einige Wochen und nicht viele Jahrzehnte alt.

Es war wenige Tage nach ihrer Abiturfeier. Der Sommer meinte es gut mit der Insel, so dass man auch nach Mitternacht noch leicht bekleidet am Strand sitzen konnte. Sie hatten zwei Strandkörbe im rechten Winkel zusammengeschoben und blickten aufs stille Meer. Kein Lüftchen regte sich und vertrieb die Alkoholfahne, die um die drei jungen Männer waberte. Vor ihren Füßen lag eine leere Kornflasche. In den beiden Bierkästen waren fast alle Flaschenhälse schon vom Kronkorken befreit. Sie hatten alle drei ordentlich einen sitzen und vielleicht zum ersten Mal in ihrem Leben das Gefühl, sich vollkommen verdient einen angesoffen zu haben. Schließlich hatten sie gerade das Abitur geschafft, die Penne lag endgültig hinter ihnen, die Welt stand ihnen offen. Sie konnten dieses oder jenes tun, und das Beste war, sie mussten sich noch nicht einmal entscheiden, nicht jetzt, nicht gleich, denn zunächst würden sie zum Bund gehen. Dienst an der Waffe, das klang für die drei jungen Männer durchaus nach Abenteuer und Verheißung. Aber auch bis zur Einberufung würden noch einige Wochen vergehen. Wochen des Nichtstuns, des

Genusses, den auch die Eltern ihnen nicht madigmachen würden. Wenn sie Bock darauf hätten, könnten sie jeden Abend so sitzen wie jetzt, eingehüllt in diesen betörend betäubenden Schleier aus Selbstgefälligkeit und Trunkenheit.

Anfangs hatten sie gelärmt und gelacht, sich pausenlos Anekdoten aus der Schulzeit an den Kopf geworfen, als seien es Bälle, mit denen sie schon oft gespielt hatten, ohne je die Freude daran zu verlieren. Dann waren sie stiller geworden, in sich gekehrter, fast etwas melancholisch. Es dämmerte ihnen, dass sie gerade einen Teil ihres Lebens abschlossen, der sich so nie wiederholen würde. *Jedem Anfang wohnt ein Zauber inne, der uns beschützt und der uns hilft zu leben*, hatte der alte Schulleiter in seiner Ansprache Hermann Hesse zitiert. Sie hatten alle drei nebeneinander auf der vorderen Bank in ihrer Aula gesessen, heimlich gegrinst und sich über das Pathos lustig gemacht. Doch jetzt ahnten sie, dass jedem Anfang auch ein Ende innewohnte. Sie ahnten, dass sie gerade in der Kette des Lebens ein weiteres Glied hinter sich gelassen hatten.

Und dann wurden sie ganz still. Jeder versank in seinen eigenen Gedanken, ließ sich treiben und strandete plötzlich an Ufern, die er ganz bestimmt nicht hatte ansteuern wollen.

Es war die Stunde der geraunten Wahrheiten, die Stunde, in der man sich Dinge erzählte, die man besser für sich behalten hätte. Hanns wusste später nicht mehr, wer eigentlich angefangen hatte, als sie sich ihre sexuellen Phantasien beichteten. Zunächst waren es nur Anspielungen, halbe Witze, hinten denen man den Ernst nur ahnen konnte. Doch schließlich brach einer von ihnen das Eis. *Ich sag euch jetzt mal was* … So hatte es angefangen.

Und dann hatten sie sich gegenseitig angesteckt und in Begeisterung geredet. Vielleicht war es anfänglich nur die

Erleichterung darüber, dass sie wieder ein gemeinsames Thema gefunden hatten, dass das lastende Schweigen und die unerwartete Schwermut bezwungen waren. Doch schnell kam etwas anderes dazu. Plötzlich war keiner von ihnen mit dem Verbotenen mehr allein. Es entstand ein Band, das halten würde, das die schulische Verbundenheit ersetzen konnte. Vermutlich für lange Zeit, vielleicht ein Leben lang.

All die köstlichen Dinge, die sich jeder von ihnen bisher im Geheimen ausgemalt hatte, gequält von Schuldgefühlen und Selbstvorwürfen, konnten nun ausgesprochen werden. Gedreht, gewendet und ausgeschmückt. Sie redeten sich in Rage, sie redeten sich in Begeisterung. Was ihnen allen dreien gefiel, konnte doch nichts Schlechtes sein. Es war männlich, es war erwachsen – und das Beste: Es war ihres!

Schon lange weiß Hanns Lohse nicht mehr, wie dieser Abend eigentlich geendet ist. Er erinnert sich nur noch an zwei Dinge: an den unglaublichen Kater, den er am nächsten Tag hatte, und an den Schwur, den sie in den frühen Morgenstunden kurz vor Sonnenaufgang taten und mit Blut besiegelten. Eine ebenso lächerliche wie ergreifende Aktion. Andy hatte den Schnitt zu tief angesetzt und wäre ihnen fast hopsgegangen. Aber abgesehen von dieser kleinen Panne war alles wie im Film verlaufen. Sie hatten die Arme aneinandergepresst, bis das Blut sich vermischte, und gemeinsam diesen einen Satz wiederholt, der sich für immer in ihre Hirne eingraben sollte.

Egal, was geschieht, egal, wer was tut, wir verraten uns nicht.

Und dieser Satz ist es auch, der Hanns selbst jetzt, in einer Situation, die ebenso erniedrigend wie ausweglos ist, dazu getrieben hat, dieses Treffen zu arrangieren. Er will sichergehen. Nicht für sich selbst, da gibt es nichts mehr zu retten, sondern für den anderen. Vielleicht sogar noch für beide andere. Loyalität bis in den Tod, nicht mehr und nicht weniger haben sie sich geschworen. Fast fünf Jahrzehnte lang ist alles gutgegangen. Jetzt wackelt die Chose, das Schiff ihrer gemeinsamen Leidenschaften ist in schwere See geraten. Es ist gleichgültig, wer daran schuld ist, wichtig ist Hanns nur eines: Es wird nicht seine Schuld sein, wenn dieses Schiff nach so langer Zeit untergeht.

»Egal, was geschieht, egal, wer was tut, wir verraten uns nicht«, murmelt Hanns gerade laut genug, dass der andere ihn hören kann, dann verlässt er ohne ein weiteres Wort, ohne jeden Abschiedsgruß die Herrentoilette des Kinocenters.

Mittwoch, 3. Februar, 21.07 Uhr, Hotel Stadt Hamburg, Westerland

Mit leichter Verspätung betritt Fred Hübner die Lobby des Hotels und schaut sich um. Hier wirkt alles gediegen. Honigfarbenes Holz, tiefe Polster. Es herrscht eine angenehme Stille, beruhigend und besänftigend. Obwohl er schon so lange auf der Insel wohnt, war Fred noch nie im Inneren des Hotels, wie er verblüfft feststellt. Er grüßt die Dame hinterm Tresen und fragt nach *Hardy's Bar.* Der Weg führt am Kamin vorbei, in dem ein Feuer flackert. Die Scheite knistern, es riecht würzig. Fred bleibt kurz stehen und zupft sein Jackett zurecht. Er ist aufgeregt wie beim ersten Date, nur weiß er nicht, ob das ein gutes oder ein schlechtes Zeichen ist.

Als er die Bar betritt, ist er erstaunt. Englische Clubatmosphäre hat er erwartet, aber er trifft auf juwelenfarbene Polstermöbel im Retrodesign. Sessel in Granatrot und Smaragdgrün, Sofas in Türkis und Saphirblau. Zunächst glaubt Fred, der einzige Gast zu sein, aber dann entdeckt er Elsbeth, die halb versteckt hinter der beleuchteten Bar auf einem blauen Samtsofa Platz genommen hat. Sie trägt Rot, wie so oft, nur dass die Farbe in dieser Umgebung noch mehr zu strahlen scheint als sonst. Entspannt lehnt die Staatsanwältin in den Polstern, sie hat beide Arme auf die Rückenlehne gelegt und den Kopf nach hinten fallen lassen. Ihre Augen sind geschlossen, die roten Locken liegen ausgebreitet auf dem königsblauen Samt.

Fred bleibt stehen und betrachtet still die Frau, der immer noch sein Herz gehört. »Smooth Operator« kommt aus versteckten Lautsprechern. Wenn die Musik nicht wäre, könnte man glauben, dass die Zeit für Sekunden stehengeblieben sei. Dann hebt Elsbeth von Bispingen sehr langsam ihren Kopf, öffnet erst das linke und anschließend das rechte Auge.

»Du bist spät.«

»Ich stehe schon eine Weile hier und sehe dich an.«

»Seit zwanzig Sekunden. Oder fünfundzwanzig höchstens. Also red dich nicht raus.«

Fred grinst, zuckt die Schulter und lässt sich in den zimtfarbenen Sessel fallen, der ihrer Couch gegenübersteht.

»Was trinkst du?« Er deutet auf ihr Cocktailglas.

»Nennt sich *Nico's New Fashioned.* Viel Alkohol gemischt mit Salz und Bitterschokolade. Also nichts für dich. Aber ich dachte, es passt zu unserer Beziehung.«

»Haben wir denn noch eine?«

Sie schweigt. Sieht ihn lange an. Dann lacht sie leise.

»Wärst du sonst hier?«

Er runzelt die Stirn, wird unerwartet ernst. »Ich bin nicht ganz so impulsiv wie du. Ich wäre vermutlich trotzdem hier.«

»Danke für den Konjunktiv.«

Fred nickt, dreht sich zur Bar um und bestellt eine Cola light.

»Die haben hier auch Phantasievolleres. Wie wäre es zum Beispiel mit …« Sie blättert in der Barkarte, die neben ihrem Glas liegt. »Hier ist es ja: *Cucumis Gurkenlimonade.*«

»Soll das eine Anspielung sein?«, erkundigt sich Fred grinsend.

Sie stutzt kurz. »So plump bin ich nicht. Oder vielleicht doch?« Ein schräger Blick aus grünen Augen trifft ihn.

Während der Barmann die Cola und zwei Schälchen mit Nüssen auf den Tisch stellt, schweigen beide. Als der Mann wieder hinter seinem Tresen abgetaucht ist, sagt Fred leise: »Ich hatte nichts mit Maria. Wirklich.«

»Aber geflirtet habt ihr schon.«

Fred antwortet nicht sofort. Er überlegt sich seine Worte genau. Und beschließt, mutig zu sein.

»Geflirtet? Sehr sogar. Sie gefällt mir. Sie hat etwas, das ich auch an dir mag. Sie ist stark und verletzlich gleichzeitig. Das findet man nicht oft.«

Elsbeth von Bispingen greift nach ihrem Glas und nimmt einen großen Schluck von ihrem Cocktail. Sie wendet die Flüssigkeit im Mund, als handle es sich um einen alten Wein. Sie lässt sich Zeit. Schließlich antwortet sie: »Das ist vielleicht das merkwürdigste Kompliment, das ich je bekommen habe.«

»Immerhin hast du erkannt, dass es ein Kompliment war.«

»Blöd bin ich nicht, das solltest du wissen.«

Wieder nickt er. Und holt tief Luft. »Ich habe an dem Vormittag, als du reingeschneit bist, nichts getrunken. Ich hatte es auch nicht vor. Du hättest es riechen können, wenn du nicht so wütend gewesen wärst.«

»Impulsiv«, verbessert sie ihn. »Wir haben uns auf *impulsiv* geeinigt.«

Er geht nicht auf ihren Einwand ein, sondern redet weiter. »Erst am Abend bin ich schwach geworden. Jedenfalls, was den Alkohol angeht.«

Sie zieht die Augenbrauen hoch. »Und?«

»Nichts *und*. Ich habe rechtzeitig aufgehört und am nächsten Morgen nicht weitergetrunken. Ehrlich gesagt, bin ich ziemlich stolz darauf.«

In ihrem Blick liegt Zweifel. »Du verheimlichst mir was.«

»Du kennst mich besser, als ich dachte.«

»Ich bin Kriminologin, vergiss das nicht. Ich finde die Lücken in den Aussagen.«

»Wo ist meine Lücke?«

»Warum hast du an dem Abend aufgehört zu trinken?«

Fred stutzt, aber es ist zu spät. Elsbeth hat ihn bereits dort, wo sie ihn haben will. Entweder, er beginnt jetzt zu lügen, oder er muss von dem nächtlichen Spaziergang berichten.

»Wir waren noch draußen«, sagt er zögernd.

»Diese Maria und du? Bei Nacht und Nebel? Nachdem ihr an der Bar einen gehoben hattet?« Sie schüttelt den Kopf. Fred weiß nicht, ob nachsichtig oder spöttisch. »Dafür muss es einen sehr guten Grund gegeben haben.«

Fred beschließt, alles auf eine Karte zu setzen. »Den hatten wir. Auf der ganzen Insel spricht man von dem Schädelfund in Marias altem Komposthaufen, natürlich weißt du längst davon.«

»Moment. An diesem Abend hatte man aber noch nichts gefunden.«

»Lass mich ausreden, bitte. An dem Abend hat sich Maria daran erinnert, dass ihr beim Verkauf des Hauses irgendetwas merkwürdig vorgekommen ist. Irgendwas war mit dem Kompost. Sie hat es mir erzählt, und dann sind wir hingegangen.«

Elsbeth von Bispingen, die Fred mit gesenktem Blick zugehört hatte, hebt ruckartig den Kopf und starrt ihn an. »Du willst mir jetzt aber nicht verklickern, dass du bei Nacht und Nebel gemeinsam mit dieser Verlegerin den Schädel aus dem Kompost geklaubt hast.«

»Doch, genau so war es. Dabei ist auch der Bruch in der Schädeldecke entstanden.«

»Und der anonyme Brief?«

»Kam von Maria. Sie hatte Angst, verdächtigt zu werden, wenn sie sich outet.«

»Wie niedlich.« Elsbeths Stimme trieft vor Hohn. »Jetzt verstehe ich auch deine Süßholzraspelei von vorhin. Das habt ihr beiden Hübschen euch ja nett ausgedacht. Soll der kleine Freddy seiner Staatsanwältin diese unglaubwürdige Geschichte doch einfach unterschieben. Zum Beispiel bei einem leckeren Cocktail in einer lauschigen Bar. War es so?«

Fred spürt, wie die Wut in ihm aufsteigt, und er braucht seine ganze Kraft, um sich zu beherrschen.

»War es so?« Jetzt wird Elsbeth laut. »Antworte mir, verdammt nochmal!«

»Nein, war es nicht.« Freds Stimme zittert, er kann nichts dagegen tun. »Hör mir zu, bitte …«

Aber die Staatsanwältin ist bereits aufgestanden. Sie beugt sich über den Tisch, und für einen Moment denkt Fred, sie wolle ihn ohrfeigen. Doch stattdessen greift sie nach ihrem Cocktailglas und kippt den Rest des Getränks hinunter. Dann knallt sie das Glas zurück auf die Tischplatte und wendet sich ab, ohne Fred noch einmal anzusehen. Ihre Schritte hallen durch den Raum, energisch stößt sie die Tür auf, dann ist sie weg.

»Fuck!« Fred schließt die Augen, atmet tief durch und wendet sich zum Barmann um. »Bringen Sie mir die Rechnung bitte. Und einen doppelten Cognac.«

Mittwoch, 3. Februar, 23.32 Uhr, Deichweg, Archsum

Andreas Kaltenbach ist vorsichtig. Er hat seinen Wagen in der Dorfstraße geparkt und legt den Rest des Weges zu Fuß zurück. Immer wieder sieht er sich um. Es folgt ihm niemand. Oder? Vorhin war da ein junger Mann im Parka, aber der ist an der Bushaltestelle stehen geblieben. Eigentlich merkwürdig, so spät fährt bestimmt kein Bus mehr. Aber vielleicht war er heimlich verabredet. Oder er wollte sich schlichtweg vor dem Regen schützen, der gerade eingesetzt hat. *Alles nicht mein Problem*, denkt Kaltenbach, *Hauptsache, jetzt ist niemand mehr zu sehen.*

Allerdings haben die meisten Häuser im Deichweg nur funzelige Lampen am Eingang, einige stehen ganz und gar in Dunkelheit gehüllt. Dagegen wirkt die Kate von Hanns Lohse am Ende der Straße richtig heimelig. Links und rechts der Klöntür leuchten schmiedeeiserne Ampeln und betonen den symmetrischen Bau des Hauses. Der Weg zum Eingang ist sauber gefegt, die Beete sind ordentlich geharkt.

Nur innen brennt nicht ein einziges Licht. Kaltenbach sieht auf seine Armbanduhr. Fast Mitternacht. *Vielleicht liegt Hanns schon im Bett. Oder er sieht fern.* Kaltenbach verzichtet darauf, zu klingeln und umrundet das Haus. Der Wohnraum geht nach hinten zur Terrasse raus, und es wäre nicht das erste Mal, dass er einfach ans Fenster klopft.

Aber auch hinten ist alles dunkel, nur schemenhaft kann Kaltenbach die hellen Sessel hinter den Scheiben erkennen. Was nun? Natürlich könnte er nach Hause fahren und morgen früh wiederkommen. Aber es ist ihm unwohl bei dem Gedanken, noch mehr Zeit verstreichen zu lassen. Während der vielen Stunden, die er in der Zelle verbracht hat, war dies seine Hauptsorge: *Wie kann ich möglichst schnell Kontakt zu Hanns aufnehmen?* Und seit er am frühen Abend nur Polizeibeamte hier angetroffen hat, ist er höchst alarmiert. *Vielleicht ist es längst zu spät? Und was heißt das dann für unseren Schwur?*

Energischen Schrittes geht Kaltenbach wieder nach vorn. Er wird Sturm klingeln, um Hanns aus dem Bett zu holen. Falls er überhaupt zu Hause ist. Das Telefon hat der alte Freund in den letzten Stunden jedenfalls nicht abgehoben. Bevor er den Finger auf die Klingel legt, blickt er sich noch einmal um. Ist da nicht gerade ein Schatten zur Seite gehuscht? Hat sich jemand hinter dem mannshohen Bewuchs des Friesenwalls auf dem Nachbargrundstück versteckt? Eine Gestalt, die eine Kutte trägt und die Kapuze des Hoodys tief in die Stirn gezogen hat? Sollte der junge Mann von der Bushaltestelle ihm doch gefolgt sein?

»Hallo«, ruft Kaltenbach in die nächtliche Stille und lauscht auf eine Antwort, die nicht kommt. Er verlässt das Grundstück von Hanns Lohse und geht hinüber zum Nachbarn. Sein Herz schlägt plötzlich viel zu laut. Vorsichtig öffnet er das niedrige Gartentörchen des angrenzenden Grundstücks. Dann sind es nur noch zwei lange Schritte bis zu dem breiten Kiefernbusch, hinter dem er die Bewegung gesehen hat.

Der junge Mann in Kutte und Hoody blickt ihm schweigend entgegen. Er scheint angstfrei, aber unentschlossen zu sein. Kaltenbach hat früher geboxt, er weiß genau, was er tun muss. Zusätzlich hat er das Überraschungsmoment auf seiner Seite. Er ballt die Faust und trifft den anderen direkt ins Gesicht. Blut schießt hervor. Dann kippt der junge Mann nach hinten und bleibt bewusstlos liegen.

»Sorry, Kumpel, aber ging nicht anders«, murmelt er und wendet sich rasch ab. Er hat keine Ahnung, wie lange der andere ohnmächtig bleiben wird. Und was er vorhat, duldet keinen Aufschub.

Mittwoch, 3. Februar, 23.51 Uhr, Norderstraße, Westerland

Bastian will das Klingeln des Telefons einfach nicht wahrhaben. Nichts ist schlimmer, als aus einem gerade begonnenen Schlaf gerissen zu werden. Innerlich fluchend steht der Hauptkommissar auf, wobei er einen Blick zu Silja wirft, die sich offenbar bereits im Tiefschlaf befindet und das Klingeln überhört hat. Schnell läuft Bastian in die Wohnküche, um den Anruf entgegenzunehmen.

Es werden nur zwei Sätze gewechselt, dann ist das Telefonat beendet. Bastian überlegt kurz, entscheidet sich dafür, Silja schlafen zu lassen, und klingelt bei Sven Winterberg durch.

Die Stimme des Kollegen klingt überraschenderweise gar nicht verschlafen.

»Bist du noch wach?«, fragt Bastian erstaunt.

»Hab Babydienst heute Nacht«, murrt Sven. »Und als besondere Belohnung für seinen Papa hat Mäxchen beschlossen durchzumachen.«

»Kriegt er Zähne?«, fragt Bastian unkonzentriert.

»Du rufst mich nicht ernsthaft um Mitternacht an, um dich nach Mäxchens Zahnstatus zu erkundigen, oder?«

Es gibt eine Menge Antworten, die Bastian einfallen, aber er gibt keine davon, sondern kommt direkt zur Sache.

»Hanns Lohse ist tot. Er liegt erschossen in seinem eigenen Garten. Und jetzt rate mal, wer uns darüber informiert hat.«

»Der junge Kollege Hannussen, der mit der Überwachung von Kaltenbach beauftragt war?«

»Woher weißt du das?«, fragt Bastian verblüfft.

»Ganz einfach. Hannussen hat am frühen Abend beobachtet, wie Kaltenbach versucht hat, Lohse zu kontaktieren. Als einer der Kollegen öffnete, die noch mit der Hausdurchsuchung beschäftigt waren, ist Kaltenbach getürmt. Das haben Silja, du und ich doch alles am Telefon verfolgen können. Schon vergessen?«

»Natürlich nicht. Trotzdem verstehe ich nicht, warum du …«

»War doch klar, dass Kaltenbach es später am Abend noch mal probieren würde«, unterbricht Sven seinen Vorgesetzten. »Und Hannussen ist niemand, der sich so leicht abschütteln lässt.«

»Besonders wehrhaft scheint er aber auch nicht zu sein, denn Kaltenbach hat ihn umstandslos außer Gefecht gesetzt.«

»Verstehe ich nicht. Ich denke, er hat dich angerufen.«

»Ist eine längere Geschichte. Lass uns dort treffen, okay? Dann kann er's dir selbst erzählen.«

Sven seufzt unüberhörbar am anderen Ende der Leitung. Bastian wartet förmlich darauf, dass er ihn fragen wird, warum er nicht Silja mitnimmt. Doch die Frage bleibt aus. Stattdessen sagt Sven: »Gib mir 'ne halbe Stunde. Ich wecke Anja, damit sie Max übernehmen kann, dann fahre ich los.«

Donnerstag, 4. Februar, 00.27 Uhr, Deichweg, Archsum

Das Grundstück ist nicht groß und besteht hauptsächlich aus Rasen und einigen Rosenbüschen am Rand. Zwei starke Strahler sind auf das Zentrum des Rasens gerichtet. Hier steht ein Gartenstuhl, in dem Hanns Lohses Körper hängt. Oberhalb des Halses befindet sich eine blutige Masse, die einmal das Gesicht von Svens ehemaligem Chef war. Beide Arme hängen seitlich des Gartenstuhls herunter. Unterhalb der linken Hand liegt eine Waffe im Gras.

Als Sven Winterberg den Garten betritt, muss er tief durchatmen. Auch als Kriminalkommissar sieht man nicht alle Tage eine Leiche, der der Kopf weggeschossen worden ist. Jedenfalls nicht auf Sylt.

Auf der Terrasse stehen Bastian und der Kollege Hannussen nebeneinander. Hannussens Nase ist dick geschwollen und blutverkrustet. Er schickt immer wieder wütende Blicke zu Andreas Kaltenbach hinüber, der schweigend an der Hauswand lehnt. Als Kaltenbach sich abstößt und zu Sven hinüberkommt, sieht der Kommissar, dass seine Hände auf dem Rücken mit Handschellen gefesselt sind.

»Waren Sie das?«, fährt Sven ihn an und weist mit dem Kopf auf den Toten. »Haben Sie erst Ihre Partnerin und jetzt den ehemals ermittelnden Kommissar umgebracht?«

Kaltenbach schüttelt den Kopf. »Ich habe Hanns hier so gefunden, ich schwör's«, flüstert er mit heiserer Stimme.

»Als ich rüberkam, saß er neben der Leiche im Gras und hatte die Waffe in der Hand«, mischt sich Hannussen ein.

»Sie wollten sich erschießen?« Sven blickt Andreas Kaltenbach fragend an. Seine Stimme klingt skeptisch. Doch bevor der Mann antworten kann, redet Hannussen weiter.

»Vielleicht hatte er es auch auf mich abgesehen. Jedenfalls behauptet er, dass Lohse sich selbst gerichtet habe.«

Sven wirft einen weiteren Blick auf den Toten. »Er war Linkshänder, insofern könnte das sein.«

»Es könnte aber auch sein, dass unser Freund Kaltenbach das sehr genau gewusst hat«, entgegnet Bastian finster. »Aber das alles wird die KTU bald klären können. Was mich viel mehr interessiert, ist die Frage, was Herr Kaltenbach hier gewollt haben könnte, wenn es nicht darum ging, einen Mitwisser umzubringen.«

»Das ist eine Unterstellung«, japst Kaltenbach. »Eigentlich sind es sogar zwei. Hanns Lohse war kein Mitwisser von was auch immer. Er war ein Schulfreund. Und ich bin hergekommen, um nach dem Tod von Geli mit ihm zu reden. Das ist ja wohl nicht verboten. Als er nicht aufgemacht hat, bin ich hintenrum, um an die Terrassentür zu klopfen. Dabei habe ich jemanden durchs Gebüsch huschen sehen. Ich dachte, es sei ein Einbrecher und hab ihm eins auf die Nase gegeben. Woher sollte ich wissen, dass das einer von euch war? Dann bin ich zurück zu Hanns' Terrasse. Und als da niemand war und auch niemand auf mein Klingeln reagiert hat, habe ich mich gründlicher umgesehen. Und dabei ihn entdeckt.« Mit einer knappen Bewegung des Kopfes weist er auf den Toten. »Ich hab Schiss gekriegt, dass der Einbrecher mich auch noch kaltmacht. Also habe ich mir die Waffe gegriffen.«

»Sie haben den Kollegen Hannussen hier schon am frühen Abend getroffen und ihn fast umgerannt. Da ist es ein wenig merkwürdig, wenn Sie ihn plötzlich für einen Einbrecher halten, oder?«

»Bin ich seit neuestem verpflichtet, mir das Gesicht von jedem einzelnen Bullen zu merken?«, antwortet Kaltenbach patzig.

Bastian geht nicht auf die Bemerkung ein, sondern wendet sich von Kaltenbach ab. »Sven, kommst du mal?«

Die beiden Kommissare überqueren den Rasen, wobei sie sich bemühen, die schaurig aussehende Leiche zu ignorieren.

Am Ende des Grundstücks sagt Bastian leise: »Wir sind zwei ausgemachte Hornochsen, das ist dir ja wohl klar. Wir hätten diesem Lohse längst die Daumenschrauben anlegen sollen. Wenn die Bispingen erfährt, was jetzt geschehen ist, sind wir geliefert.«

»Ich weiß. Silja hat mich gestern schon deswegen zur Schnecke gemacht. Wo ist sie eigentlich?«

»Schläft. Hat zum Glück nichts von dem Anruf mitbekommen.«

»Wann wirst du es der Bispingen sagen?«

»So schnell wie möglich. Wenn ich noch länger warte, wird es nicht besser. Du fährst am besten gleich zu Lohses Tochter und bringst es ihr schonend bei. Die Adresse zu ermitteln dürfte ja kein Problem sein. Und frag sie bitte nach irgendwelchen Stimmungsschwankungen, auffälligem Verhalten oder sonstigen Anzeichen für einen Suizidwunsch ihres Vaters. Außerdem wird die Tochter am besten wissen, wie man Lohses Ehefrau auf dem Kreuzfahrtschiff erreichen kann.«

Während Bastian das Handy aus der Tasche holt und nach der Nummer der Staatsanwältin sucht, lässt Sven seinen Blick ein letztes Mal über den Tatort schweifen. Der Rasen ist gesprenkelt mit Blutspritzern. Hirn- und Hautfetzen liegen wie seltsame Blumen im Gras. Knochensplitter glitzern im Licht der Scheinwerfer. Zwei Beamte führen gerade den sich sträubenden Kaltenbach ab. Immer wieder wendet er sich zu Hanns Lohses entstellter Leiche um, als könne er einfach nicht glauben, was er dort sieht.

Er war es nicht, fährt es Sven durch den Kopf. *Aber vielleicht kennt er den Grund für den Selbstmord meines alten Chefs. Das Problem ist nur, dass er ihn uns niemals verraten wird.*

Donnerstag, 4. Februar, 8.03 Uhr, Kriminalkommissariat Westerland

Über den Dächern der Stadt geht die Sonne auf. Rot leuchtende Ziegel unter einem blutigen Himmel mit einzelnen Wolken aus rosiger Zuckerwatte. Die drei Kommissare stehen nebeneinander am Fenster und beobachten schweigend das Schauspiel. Sie drehen ihre Kaffeebecher zwischen den Fingern und bemühen sich, ihre Gedanken zu ordnen.

»Wie hat die Bispingen gestern Nacht reagiert?«, fragt Silja schließlich.

»Total cool. Keine Vorwürfe, keine Drohungen. Sie ist noch nicht mal ironisch geworden. Irgendwas stimmt mit der nicht, das denke ich schon, seit sie auf der Insel ist.«

»Cherchez l'homme?« Silja sieht Bastian fragend an.

»Auf Deutsch bitte.«

»Vielleicht hat sie Liebeskummer und ist einfach abgelenkt.«

»So was in der Art muss es sein. Sie kommt nachher übrigens vorbei. Wäre also nicht schlecht, wenn wir unsere Gedanken vorher ein bisschen ordnen. Kleines Brainstorming. Wer will anfangen?«

»Ich.« Sven wendet sich vom Fenster ab und setzt sich hinter seinen Schreibtisch. Er fährt den Rechner hoch und zeigt auf seinen Bildschirm. »Ich bin letzte Nacht gar nicht erst nach Hause gefahren, sondern habe hier durchgemacht.«

»Deshalb war der Kaffee schon fertig, als wir gekommen sind«, begreift Silja.

»Unter anderem. Da hinten liegen auch ein paar Stück Bürgermeister für euch. Hab ich vorhin schnell am Bahnhof gekauft. Ich dachte mir, dass ein bisschen Zucker eure morgenmüden Hirne besser auf Trab bringt.«

»Hey, jetzt aber mal ganz vorsichtig. Oder willst du dich hier als Überflieger etablieren?« Mit einem Grinsen öffnet Bastian das Kuchenpaket und nimmt sich ein Stück von dem Marzipangebäck.

»Nichts liegt mir ferner«, antwortet Sven humorlos. »Aber mir reicht's mit diesem ewigen Herumstochern im Nebel. Also habe ich unsere drei Hauptverdächtigen noch einmal auf Herz und Nieren geprüft.«

»Soll heißen?«, nuschelt Bastian mit vollem Mund.

»Ich habe nach Zusammenhängen gesucht. Kaltenbach hat gestern Nacht ja gesagt, er sei mit Lohse befreundet gewesen. Das hat uns Lohse natürlich verschwiegen. Dabei würde es vieles erklären.«

»Warum Lohse Kaltenbach während der Ermittlungen zu Gittas Verschwinden nicht vernommen hat, beispielsweise«, sagt Silja und nimmt sich ebenfalls ein Stück Bürgermeister.

»Ganz genau.« Sven ruft ein Dokument auf und scrollt sich durch etliche Zeilen. »Hier ist es ja. Also erstmal zu Andreas Kaltenbach und Hanns Lohse. Sie sind beide auf der Insel geboren, und nicht nur das, sie sind ein Jahrgang. Beide waren auf dem hiesigen Gymnasium. Sie waren sogar Klassenkameraden und, jetzt haltet euch fest, die allerbesten Freunde.«

»Woher willst du das so genau wissen?«, fragt Bastian.

»Das habe ich aus der Abizeitung.«

»Ach du dicker Hund«, seufzt Bastian. »Und woher kennst du die Abizeitung, wenn man fragen darf?«

»Hat irgendjemand freundlicherweise digitalisiert und ins Netz gestellt.«

»Wer war noch in ihrer Klasse?«, erkundigt sich Silja.

»Du fragst wegen Thieß Hansen, dem Landschaftspfleger, stimmt's?«

Sie nickt.

»Lauwarm«, antwortet Sven. »Er ist auch von der Insel, und er war auch auf dem Gymnasium, wir haben ja nur eins. Aber er ist drei Jahre jünger als die anderen beiden. Ich konnte keine Hinweise auf eine Dreierfreundschaft entdecken. Aber ausgeschlossen ist das natürlich nicht.«

»Wir müssen ihn ausquetschen wie eine Zitrone, und das schnell«, entscheidet Bastian. »Allerdings sollte in einer halben Stunde auch Leif Mortensen hier eintreffen. Der ehemalige Gärtner vom Haus Wattblick. Also teilen wir uns auf. Silja, du befragst Hansen noch mal, der kennt dich ja schon. Aber diesmal geht Sven mit. Macht mit ihm, was ihr wollt, meinetwegen gern das Guter-Cop-Böser-Cop-Spiel, aber bringt mir um Himmels willen irgendwelche brauchbaren Ergebnisse.«

»Und die Bispingen?«, erkundigt sich Silja.

»Übernehme ich. Unsere geneigte Staatsanwältin hat ohnehin einen Narren an dem Wattgrundstück gefressen. Da passt es gut, wenn sie mit dem Gärtner reden kann, der den mysteriösen Kompost versorgt hat. Außerdem hat sie angekündigt, die Verlegerin noch einmal zu vernehmen. Diesmal ganz offiziell. Auf diese Dame ist sie nämlich gar nicht gut zu sprechen, und offenbar hat sie jetzt was entdeckt, was sie ihr anhängen kann.«

»Wundert mich nicht. Immerhin hat ihr das Watthaus zur Tatzeit gehört. Da ist ein wenig Misstrauen doch angebracht«, wirft Sven ein. »Vielleicht schützt sie ihren Vater. Oder irgendeine andere männliche Person, die das Mädchen missbraucht hat. Hast du darüber schon mal nachgedacht?«

»Habe ich«, brummt Bastian. »Der Vater war bereits verstorben, als Gitta verschwand. Und danach stand das Haus meistens leer. Hat mir alles der Gärtner erzählt.«

»Und du glaubst ihm?«

»Bisher schon. Aber warten wir die Vernehmung der Verlegerin ab. Jedenfalls fühle ich mich mit einer Staatsanwältin, die ihre Gefühle nicht im Griff hat, nicht besonders wohl.«

»Vielleicht solltest du Fred Hübner mal zu seinem Beziehungsstatus befragen«, frotzelt Sven.

»Das hat die Bispingen schon erledigt«, antwortet Bastian und schildert kurz die Begegnung der beiden auf der abendlichen Landstraße.

»Krass. Die Bispingen springt aus deinem Wagen und holt den Hübner vom Rennrad. Das hätte ich auch gern gesehen.« Sven kann sich ein Grinsen nicht verkneifen.

»Da brannte die Luft, das kann ich dir sagen.«

»Dürfte ich eure geneigte Aufmerksamkeit wieder auf unseren Fall lenken?«, unterbricht Silja ihre Kollegen. »Wir sollten prüfen, wo dieser Gärtner zur Schule gegangen ist. Nicht dass er auch noch zu der Clique um Kaltenbach und Lohse gehört.«

»Vergiss es«, antwortet Sven. »Er war auf einer Grundschule in Klanxbüll und ist erst danach mit seinen Eltern auf die Insel gekommen. Hat hier die Realschule besucht.«

»Du warst wirklich gründlich letzte Nacht«, lobt ihn Bastian.

»Als Vater eines Kleinkindes lernt man, Prioritäten zu setzen. Wenn ich mir schon die Nacht um die Ohren schlage, dann will ich, dass auch möglichst viel dabei rumkommt.« Sven kneift kurz die Augen zusammen und reißt sie anschließend möglichst weit wieder auf. »Und jetzt brauche ich dringend eine große Portion Kaffee, sonst komme ich nicht durch den Tag!«

Donnerstag, 4. Februar, 08.47 Uhr, Halemdüür, Westerland

Thieß Hansen wirkt nervös. Seine Schultern sind eingefallen, seine Augen wandern von Silja zu Sven und wieder zurück. Die Hände beben, selbst seine Knie zittern. Der Landschaftspfleger sitzt den beiden Kommissaren gegenüber auf einer verschlissenen Couch, deren abgeriebene Stellen nur notdürftig mit einer Decke kaschiert sind. Silja hat in dem Fernsehsessel aus grauem Kunstleder Platz genommen, der neben der Couch steht, und Sven hat sich einen Stuhl vom Esstisch herangezogen. Thieß Hansen hat dies alles geschehen lassen, während er in der Tür zur Diele stand und immer wieder fragte: »Warum sind Sie hier? Ist etwas passiert?«

Keiner der beiden Kommissare hat darauf geantwortet. Stattdessen beginnt Silja die Befragung mit einem einfachen Satz. »Sie haben in der Morsumer Heide nie am Wegesrand graben lassen.«

»Ich habe Ihnen doch schon gesagt, dass das eher kontraproduktiv gewesen wäre. Selbst wenn wir alle Rosen entfernt hätten, wäre jede Wildpflanze sofort von irgendwelchen verrückten oder botanikverliebten Badegästen herausgerissen worden. Die empfindlichen Pflanzen haben nur eine Chance, wenn sie unentdeckt bleiben. Die Menschen sind eben unverbesserlich unvernünftig.« Hansen sitzt jetzt aufrechter, nur die Knie zittern immer noch. Er drückt sie mit beiden Händen zusammen.

»Warum sind Sie so aufgeregt, wenn Sie doch angeblich nichts zu verbergen haben?«, fragt Sven kühl.

»Interessiert Sie das im Ernst?« In Hansens Stimme liegt Vorwurf. »Hier in der Straße kennt jeder jeden. Und dass Sie einen Kinderschänder suchen, weiß auch jeder. Und jetzt sind Sie schon zum zweiten Mal hier. Als ich Ihnen die Tür aufgemacht habe, konnte ich genau sehen, wie sich die Küchengardine drüben bei Frau Wilms bewegt hat. Und die ist die allerschlimmste Klatschbase. Spätestens heute Abend ist es in der ganzen Nachbarschaft rum. Meinen Sie, ich will mich den Rest meines Lebens schief angucken lassen?«

»Dagegen hilft nur eines. Wenn Sie tatsächlich nichts mit der Sache zu tun haben, dann sollten Sie uns helfen, so gut es geht. Sobald wir einen Täter haben, sind Sie nämlich aus dem Schneider.«

»Sie haben seit vierzehn Jahren nichts gefunden. Sie schaffen's auch jetzt nicht«, entgegnet Hansen achselzuckend. Seine Knie zittern nicht mehr, und sein Blick ist plötzlich kämpferisch.

»Das klingt fast so, als würden Sie sich das wünschen.« Silja zieht die Augenbrauen hoch.

Hansen stößt ein kurzes Lachen aus, lässt sich auf seinem Sofa zurückfallen und blickt der Kommissarin direkt in die Augen. »Sie wollen mich provozieren, habe ich recht? Sie setzen darauf, dass ich mich verplappere. Aber darauf können Sie lange warten. Ich weiß nämlich nichts, haben Sie verstanden? – Ich weiß absolut nichts über Ihr bescheuertes Skelett.«

»Schluss jetzt mit dem Pillepalle«, unterbricht Silja ihn energisch. »Wir stellen unsere Fragen, und Sie antworten.«

»Na dann mal los.«

»Sie sind aufs Westerländer Gymnasium gegangen?«

»Ist das jetzt auch schon verboten?«

»Ja oder nein?«

»Ja.«

»Wer waren ihre besten Freunde?«

Hansen stutzt. Dann fragt er kopfschüttelnd: »Was geht Sie das an?«

»Wer?«

»Der Manni und der Berti.«

»Haben die auch Nachnamen?«, fragt Sven.

»Manfred Huber und Bertold Daum. Waren in meiner Klasse. Jedenfalls bis Berti in der Elften hängengeblieben ist. Hat aber unserer Freundschaft nicht geschadet.«

»Wo wohnen die jetzt?«, will Silja wissen.

»Manni drei Häuser weiter. Morgen guckt der mich auch nicht mehr an. Frau Wilms und Mannis Frau sind ganz dicke.«

»Ist es ein Zufall, dass Herr Huber so nah bei Ihnen wohnt?« Wieder Sven. Die Fragen kommen nun Schlag auf Schlag. Beide Kommissare bemühen sich, Tempo in die Sache zu bringen.

»Nee. Ist sein Elternhaus, so wie das hier meins. Nur dass seine Mutter noch lebt. Die alte Frau Huber geht aber seit Jahren nicht mehr raus.«

»Und der andere? Bertold Daum?«, fragt Silja.

»Berti ist tot. Vor zwei Jahren umgekippt. Herzkasper und aus die Maus.«

»Hatten Sie noch weitere Kontakte? Zu Jungs aus den höheren Klassen? Oder zu welchen aus den Klassen drunter?«

»Warum wollen Sie das wissen?«

»Wir fragen, Sie antworten«, kontert Silja streng.

Hansen, der bisher in schöner Regelmäßigkeit zwischen den Kommissaren hin und her geguckt hat, blickt jetzt zur Zimmerdecke und verdreht die Augen. »Wenn Sie unbedingt Ihre Zeit verschwenden wollen.«

»Wir sind ganz wild darauf«, fährt ihn Sven an. »Also weiter im Text. Hatten Sie Kontakte zu anderen Jungs? Und vergessen Sie nicht, wir haben die anderen schon befragt.«

»Da war noch einer. Der war zwei Klassen unter mir. Ich habe ihm zwei Jahre lang Mathe-Nachhilfe gegeben. So haben wir uns kennengelernt. Ich mochte ihn irgendwie. War so ein kleiner Stiller. Der hatte ganz schön was auszuhalten.«

»Wie meinen Sie das?«, erkundigt sich Silja.

»Der wurde am laufenden Meter gehänselt. *Schwuchtel* und *Weichei* waren noch die netteren Ausdrücke, die seine Mitschüler ihm hinterhergeworfen haben.«

»Er war schwul?«

»Woher soll ich das wissen? Nachdem ich von der Schule runter war, habe ich nichts mehr von ihm gehört. Ich glaube, er ist später nach Hamburg gegangen.«

»Sein Name?«, fragt Silja der Form halber. Innerlich ist sie kurz vorm Verzweifeln. Dieses ganze Verhör bringt sie keinen Schritt weiter. Entweder Hansen hat nichts mit Kaltenbach und Lohse zu tun, oder er weiß sehr genau, dass sie außer ihrem diffusen Verdacht nichts gegen ihn in der Hand haben.

»Der Kleine hieß Andreas Lothar oder Luther, so genau weiß ich das nicht mehr.«

»Okay, wir prüfen das. Aber da war noch ein anderer Andreas auf Ihrer Schule, den kannten Sie vielleicht auch.« Silja beschließt, offensiver vorzugehen. »Andreas Kaltenbach. Sagt Ihnen der Name etwas?«

»Klar. Der ist doch gerade verwitwet, oder? Schreckliche Geschichte. Stürzt die Frau die Treppe runter, einfach so. Aber Unfälle im Haushalt gibt's, das glaubst du gar nicht. Hab ich schon immer gesagt.«

»Die Beurteilung des Geschehens überlassen Sie mal besser uns«, unterbricht ihn Silja. »Was wir von Ihnen wissen wollen, ist: Hatten Sie während der Schulzeit Kontakt zu Andreas Kaltenbach?«

»Wer? Ich? Ich wusste noch nicht mal, dass der auf unserer Schule war. Und ich kannte eigentlich alle aus der Parallelklasse.« Seine Verblüffung scheint echt zu sein.

»Herr Kaltenbach war drei Klassen über Ihnen, falls das Ihrer Erinnerung auf die Sprünge hilft.«

»Und dann fragen Sie mich so was? Drei Klassen über mir, das war wie eine andere Welt. Die haben uns doch nicht mit dem Hintern angeschaut.«

»So genau wollte ich es auch wieder nicht wissen. Aber machen wir weiter.« Silja fühlt sich, als peitsche sie ein unwilliges Pferd über sumpfiges Gelände. »Hanns Lohse. Diesen Namen schon mal gehört?«

Hansen nickt und kratzt sich nachdenklich am Kopf. »Irgendwie schon. Aber ich weiß jetzt nicht genau wann. Warten Sie mal. Doch, jetzt fällt es mir wieder ein. War der nicht auch bei Ihrem Verein? Ich glaube, der hatte mal ein oder zwei Jahre lang so eine Radiokolumne hier auf der Insel. *Die Kriminalpolizei rät* oder *Fragen Sie den Kommissar.*«

Silja blickt Sven irritiert an. Doch der Kollege nickt.

»Ja, das gab es mal. War der Chef auch mächtig stolz drauf.«

»Aber privat kannten Sie Hanns Lohse nicht?«, insistiert Silja.

»Unter meiner Ägide haben wir nie ein Skelett ausgegraben. Warum sollte ich ihn kennengelernt haben?«, antwortet Hansen pampig.

»Ich stelle hier die Fragen. Also noch einmal fürs Protokoll: Kannten Sie Hanns Lohse oder sind Sie ihm irgendwann einmal persönlich begegnet?«

»Na auf dem Schulhof vermutlich – wenn er doch drei Klassen über mir war.«

Silja muss sich sehr zusammennehmen, um nicht grob zu werden. Inzwischen ist sie fast sicher, dass Hansen sich über sie lustig macht. Mit Mühe hält sie ihre Stimme unter Kontrolle. »Sie hatten aber nie persönlichen Kontakt zu ihm?«

Hansen zögert.

Wahrscheinlich denkt er darüber nach, wie er seinen ausweichenden Antworten noch eins draufsetzen kann. Innerlich tobt Silja, schafft es aber, äußerlich ruhig zu bleiben. Umso erstaunter ist sie, als Hansen sich endlich äußert.

»Kontakt zu Hanns Lohse? Nein. Nie.«

»Okay.« Silja gibt auf. Ihr ist klar, dass sie anders an die Sache herangehen muss. Sie hebt den Blick und sieht sich in Hansens Wohnstube um. »Haben Sie einen Computer?«

»Ja.«

»Darf ich den mal sehen?«

»Warum?«

»Darf ich ihn sehen, oder nicht?«

»Steht oben. In meinem Schlafzimmer.«

Sven zieht scharf die Luft ein. Silja weiß sehr genau, was er denkt. *Wenn ich Kinderpornos auf meinem Rechner hätte, würde ich den auch im Schlafzimmer deponieren.*

Sie ist auf alles gefasst. Dass Hansen ausrastet. Dass er sie rauswirft. Dass er zumindest nach einem Durchsuchungsbeschluss fragt. Den sie nicht haben. Noch nicht.

Aber was dann passiert, überrascht Silja völlig.

Thieß Hansen steht auf und deutet mit dem Kopf auf die Treppe. »Kommen Sie mit. Alle beide. Gucken Sie sich den Rechner gründlich an. Meinetwegen können Sie ihn auch mitnehmen. Sie werden nichts finden, was Ihnen weiterhilft, da bin sicher. Und dann lassen Sie mich endlich in Ruhe. Das ist alles, was ich von Ihnen will.«

Donnerstag, 4. Februar, 09.00 Uhr, Kriminalkommissariat Westerland

Pünktlich zur vollen Stunde klopft es an die Tür. Ein uniformierter Kollege führt Leif Mortensen herein und verabschiedet sich dann. Der ehemalige Gärtner der Familie Wallot sieht sich ungeniert in dem Büro um. Er ist ein hochgewachsener Mann mit starken, sehnigen Händen. Trotz seines fortgeschrittenen Alters wirkt er schlaksig in seinem grünen Rollkragenpullover und der viel zu weiten Jeans. Leif Mortensen trägt schwere Stiefel und einen dicken Parka, den er unaufgefordert an den Garderobenständer hängt.

»Moin, moin. Is ’n büschen anners hier als im Fernsehen. Aber nett.«

»Moin. Schön, dass es Ihnen gefällt.«

Bastian Kreuzer bietet seinem Gast ganz bewusst einen Platz in der Besprechungsecke an. Es ist dem Kommissar wichtig, ein Vertrauensverhältnis zu Mortensen aufzubauen. Längst ahnt er, dass er nur so eine Chance hat, in das Geflecht der eingeschworenen Sylter Gemeinschaft einzudringen.

»Möchten Sie etwas trinken? Kaffee? Tee? Es sind auch noch zwei Stück Bürgermeister da.«

Mortensen setzt sich und überlegt. »Storker Tee und ein Stück Bürgermeister wärn nich schlecht.«

Während Bastian das Wasser aufsetzt und zwei Teebeutel in den Becher hängt, fragt er wie nebenbei: »Haben Sie in den letzten Tagen mal mit Maria Wallot gesprochen?«

»Nö. Hätte ich sollen?«

»So war das nicht gemeint. Aber gewundert hätte es mich auch nicht.«

»Isse denn auffer Insel?«

Bastian nickt, gießt den Tee auf und setzt sich zu Leif Mortensen an den niedrigen Tisch in der Ecke ihres Büros. »Leider haben wir keinen losen Tee hier«, entschuldigt er sich. »Aber meine Kollegen und ich sind alle kaffeesüchtig. Ist vielleicht eine Berufskrankheit.«

»Kann auch ’nem echten Friesen passiern.« Mortensen schnippt mit dem Finger an die Papierschildchen der Teebeutel, grinst verschwörerisch und greift dann nach einem Plunderteilchen. Mit vollem Mund erkundigt er sich: »Um was geht’s denn noch? Wir ham ja eigentlich schon inner Nacht das meiste beschnackt.«

»Mich interessieren alle Ihre Erinnerungen an die Zeit vor vierzehn Jahren. Wie oft waren Sie im wallotschen Garten. Was haben Sie da gemacht? Und vor allem, mit wem haben Sie darüber gesprochen?«

»Hab im Herbst ’n por Büsche beschnitten, regelmäßig den Rasen gemäht und im Frühjahr den Kompost umgesetzt. Aber mit wem hätt ich groß drüber reden sollen? Is ja jetzt nicht so bannig interessant, ne.«

»Sind oder waren Sie verheiratet?«

»Nö. Hat sich nie ergeben. Und so richtig gefehlt hat mir auch nichts. Ist so eine Sache mit die Fruunslüt. Die sin ja süß, wenn sie klein sind, so mit Ringellöckchen und kurze Kleidchen. Aber später könn das richtje Hexen wern. Also ich hab da son por Erinnerungen an meine Jugend. Die Meechen führn dich ganz schön anner Nase rum, wenns ihnen posst.«

»Aber wenn sie klein sind, sind sie schon niedlich.« Bastian sagt den Satz wie zufällig. Es hört sich fast verträumt an. Dabei ist der Kommissar aufs äußerste gespannt. Vielleicht war er doch zu vorschnell mit seiner Annahme, der alte Gärtner habe nichts mit den Morden zu tun. Möglicherweise war Mortensen nur allzu bewusst, dass jede Abweichung vom üblichen Geschehen Verdacht erregen muss. Und wenn jemand über Jahre hinweg jedes Frühjahr den Kompost umsetzt und damit plötzlich aufhört, dann wäre das zumindest eine Nachfrage wert.

Der alte Gärtner zieht nachdenklich beide Teebeutel aus dem Becher und legt sie an seinem Tellerrand ab. Dann blinzelt er dem Kommissar kurz zu. »Ek kenn mich da nich wirklich ut. Aber die kleine Wallot und ihre Freundin, die hav ek immer gerngehabt. So fröhliche lütte Deerns. Und so neugierig. Wollten allens wissen. Blumen, Gräser, Tiere – hat sie allens interessiert. ’n büschken wat gelernt hav ek ihnen bestimmt ook.«

»Haben Sie mit den Mädchen auch über den Kompost geredet?«

»Kloar. Dat is doch spannend. Tust du Blumen und ’n poar Zweige rein, und zwei Jahre später isses Erde. Fast wie Hokuspokus, oder?«

Bastian nickt. Dann fragt er übergangslos: »Haben Sie alte Freunde, mit denen Sie über diese Zeiten reden können?«

Mortensen zuckt die Schultern. »Hat sich ja viel verännert

in den ganzen Joarn. Die alten Dörpminschen sind doot oder schon lange weggezogen. Gibt nicht mehr viele, mit denen man schnacken kann.«

»Wie alt sind Sie jetzt eigentlich?«

»Zweiundsiebzig. Warum?«

»Ich überlege nur gerade. Dann waren Sie Ende fünfzig, als das Skelett im wallotschen Kompost vergraben wurde. Auch wenn Sie immer noch sehr fit wirken ... Diese Umsetzerei muss doch in diesem Alter ganz schön anstrengend gewesen sein.«

Leif Mortensen verzieht das Gesicht zu einer Grimasse, die nur entfernt Ähnlichkeit mit schmerzvoller Pein hat, und greift sich theatralisch ins Kreuz. *Ein Schauspieler ist schon mal nicht an ihm verlorengegangen*, denkt Bastian amüsiert.

»Ek hev da so mine Tricks«, erklärt Mortensen jetzt. »Vorm Umsetzen hev ek schon ein Termin bi mine Gymnastiktante gemacht. Physiodings heeßt dat wul heute.«

»Sie meinen eine Physiotherapeutin?«

Mortensen nickt. »Und wenn ek dann mit'm Hexenschuss angewackelt kam, hat se mich wieder aufgemöbelt.«

»Nur dass ich das richtig verstehe: Sie haben vor dem Umsetzen des Komposthaufens bereits den Termin bei der Physiotherapeutin gemacht?«

»Jedes Mol. Sonst hätte ich viel zu lange warten müssen. Bin ja man bloß son armer Kassepatient.«

»Haben Sie Ihrer Therapeutin auch im Voraus erzählt, dass der Kompost wieder dran ist?«

»Ihr nich, aver ihrm Vorzimmermeechen. Und meim Arzt natürlich. Der musste mich ja überweisen.«

»Könnte ich von beiden bitte die Namen haben?« Bastian Kreuzer ist jetzt hellwach.

»Der Arzt war Doktor Stürmer in Rantum. Hat sich umgebracht vor 'n por Joarn. Keiner wusste so richtig, warum.«

Bastian schweigt und senkt den Blick. Er erinnert sich genau an den Fall. Eine Windsbraut ritt bei Nebel übers Watt, ein alter Friese stürzte unter ungeklärten Umständen aus seinem Fenster. Eine tragische längst vergangene Geschichte, die ihre Fortsetzung in der Gegenwart fand. Hat ihn und seine Kollegen damals ganz schön in Atem gehalten. Und Silja in Lebensgefahr gebracht. Bastian kann bis heute nicht daran denken, ohne dass ihm Schauer über den Rücken laufen. Es kostet ihn Mühe, sich wieder auf das Hier und Jetzt zu konzentrieren.

»Leider können wir Dr. Stürmer nicht mehr befragen. Aber vielleicht die Sprechstundenhilfe Ihrer Physiotherapeutin. Wissen Sie deren Namen noch?«

Leif Mortensen seufzt tief. »Muss ek nachdenken. War irgendwas Hochfeines. Theres vielleicht.« Er kratzt sich am Kopf. »Oder doch Henriette?«

Während der alte Gärtner überlegt, holt sich Bastian einen Stift und einen Schreibblock. Er möchte alles vermeiden, was Leif Mortensen misstrauisch macht, deswegen nimmt er auch das Gespräch nicht auf. Allerdings hatte er nicht vor, es allein zu führen. Elsbeth von Bispingen hatte ihr Kommen ebenfalls für neun Uhr zugesagt, und Bastian kennt die Staatsanwältin als ausgesprochen zuverlässig. Was ihr wohl dazwischengekommen ist? Oder sollte sie wieder nur an der Vernehmung Maria Wallots interessiert sein, die für 9.30 Uhr angesetzt ist?

Als der Kommissar sieht, dass Mortensen immer noch überlegt, fragt er aufmunternd: »Die junge Frau hat doch bestimmt ein Schild an ihrem Kittel getragen. Vielleicht versuchen Sie mal, sich das vorzustellen.«

»Ha! Jetzt hev eks! Guter Tipp, Herr Kommissar. Henriette Hansen hieß dat Deern. Ek hev ja man immer überlegt, ob die Eltern ihr den Namen wegen der Familie gegeben haben. Henny Hansen, dat hat doch ’n Klang.«

Bastian spürt, wie sein Herz schneller klopft. Hansen, das ist der Nachname des Landschaftspflegers, mit dem Silja und Sven gerade reden. Selbst bei viel gutem Willen wird dieser Zusammenhang ja wohl kein Zufall sein. Sie müssen dringend prüfen, ob Hansen eine Tochter hat. Oder eine Nichte. Oder sonst eine Verwandte dieses Namens. Falls das so sein sollte, hätte der alte Hansen jedes Jahr die Möglichkeit gehabt, den Schädel für kurze Zeit verschwinden zu lassen und ihn dann wieder im neu aufgesetzten Kompost zu vergraben. Der Kompost wäre gewissermaßen der Schrein gewesen, der den größten Schatz des Mörders barg. Und das jährliche Herausholen des Schädels so etwas wie eine rituelle Erinnerung an die Tat. Schaudernd stellt sich Bastian den Hergang vor. Hansen hebt mit vor Erregung zitternden Händen den Mädchenkopf aus dem verrottenden Laub. Er trägt ihn behutsam an einen zweiten Ort, wo er ihn sicher verwahrt, bis der Kompost umgesetzt ist. Anschließend bettet Hansen den Schädel wieder in seinem ursprünglichen Versteck. Ein solches Vorgehen könnte durchaus zur Triebstruktur eines Täters passen. Gerade drängt sich Bastian der Vergleich zum katholischen Karfreitagsritual auf, bei dem das Kreuz vom Altar entfernt und bis Ostersonntag verhüllt wird, als Leif Mortensen ihn aus seinen Gedanken reißt.

»Herr Kommissar? War’s dat jetzt? Ek müsste dann nämlich auch mal los. Hav noch aufm Kirchhof zu tun.«

Bastian nickt unkonzentriert. Er kann es gar nicht erwarten, Silja und Sven die Nachricht zu überbringen. Außerdem muss er dringend diese Henriette Hansen auftreiben.

»Det Mariechen kummt wohl nicht mehr? Schade. Ek hätt sie gern mol wiedergesehen«, sagt Mortensen, während er aufsteht.

»Mariechen, welches Mariechen?«, fragt Bastian irritiert.

»Na die kleine Wallot. Ist ja jetzt auch schon groß.«

»Ach so, ja stimmt.« Bastian sieht auf die Uhr, es ist schon zehn nach halb neun. »Sie scheint aufgehalten worden zu sein. Aber ich kann sie gern von Ihnen grüßen.« Auch Bastian erhebt sich. Er reicht Leif Mortensen seine Jacke vom Garderobenständer und erkundigt sich beiläufig: »Haben Sie eigentlich einen Computer?«

Leif Mortensen guckt den Kommissar mit großen Augen an. »Dass ek kein Handy hav, wissen Sie ja schon. Das ganze neumodische Zeug interessiert mich nicht. Was soll ich also mit einem Computer?«

Bastian nickt gedankenverloren. Dann öffnet er seinem Gast die Tür zum Flur. Und schreckt sofort zurück. Von unten dringen laute Frauenstimmen herauf. Der Kommissar erkennt sie sofort. Die Staatsanwältin Elsbeth von Bispingen und die Verlegerin Maria Wallot scheinen kräftig aneinandergeraten zu sein. Worte wie *Lüge* und *Verschleierung*, *Unterstellung* und *Beschwerde* sirren durch die Luft.

»Jetzt treffen Sie Frau Wallot doch noch«, murmelt Bastian und fügt augenzwinkernd hinzu: »Allerdings habe ich nicht den Eindruck, dass sie in Plauderlaune ist.«

Donnerstag, 4. Februar, 09.40 Uhr, Kriminalkommissariat Westerland

Die Verlegerin Maria Wallot lehnt am Tresen des Polizeireviers Westerland. Links und rechts von ihr stehen jeweils ein Beamter. Sie sehen aus, als seien sie schwer entschlossen, sie an einer Flucht zu hindern. Und tatsächlich ist der Gedanke an Flucht ziemlich verlockend. Denn der Verlegerin gegenüber steht die Staatsanwältin Elsbeth von Bispingen und tobt. Die beiden Frauen sind sich zufällig hier unten begegnet, jedenfalls wirkte das anfangs auf Maria so. Schließlich ist sie nur der Bitte des Kommissars um ein weiteres Gespräch gefolgt. Sie hat sich sicher gefühlt. Dass die Ermittler mit ihr reden wollen, weil das Grundstück, auf dem der Mädchenschädel gefunden worden ist, früher ihrer Familie gehört hat, ist bestimmt kein Grund, sich Sorgen zu machen. Hat sie sich jedenfalls eingeredet. Niemand kann schließlich ahnen, dass der Brief mit dem Hinweis auf den Komposthaufen ausgerechnet von Maria gekommen ist. Und schon gar nicht, dass Maria diese seltsame Erinnerung hat, an die sie gar nicht denken möchte.

Doch dann überschlugen sich die Ereignisse. Gerade hatte sie sich angemeldet, und einer der Beamten wollte sie nach oben ins Büro der Kriminalpolizei begleiten, als die Staatsanwältin Elsbeth von Bispingen durch die Tür stürmte. Direkt auf Maria zu. Ohne Begrüßung, ohne jedes einleitende Wort begann sie damit, ihr Vorwürfe zu machen.

Anfangs war Maria völlig perplex und fast schon amüsiert über das unkontrollierte und höchst unprofessionelle Verhalten der Staatsanwältin. *Wie kann man seine Eifersucht so wenig zügeln? Was sollen denn die Beamten von dieser Dame denken?* Das waren ihre ziemlich spöttischen Überlegungen. Doch der Spott sollte ihr schnell vergehen.

Schnell stellte sich heraus, dass Elsbeth von Bispingen Dinge wusste, die besser geheim geblieben wären. Und wer sie ihr verraten hatte, war von Anfang an klar. Offenbar hatte Fred Hübner nichts Besseres zu tun gehabt, als umgehend von dem nächtlichen Schädelfund im Komposthaufen zu erzählen und gleich darauf auch noch Maria als die Absenderin des anonymen Briefes zu enttarnen.

Überrascht und schockiert wie sie war, fiel ihre Verteidigung zunächst ziemlich mau aus. Es war ihr einfach nicht möglich, ihre Gedanken zu ordnen, während der Zorn der Staatsanwältin wie ein Orkan über sie hinwegfegte. Elsbeth von Bispingen brauchte nur Sekunden, um sich in Rage zu reden. Und dabei machte sie sich gar nicht erst die Mühe, ihre Stimme zu zügeln. Seitdem prasseln Anschuldigungen und Verdächtigungen nur so auf Maria ein. Noch nicht einmal vor wirklich haltlosen Schuldzuschreibungen schreckt die Staatsanwältin zurück.

»Wer sagt mir denn, dass Sie nicht von Anfang an von dem Schädel gewusst haben? Sie und Ihr feiner Gärtner. Vielleicht haben Sie sogar jemanden gedeckt.«

Jetzt wird es Maria zu bunt. »Moment mal«, funkt sie dazwischen. »Sie unterstellen mir hier einfach so, dass ich etwas mit dem Mord an diesem Mädchen zu tun habe. Das wird Ihnen noch leidtun.«

»Sie haben einen anonymen Brief geschrieben und sich alle erdenkliche Mühe gegeben, um ihn uns inkognito zustellen zu lassen. Ich finde, das zeugt von erheblicher krimineller Energie.«

»Das muss ich mir nicht bieten lassen!«

Mit zwei kurzen Blicken vergewissert sich Maria, dass sie die volle Aufmerksamkeit aller anwesenden Beamten hat. Und als sie dann auch noch Kommissar Kreuzer auf der Treppe von oben kommen sieht, weiß sie, dass der ideale Moment für ihren Vergeltungsschlag gekommen ist.

»Frau von Bispingen! Sie vermischen Berufliches und Privates auf nicht nur leichtfertige, sondern geradezu gefährliche Weise.« Maria holt tief Luft und dann schießt sie die finale Kugel ab. »Sie sind eifersüchtig auf die Beziehung zwischen Fred Hübner und mir. Das ist das ganze Geheimnis, das hinter Ihren wirklich unhaltbaren Anschuldigungen steckt.«

Es ist Maria natürlich sehr bewusst, dass *Geschäftsbeziehung* das passende Wort für ihr Verhältnis zu Fred Hübner gewesen wäre. Und es ist ihr ebenso bewusst, welch verheerende Wirkung so eine minimale Auslassung haben kann. Wozu sonst ist sie als Verlegerin eine Frau des Wortes?

Elsbeth von Bispingen verstummt. Sie lässt ganz plötzlich die Arme sinken, mit denen sie vorher ausladend gestikuliert hat. Sie tritt sogar einen Schritt zurück, zieht sich gewissermaßen aus Marias intimem Schutzraum zurück. Dann dreht sie sich um.

Auf der letzten Treppenstufe steht Hauptkommissar Bastian Kreuzer und schaut fassungslos auf die Szene. Hinter ihm erscheint Leif Mortensen, Marias alter Gärtner. Und trotz ihrer Anspannung, trotz ihrer Wut auf die Staatsanwältin und ihrer durchaus vorhandenen Scham über die dumme Spontanaktion mit dem anonymen Brief freut sich Maria einfach nur, diesen Begleiter ihrer Kindheit jetzt und hier gesund und wohlbehalten wiederzusehen. Sie stößt sich von den Tresen der Polizeistation ab, geht an der Staatsanwältin vorbei, ohne sie auch nur eines einzigen Blickes zu würdigen und nickt Kommissar Kreuzer kurz zu. Dann nimmt die Verlegerin im Laufschritt die unteren Treppenstufen, bis sie eine Stufe unter Leif Mortensen angekommen ist. Dort bleibt sie stehen und umarmt den alten Gärtner ihrer Familie ganz fest. Er drückt Maria sofort an sich und hält sie ein paar Sekunden.

Maria schließt die Augen. Sie riecht den leicht dumpfen Geruch nach schlecht getrockneter Wolle, den Mortensens Pullover schon immer ausgeströmt haben. Sie fühlt die knochigen Schulterblätter eines alten Mannes, der immer noch Kraft in den Armen hat. Plötzlich ist sie wieder acht Jahre alt. Leif ist viel größer als sie, er kann ihr locker den Kopf auf die Haare legen und gleichzeitig ihren Rücken streicheln. So hat er sie als Kind oft getröstet, wenn sie hingefallen war und sich verletzt hatte. Sogar sein leises Murmeln, einzelne Silben ohne den geringsten Sinn oder Zusammenhang, ist immer noch das gleiche.

Allerdings unterbricht Hauptkommissar Kreuzer den intimen Moment schnell und energisch.

»Frau Wallot, ich habe mich schon gewundert, wo Sie bleiben. Wenn Sie mir bitte folgen wollen.«

Maria löst sich aus der Umarmung mit Leif Mortensen und schaut sich um. Der Kommissar steht bei den uniformierten Beamten, die Staatsanwältin ist nicht mehr zu sehen.

»Ich denke, wir regeln das besser zu zweit«, erklärt Kreuzer, als er ihren suchenden Blick sieht.

Sie verkneift sich das triumphierende Lächeln nicht. Trotzdem ist ihr mulmig zumute, als sie wenig später das Büro des Kommissars betritt. Ist sie als Verdächtige hier? War der verbale Angriff der Staatsanwältin vielleicht nur Teil einer ausgeklügelten Strategie?

»Frau Wallot, bitte setzen Sie sich doch.« Er weist auf zwei unbequem aussehende Sessel an einem niedrigen Tisch, die in der Ecke des Büros stehen. »Eines gleich zu Ihrer Information: Dieses Gespräch werde ich nicht aufnehmen, und wir führen es bewusst unter vier Augen. Das ist ein erheblicher Vertrauensbeweis meinerseits, und ich würde mich freuen, wenn Sie dies honorieren würden.«

Maria nickt verunsichert. Sie rechnet mit vielem, aber die Frage, die Bastian Kreuzer ihr nun stellt, toppt ihre schlimmsten Erwartungen.

»Haben Sie irgendwelche Erinnerungen daran, dass Ihr alter Gärtner Leif eine sexuelle Vorliebe für minderjährige Mädchen gehabt haben könnte?«

»Nein! Auf keinen Fall!«

»Ich muss Sie wohl nicht darauf hinweisen, dass extrem emotionale Reaktionen häufig aus einem inneren Schutzmechanismus herrühren.«

»Sie meinen, dass ich da etwas verdrängt habe, an das ich mich besser erinnern sollte?«

»Zum Beispiel.«

Maria senkt den Blick. Sie denkt nach, und der Kommissar lässt ihr Zeit. Verwischte Bilder, vergessene Gefühle schwirren der Verlegerin durch den Kopf. Sie hat sich bei Leif immer sicher gefühlt. Und er hat sie und ihre Freundin erkennbar sehr gemocht. Aber hat er sie jemals in einer Weise berührt, die anstößig gewesen wäre? Kann es sein, dass sie dies in ihrer kindlichen Naivität nicht bemerkt haben sollte? Kann es sein, dass sie über Jahre hinweg sexuelles Verlangen mit einfacher Zuneigung verwechselt haben sollte?

Unwillkürlich schüttelt sie den Kopf. »Nein. Ich bin mir sicher, da war nichts. Nichts, was in irgendeiner Weise übergriffig gewesen wäre.« Sie sieht den zweifelnden Blick Kreuzers und fügt hinzu: »Bitte glauben Sie mir. Ich hätte doch nichts davon, wenn ich Sie anlügen würde.«

»Es sei denn, Sie haben selbst etwas zu verbergen. Vielleicht wundern Sie sich, dass sich die Staatsanwältin uns nicht angeschlossen hat. Sie musste dringend weg. Allerdings hat sie mich während Ihrer rührenden Wiedersehenszeremonie mit Leif Mortensen kurz über die neuesten Erkenntnisse informiert. Der anonyme Brief war von Ihnen. Und ich wüsste jetzt gern, warum.«

»Könnte ich ein Glas Wasser bekommen?« Maria braucht dringend einen Moment Zeit, um sich eine Strategie zu überlegen. Ihr ist klar, dass sie sich entweder eine wirklich gute Geschichte einfallen lassen muss oder die Wahrheit erzählen. So unwahrscheinlich diese sich auch anhören wird.

Ganz offensichtlich durchschaut der Kommissar ihr Manöver, denn er ist in Windeseile mit dem gefüllten Glas zurück.

»Jetzt aber Butter bei die Fische«, fordert er energisch.

Maria entscheidet sich für die Wahrheit. Erstens hat Fred Hübner sie auch geglaubt. Und zweitens würde jede andere Version einen neuen Widerspruch zu Hübners Geschichte ergeben. Und wer einmal etwas ausplaudert, tut es auch ein zweites Mal.

»Ich habe tatsächlich jahrelang etwas verdrängt. Aber dabei handelte es sich nicht um sexuelle Übergriffe von wem auch immer, sondern um eine Entdeckung, besser gesagt um die Ahnung von einer Entdeckung, die ich wenige Tage vor dem Verkauf des Watthauses gemacht habe.«

Und dann erzählt Maria Wallot dem Kommissar von dem schimmernden Schädel, den sie bei ihrem Abschiedsrundgang durch den elterlichen Garten im Kompost erahnt hat.

Donnerstag, 4. Februar, 13.12 Uhr, Pizzeria Toni, Westerland

»Die Wallot hatte ein schlechtes Gewissen, weil sie ihre Entdeckung über Jahre verschwiegen hat«, beendet Bastian Kreuzer seinen Bericht von der Vernehmung. Die drei Kommissare sitzen an ihrem angestammten Ecktisch in der Pizzeria. Sie haben ihre Bestellungen bereits aufgegeben, und Bastian musste seine Maxime *erst denken, dann essen* heute gar nicht erwähnen. Nicht nur er, auch die anderen beiden Ermittler brennen darauf, ihre Ergebnisse abzugleichen.

»Ist ja auch ein starkes Stück«, ereifert sich Sven. »Sie hat die polizeilichen Ermittlungen extrem behindert.«

»Zweifellos. Allerdings kann es gut sein, dass der Straftatbestand inzwischen verjährt ist. Ich lasse das prüfen. Wichtiger ist mir aber, dass wir jetzt weiterkommen. Wie war es bei Hansen?«

»Fehlanzeige«, seufzt Silja. »Er war zwar sauer, weil er meint, dass wir seinen guten Ruf beschädigt hätten, aber ansonsten sehr kooperativ. Hat uns sogar seinen Rechner zur Überprüfung mitgegeben.«

»Vielleicht weiß er, wie man Inhalte verlässlich löscht. Oder er hat noch einen zweiten Rechner«, überlegt Bastian.

»Zum Thema verlässlich Löschen kann ich was beisteuern«, meldet sich Sven zu Wort. »Die KTU hat auf Andreas Kaltenbachs Rechner Spuren von kinderpornographischen Seiten gefunden. Sie waren fast vernichtet, aber eben nur fast. Es reicht schon lange nicht mehr, einfach nur auf die *delete*-Taste zu drücken. Ich dachte, das wüsste inzwischen jedes Kleinkind, aber zum Glück ist das nicht so.«

Bastian richtet sich auf. Sein Blick wird wach, die Stimme viel zu laut. »Irgendwelche Übereinstimmungen mit den Seiten, die Lohse besucht hat?«

Sven schaut sich um. Aber niemand in dem zu dieser Jahreszeit nicht sehr vollen Lokal scheint sich für sie zu interessieren. »Jede Menge Übereinstimmungen. Würde mich sehr wundern, wenn die beiden sich nicht regelmäßig ausgetauscht hätten.«

»Beste Freunde eben, hat Kaltenbach ja selbst gesagt«, murmelt Silja.

»Damit haben wir Kaltenbach definitiv am Haken«, erklärt Bastian. »Selbst, wenn wir ihm keinen Totschlag nachweisen können, muss es eine Auseinandersetzung zwischen ihm und Angelika Kaltenbach gegeben haben. Ich nehme mir den spätestens morgen gründlich zur Brust. Es schadet gar nichts, wenn er erst mal noch ein Weilchen in unserer Zelle schmort. Übrigens weisen die Schmauchspuren an Hanns Lohses Hand und an seinem Kopf, beziehungsweise an dem, was davon übrig ist, ziemlich eindeutig auf Selbstmord hin.« Er wendet sich Sven zu. »Wie hat Lohses Tochter eigentlich reagiert?«

»Entsetzt. Vollkommen überrascht. Da war nichts gespielt, wenn du mich fragst. Und sie hat auch vorher keine Anzeichen für eine Depression oder Ähnliches bemerkt. Ihr Vater sei ganz froh gewesen, die Mutter mal eine Weile los zu sein, und habe sich in letzter Zeit häufiger mit alten Freunden getroffen.«

»Besonders gut bekommen ist es ihm nicht«, kommentiert Bastian lakonisch. »Trotzdem müssen wir den Mordverdacht wohl fallenlassen. Kaltenbach hatte im Gegensatz zu Lohse selbst nämlich keine Schmauchspuren an den Händen.«

»Dürfen wir ihn dann überhaupt noch festhalten?« Silja wirkt sehr skeptisch. »Dass er etwas mit dem tödlichen Sturz seiner Lebensgefährtin zu tun hatte, kann ihm niemand nachweisen. Leider hat Bernstein bei Angelika Kaltenbachs Leiche keine untypischen Hämatome gefunden. Nichts, was auf einen Stoß oder einen Kampf hindeuten könnte.«

»Was natürlich nicht bedeutet, dass er sie nicht trotzdem sanft geschubst haben kann. Und das mit den fehlenden Schmauchspuren bei Kaltenbach wissen wir offiziell noch nicht. Der Bericht wird auch noch etwas dauern, dafür habe ich gesorgt«, beruhigt sie Bastian.

»Ist ja alles gut und schön.« Sven beugt sich vor, stützt beide Ellenbogen auf den Tisch und macht ein sorgenvolles Gesicht. »Aber über eines müssen wir uns doch klar sein. Wir fummeln hier mühsam Puzzleteilchen für Puzzleteilchen zusammen, aber das Ganze ist nun mal mehr als vierzehn Jahre her. Alibis sind nicht mehr zu überprüfen, Zeugen oder auch Verdächtige mittlerweile tot. Ich sage nur: Angelika Kaltenbach und Hanns Lohse. Wenn wir nicht irgendjemanden so unter Druck setzen können, dass er gesteht, dann haben wir kaum eine Chance.«

Schon will Bastian etwas entgegnen, aber sein Blick bleibt an Siljas Gesicht hängen. Sie presst die Zähne aufeinander und kneift die Augen zusammen. Bastian kennt diesen Ausdruck nur zu gut. Er nennt ihn innerlich ihren *Stures-Mädchen-Blick*. Natürlich ahnt Silja nichts davon. Sie würde ihm sonst unter Garantie die Augen auskratzen.

Aber Bastian weiß sehr genau, dass bei diesem Blick Vorsicht geboten ist.

»Im Prinzip hast du recht. Allerdings bleibt uns kaum eine andere Wahl. Wir müssen unser Bestes geben, gerade weil die Situation so verfahren ist. Und außerdem wirbeln wir ja schon ordentlich Staub auf. Ein mysteriöser Todesfall und der Selbstmord eines Tatverdächtigen zeugen nicht gerade davon, dass hier alles vorbei und vergessen ist. Im Gegenteil. Wir haben in ein Wespennest gestochen, und jetzt ist da der Teufel los.«

»Und wenn Hanns Lohse der Täter war?«, gibt Sven zu bedenken. »Er hat es nicht gestanden, jetzt ist er tot. Zwar scheint seiner Tochter nichts Verdächtiges aufgefallen zu sein, aber die muss ja nicht alles wissen. Sowie Lohses Ehefrau zurückkommt, können wir sie natürlich auch noch befragen. Aber ehrlich gesagt, habe ich da wenig Hoffnung.«

»Wir müssen anders an die Sache herangehen.« Siljas Stimme ist klar und entschieden. »Bisher haben wir nach allen möglichen Verbindungen unter den Verdächtigen gesucht. Das ist ja auch gut und richtig. Aber wir sollten noch etwas anderes tun. Wir sollten schauen, ob es etwas gibt, das die Opfer verbindet. Wir müssen mit den Eltern des Mädchens aus Husum reden, wir müssen alte Klassenlisten checken, Wohnorte und Verwandtschaftsbeziehungen abgleichen. Falls die Opfer nicht zufällig ausgewählt worden sind, was bei den sonstigen sorgfältigen Planungen des Mörders eher unwahrscheinlich ist, muss es irgendeinen Zusammenhang geben, ein Schema, das dazu geführt hat, dass sich der Mörder ausgerechnet diese drei Mädchen ausgesucht hat. Und dieses Schema müssen wir finden.«

Auffordernd blickt Silja ihre beiden Kollegen an. Ein kurzes Schweigen entsteht. Der Kellner bringt die Getränke. Apfelsaftschorle, Tee, Bier. Silja greift nach ihrer Tasse, Bastian und Sven heben ihre Gläser. Schließlich wischt sich Bastian den Bierschaum vom Mund und sagt nur einen einzigen Satz.

»Du hast recht.«

»Sehe ich auch so«, stimmt Sven zu.

»Soll ich diese Recherchen übernehmen? Ich komme von

der Insel, ich weiß am meisten über unsere Familie und damit über eines der drei Opfer. Wenn es irgendwelche Übereinstimmungen gibt, dann werden sie mir am ehesten auffallen.«

»Okay«, beschließt Bastian knapp. »Du bist ab sofort unsere Opferbeauftragte.«

Silja nickt und schlägt die Augen nieder. Bastian ahnt, wie schwer es für sie sein muss, dieses Wort zu ertragen. Aber sie hat sich ganz bewusst dafür entschieden, diesen Weg zu gehen. Niemand wird sie davon abhalten können.

»Okay, das haben wir geklärt. Aber ich habe noch etwas anderes in Erfahrung bringen können. Vor der Unterhaltung mit der Verlegerin hatte ich ihren Gärtner zu Besuch. Und der hat mir von einer jungen Dame erzählt, die in der Praxis seiner Physiotherapeutin arbeitete oder immer noch arbeitet. Kurioserweise ist ihr Nachname Hansen.«

»Ja und?« Sven zuckt die Schultern.

»Hansen, da müsste es bei dir doch klingeln. Thieß Hansen, der Landschaftspfleger, bei dem ihr gerade wart.«

»Schon klar. Aber warum sollte die Namensgleichheit für uns von Bedeutung sein?«

»Leif Mortensen hat genau dieser Henriette Hansen jedes Jahr Bescheid gesagt, bevor er den Kompost umgesetzt hat.«

»Warum das denn?«

»Er war auch damals schon nicht mehr der Jüngste und hat vorsorglich Termine bei der Physiotherapeutin gemacht.«

»Du meinst, dass die Physiotherapeutin Jahr für Jahr im Voraus wusste, wann der Schädel entdeckt werden könnte.« Silja sitzt plötzlich kerzengerade. Und Bastian kann ein Flackern in ihren Augen sehen, dass ihm fast schon unheimlich ist.

»Sie und jeder andere, der oder die Kontakt zu Henriette

Hansen hatten. Also vermutlich auch unser ach so unschuldiger Landschaftspfleger.«

»Falls sie wirklich verwandt oder bekannt sind oder waren«, mahnt Sven. »Hansen ist ein ziemlich häufiger Name auf der Insel.«

»Und im Himmel ist Jahrmarkt«, mokiert sich Bastian. »Du glaubst wirklich, dass das ein Zufall ist?«

»Ich prüfe das. Und zwar gründlich und sofort.« Sven springt auf.

»Hey, dein Essen, Kumpel«, versucht Bastian, ihn aufzuhalten, und deutet auf den Kellner, der sich gerade mit drei Tellern nähert. Aber Sven schüttelt nur den Kopf.

»Kannst meinen Salat gern als Beilage zu deinem Steak vertilgen. Ich denke, wir sollten jetzt keine Zeit verlieren. Wenn Thieß Hansen tatsächlich etwas mit den Mädchenmorden zu tun hatte, dann ist er spätestens nach unserer Vernehmung gewarnt.«

»Wie du meinst, Kumpel. Henriette Hansen wohnt in Hörnum, so viel habe ich schon herausgefunden. Telefonnummer simse ich dir gleich. Ich habe schon mehrmals versucht, sie zu erreichen. Hat aber bisher nicht geklappt.«

»Ich fahre hin. Irgendjemand wird schon da sein. Ehemann, Kinder, Nachbarn oder die Vermieterin. Ich rede mit denen. Falls sie und Hansen wirklich verwandt sind, erfahre ich von anderen ohnehin mehr als von ihr selbst.«

»Aber denk dran, dass sie mit ziemlicher Sicherheit nichts von ihrer Beteiligung an einer Straftat weiß. Schreck sie besser nicht auf, damit sie niemanden warnen kann. Auch nicht unabsichtlich.«

»Alles klar, Boss.« Sven führt die ausgestreckte Hand zur Stirn und deutet einen Salut an. Dann ist er draußen.

Bastian wendet sich Silja zu und fragt fürsorglich. »Wie geht es dir?«

»Scheiße«, antwortet sie knapp. »Aber da muss ich jetzt wohl durch.«

Donnerstag, 4. Februar, 14.07 Uhr, Nordseeklinik, Westerland

Als es an der Zimmertür klopft, richtet sich Alice Zabriski auf. Nach dem Mittagessen hat sie ein wenig gedöst. Jetzt fühlt sie sich zwar erfrischt, aber auch ein bisschen benommen. Deshalb erkennt sie den Journalisten, der ihr Ghostwriter werden soll, erst mit Verzögerung.

»An Ihre komischen Fahrradklamotten muss ich mich erst noch gewöhnen.«

Fred Hübner lächelt entschuldigend, nimmt den Helm ab und schält sich aus seiner Funktionsjacke.

»Wie geht es der Außenwelt?«, erkundigt sich die Archäologin.

»Sie versäumen definitiv nichts. Der Februar ist furchtbar auf der Insel. Alle freuen sich aufs Biikebrennen am einundzwanzigsten, aber vorher nieselt und stürmt es, und dann nieselt es wieder.« Hübner zieht sich einen Stuhl ans Bett und setzt sich.

»Das kann so aber nicht stimmen. Selbst vor meinem Fenster scheint ab und an die Sonne.«

»Tja, dann muss es wohl an meinem persönlichen Karma liegen. Wenn ich unterwegs bin, werde ich jedenfalls regelmäßig nass.« Er streift mit flachen Händen über seine Hose und präsentiert anschließend die feuchten Handflächen.

»Dafür sind Sie durchtrainiert wie nur was. Andere würden sich freuen, wenn sie Ihre Figur hätten.«

»Sie wollen mich anmachen, oder? Ach nee, sorry, Sie sind ja lesbisch.«

Alice Zabriski lacht laut auf. Sie mag Fred Hübners Humor und seine direkte Art. Und sie mag es, wie er sie aus ihrer Verzweiflung holt. Wobei ihr schon klar ist, dass die starken Medikamente, die sie nach wie vor nimmt, den größten Anteil an ihrer stabilen Verfassung haben.

»Damit sind wir beim Thema. Wie gehe ich mit meinem Lesbisch-Sein um?«

»In Ihren Erinnerungen, meinen Sie?« Fred Hübner weist auf das Diktiergerät, das griffbereit auf ihrem Nachttisch liegt. Als sie nickt, sagt er trocken: »Ganz normal natürlich. Wenn es wichtig ist, reden Sie davon. Wenn es zu intim wird oder zu einer Bekehrungslitanei, schweigen Sie. Im Übrigen bin ich ja genau dafür da, die richtige Balance und das passende Timing im Manuskript herzustellen. Also machen Sie sich am besten überhaupt keine Gedanken darüber. Sie erzählen einfach nur. Ich höre mir das dann an, und wir bestimmen gemeinsam, wie ich Ihre Informationen ordne.«

»Und meine Gefühle, meine Ängste, meine Traumata«, fügt Alice hinzu. »Sind Sie wirklich sicher, dass Sie sich das antun wollen?«

Hübner lächelt beruhigend. »Bin ich. Keine Sorge.« Dann deutet er auf das Diktaphon. »Kommen Sie klar damit?«

»Besser als gedacht. Es ist befreiend, sich alles von der Leber reden zu können. Wobei ich natürlich erst bei den Vorbereitungen zu der Grabung bin. Ist schon befremdlich, sich die Sorglosigkeit und Lockerheit noch einmal zu vergegenwärtigen, mit der dieses Unternehmen begonnen hat.«

»Wenn wir immer mit dem Schlimmsten rechnen würden, würden wir uns gar nichts mehr trauen.« Hübner greift nach ihrer Hand und drückt sie fest. »Nur Mut, Sie schaffen das.«

Im gleichen Augenblick geht die Tür auf. Alice will sich jede Störung durch das Krankenhauspersonal verbitten, doch die Frau, die den Raum betritt, trägt keinen hellen Kittel, sondern eine dunkle Hose und eine weiße Bluse unter dem weiten Kamelhaarmantel.

»Hallo, Frau Wallot, schön, dass Sie auch vorbeischauen«, begrüßt Alice die Verlegerin. Aber diese erwidert ihr Lächeln nicht, sondern geht sofort auf Fred Hübner los.

»Unseren Deal kannst du ab heute vergessen. Das ist dir doch wohl klar.« Ohne eine Antwort des verdutzten Journalisten abzuwarten, wendet sie sich schroff von ihm ab und sagt mit eindringlicher Miene zu Alice: »Ich kann Ihnen diesen Herrn unter keinen Umständen weiter zumuten. Er ist illoyal und intrigant.«

»Moment, Moment, das kann ich erklären.«

»Halt den Mund und verschwinde. Dein Job ist Geschichte.« Die Verlegerin greift nach Hübners Helm und seiner Jacke, um ihm beides in den Schoß zu werfen. Doch Alice Zabriskis energische Stimme hält sie auf.

»Frau Wallot, ich weiß nicht, was sich zwischen Ihnen beiden abgespielt hat. Und ich bin mir ziemlich sicher, dass mich das auch nichts angeht. Aber was ich sehr genau weiß, ist, dass Herr Hübner mein Vertrauen hat. Ihm und niemandem sonst werde ich das Redigieren meiner Erinnerungen überlassen. Und wenn Sie das Produkt unserer Arbeit nicht in Ihrem Verlag veröffentlichen wollen, dann werden wir einen anderen finden.«

In der nachfolgenden Stille ist nur das leise Ticken eines altmodischen Weckers zu hören, der auf dem Nachttisch steht. Und Fred Hübners tiefes Durchatmen. Langsam wendet er sich zu Maria Wallot um.

»Trotzdem möchte ich das, was vorgefallen ist, gern erklären. Auch, um Sie, Frau Zabriski, zu informieren«, sagt er ruhig. »Bitte setz dich, Maria, und hör mir zu.«

Die Verlegerin verdreht die Augen, lässt sich aber auf den unbequem aussehenden Sessel aus Kunstleder fallen, der neben einem niedrigen Tisch am Fenster steht. »Meinetwegen. Aber mach's kurz. Und glaube ja nicht, dass sich irgendetwas an meiner Einstellung ändern wird.«

Fred Hübner umreißt in knappen Sätzen die abendliche Szene mit der Staatsanwältin. Als er sieht, dass sich ein amüsiertes Lächeln auf Alice Zabriskis Zügen zeigt, wird er etwas ausführlicher. Er schließt mit den Worten: »Ich stand also mit meiner Loyalität zwischen zwei ebenso attraktiven wie energischen Damen und konnte folgerichtig nur verlieren.«

»Diese Ziege von Staatsanwältin verdächtigt mich jetzt des Mordes«, zischt Maria Wallot.

»Sie ist impulsiv, aber nicht blöd. Du hast nichts getan, und das wird sie auch einsehen.«

»Du hättest die Klappe halten müssen. Wir hatten eine Abmachung.«

»Ich weiß, und es tut mir leid. Aber das Ganze wird, wie gesagt, keine Folgen für dich haben, da bin ich mir sicher.«

»Jetzt seien Sie mal nicht so«, unterbricht Alice den Dialog. »Herr Hübner hat sich entschuldigt, und das klang durchaus glaubhaft, finden Sie nicht? Ich habe die Geschichte mit dem Skelettfund ein wenig verfolgt.« Sie deutet auf zwei Tageszeitungen, die neben dem Wecker und unter dem Diktaphon auf ihrem Nachttisch liegen. »Ist doch klar, dass die Ermittler auf dem Schlauch stehen und selbst eine routinierte Staatsanwältin nervös wird. Nehmen Sie's nicht persönlich. Vielmehr sollten wir Herrn Hübner die Daumen drücken, was eine Versöhnung angeht.«

»Ich weiß echt nicht, ob ich dafür zur Verfügung stehe«, grummelt Maria Wallot. Sie hört sich bereits weniger zornig an.

»Gib dir einen Ruck, und denk an unser Projekt. Und glaub mir, Frau Zabriski und ich arbeiten super zusammen. Das Buch wird der Kracher, das sollten wir nicht leichtfertig gefährden.«

Als Alice bestätigend nickt, knickt die Verlegerin ein. »Okay. Es bleibt alles beim Alten.« Sie wendet sich direkt an Fred Hübner. »Allerdings ist für dich die Auszeit im *Landhaus Severin*s* ab heute beendet. Die Fahrt aus Wennigstedt zur Nordseeklinik ist ohnehin kürzer als aus Morsum. Vielleicht gelingt es dir dann auch mal, trocken bei Frau Zabriski anzukommen. Von einem erkälteten Ghostwriter, der womöglich auch noch die zukünftige Starautorin unseres Verlages ansteckt, hat nämlich niemand etwas.«

Donnerstag, 4. Februar, 16.40 Uhr, Physio-Praxis Strandstraße, Hörnum

Sven Winterberg stellt seinen Wagen auf dem Supermarktparkplatz ab und steigt aus. Es nieselt immer noch, auf dem feuchten Asphalt liegen zwei Bananenschalen und ein durchgeweichter Eierkarton, die vermutlich der Wind aus den überquellenden Müllcontainern an der Supermarktrückseite gefegt hat. Trotz der Kälte nimmt Sven beim Vorbeigehen einen leichten Geruch nach Verwesung wahr und fragt sich unwillkürlich, ob es im Sylter Süden jetzt ebenso wie im Süden Italiens ein Müllproblem gibt.

Doch nachdem er den schmalen Durchgang zur Strandstraße passiert hat, klärt sich die Luft. Vom Wasser weht eine steife Brise herüber und vertreibt jede Erinnerung an schlechte Gerüche. Die schmucken Reihenhäuser auf der rechten Seite sehen selbst im Nieselregen adrett und sauber aus. Links stehen Ein- und Zweifamilienhäuser, das Praxisschild der Physiotherapeutin ist nicht zu übersehen. Grelles Hellgrün weist auf den Eingang an der Rückseite des Backsteingebäudes.

Im Inneren der Praxis ist es gemütlich warm, es riecht nach Massageöl und Desinfektionsmittel. Zwei ältere Herren warten auf Lederstühlen auf ihre Behandlung. Hinter dem Tresen aus Vollholz sitzt eine dralle Mitdreißigerin und telefoniert. Sven sucht vergeblich nach einem Namensschild an ihrem Kittel, während er wartet, bis sie sich verabschiedet hat. Dann spricht er sie an.

»Frau Hansen?«

»Das bin ich. Was kann ich für Sie tun?« Ihre Stimme ist ungewöhnlich tief.

»Sven Winterberg von der Kriminalpolizei Westerland. Ich war gerade bei Ihnen zu Hause und habe von der Nachbarin erfahren, wo Sie arbeiten.«

Sie wirft einen Blick zu den beiden Wartenden hinüber. Dann senkt sie die Stimme. »Und was wollen Sie von mir?«

»Ich brauche nur ein paar Auskünfte. Keine Sorge, es liegt nichts gegen Sie persönlich vor.«

»Das würde mich auch wundern«, gibt sie schnippisch zurück. »Aber fragen Sie mal los. Wir müssen ja hier nicht rumschreien.«

»Sie haben früher bei Heinke Aurich als Praxishilfe gearbeitet. Das ist doch richtig, oder?«

»Ich habe dort meine Ausbildung als medizinische Fachangestellte gemacht. Das ist jetzt achtzehn Jahre her. Danach hat Frau Aurich mich übernommen. Ich habe mich bei ihr immer wohl gefühlt.«

»Und warum arbeiten Sie nicht mehr dort?«

Sie zuckt die Schultern. »Nach meiner Hochzeit und dem ersten Kind wollte ich lieber näher an unserer Wohnung arbeiten.«

»Verstehe. Seit wann wohnen Sie hier in Hörnum?«

»Seit elf Jahren. Ist das verboten?« Langsam schleicht sich Misstrauen in Henriette Hansens Stimme.

Sven lächelt beruhigend. »Überhaupt nicht. Und darum geht es auch gar nicht. Mich interessiert vielmehr die Frage, wie sich eine Information verbreiten konnte, über die Sie während ihrer Zeit bei Frau Aurich verfügt haben.«

»Geht's ein bisschen genauer?«

»Gern. Erinnern Sie sich an einen Patienten namens Leif Mortensen?«

Henriette Hansen denkt kurz nach und schüttelt dann den Kopf. »Nee, tut mir leid.«

»Er hat als Gärtner gearbeitet und sich einmal im Jahr auf Krankenschein massieren lassen.«

»Ja, und?« Sie zuckt die Schultern. »Was ist daran ungewöhnlich? Gartenarbeit kann ein ganz schöner Knochenjob sein.«

»Ich weiß.« Sven lächelt verbindlich. Es ärgert ihn, dass Henriette Hansen so abweisend ist, und er fragt sich, ob sie dafür vielleicht gute Gründe hat. »Leben Ihre Eltern eigentlich auch auf der Insel?«

»Die Eltern, die Geschwister, alle Onkel und Tanten, Cousins und Cousinen. Wir lassen uns nicht vertreiben, wir sind echte Sylter und bleiben das auch«, erklärt sie trotzig.

»Sehr sympathisch. Das sehe ich genauso. Da fällt mir ein: Thieß Hansen, der langjährige Sylter Landschaftspfleger. Gehört der auch zu Ihrer Familie?«

»Onkel Thieß, ja klar. Hat er was ausgefressen?«

»Nein, keine Sorge. Das war nur eine spontane Assoziation. Den Namen Hansen gibt's ja ziemlich häufig.«

Ein skeptischer Blick aus klaren blauen Augen trifft Sven. Dann steht Henriette Hansen auf und kommt hinter ihrem Tresen hervor.

»Tun Sie nicht so harmlos. Sie wollen doch auf irgendwas Bestimmtes hinaus. Kommen Sie mal mit nach hinten, und dann reden wir Klartext.«

Die Sprechstundenhilfe schenkt den beiden wartenden Patienten ein beruhigendes Lächeln und führt Sven in eine kleine Teeküche. Sie lehnt sich mit dem Rücken gegen den Kühlschrank und sieht ihn an.

»So, jetzt mal raus mit der Sprache. Was wollen Sie wirklich wissen?«

»Mir wäre zunächst wichtig, dass Sie sich an Leif Mortensen erinnern«, beginnt Sven und beschreibt den Gärtner möglichst genau. »Das Kuriose war, dass er in jedem Frühjahr vorsorglich einen Termin bei Ihrer Chefin gemacht hat, also bevor er Beschwerden bekam.«

»Das kann ich mir kaum vorstellen.«

»Er hat jedes Frühjahr die Komposthaufen auf den von ihm betreuten Grundstücken umgesetzt, da ist ein mittelschwerer Hexenschuss unter Umständen vorprogrammiert.«

Henriette Hansen muss unwillkürlich lachen. »Da sagen Sie

was. Das kenne ich sogar aus eigener Erfahrung. Und warten Sie mal … doch, jetzt dämmert es bei mir. Mortensen, Leif? Ja klar, da hätte ich schon früher draufkommen können. Hager und wortkarg war er, hatte aber einen ziemlich trockenen Humor. Sehr sympathischer Patient, hat mir manchmal Schokolade mitgebracht. Eigentlich sogar jedes Mal, wenn er kam.« Sie runzelt die Stirn. »*Für meine süße Deern was Süßes*, sagte er immer. Damals kam mir das ganz normal vor, heute würde das vermutlich unter *me too* fallen.«

»Vielleicht haben Sie es deshalb verdrängt«, schlägt Sven vor.

Sie zuckt die Schultern. »Ist das wichtig?«

Die Frage klingt harmlos, aber ihr prüfender Blick sagt Sven, dass sie längst ahnt, worum es bei dieser Unterhaltung eigentlich geht. Also beschließt der Kommissar, den Stier bei den Hörnern zu packen.

»Frau Hansen, ich bin froh, dass Sie sich nun doch erinnern können. Und ich möchte Sie inständig bitten, ihr Gedächtnis noch einmal gründlich zu befragen. Dieses regelmäßige vorsorgliche Termin-Machen von Herrn Mortensen, das könnte doch auch ein Gesprächsstoff innerhalb der Praxis gewesen sein.«

Henriette Hansen lacht laut auf. »Ja klar. Natürlich haben wir darüber geredet. War ziemlich clever von ihm, so vorzugehen.«

»Und kann es sein, dass Sie auch im Familienkreis darüber geredet haben?«

»Also, Herr Kommissar, das Ganze ist vierzehn oder fünfzehn Jahre her, stimmt doch, oder? Sie schneien ja nicht zufällig hier rein, und stellen ein paar belanglose Fragen, weil Sie sonst nichts zu tun haben. Es geht Ihnen um den Schädel und das Skelett, das Sie in Morsum gefunden haben. Glauben Sie vielleicht, das wüsste ich nicht? So viel ist im Februar auf der Insel nicht los, da ist das *das* Gesprächsthema.«

Henriette Hansen stößt sich vom Kühlschrank ab, ihre Gestalt strafft sich, und ihre Stimme bekommt etwas Missbilligendes.

»Hätten Sie nicht von Anfang an sagen können, warum Sie hier sind? Fragen mich zu meinen Verwandten aus und tun dabei ganz harmlos. So läuft das nicht. Selbst wenn ich etwas wüsste, würde ich es Ihnen nicht verraten. Aber ich weiß nichts. Und um Ihrer Frage zuvorzukommen: Ich habe nicht die geringste Ahnung, ob ich damals im Familienkreis von Leif Mortensens Verhalten erzählt habe. Kann durchaus sein. Aber eines kann ich Ihnen versichern. Ich hätte ganz bestimmt keinen Namen genannt. Denn das bekommen wir in der Ausbildung gleich als Erstes eingebläut. Diskretion ist alles. Und daran halte ich mich bis heute. Jetzt entschuldigen Sie mich bitte, ich habe zu tun.«

Donnerstag, 4. Februar, 17.05 Uhr, Haus am Dorfteich, Wenningstedt

Als Fred Hübner von seinem Rennrad steigt, wartet das Taxi schon vor der Tür. Der Fahrer hebt Freds Koffer aus dem Wagen, nimmt dankend sein Trinkgeld entgegen und reicht ihm die Quittung über die Leerfahrt von Morsum nach Wennigstedt.

Fred schließt die Haustür auf, verstaut sein Rad und trägt den Koffer in die Maisonette. Drinnen ist es kalt und dunkel. Die Räume wirken ungemütlich, alles fühlt sich fremd an.

Fred dreht die Heizung hoch und macht sich anschließend ans Auspacken. In seinem Schlafzimmer hält er verwirrt inne. Es kann doch nicht sein, dass es hier immer noch nach Elsbeths Parfüm riecht. Er rechnet nach. Mitte Januar war sie zum letzten Mal bei ihm auf der Insel. Das ist jetzt drei Wochen her. Auch wenn man bedenkt, dass in den letzten Tagen nicht gelüftet worden ist, kann sich ein Geruch eigentlich nicht so lange halten. Oder doch?

In jedem Fall ist es eine echte Herausforderung für Fred, sich mit dem Duft seiner Liebsten in einem Raum aufzuhalten, ohne dass sie gleichzeitig anwesend ist. Dass es sich bei dem Raum um sein Schlafzimmer handelt, macht es nicht besser.

Während er schmutzige und saubere Wäsche trennt, die Waschmaschine befüllt, sich zwischendurch einen Espresso genehmigt und den Inhalt des Tiefkühlfaches inspiziert, denkt er über sein Leben nach. Durch den Job als Ghostwriter ist seine finanzielle Zukunft vorerst gesichert. Er rechnet damit, dass er mit dem Honorar die nächsten zwei Jahre auskommen kann, wenn er keine großen Sprünge macht und vielleicht ab und an ein journalistischer Zusatzauftrag hereinsegelt.

Anders sieht es mit seinem Privatleben aus. Spätestens nach dem amüsanten, aber völlig unnötigen Flirt mit Maria Wallot hat er gemerkt, wie wichtig ihm Elsbeth ist. Und auch ihr kann er nicht ganz gleichgültig sein, hätte sie ihn sonst zu dem Rendezvous in der Bar des Hotel *Stadt Hamburg* empfangen?

Er hat's vergeigt, okay, aber das heißt ja noch nicht, dass Elsbeth es schafft, ihn sich von einem Tag auf den anderen aus dem Herzen zu reißen. Hofft er jedenfalls. Die Frage ist nur, wie er sich wieder ins Spiel bringen kann. Es muss etwas Besonderes sein, so viel ist klar. Er muss sie überrumpeln, erstaunen und überzeugen. Aber wie soll er das anstellen?

Fred macht sich noch einen zweiten Espresso. Inzwischen ist es leidlich warm in der Wohnung, so dass er es wagt, eine Pizza in den Ofen zu schieben und sich kurz auszuruhen. Sein Blick fällt auf das Festnetztelefon. Immer wieder wollte er es abmelden, war dann aber zu träge dazu. Er benutzt den Anschluss fast gar nicht mehr, kann sich aber noch erinnern, dass er die Rufnummerunterdrückung nie hat abschalten lassen.

Langsam nimmt ein Plan in seinem Kopf Gestalt an. Als Erstes muss er in Erfahrung bringen, wo sich Elsbeth zurzeit aufhält. Leider hat sie das bei ihrem kurzen Date in Westerland nicht verraten. Aber vielleicht sind die Zimmer im *Stadt Hamburg* Anfang Februar sogar bezahlbar. Falls sie dort logieren sollte, wäre es für Elsbeth naheliegend gewesen, als Treffpunkt die Hotelbar vorzuschlagen. Dumm nur, dass der Hotelportier niemandem Auskunft über die anwesenden Gäste geben wird.

Es sei denn, die Kriminalpolizei riefe an.

Fred denkt ein paar Minuten über seine Optionen nach.

Er weiß genau, dass sein Vorhaben riskant ist. Wenn Bastian Kreuzer Wind von der Geschichte bekommt, kann er sich auf etwas gefasst machen. Und auch Elsbeth könnte die Aktion leicht in den falschen Hals bekommen. Doch was soll er tun? Er hat keine Wahl.

Also beschließt Fred, das Risiko einzugehen, und ruft beim Empfang an.

Als sich eine freundliche Frauenstimme meldet, lässt Fred seine Stimme so gehetzt wie möglich klingen. »Kreuzer hier, Kripo Westerland. Ich kann Frau von Bispingen seit zwei

Stunden nicht auf ihrem Handy erreichen. Können Sie bitte prüfen, ob sie in ihrem Zimmer ist. Es ist außerordentlich dringend.«

»Es tut mir sehr leid, aber wir geben prinzipiell keine Informationen über unsere Gäste am Telefon heraus.«

Die Stimme klingt nicht besonders entschieden, eher zögerlich. *Mit etwas mehr Druck könnte es funktionieren*, überlegt Fred.

»Haben Sie mir nicht zugehört? Ich bin der ermittelnde Hauptkommissar und muss dringend die Staatsanwältin sprechen. Meinetwegen können Sie ihr auch gern ausrichten, dass sie mich zurückrufen soll.«

»Wie war noch mal der Name?«

»Kreuzer, Bastian. Ich verlasse mich darauf, dass Sie Frau von Bispingen informieren. Und zwar umgehend.«

»Bitte bleiben Sie in der Leitung, ich stelle durch.«

»Danke«, sagt Fred und wartet, bis er das erste Klingeln hört, dann legt er auf.

Elsbeth logiert also im *Stadt Hamburg.* Mehr muss er fürs Erste nicht wissen.

Donnerstag, 4. Februar, 19.22 Uhr, Braderuper Weg, Kampen

Leise und vorsichtig schließt Anja Winterberg die Tür zum Zimmer ihres Jüngsten. Seit ein paar Tagen ist der kleine Max aufgedrehter als üblich und wacht auch in den Nächten häufiger auf. Er bekommt Zähne, vielleicht liegt es daran, überlegt Anja. Aber vielleicht spürt er auch die Unruhe, die über dem häuslichen Umfeld liegt.

Anja geht langsam die alte Holztreppe hinunter und bemüht sich, die knarrenden Stufen auszulassen. Unten wartet Sven in der Küche auf sie. Er hat zwei Kerzen angezündet und öffnet gerade eine Flasche Weißwein.

»Gibt's was zu feiern?«, fragt sie überrascht.

»Das Übliche. Unsere Familie im Allgemeinen. Und dich im Besonderen. Du machst das toll mit Mäxchen.«

Anja lächelt und setzt sich zu ihm. Sie wartet, bis er den Wein eingeschenkt hat, dann hebt sie ihr Glas. »Auf uns!«

»Noch zwanzig Tage, dann wird der Kleine ein Jahr alt. Ist das nicht unglaublich?«, murmelt Sven.

»Ein schönes, aber auch sehr anstrengendes Jahr. Jetzt lallt er schon die ersten Worte, und im Oberkiefer blitzt ein Zahn. Ich habe das Gefühl, dass ich das alles bei Max viel bewusster erlebe als damals bei Mette.«

»Vielleicht, weil damals alles neu war. Jetzt können wir es besser einordnen.«

Anja nickt nachdenklich. »Außerdem wissen wir genau, dass es unwiderruflich das letzte Mal ist.«

Sie erinnert sich genau an ihre eigene Unsicherheit, als sie im vorletzten Jahr feststellte, dass sie noch einmal schwanger geworden war. Der Gefühlscocktail aus Freude und Angst war ziemlich heftig. Sie würde eine klassische Spätgebärende mit allen damit verbundenen Risiken sein. Doch zum Glück ist alles gutgegangen. Und jetzt ist Anja zwar manchmal erschöpfter als die jungen Mütter, aber dafür auch erfahrener.

Plötzlich fliegt die Tür auf, eine atemlose Zwölfjährige platzt herein. »Hi, Mamapapa, alles gut?« Mette Winterberg reißt sich die Mütze vom Kopf und zerrt am Reißverschluss ihrer Daunenjacke.

»Wir haben gerade von dir gesprochen.«

Betont unauffällig klopft Sven auf sein Knie. Es ist noch gar nicht lange her, da hat Mette diese unausgesprochene Einladung immer gern angenommen und sich auf seinen Schoß gesetzt. Aber diese Zeiten scheinen endgültig vorbei zu sein. Mette bleibt stehen und stemmt die Arme in die Seiten.

»Habt ihr schon Abendbrot gegessen? Bei Bella gab's Nudeln mit Tomatensauce.«

»Bei uns Brote. Und Brei für Mäxchen. Hast du dich bei Bellas Mutter für die Einladung bedankt?«, will Anja wissen.

»Standard. Ich soll euch grüßen und fragen, ob ihr mal wieder zum Kaffee kommen wollt.«

»Ich rufe Sigrid morgen an. Was ist mit deinen Hausaufgaben?«

»Haben Bella und ich schon erledigt. Gleich nach der Chorprobe. Kann ich noch fernsehen?«

Sven schaut auf seine Uhr. »Bis acht maximal. Dann geht's ab ins Bett.«

»Och nee. Bella darf bis halb neun.«

»Acht Uhr. Mein letztes Wort.«

Leise maulend verzieht sich Mette ins Wohnzimmer. Kurz darauf ist die Titelmelodie einer beliebten Soap zu hören.

»Ein bisschen leiser, wenn ich bitten darf«, ruft Sven hinüber ins Wohnzimmer. Dann wendet er sich wieder seiner Frau zu. »Ich hoffe, sie tanzt dir nicht allzu sehr auf der Nase herum. Tut mir leid, dass ich dich in den letzten Tagen so wenig unterstützen konnte.«

»Alles gut. Wie gehen denn die Ermittlungen voran?«

»Mühsam. Eigentlich gar nicht. Immer wenn wir denken, wir haben eine heiße Spur, drehen wir uns im Kreis.«

»Oder jemand stirbt«, setzt Anja hinzu. »Ich finde das ganz schön gruselig.«

»Nicht nur das, es bleibt auch jedes Mal ein unaufgeklärter Rest. Ob Angelika Kaltenbach gestürzt ist oder gestoßen wurde, werden wir wohl nie erfahren. Und ob sich mein alter Chef erschossen hat, weil er es war, der die Mädchen getötet hat, oder nur aus Scham über unsere Entdeckung seiner Kinderpornos, wird vermutlich auch für immer ein Geheimnis bleiben.«

»Es sei denn, es war jemand anderes und ihr findet den wahren Mörder noch.«

Sven nickt, sieht dabei aber ziemlich mutlos aus. »Heute habe ich wieder eine Zeugin befragt, die etwas hätte wissen können. Aber sie wollte oder konnte nichts Konkretes sagen. Nach vierzehn Jahren kann man ihr das noch nicht einmal übelnehmen.«

»Wie geht es Silja? Für sie ist es sicher am schwersten.«

»Sie hält sich großartig.« Sven schenkt Wein nach und schwenkt sein Glas nachdenklich. »Morgen fährt sie nach Husum, das konnten wir ihr nicht ausreden. Sie will mit der Familie des dritten Opfers reden.«

»Sie wird alles Leid wieder aufrühren, das muss ihr doch klar sein.«

»Sicher. Aber sie meint, dass wir nicht nur unter den Verdächtigen nach Verbindungen suchen müssen, sondern auch unter den Opfern.«

Schweigend nippt Anja an ihrem Wein. »Hat das vorher noch niemand getan?«

Sven zuckt die Schultern. »In den Ermittlungsprotokollen steht dazu nicht viel. Und falls mein alter Chef in die Sache verwickelt war, können wir den Aufzeichnungen ohnehin nicht trauen.«

»Was ist eigentlich mit der jetzigen Besitzerin des Watthauses? Irritiert es euch nicht, dass der Schädel in den ganzen letzten Jahren unentdeckt dort liegen konnte.«

»Wir haben natürlich darüber gesprochen. Aber es muss ein Zufall sein. Die These, dass jemand erst in einen Mord verwickelt ist, dann einen Teil des Opfers auf fremdem Terrain begräbt und Jahre später ausgerechnet dieses Grundstück kauft, ist einfach zu gewagt.«

»Und die Verlegerin? Vielleicht war es ihr Vater. Sie muss davon nichts gewusst haben. Oder sie hat es geahnt und deshalb das Haus verkauft. Das würde auch erklären, warum sie sich so bemüht hat, euch inkognito den Hinweis auf den Fundort des Schädels zu geben.«

»Du meinst, sie schämt sich einesteils, will aber andernteils auch zur Aufklärung beitragen«, murmelt Sven nachdenklich. »Natürlich hat Bastian ihr das auch unterstellt. Aber sie muss ihn davon überzeugt haben, dass es anders war.«

»Wie denn?«

»Sie hatte finanzielle Probleme mit ihrem Verlag. Deshalb musste sie das Haus verkaufen. Natürlich zu einem möglichst guten Preis.« Sven verdreht die Augen.

Anja weiß genau, was er jetzt denkt. Der Ausverkauf der Insel schreitet voran. Längst sind die Grundstückspreise in solch astronomische Höhen geklettert, dass kein Sylter sich mehr Eigentum auf der Insel leisten kann. Wem das Grundstück der Eltern nicht rechtzeitig überschrieben worden ist, wie es bei Anja und Sven der Fall war, muss aufs Festland ausweichen.

Als Sven weiterredet, braucht Anja einen Moment, um sich wieder auf seine Worte konzentrieren zu können.

»Du kannst dir sicher vorstellen, was es für den Grundstücksverkauf bedeutet hätte, wenn die Vorbesitzerin ihre Entdeckung öffentlich gemacht hätte. Ein Schädelfund im Kompost! Schlimmstenfalls wäre der Kauf geplatzt, bestenfalls der Preis gedrückt worden. Da gäbe es noch ganz andere, die plötzlich die Klappe gehalten hätten?«

»Trotzdem solltet ihr euch mit dem Vater der Verlegerin beschäftigen. Das eine schließt das andere nicht aus.«

»Hast ja recht. Aber wo anfangen? Er ist tot, seine Frau ist tot. Und die Tochter behauptet, es sei alles ganz anders gewesen. Da sitzen wir auf verlorenem Posten. Die Zeit arbeitet immer gegen einen, bei jeder Ermittlung. Aber bei den Cold Cases ist es viel schlimmer. Da hat die Zeit schon Jahre Zeit gehabt, um es uns endlos schwer zu machen. Und wenn wir Pech haben, stehen wir bald mit leeren Händen da. Ein Skelett, ein Schädel, und niemand, dem wir den Mord nachweisen können.«

»Es gibt da noch eine Sache, die ich nicht verstehe«, murmelt Anja. »Solange das Grundstück von Leif Mortensen betreut wurde, konnte der Mörder davon ausgehen, dass der Schädel unentdeckt bleiben würde. Einmal im Jahr den Kompost umsetzen, das war's, mehr Bewegung gab es nicht. Irgendwie hat der Mörder immer rechtzeitig davon erfahren und den Schädel vorher an sich genommen.«

»Was schon gruselig genug ist«, wirft Sven ein.

»Das hat was von Fetischismus, meinst du nicht?« Anja verzieht das Gesicht.

»Es wäre nicht ungewöhnlich. Denk nur mal daran, dass viele Mörder vom Ort ihrer Tat wie magisch angezogen sind. *Hier ist es geschehen*, sagen sie sich, und indem sie den Ort aufzusuchen, können sie die Tat noch einmal Revue passieren lassen, die Lust wiederempfinden.«

»Hör bloß auf!« Sie schüttelt sich. Doch dann setzt sie noch einmal an. »Was ich sagen wollte, war aber etwas anderes.

Nachdem Maria Wallot das Grundstück verkauft hat, musste der Täter doch die Entdeckung des Schädels fürchten. Warum hat er ihn dann nicht entfernt?«

»Gute Frage.« Sven denkt nach. »Die naheliegendste Antwort wäre natürlich, dass er nichts von dem Verkauf erfahren hat.«

»Aber die ausbleibenden Informationen über Leif Mortensens Kompostaktivitäten müssten ihn stutzig gemacht haben.«

»Das stimmt. Eigentlich hätte der Schädel entfernt werden mussen. Andererseits war der Mord inzwischen schon Jahre her. Und das restliche Skelett immer noch gut versteckt. Die Wahrscheinlichkeit, dass beides wieder auftauchen würde, war nicht sehr groß.«

»Du meinst, Stillhalten war irgendwann die sicherste Methode, unentdeckt zu bleiben.«

»Vermutlich schon. Jede Aktivität verursacht Spuren. Unglaublich viele Täter verraten sich dadurch, dass sie nach der Tat zu viel tun. Es zeugt wahrscheinlich von einer gewissen Intelligenz, dass unser Täter einfach die Füße stillgehalten hat. Gegen jeden anderen Impuls, der natürlich da gewesen ist. Das muss man erst mal schaffen.«

»Dein ehemaliger Chef wird das besser als viele andere gewusst haben«, bemerkt Anja mit tonloser Stimme. »Und jetzt ist er tot, und ihr könnt ihn nicht mehr in die Mangel nehmen.«

»Und ich bin wesentlich schuld daran, dass wir es nicht früher getan haben.« Mit der flachen Hand schlägt Sven auf den Küchentisch. Das Klatschen schallt durch den Raum, die Weingläser wackeln.

Anja beugt sich vor und legt ihre Hand auf die ihres Mannes.

»Du hast auf deine Intuition vertraut. Oft ist das genau das Richtige.«

»Hier nicht.« Sven greift nach seinem Glas und leert es in einem Zug.

Freitag, 5. Februar, 9.20 Uhr, Kriminalkommissariat Westerland

Bastian Kreuzer nimmt seine Freundin und Kollegin Silja Blanck fest in den Arm. Er vergräbt das Gesicht in ihrem duftenden Haar und murmelt: »Ich wünsche dir eine ruhige Fahrt und viel Erfolg. Aber, was noch wichtiger ist: Bitte reg dich nicht unnötig auf. Wenn du merkst, dass die Befragung über deine Kräfte geht, dann brich sie ab. Versprichst du mir das?« Er löst sich aus der Umarmung und blickt Silja fragend an.

»Was sollte das bringen?«, antwortet sie lächelnd. »Du weißt genau, dass ich solch ein Versprechen im Zweifelsfall brechen würde.«

»Ich liebe dich, da darf ich mir doch wohl noch Sorgen um dich machen.«

»Alles, was ich vielleicht erfahren könnte, würde nicht nur zur Aufklärung unseres Falles beitragen, sondern auch zu meiner persönlichen Beruhigung. Zu dem Gefühl, endlich mit der Vergangenheit abschließen zu können. Du weißt besser als jeder andere, wie wichtig das für mich wäre.«

Bastian nickt, dann sieht er auf die Uhr. »Du musst los. Der Zug fährt in fünfzehn Minuten.« Nach einem Blick aus dem Fenster hinüber zum Bahnhof fügt er hinzu: »Ich glaube, da steht er schon. Soll ich mitkommen?«

»Jetzt übertreib mal nicht. Ich bin doch heute Abend wieder da. Kümmere du dich um Kaltenbach. Soll ich unten Bescheid sagen, dass sie ihn hochbringen können?«

Als Bastian nickt, greift Silja nach ihrem schmalen Rucksack und verlässt mit einem kurzen Winken das Büro. Der Hauptkommissar wartet, bis sich die Tür hinter ihr geschlossen hat, dann geht er ans Fenster, beobachtet, wie sie aus dem Haus tritt und mit energischen Schritten in Richtung Bahnhof läuft.

Kurz darauf klopft es, und eine uniformierte Kollegin schiebt Andreas Kaltenbach in den Raum. Er macht ein paar Schritte, dann bleibt er plötzlich stehen. Seine Augen sind leer, die Arme hängen an beiden Seiten seines Körpers herunter wie unbrauchbar gewordene Greifwerkzeuge. Bastian mustert ihn schweigend. Bei dem Gedanken daran, dass es vielleicht genau diese Arme waren, die vor wenigen Tagen Angelika Kaltenbach eine Treppe heruntergestoßen haben, steigt kalte Wut in ihm auf.

»Sie können gern stehen bleiben. Oder Sie setzen sich hin. Ganz nach Belieben«, beginnt der Kommissar unfreundlicher, als beabsichtigt. »Was ich Ihnen zu erzählen habe, wird Sie kaum freuen.«

»Ich habe nichts zu befürchten«, erklärt Kaltenbach. Doch seine Stimme klingt nicht überzeugend.

»Da bin ich mir nicht so sicher. Die Untersuchung Ihres Laptops ist abgeschlossen. Es wird Sie wohl kaum überraschen, was wir gefunden haben.«

»Was denn?« Kaltenbachs Blick ist immer noch leer.

Provozieren lässt er sich schon mal nicht, stellt Bastian bedauernd fest.

»Jede Menge Kinderpornographie. Sie haben das Zeug

zwar gelöscht, auffälligerweise genau in der Nacht, in der Ihre Partnerin sterben musste, aber unsere Techniker konnten die Inhalte wiederherstellen.«

»Und jetzt?«

»Will ich von Ihnen alles über Ihre Verbindung zu Hanns Lohse wissen. Auf dessen Computer haben wir nämlich ebenfalls belastendes Material sichergestellt. Und – Überraschung: Es ist zu großen Teilen mit Ihrem identisch.«

Andreas Kaltenbach seufzt. Dann lässt er sich auf den Stuhl fallen, der gegenüber von Bastians Schreibtisch steht, stützt beide Ellenbogen auf den Tisch und vergräbt das Gesicht in den Händen.

Bastian wartet schweigend. Er weiß genau, wie es aussieht, wenn ein Verdächtiger kurz vor einem Geständnis ist.

»Okay, ich geb's ja zu«, nuschelt Kaltenbach in seine Hände.

»Lauter bitte.« Bastian wartet, bis Kaltenbach aufblickt, dann deutet er auf das Aufnahmegerät. »Ich wüsste gern, was genau Sie zugeben. Und nur zu Ihrer Info: Ich schneide das jetzt mit.«

»Mir egal.« Kaltenbachs Stimme klingt plötzlich bockig. »Mir ist inzwischen so ziemlich alles egal. Nur eines sage ich Ihnen gleich. Ich habe Gitta nie angefasst. Ich habe auch mit Ihrem Tod nichts zu tun gehabt. Und ich habe Geli nicht umgebracht. Nachdem Sie das Skelett gefunden haben und gekommen sind, um alles wieder aufzuwühlen, haben Geli und ich uns gestritten, das ist richtig.«

»Sie sprechen von der Nacht, in der Frau Kaltenbach die Treppe hinuntergestürzt ist?«

Andreas Kaltenbach nickt und beginnt mit niedergeschlagenen Augen zu erzählen. »Geli konnte nicht schlafen, kein Wunder, ist wohl alles bei ihr wieder hochgekommen. Sie hat sich so lange im Bett hin und her gewälzt, bis es mir zu bunt geworden ist. Ich bin aufgestanden und rausgegangen. Und dann hat sie mich nachts am Rechner erwischt.« Er schaut kurz auf, meidet aber den Blickkontakt mit dem Kommissar. »War nicht lustig, was sie da zu sehen gekriegt hat. Ich weiß auch nicht, wie lange sie schon hinter mir gestanden hat, bevor sie losgekeift hat. Ich bin dann aufgesprungen und habe sie rausgedrängt. Ich wollte nicht, dass sie das alles sieht. Ich weiß selbst, dass das Schweinkram ist, aber was soll ich machen, das törnt mich nun mal an.«

Er bricht ab, wirft einen kurzen Blick auf das Aufnahmegerät und sieht Bastian schließlich direkt in die Augen.

»Und dass Hanns das Gleiche wie ich angeschaut hat, ist auch kein Wunder. Immer, wenn einer von uns was entdeckt hat, hat er den anderen informiert. Wir waren befreundet, schon seit der Schulzeit, und wir wussten von unserer Leidenschaft. Wir haben uns geholfen, so macht man das unter Freunden«, erklärt er bockig.

»Und wer sagt mir, dass Hanns Lohse Ihnen nicht auch geholfen hat, einen Mord zu vertuschen? Oder drei Morde?«, fährt Bastian ihn an.

Doch Kaltenbach bleibt ruhig. »Niemand. Außer mir selbst natürlich. Aber mir glauben Sie ja nicht.«

Bastian atmet tief durch. Ihm ist klar, dass er so nicht weiterkommt. Aber immerhin hat er eine Beziehung zu Kaltenbach aufgebaut. Der Verdächtige ist in Redelaune, das gilt es auszunutzen.

»Ich frage mal anders«, setzt der Kommissar neu an. »Nur mal hypothetisch: Wenn einer von Ihnen beiden einen oder auch alle drei Morde begangen hätte, hätte der andere dann davon erfahren?«

»Wie meinen Sie das?«

»Ganz einfach. Es geht jetzt nicht um die realen Morde. Ich will nur wissen, von welcher Art Ihre Freundschaft war. Wie weit die Offenheit ging. Also angenommen, einer von Ihnen hätte gemordet. Hätte er das dann dem anderen erzählt?«

Kaltenbach schweigt und guckt verwirrt. Bastian ist froh darüber, dass er nicht zu erraten scheint, was hinter dieser Frage steckt und wie viel von einer Antwort abhängen könnte. Denn bisher ist weder auszuschließen, dass einer der beiden der Mörder war, noch dass es Aufnahmen dieses Mordes geben könnte, sogenannte Snuff-Videos, die auf dem Schwarzmarkt zu Höchstpreisen gehandelt werden. Und wenn die beiden ohnehin schon strafbares Material ausgetauscht haben, dann könnten sie theoretisch auch mit Aufnahmen gehandelt haben, die zeigen, wie eines der Mädchen ermordet wurde.

»Also was ist? Hätten Sie sich gegenseitig auch einen Mord gestanden? Oder ging die Vertrautheit doch nicht so weit?«

Andreas Kaltenbach schreckt auf, reibt sich die Augen, als käme er aus einem tiefen Traum. Nur zu gern wüsste Bastian, was der andere gerade gedacht hat. Mit äußerster Spannung wartet der Kommissar auf die Antwort.

»Keiner von uns hat einem anderen einen Mord gestanden«, erklärt der dann. »Und wenn es so gewesen wäre, hätten wir uns ganz bestimmt nicht gegenseitig verraten.«

»Damit haben Sie aber nicht gesagt, dass Ihr guter Freund Hanns Lohse kein Mörder war.«

»Ganz recht«, antwortet Kaltenbach müde. »Ich weiß nur, dass ich es nicht war. Mehr kann ich dazu nicht sagen.«

Freitag, 5. Februar, 10.11 Uhr, Haus am Dorfteich, Wenningstedt

Fred Hübner stellt die Espressotasse ab und klappt seinen Laptop auf. Sein Entschluss steht fest. Er wird Elsbeth von Bispingen mit einem Geschenk überraschen, das sie umhauen soll. Der Plan ist über Nacht in ihm gereift, viel geschlafen hat er nicht. Der Geruch von Elsbeths Parfüm schien von Stunde zu Stunde intensiver zu werden, und die Gedanken an sie waren auch nicht gerade als Einschlafhilfe geeignet. Als Fred in den frühen Morgenstunden doch noch zur Ruhe kam, plagten ihn prompt wilde Träume. Irgendwann hat er kapituliert und ist seufzend aufgestanden. Ein kurzer Sprint zum Strand und wieder zurück und eine anschließende ausführliche Dusche haben geholfen, die lähmende Müdigkeit zu vertreiben. Zwei starke Espressi haben das Ihrige dazu getan.

Fred gibt ein paar Suchbegriffe bei Google ein und kopiert sich einige Listen. Es handelt sich ausschließlich um Filmtitel von Liebesfilmen. Besonders phantasievoll findet er sie nicht, aber darum geht es auch gar nicht. Im Gegenteil, vielleicht ist eine gewisse Gleichförmigkeit sogar von Vorteil, überlegt er. Denn sein Plan beruht darauf, dass er Versatzstücke aneinandermontiert, die anschließend einen umwerfenden Effekt haben. Nicht die Teile sind entscheidend, sondern das Ganze.

Es dauert keine halbe Stunde, dann hat Fred einen Text zusammengestellt, der fast nur aus besagten Filmtiteln besteht und Elsbeths verhärtetes Herz zum Schmelzen bringen soll. Insgesamt ging es einfacher, als er es sich vorgestellt hatte, fast ist er enttäuscht.

Da bildet man sich jahrelang wer weiß was auf die eigenen Fertigkeiten in punkto Sprache ein, und plötzlich gelingt einem ein beschwörender Liebesbrief aus Floskeln, spottet Fred innerlich.

Er überfliegt seinen Text noch ein letztes Mal, druckt ihn aus und legt ihn beiseite. Anschließend bestellt er bei Amazon jeden einzelnen der zitierten Filme. Fred kommt auf die stolze Anzahl von vierunddreißig DVDs und ordert zusätzlich sofortigen Versand. Bis so ein Paket auf der Insel ankommt, dauert es manchmal etwas länger, und heute ist schon Freitag. Aber wenn er Glück hat, schafft die Post es noch bis morgen. Dann könnte er Elsbeth schon am Wochenende im Hotel *Stadt Hamburg* überraschen. Oder überraschen lassen, wie er sich schnell korrigiert. Denn vermutlich wird es besser sein, wenn er zunächst nicht persönlich dort auftaucht.

Aber womit soll er sich die Zeit bis dahin vertreiben? Schon jetzt ist die Unruhe kaum zu ertragen. Am liebsten würde er sofort etwas unternehmen. Fred schließt den Laptop und greift nach der Tüte mit den Croissants, die er auf dem Rückweg vom Strand gekauft hat. Dann legt er die Tüte wieder hin. Er hat bereits zwei der drei Teilchen gegessen und ist längst satt, er will auch keinen Espresso mehr, er ist einfach nur angespannt, ungeduldig und zutiefst frustriert darüber, dass ihm wohl nichts anderes übrig bleibt, als abzuwarten, bis die Post das DVD-Paket zugestellt hat.

Was aber, wenn Elsbeth inzwischen die Insel verlassen sollte? Nein, beruhigt er sich, das ist so gut wie ausgeschlossen. Schließlich befinden sich die Ermittlungen in einer heißen Phase. Längst hat Fred von dem Selbstmord des ehemaligen Hauptkommissars erfahren. Da liegt die Annahme nahe, dass dieser Hanns Lohse damals erhebliche Ermittlungsfehler zu verantworten hatte. Warum, wenn nicht aus Scham, sollte er sich umgebracht haben? Die Ermittler müssen also auf etwas gestoßen sein, das Lohse damals übersehen hat. In so einer Situation würde sich Elsbeth nie und nimmer aus den Ermittlungen ausklinken, so sauer sie auch auf ihn sein mag.

Es ist ein merkwürdiges Gefühl, aber zum ersten Mal ist Fred dem Team um Bastian Kreuzer von ganzem Herzen dankbar für seinen Einsatz.

Freitag, 5. Februar, 12.08 Uhr, Kriminalkommissariat Westerland

Bastian Kreuzer tigert in seinem Büro auf und ab. Die Auswertung der pornographischen Inhalte von Kaltenbachs Laptop hat nicht nur eine weitgehende Übereinstimmung mit den Fotos und Filmen von Hanns Lohse ergeben, sondern auch zu einer weiteren Erkenntnis geführt. Nirgendwo in dem Material waren die Gesichter der drei Mordopfer zu erkennen, was bedeutet, dass die Morde mit großer Wahrscheinlichkeit nicht gefilmt worden sind. Inzwischen haben auch die Kollegen vom Landeskriminalamt in Nordrhein-Westfalen die Fotos durch ihr System laufen lassen. Ebenfalls ohne Erfolg. In sämtlichen sichergestellten Bildern und Filmen von sexuellem Missbrauch Minderjähriger tauchen die drei Mädchen nicht auf. Mit ziemlicher Sicherheit hat also niemand die Morde gefilmt. Das heißt zum einen, dass die Taten nicht aus kommerziellen Interessen begangen worden sind. Zum anderen bedeutet es leider auch, dass auf zusätzliche Indizien aus der Auswertung irgendwelchen Materials nicht zu hoffen ist. Bastian, Sven und Silja sind weiterhin auf sich allein gestellt, konfrontiert mit einem vierzehn Jahre alten Skelett und einem Schädel, dem drei Zähne fehlen.

Sie haben drei Verdächtige, von denen einer sich umgebracht hat, nachdem er vermutlich jahrelang die Ermittlungen verschleppt hat, einer vielleicht seine Lebenspartnerin auf dem Gewissen hat und der dritte Zugang zu Informationen hatte, die es ihm erlaubt haben könnten, den Schädel einer der Toten über Jahre zu verstecken. Und der dazu noch aufgrund seiner Tätigkeit als Landschaftsschützer die Entdeckung des Skeletts verhindern konnte.

Eigentlich keine so ganz schlechte Ausgangslage. Trotzdem ist alles verworren, und nichts geht voran. Falls nicht Silja bei ihrem Gespräch mit der dritten Opferfamilie noch auf entscheidende Hinweise stößt, sieht Bastian schwarz für einen erfolgreichen Abschluss der Ermittlungen. Natürlich hat er Silja das nicht gesagt, denn unabhängig von ihren Erfolgsaussichten scheint es für sie persönlich wichtig zu sein, dieses Gespräch zu führen. Er hofft nur, dass sie es psychisch durchhalten wird. Und dass ihr die nötige Zeit bleiben wird. Denn vermutlich wird es nicht mehr lange dauern, bis die Bispingen anordnen wird, die Ermittlungen ein zweites Mal einzustellen.

Das Klingeln seines Handys unterbricht Bastians Überlegungen. Ein Blick aufs Display lässt ihn befürchten, dass es bereits so weit sein könnte.

»Frau von Bispingen, hallo. Mit Ihrem Anruf habe ich fast schon gerechnet.«

»Davon gehe ich aus«, antwortet sie knapp. »Die Dame an der Rezeption hier im *Stadt Hamburg* sagte, Sie wollten mich dringend sprechen.«

»Moment mal. Das muss ein Missverständnis sein. Ich habe

mich nicht bei Ihnen gemeldet. Außerdem hätte ich doch nicht im Hotel, sondern direkt auf Ihrem Handy angerufen.«

»Das dachte ich mir schon«, erklärt die Staatsanwältin, wobei sich ihre Stimme irgendwie belustigt anhört. »Ich wollte nur sichergehen. Es gibt also nichts Neues?«

»Nicht wirklich. Kaltenbach sitzt zwar noch bei uns in der Zelle, aber er ist störrisch wie ein Esel. Wir können ihm jede Menge kinderpornographische Inhalte auf seinem Rechner nachweisen, die er inzwischen gelöscht hat. Aber keinen Mord.«

»Dann verfolgen Sie die Pornographie-Spur. Es wird allerdings auf eine Geld- oder Bewährungsstrafe hinauslaufen. Die Düsseldorfer Kollegen sind bei ihren Recherchen nicht fündig geworden. Zumindest in der einschlägigen Szene scheint Kaltenbach ein unbeschriebenes Blatt zu sein.«

»Was heißt das für uns?«

»So leid es mir tut: Wir haben keinen Grund, ihn weiterhin festzuhalten.«

»Ihr Ernst?«

»Absolut. Wir leben in einem Rechtsstaat, hier gilt die Unschuldsvermutung. Schon vergessen?«

»Natürlich nicht«, seufzt Bastian. »Also gut. Ich lasse ihn laufen.«

»Sollte wider Erwarten doch noch Bewegung in die Sache kommen, melden Sie sich?«

»Selbstverständlich.« Bastian holt Luft, um noch etwas hinzuzufügen, die Lage zu klären, aber dann ist die Verbindung weg. Elsbeth von Bispingen hat einfach aufgelegt. *Was war das denn?*, fragt er sich.

Doch bevor er weiter über den merkwürdigen Anruf nachdenken kann, öffnet sich die Bürotür, und ein aufgeregter

Kollege stürzt herein. In der Hand schwenkt er einen dicken Umschlag aus braunem Papier. Bastian zieht die Brauen hoch.

In triumphierenden Tonfall verkündet der Kollege: »Post von einem Toten. Der Exchef hat geschrieben.«

»Hanns Lohse?«

»Jepp. Muss gestern in Archsum eingeworfen worden sein.«

Als Bastian die Hand ausstreckt, um den Brief entgegenzunehmen, sieht er, wie seine Hand zittert. Kommt jetzt doch noch Bewegung in den Fall? Ist der ehemalige Hauptkommissar wenigstens so anständig gewesen, ein posthumes Geständnis abzulegen?

Mit fliegenden Fingern reißt Bastian den Brief auf. Dass der uniformierte Kollege wie angewurzelt neben seinem Schreibtisch stehen geblieben ist, schert ihn wenig.

Aus dem Umschlag fallen mehrere Terminkalender, einige Computerausdrucke und ein zweiseitiger handschriftlicher Brief, der mit den Worten *Liebe Kollegen (falls ich das noch sagen darf)* beginnt.

So schnell es ihm möglich ist, überfliegt Bastian den Text. Hanns Lohses Handschrift ist krakelig, einiges ist ausgestrichen oder verbessert, die Zeilen heben sich am Ende der Seite, so dass der Eindruck entsteht, die Worte flögen gen Himmel. Schon nach der ersten Seite wird klar, dass es sich bei dem Brief um das genaue Gegenteil eines Bekennerschreibens handelt. Mehrmals beteuert Hanns Lohse seine Unschuld an den Morden. Niemals, in seinem ganzen Leben nicht ein Mal, so betont er, habe er sich an einer Minderjährigen vergriffen. Nur des Herunterladens und Anschauens der kinderpornographischen Bilder und Videos habe er sich schuldig gemacht. Er bedauere zutiefst, dass er nicht besser in der Lage gewesen sei, seine Neigungen zu kontrollieren.

Bastian kann nicht weiterlesen. Er lässt das Papier sinken und spürt, wie ihm kurz übel wird. Dann hat er sich wieder unter Kontrolle. Allerdings lässt er zunächst den Brief beiseite und studiert stattdessen die Computerausdrucke. Es sind alte Dienstpläne, die Hanns Lohses Alibis zu den Tatzeiten ziemlich unzweifelhaft belegen. Zusätzlich sind in den Terminkalendern Verwandtenbesuche und Treffen mit Freunden akribisch verzeichnet.

Bastian versteht plötzlich, dass Lohse in den gesamten vierzehn Jahren, die seit den Morden vergangen sind, damit gerechnet haben muss, auf irgendeine Weise in den Fokus einer Ermittlung zu geraten. Als guter Kriminalist hat er vorgesorgt und alle relevanten Informationen für seine Alibis gesammelt.

Bastian blickt zu dem Kollegen auf, der immer noch neben dem Schreibtisch steht und ihn erwartungsvoll ansieht.

»Nichts. Kein Geständnis jedenfalls. Eher das komplette Gegenteil. Ein fast lückenloser Beweis von Hanns Lohses Unschuld«, sagt er enttäuscht.

»Aber warum hat er sich dann das Leben genommen?«, fragt der Kollege fassungslos.

»Ich bin noch nicht ganz zu Ende«, murmelt Bastian und beginnt, die zweite Seite des Briefes zu studieren. Sie besteht eigentlich nur aus einer einzigen Bitte, die immer wieder mit anderen Worten formuliert und in immer drängenderem Tonfall vorgetragen wird. Es geht um Lohses Ehefrau, seine Tochter und seine Enkelin. Er habe sich durch Selbstmord der Strafverfolgung entzogen, weil er hoffe, dass so sein Andenken nicht beschmutzt werden würde.

»Er will, dass wir den Angehörigen gegenüber die Klappe halten«, fasst Bastian die zweite Seite des Briefes lakonisch zusammen. »Kein Wort über die Pornos, falls möglich. Seine Enkelin soll ihn als guten Opa in Erinnerung behalten. Er hat seiner Frau und der Tochter ebenfalls einen Brief geschrieben, in dem er die Scham darüber, dass er diesen Fall damals nicht aufklären konnte, als Grund für den Suizid angibt. Das möge auch die Version für die Öffentlichkeit sein, so lautet seine letzte Bitte an uns.«

»Ich habe nie geglaubt, dass er es war«, erwidert der Kollege im Brustton der Überzeugung. »Er war ein toller Chef und ein guter Kriminalist.«

»Dann schreiben Sie am besten den Nachruf auf ihn«, kontert Bastian und beordert den Kollegen mit einer unwirschen Geste zur Tür. Als die ins Schloss fällt, etwas lauter als nötig, greift Bastian zum Telefon und klingelt bei Sven durch.

»Wo bleibst du?«

»Bin unterwegs.«

»Beeil dich.«

»Gibt's was Neues?«

»Wie man's nimmt. Wir sollten Kriegsrat halten, bevor Silja zurückkommt und bevor die Bispingen uns die Kontrolle entzieht. Kaltenbach lasse ich jetzt übrigens gehen. Befehl von oben.«

»Gib mir fünf Minuten, dann bin ich da.«

Freitag, 5. Februar, 12.22 Uhr, Am Austieg, Husum

Seit zwanzig Minuten läuft Silja immer dieselbe Strecke ab. Vom Bahnhof über den kleinen Parkplatz, an der Polizeistation vorbei und dann durch die schmale Grünanlage, die zur Innenstadt führt. Zweimal ist sie schon hin- und hergelaufen. Immer wieder hat sie den Blick abwenden müssen, wenn sie an dieser einen bestimmten Stelle vorbeikam, die in der Ermittlungsakte akribisch genau bezeichnet worden ist. Jetzt endlich bringt sie es über sich, stehen zu bleiben.

Hier, unter einem der Sträucher, die sich seitlich des Weges befinden, ist vor etwas mehr als fünfzehneinhalb Jahren die Leiche von Lena Sander gefunden worden. Zwei Kinder hatten Verstecken gespielt und waren plötzlich schreiend zu ihren Müttern gelaufen. Die glaubten den Kleinen zunächst nicht, bis sie dann mit eigenen Augen das übel zugerichtete Mädchen entdeckten. Halb entblößt lag die Tote unter einem Strauch, mit blutverschmiertem Mund und zerfetzter Scheide. Silja hat sich die Fotos der Leiche nur ein einziges Mal angesehen, aber sie ist sicher, dass diese Bilder sie ihr Leben lang verfolgen werden. Die Dreizehnjährige war mehrfach missbraucht und anschließend erdrosselt worden. Man hatte ein paar Faserspuren gefunden, aber weder Fingerabdrücke noch Sperma sicherstellen können. Die Ermittlungen waren ebenso im Sande verlaufen wie beim Tod von Siljas Schwester wenig später.

Und jetzt ist Silja hier, um mit Lena Sanders Eltern zu reden. Theoretisch jedenfalls. Angekündigt ist die Kommissarin für halb eins, aber noch ist sie nicht sicher, ob sie die Unterredung durchstehen wird. Ob sie es wagen wird, alte Wunden wieder aufzureißen und Erinnerungen zu wecken, die womöglich unter größten Anstrengungen in irgendwelchen Hinterzimmern der Psyche verborgen worden sind. Was gibt ihr das Recht, die Eltern von Lena Sander so zu quälen?

Silja ist ganz allein. Sie steht im trüben Licht eines nebligen Tages vor einer spillerigen Strauchgruppe in einer mäßig gepflegten Grünanlage und hadert mit der Welt. Nicht zum ersten Mal denkt sie darüber nach, ob es rechtens ist, traumatisierte Menschen zu benutzen, um das eigene Trauma zu verarbeiten. Wer ist sie denn, dass sie sich so etwas herausnehmen kann? Rechtfertigt ihr Beruf als Kriminalkommissarin dieses Vorgehen? Und schlimmer noch: Hat sie nicht diesen Beruf gerade darum ergriffen, um irgendwann einmal eine Rechtfertigung für genau dieses Vorgehen zu haben? Ist moralisch vertretbar, was sie vorhat?

Natürlich hat sie darüber nachgedacht, wie sie das anstehende Gespräch strukturieren wird. Soll sie überhaupt davon erzählen, dass sie selbst aus einer der betroffenen Familien kommt. Muss sie das vielleicht sogar erwähnen? Oder würde es alles noch komplizierter machen? Wären die Eltern von Lena Sander dann offener oder vielleicht noch gehemmter? Und die wichtigste Frage von allen: Traut sie sich überhaupt zu, vor Fremden über das eigene Trauma zu reden? Könnte sie das mit der nötigen Professionalität durchstehen?

Sie beschließt, diese Frage spontan zu beantworten, und wendet sich von der Stelle ab, an der der Mord vor so langer Zeit geschehen ist. Die Sanders wohnen nur wenige Minuten entfernt in einer Siedlung mit gepflegten zweistöckigen Miethäusern. Als Silja klingelt, geht sofort der Summer. Vielleicht hat das Paar schon angespannt auf ihr Erscheinen gewartet.

Im Treppenhaus riecht es nach Raumduft, Zitrone, Melisse und irgendetwas Süßem. Auf der Fensterbank stehen Terrakottakübel mit Geranien, die im Sommer vermutlich die Balkone zieren. Während Silja die letzten Stufen nimmt, öffnet sich die Wohnungstür der Sanders.

Wie sie es vermutet hat, stehen beide Eheleute in der Tür.

Babette und Hartmut Sander, deren einziges Kind vor mehr als fünfzehn Jahren ganz in der Nähe ermordet worden ist. Warum sind sie nicht weggezogen? Deutet das auf emotionale Stärke, sogar Mut hin? Oder eher auf Mutlosigkeit und Resignation? So viele Fragen, die unbeantwortet bleiben müssen, weil Silja sie niemals stellen wird.

»Sie sind Frau Blanck, die Kommissarin?«

Die Stimme Babette Sanders klingt melodisch und macht die kleine, dralle Frau sofort sympathisch. Ihre Haare sind nachlässig rot gefärbt, aber sie ist sorgfältig gekleidet. Der lilafarbene Schal greift die Farbe des weiten Rocks auf.

Der Ehemann trägt eine Jeans, unter seinem Wollpullover schaut ein kariertes Hemd hervor. Seine Zähne sind schief, aber sein Lächeln ist breit und herzlich.

Silja nickt und reicht den beiden nacheinander die Hand. Dann lässt sie sich in einen gemütlichen Wohnraum führen, der von einem übergroßen Fernseher dominiert wird. Aber es gibt auch Bücherregale und eine Schallplattensammlung. Auf dem Couchtisch stehen eine Tee- und eine Kaffeekanne neben zwei Schälchen mit Gebäck.

Silja wartet, bis Babette Sander eingeschenkt hat, dann nimmt sie sich einen Keks. »Ich bin sehr dankbar dafür, dass Sie bereit sind, mit mir zu reden.«

»Aber das ist doch unsere Pflicht.« Babette Sander klingt erstaunt. »Wir müssen der Kriminalpolizei doch helfen.«

»Schon. Aber es ist natürlich immer schmerzlich, sich zu erinnern.«

»Das tun wir sowieso.« Hartmut Sander, der bisher geschwiegen hat, deutet auf das Foto eines blonden Mädchens mit strahlendem Lächeln, das neben dem Fernseher steht. »Wir denken täglich an Lena.«

»Eher stündlich«, verbessert ihn seine Frau.

»Natürlich«, antwortet Silja beklommen. Zum ersten Mal seit dem Tod der Schwester realisiert sie, dass es für ihre Familie durchaus auch andere Möglichkeiten gegeben hätte, mit dem Furchtbaren umzugehen. Vielleicht wäre Erinnern deutlich besser als Verdrängen gewesen. Vielleicht wäre dann der Zusammenhalt stärker geworden, anstatt zu verschwinden.

»Ich bewundere Ihre Haltung«, beginnt Silja. Sie überlegt kurz, dann entschließt sie sich, alles auf eine Karte zu setzen. Sie wird ihre Verstrickung in den Fall offenlegen. Es ist ein merkwürdiges Gefühl, aber sie hat spontan großes Vertrauen zu dem Paar, das ist gegenübersitzt.

Leise beginnt sie zu erzählen. Keiner der beiden unterbricht sie. Und je länger sie redet, umso mehr Dämme brechen. Plötzlich sprudelt alles aus Silja heraus. Der Zusammenbruch der Mutter, der Rückzug des Vaters in die Demenz, die Abwehrhaltung der Schwestern, ihr eigener Entschluss, zur Kriminalpolizei zu gehen, um zu helfen, aber auch um besser verdrängen zu können.

Als sie fertig ist, herrscht einige Sekunden lang Schweigen. Dann steht Babette Sander auf, kommt zu ihr herüber, setzt sich neben sie aufs Sofa und nimmt sie wortlos in den Arm. Silja spürt, wie die Tränen kommen und lässt es geschehen. Sie weint lange, und als das Schluchzen endlich weniger wird, sagt Hartmut Sander leise: »Das musste aber dringend raus.«

Silja nickt und greift dankbar nach dem Taschentuch, das er ihr reicht. Nachdem sie sich geschnäuzt hat, rückt Babette Sander ein wenig von ihr ab und erkundigt sich vorsichtig: »Warum kommen Sie jetzt erst? Warum hat früher niemand nach Zusammenhängen gesucht?«

Silja berichtet von dem Skelettfund und den Geschehnissen, die dieser auf der Insel ausgelöst hat. Sie schließt mit den Worten: »Wir befürchten, dass damals nicht besonders sorgfältig ermittelt worden ist. Natürlich wissen meine Kollegen und ich, dass nach über fünfzehn Jahren kaum noch eine Chance besteht, den Täter zu finden. Aber trotzdem müssen wir alles versuchen, was in unserer Macht steht. Das sind wir Ihnen schuldig. Und uns auch.«

»Wie können wir dabei helfen?«, will Hartmut Sander wissen.

»Ich suche nach Verbindungen zwischen den drei Opfern«, erklärt Silja. »Alles, was den Täterkreis eingrenzen könnte, ist hilfreich. Wenn wir davon ausgehen, dass alle drei Mädchen vom gleichen Täter getötet worden sind, und dafür gibt es starke Indizien, dann fällt vor allem eines auf: Der Täter hat bei dem Mord an Ihrer Tochter und auch bei dem an meiner Schwester wenig Mühe darauf verwandt, die Leichen zu verstecken. Ganz anders bei dem dritten Mord, der auf Sylt begangen wurde.«

»Ich verstehe allerdings nicht, warum das für ein und denselben Täter sprechen soll …«, setzt Babette Sander an, aber Silja unterbricht sie.

»Wir fanden das zunächst auch irritierend. Unsere These dazu ist inzwischen folgende: Wenn der Täter auf Sylt lebt und die ersten beiden Taten auf dem Festland begangen hat, dann war es für ihn viel wichtiger, sich nach den Morden schnell vom Tatort zu entfernen, als die Leichen verschwinden zu lassen. Auf Sylt dagegen war es entscheidend, dass man die Leiche nicht findet, damit die Ermittler möglichst davon ausgehen sollten, dass das dritte Opfer vielleicht gar nicht ermordet wurde, sondern ausgebüxt ist. Verstehen Sie? Der Täter hat alles getan, damit keine Spur auf die Insel führt.«

»Aber wie können wir Ihnen helfen?« Babette Sander blickt immer noch verständnislos.

Silja senkt die Stimme, sie weiß, dass sie jetzt an dem wichtigsten Punkt des Gesprächs angelangt ist. Die nächsten Minuten entscheiden vermutlich über Erfolg oder Misserfolg ihrer Reise und damit der gesamten Ermittlungen.

»Es ist natürlich möglich, dass der Täter aus Sylt kommend aufs Festland gefahren ist und sich sein erstes Opfer wahllos gesucht hat.« Besorgt mustert die Kommissarin die Eltern Lena Sanders. Nicht jeder Betroffene hält es aus, wenn in solch distanzierender Weise von den eigenen Verwandten gesprochen wird. Aber Babette und Hartmut Sander nicken tapfer und hören weiter aufmerksam zu. »Allerdings hat meine Familie bis kurz vor der Tat noch auf der Insel gewohnt. Es wäre also ein großer Zufall, wenn ein Täter, der seine Opfer zufällig auswählt, ausgerechnet auf ein Mädchen trifft, das einen so deutlichen Bezug zu Sylt hat. Wahrscheinlicher ist es, dass der Täter meine Schwester aus irgendeinem Zusammenhang gekannt hat und sie gezielt gesucht hat.«

»Jetzt verstehe ich«, wirft Babette Sander ein. »Sollte das so gewesen sein, dann müsste man auch bei unserer Tochter nach einer Verbindung zu Sylt suchen … Oder bei uns …« Sie bricht plötzlich ab und schlägt die Augen nieder.

Der Gesichtsausdruck ihres Mannes wird besorgt. Alle Freundlichkeit ist aus seinem Gesicht verschwunden. »Du musst es ihr sagen«, murmelt er.

Energisch schüttelt Babette Sander den Kopf. »Warum diese alte Sache auch noch hervorholen? Das hilft doch nicht weiter.«

»Alles kann helfen, bitte glauben Sie mir das«, beschwört Silja sie eindringlich.

Babette Sander schüttelt noch einmal den Kopf, dann hält sie inne und holt tief Luft. Schließlich stößt sie hervor: »Ich bin selbst als Kind misshandelt worden. Und zwar auf Sylt.«

Silja spürt, wie ihr Herz für einen Moment aussetzt. Atemlos fragt sie: »Wann war das?«

Nach kurzem Nachdenken antwortet Babette Sander: »Vor fünfunddreißig Jahren. Im August. Ich war damals vierzehn und mit meiner Schulklasse im Klappholttal.«

»Was ist passiert?«

»Ich war mit meiner besten Freundin am Strand. Monika. Es war ein heißer, aber auch sehr windiger Sommertag. Wir wollten baden gehen, hatten aber unsere Bikinis nicht dabei. Und fürs Nacktbaden waren wir zu verschämt. Monika ist also zurückgelaufen, um die Badesachen zu holen. Und Handtücher natürlich. Weil es am Strand ziemlich leer war, habe ich mich schon mal ausgezogen. Nicht ganz nackt, nur bis auf das Hemd und das Höschen. Dann habe ich mich in die Sonne gelegt, um auf meine Freundin zu warten. Sie kam aber nicht zurück. Wie sich später herausstellte, hat einer der Erzieher sie gefragt, wo sie hinwill, und ihr dann das Baden wegen der hohen Wellen verboten. Das hat eine Weile gedauert. In der Zwischenzeit war ich am Strand eingeschlafen. Irgendein Geräusch hat mich geweckt. Als ich aufblickte, kniete ein junger Mann neben mir. Er hatte … er hatte eine Erektion. Ich hatte so etwas noch nie gesehen, ich habe geschrien, glaube ich. Dann wollte ich weglaufen. Aber er war schneller. Er hat mich gepackt … und dann … und dann … ist es ganz schnell gegangen.«

»Er hat Sie missbraucht?« Silja kann die Qual, die sich im Gesicht Babette Sanders abzeichnet, kaum mit ansehen.

»Ja, so war es.«

»Haben Sie darüber gesprochen?«

Sie schüttelt den Kopf. »Mit niemandem. Jedenfalls damals nicht. Ich habe mich viel zu sehr geschämt. Man denkt ja immer, man ist selbst schuld. So sind wir doch erzogen worden.«

»Aber Ihr Mann wusste davon.«

Babette Sander blickt zu ihm hinüber und nickt fast unmerklich. »Vor der Hochzeit habe ich das gebeichtet. Ich dachte, er müsse das wissen.«

»Das haben Sie gut gemacht«, sagt Silja tröstend. Es fällt ihr plötzlich sehr schwer, die richtigen Worte zu finden. Die Stärke des Paares imponiert ihr ungemein. Sie kann sich unmöglich vorstellen, woher die beiden die Kraft genommen haben, um nach dieser Erfahrung auch den zweiten Schicksalsschlag zu meistern.

»Sie wussten vermutlich nicht, wer das war, oder?«

»Ich glaube, es war einer der Betreuer damals. Sein Gesicht kam mir irgendwie bekannt vor, als er neben mir kniete. Aber nach dem … also danach habe ich ihn nicht mehr gesehen.«

Silja nickt leicht, dann beißt sie sich auf die Lippen und sucht nach der richtigen Formulierung. Sie greift nach Babette Sanders Hand.

»War er gewalttätig?«

»Sie meinen, ob er versucht hat, mich umzubringen? Also hinterher.«

»Nicht unbedingt. Es wäre auch schon hilfreich zu wissen, ob er Sie währenddessen gewürgt hat beispielsweise. Oder gekniffen. Oder Ihnen sonst wie zusätzliche Schmerzen zugefügt hat.«

»Nein, das hat er nicht.« Babette Sanders Stimme klingt entschieden. »Ich hatte noch nicht einmal einen blauen Fleck oder irgendein anderes Zeichen dafür, dass etwas gegen meinen Willen geschehen ist. Hätte es das gegeben, hätte ich vielleicht den Mut aufgebracht, davon zu erzählen. Aber so dachte ich, dass mir ohnehin niemand glauben würde.«

»Sie sind nicht schwanger geworden?«

Sie schüttelt den Kopf. »Er war offenbar vorsichtig. Hat wahrscheinlich über dem Sand ejakuliert, jedenfalls habe ich mir sein Verhalten nachträglich so erklärt. Dann ist er aufgesprungen und weggelaufen. Es sah aus, als schäme er sich fürchterlich.«

»So sind wir Frauen«, murmelt Silja. »Im Zweifelsfall suchen wir auch noch nach einer Entschuldigung.«

Babette Sander kneift die Lippen zusammen. Tränen treten ihr in die Augen, sie lässt sie laufen.

Leise sagt Silja: »Ich hoffe, Sie wissen, wie wertvoll diese Information für uns ist. Sie haben uns wirklich einen großen Dienst erwiesen. Was wir jetzt brauchen, sind die genauen Daten Ihres Aufenthaltes, die Anschrift Ihrer Schule und falls möglich eine Personenbeschreibung des Vergewaltigers. Wenn er einer der Betreuer gewesen ist, dann war er bereits erwachsen, oder?«

»Höchstens zwanzig, würde ich sagen. Es waren ein paar Abiturienten und Abiturientinnen unter den Betreuern. Wir haben sie natürlich bewundert. Sie standen am Beginn ihres Studiums, waren so etwas wie Vorbilder für uns. Wir wollten so werden wie sie. Selbstbewusst und sicher. Ich konnte einfach nicht glauben, dass das, was er mir angetan hat, böse Absicht gewesen sein sollte. Ich dachte, ich hätte ihn durch meine Nacktheit provoziert.«

»Aber Sie waren nicht nackt, nur in Unterwäsche, das habe ich doch richtig verstanden, oder? Und selbst wenn. Nacktbaden ist auf Sylt keine Sünde. War es auch damals nicht.«

»Ich weiß das alles. Ich habe es mir hundertmal gesagt. Aber so waren meine Gefühle nun einmal.«

»Ich verstehe Sie sehr gut.« Silja beugt sich zu Babette Sander hinüber. Jetzt ist es an ihr, Trost zu spenden. »Ich notiere alles, woran Sie sich erinnern. Und dann finden wir den Kerl, versprochen.«

»Aber das ist doch längst verjährt.«

»Rechtlich schon. Aber wissen wir, was er danach getan hat? Bisher nicht. Und genau darum geht es.«

Freitag, 5. Februar, 14.15 Uhr, Kriminalkommissariat Westerland

»Die Lohse-Spur können wir vergessen«, beginnt Bastian Kreuzer, fasst den Inhalt des Briefes kurz zusammen und wirft Sven Winterberg einen resignierten Blick zu.

Der presst die Lippen aufeinander und fährt sich durch die Locken. Dann setzt er ein schiefes Lächeln auf. »Sehe ich auch so. Aber dafür wird Thieß Hansen interessanter. Er hat nicht nur verhindert, dass das Skelett entdeckt werden konnte, sondern hatte möglicherweise auch Zugang zu Informationen über den Zustand des Komposthaufens. Ich habe dir ja von meinem Gespräch mit seiner Nichte erzählt.«

»Ich erinnere mich.« Bastian klingt mutlos. »Aber manchmal frage ich mich, ob diese ganze Hypothese nicht ziemlich gewagt ist. Würdest du jedes Frühjahr einen Schädel ausgraben, ihn irgendwo zwischenlagern und ihn später wieder eingraben? Das ist doch pervers.«

»Hochgradig pervers. Ebenso wie die Morde an den drei

Mädchen«, entgegnet Sven energisch. »Irgendetwas daran muss dem Täter Lust verschafft haben. Aber wir sind nur dafür da, diesen Täter endlich zu finden, nicht dafür, seine Lust nachvollziehen zu können.«

»Obwohl das helfen könnte.«

Sven nickt. »Das Gleiche gilt für den Umstand, dass die Mordserie, falls es denn eine war, plötzlich abbrach. Keiner weiß, warum.«

»Darüber haben wir doch schon geredet«, entgegnet Bastian. »These eins: Der Typ ist irgendwann nach dem dritten Fall gestorben. Denk an Jack the Ripper. Den hat man auch nie gefunden. Vielleicht jagen wir also die ganze Zeit einem Phantom hinterher.«

»These zwei: Das Angebot an Kinderpornographie im Darknet war einfacher wahrzunehmen und hat ausgereicht, die Bedürfnisse unseres Täters zu befriedigen. Er lebt vielleicht noch und ist bestenfalls sogar unter unseren Verdächtigen. Ich erinnere mich genau an unser Gespräch«, setzt Sven die Argumentation fort. Dann holt er zwei Bäckertüten aus seiner Tasche und reicht eine an Bastian weiter. »Bürgermeister. Zwei Stück für jeden von uns. Zucker hilft auch. Nämlich beim Denken.«

»Ich mach noch Kaffee. Hast du an den Entkalker gedacht?«

»Mist!« Sven schlägt sich mit der flachen Hand vor die Stirn. »Schon wieder vergessen.«

»Na ja, solange noch Wasser durchläuft …«

Eine Weile kauen beide schweigend. Schließlich sagt Sven: »Und wenn es doch der Gärtner war?«

»Leif Mortensen? Das haben wir längst erörtert. Erinnere dich. Er hätte diesen Kompost niemals jedes Frühjahr umgesetzt, wenn er darin etwas versteckt hätte. Zumal außer ihm überhaupt niemand wollte, dass der Kompost umgesetzt wird.«

»Hast recht. Selbst wenn Mortensen den Kompost regelmäßig umgesetzt hätte, vielleicht um die Verwesung zu beschleunigen, hätte er uns das ganz bestimmt nicht auf die Nase gebunden.«

»Also müssen wir uns den Landschaftsschützer noch mal vornehmen.«

»Er kommt nachher.« Sven schaut auf seine Uhr. »Jetzt gleich, besser gesagt. Ich habe ihn gestern Abend noch angerufen und einen Termin für heute um halb drei gemacht.«

»Hat er nach einem Grund gefragt?«

»Natürlich. Ich habe ihm gesagt, er könne seinen Rechner abholen.«

»Der komplett sauber ist«, seufzt Bastian und beginnt, auf seinem Schreibtisch herumzuwühlen. »Hier irgendwo muss doch der Bericht von unserem Spezialisten sein.«

»Ich weiß.« Sven klingt resigniert. »Ausgerechnet unser momentaner Hauptverdächtiger hat nicht die Spur eines pornographischen Inhalts auf seinem Rechner.«

»Den er uns freiwillig überlassen hat, vergiss das nicht. Es ist also durchaus denkbar, dass es irgendwo noch einen zweiten gibt oder gab, auf dem die ganzen Sauereien drauf sind.«

»Das liebe ich an dir. Du gibst nie auf.« Sven hebt die Hand, um sich mit Bastian abzuklatschen, als die Tür aufgeht. Der Kollege von unten steckt den Kopf ins Zimmer.

»Unten wartet Thieß Hansen.«

»Soll raufkommen«, sagt Bastian und schiebt das letzte Stück Bürgermeister in den Mund. Kauend fügt er hinzu: »Wir bieten ihm auch gern einen Schluck von unserem ungenießbaren Kaffee an.«

Als der Landschaftspfleger wenig später vor den beiden Kommissaren steht, ist die Spannung im Raum mit Händen zu greifen. Wenn Bastian und Sven einen zerknirschten oder ängstlichen Mann erwartet haben, dann haben sie sich gründlich getäuscht. Thieß Hansen verzichtet darauf, sich auf den ihm angebotenen Stuhl zu setzen. Hoch aufgerichtet steht er vor den Ermittlern, die Hände in die Seiten gestützt und ein fast spöttisches Lächeln auf den Lippen.

»Ich hoffe, Sie haben meinen Rechner gründlich durchforstet«, beginnt er das Gespräch.

»Haben wir«, entgegnet Bastian einsilbig.

»Dann erwarte ich jetzt von Ihnen eine Entschuldigung.«

»Ich fürchte, da können Sie lange warten. Wir werden nicht umhinkönnen, Ihre Wohnung zu durchsuchen.«

»Was?«

»Sie haben schon richtig gehört. Wer sagt uns, dass Sie nicht einen zweiten Rechner besitzen?«

»Das ist lächerlich.«

»Mit solchen Begriffen wäre ich an Ihrer Stelle angesichts des Ernstes der Lage vorsichtig.« Bastian formuliert sorgfältig und langsam. Dabei blickt er Hansen direkt in die Augen. »Wir verfügen über Informationen, die darauf hindeuten, dass Sie in der Lage gewesen sein könnten, auch den Kopf des Opfers sicher zu verstecken.«

»Jetzt schlägt's aber dreizehn. Wer hat Ihnen das gesagt?«

»Ihre eigene Nichte.«

Hansen blickt verwirrt von Bastian zu Sven und wieder zurück. »Was haben die denn damit zu tun? Ich habe übrigens fünf Nichten.«

Jetzt ergreift Sven das Wort. »Gestern habe ich in Hörnum mit Henriette Hansen gesprochen. Sie hat mir interessante Details über einen Gärtner namens Leif Mortensen erzählt.«

»Henny ist nicht meine Nichte«, entgegnet Hansen trocken. »Sie ist die Frau meines Neffen. Die beiden haben vor zehn oder zwölf Jahren geheiratet. Vielleicht ist es auch schon länger her. War eine große Sause, wie man so sagt. Aber ich wüsste nicht, was Henny Ihnen über mich erzählen könnte. Wir stehen uns nicht besonders nah. Wir sehen uns vielleicht zwei- oder dreimal im Jahr bei Familienfesten. Das war's dann aber auch schon.«

»Und Leif Mortensen? Sagt Ihnen der Name was?«

»Muss ich nachdenken. Irgendwo klingelt's. Aber ich komme nicht drauf, wo.«

»Dann helfe ich Ihnen. Er hat lange Jahre ein Grundstück am Morsumer Watt gepflegt.«

Hansen zuckt die Schultern. »Mag sein. Aber wenn Sie glauben, wir vom Naturschutzamt kennen jeden Gärtner hier auf der Insel, dann sind Sie naiver, als ich dachte.«

»Herr Hansen, jetzt aber mal ganz langsam, ja?« Bastians Stimme klingt unverhohlen drohend. »Noch sind Sie als Zeuge geladen. Das kann sich allerdings ganz schnell ändern.«

Hansen zieht sehr langsam die Luft durch die Nase ein. Das leise Rauschen ist deutlich im Raum zu hören. Er hält die Luft lange in seinen Lungen und schließt dabei die Augen. Als er die Luft schnaubend wieder ausstößt, scheint er einen Entschluss gefasst zu haben. Er dreht sich zu dem angebotenen Stuhl und setzt sich.

»Hören Sie. Ich könnte mich jetzt endlos aufregen. Ich könnte mauern ohne Ende und Sie anschließend bei Ihren Vorgesetzten anschwärzen. Ich habe nämlich absolut nichts zu verbergen. Selbst wenn Sie jeden Fussel in meiner Wohnung kriminaltechnisch untersuchen, oder wie immer man da vorgeht, werden Sie nichts finden, was mich belastet. Weil ich nämlich schlicht und einfach nichts mit der ganzen Sache zu tun habe.«

Bastian hebt die Hand, um etwas einzuwenden, aber Hansen lässt ihn nicht zu Wort kommen.

»Lassen Sie mich ausreden, bevor ich es mir anders überlege. Bitte.«

Bastian lässt die Hand sinken und nickt.

»Ich kann mich tatsächlich dunkel an Leif erinnern. Er war eine Zeitlang bei der freiwilligen Feuerwehr, so wie ich auch. Schrulliger Vogel irgendwie. Falls Sie ihn verdächtigen, kann ich allerdings nicht behilflich sein. Ich weiß so gut wie nichts über ihn, außer, dass er gern Anekdoten erzählt. Aber nicht ein einziges Mal habe ich ihn anzügliche Bemerkungen machen hören oder irgendetwas sagen, was den Verdacht hätte aufkommen lassen, dass er pädophil ist. So viel dazu.«

»Sind Sie jetzt fertig?«, fragt Bastian mit ruhiger Stimme.

»Nein. Ich weiß nicht, was Ihnen Henny über mich erzählt hat. Aber selbst wenn ich sie nicht besonders gut kenne, kann ich mir nicht vorstellen, dass sie etwas Belastendes geäußert haben könnte. Weil es, wie gesagt, nichts gibt, das mich belasten könnte. Wenn Sie also so freundlich wären, mir einfach von dem Gespräch zu berichten, können wir vielleicht zusammen herausfinden, wo das Problem liegt.«

Hansen verstummt und sieht die beiden Kommissare auffordernd an. Diese wechseln einen Blick, dann nickt Bastian leicht, und Sven beginnt zu reden.

»Als Ihre Nichte, Verzeihung, die Frau Ihres Neffen, noch in Rantum gearbeitet hat …« Er unterbricht sich und sucht nach einer Notiz auf seinem Schreibtisch. Als er das Protokoll gefunden hat, liest er die Details ab. »In Rantum hat Henriette Hansen die Ausbildung als Medizinische Fachangestellte in einer Physiotherapiepraxis gemacht. Ihre Chefin war Heinke Aurich. Und Leif Mortensen war Patient in dieser Praxis. Er hat Ihrer Quasi-Nichte ausführlich von gewissen geplanten Operationen auf dem besagten Morsumer Grundstück berichtet. Henriette Hansen wiederum hat möglicherweise auf Familientreffen davon erzählt.«

»Und?«

»Es handelt sich bei diesen Informationen eindeutig um Täterwissen«, beendet Sven seine Ausführungen.

»Welche Informationen das gewesen sein sollen, werden Sie mir vermutlich nicht verraten«, muffelt Hansen.

Sven zuckt die Schultern und spart sich die Antwort.

»Okay, das verstehe ich sogar. Was ich nicht verstehe, ist, warum Sie dann nicht alle anderen Familienangehörigen auch verdächtigen. Und natürlich Frau Aurich, pardon, Großkopf heißt sie ja wohl inzwischen. Hat letztendlich doch noch den passenden Partner gefunden. Hat ein bisschen gedauert, aber ihre Stiefkinder lieben sie, habe ich gehört. Sie ist übrigens eine hervorragende Physiotherapeutin. Ich bin immer wieder mal bei ihr in Behandlung und fürchte mich schon vor dem Tag, an dem sie ihre Praxis aufgibt.«

»Es wäre schön, wenn Sie bei der Sache bleiben könnten. Tratsch interessiert uns im Moment weniger«, wirft Sven ungeduldig ein.

Hansen zieht die Augenbrauen hoch und legt beide Hände auf seine Knie. »Das war alles, was ich beitragen kann«, sagt er schließlich.

»Sie haben recht. Wir könnten natürlich Ihre ganze Familie befragen«, entgegnet Bastian mit ruhiger Stimme. »Wir könnten auch alle Kontakte Ihrer Schwiegernichte unter die Lupe nehmen, um herauszufinden, wer von Leif Mortensens Plänen wusste. Allerdings ist das schwer durchführbar. Es muss einen Anfangsverdacht geben. Und bei Ihnen lag genau dieser Anfangsverdacht vor. Es war Ihre Entscheidung, jahrelang nicht am Rand des Naturschutzgebietes zu graben. Sonst wäre das Skelett möglicherweise viel früher entdeckt worden. Das werden Sie ja wohl kaum leugnen.«

»Die Gründe für diese Entscheidung habe ich Ihnen doch schon mehrfach erläutert. Am Wegesrand haben die schützenswerten Pflanzen ohnehin keine Überlebenschance. Dort sind sie den räuberischen Touristen wehrlos ausgeliefert«, seufzt Hansen. »Müssen wir das wirklich noch einmal aufrollen?«

»Nein, müssen wir nicht.« Bastian steht auf und greift sich sein Handy. »Ich rufe jetzt die Staatsanwältin an und besorge mir einen Durchsuchungsbeschluss für Ihre Wohnung. Und falls wir tatsächlich, wie von Ihnen behauptet, nichts Belastendes finden, sind Sie endgültig aus dem Fokus, das verspreche ich Ihnen.«

»Das ist nicht Ihr Ernst. Soll ich mich jetzt vielleicht noch dafür bedanken, dass Sie bei mir das Unterste zuoberst kehren?« Entsetzen steht in Thieß Hansens Miene.

»Das ist mein voller Ernst. Ich suche schließlich einen Mörder. Und Sie werden mich nicht daran hindern.«

Freitag, 5. Februar, 14.57 Uhr, Strandpromenade, Westerland

Die Staatsanwältin Elsbeth von Bispingen stemmt sich gegen den Wind. Er hat in der letzten halben Stunde aufgefrischt und kommt jetzt mit voller Wucht von Norden. Obwohl Elsbeth die Kapuze ihrer Daunenjacke so fest wie möglich zugezurrt hat, schafft er es, einzelne Haarsträhnen daraus hervorzuzerren und ihr ins Gesicht zu schlagen. Elsbeth geht in eine extreme Schräglage nach vorn, um überhaupt vorwärtszukommen. Falls der Wind plötzlich aussetzen sollte, würde sie umstandslos auf die Nase fallen, das ist ihr völlig klar. Aber warum sollte er? Warum sollte ausgerechnet der Sylter Wind eine Ausnahme machen? Auch sonst ist in Elsbeths Leben momentan alles auf Gegenwind gestellt. Die Ermittlungen bezüglich des Skelettfundes, die sie überhaupt erst auf die Insel geführt haben, stagnieren seit Tagen. Nichts deutet darauf hin, dass Bastian Kreuzer und sein Team es schaffen werden, den dreifachen Mordfall aufzuklären.

Im Gegenteil scheinen sich die Ermittler inzwischen nur noch an die allerletzten Strohhalme zu klammern. Beim Verlassen des Hotels erreichte Elsbeth der Anruf Kreuzers mit der Bitte, einer Hausdurchsuchung bei Thieß Hansen zuzustimmen. Widerstrebend hat sie dem stattgegeben, innerlich entschlossen, dass dies ihr letztes Entgegenkommen in dem aussichtslosen Fall sein würde.

Das bringt doch alles nichts, denkt sie missmutig, während sie verbissen weiter gegen den Wind kämpft. *Sollen Sie meinetwegen jetzt auch noch die Wohnung von diesem armen Mann auf den Kopf stellen, aber dann ist endgültig Schluss.* Nicht nur Elsbeth von Bispingen weiß sehr genau, dass die Anzahl der Fälle, die erst nach vielen Jahren vergeblicher Ermittlungen doch noch gelöst werden, sich im Promillebereich bewegt. Warum sollte ausgerechnet diese verzwickte Geschichte dazugehören?

Falls bei der Hausdurchsuchung nicht irgendwelche bahnbrechend neuen Erkenntnisse zutage treten, wird sie die Sache abblasen. Und anschließend die Insel so schnell wie möglich verlassen. Eigentlich hätte sie das schon längst tun sollen. Die Anfragen aus Flensburg, wann sie denn gedenke zurückzukommen, häufen sich. Und mittlerweile wird nicht nur durch die Blume darauf angespielt, dass sie möglichst bald ihre privaten Verpflichtungen von den beruflichen trennen solle.

Wenn die Flensburger Kollegen wüssten, dass Elsbeth auch privat voll im Gegenwind steht! Die Sache mit Fred ist Geschichte, so viel steht ja mal fest. Zumindest versucht sie sich das einzureden. Daran kann auch der mysteriöse Anruf vom Vormittag nicht viel ändern. Zwar ist Elsbeth sich sicher, dass nur Fred der Anrufer gewesen sein kann, und womöglich hätte sie sich sogar auf ein weiteres Gespräch eingelassen. Aber der Schuft hatte ja nichts Besseres zu tun, als gleich wieder aufzulegen. Feigling, verdammter!

Innerlich fluchend setzt die Staatsanwältin einen Schritt vor den anderen. Der Wind hat sich inzwischen zu einem veritablen Sturm ausgewachsen, so dass ihr nichts anderes übrig bleibt, als zu kapitulieren. Sie wird zwar nicht umkehren, dazu ist sie viel zu aufgewühlt, aber sie wird zumindest die Promenade verlassen und sich auf den etwas geschützteren Fahrradweg nach Wenningstedt zurückziehen. Sie kennt den Weg von früheren Spaziergängen, die sie häufig mit Fred zusammen unternommen hat. Idyllisch umrahmt von Heckenrosen, diversen Sträuchern und unterbrochen von kleinen Waldstücken verbindet er die beiden Orte und ist zumindest im Sommer eine vielgenutzte Rad- und Wanderstrecke.

Jetzt ist hier niemand. Der Wind ist tatsächlich etwas schwächer, und sie kommt besser voran. Schon immer hat ihr schnelles Gehen beim Denken geholfen. Auch beim Verarbeiten von Problemen und beim Finden kreativer Lösungen. Elsbeth ist eine motorische Person, die über die Bewegung auch ihr Hirn ankurbelt.

Doch soviel sie auch grübelt, so sehr sie sich auch anstrengt, ihr fällt wenig ein. Im Grunde genommen fällt ihr überhaupt nichts ein. Weder zu dem verzwickten Dreifachmord noch zu ihren privaten Problemen. Sie kann nur weitermarschieren und ihrer Wut freien Lauf lassen. Und hoffen, dass irgendwann die Erschöpfung überhandnehmen und sie zur Rückkehr zwingen wird.

Und dann wird sie in die Sauna gehen. Oder sich eine Flasche Rotwein genehmigen. Oder erst das eine und anschließend das andere tun. Auf jeden Fall wird die nächste Nacht ihre letzte auf der Insel sein. Und zwar für sehr lange Zeit, das schwört sich Elsbeth entschieden.

Sie bleibt stehen und blickt den Weg entlang Richtung Wenningstedt. Dort wohnt Fred Hübner. Und jeder Schritt, den sie weiter in diese Richtung macht, erhöht die Wahrscheinlichkeit, ihm zu begegnen. Sie kann sich seinen spöttischen Gesichtsausdruck in solch einem Fall lebhaft vorstellen. Und seine Gedanken auch. *Na, bist wohl doch nicht so cool, wie du immer tust.*

Lieber würde sie sterben, als ihm diesen Triumph zu gönnen. Abrupt dreht sie sich um und geht zurück.

Freitag, 5. Februar, 15.55 Uhr, Regionalexpress nach Westerland

Der Wind rüttelt an den Fenstern und bringt den Zug zum Schwanken. Silja hat sich tief in das Polster gedrückt und genießt die Ruhe, die sie umgibt. Außer ihr sind höchstens zehn andere Gäste im Waggon. Im Februar hält sich selbst an Freitagen der Ansturm auf die Insel in Grenzen. Silja schaut auf ihre Uhr. Noch gut eine Stunde, dann wird sie zurück sein. Und dann wird unweigerlich der allerletzte Akt dieser Ermittlung beginnen, das ist ihr sonnenklar.

Weder Bastian noch Sven haben ernsthaft damit gerechnet, dass sie mit neuen Erkenntnissen aus Husum zurückkehren wird. Das musste keiner von beiden sagen, sie hat es an ihren Gesichtern ablesen können. Doch wird das, was Silja über Babette Sanders Teenagertrauma erfahren hat, bei der Lösung des Falls helfen?

Nachdenklich lässt sie den Blick über die Landschaft vor dem Zugfenster schweifen. Flaches Land im letzten Tageslicht, einzelne windgezauste Bäume, kaum Tiere, keine Menschen. Dafür jede Menge Windräder, die sich in einem Tempo drehen, als gelte es, die ganze Welt zu erhellen.

Silja holt ihr Handy aus der Tasche und ruft Bastian an. Die Verbindung ist schlecht, aber er scheint sie besser zu verstehen als sie ihn. Also fasst sie sich kurz.

»Ihr müsst etwas überprüfen. Die Mutter von Lena Sander ist selbst Opfer eines sexuellen Übergriffs geworden. Das habe ich gerade erst erfahren.«

»Was?« Bastians Stimme überschlägt sich fast, das kann Silja trotz der schlechten Verbindung hören.

»Ihr müsst gucken, ob es noch Unterlagen über die Betreuer im Klappholttal von vor fünfunddreißig Jahren gibt. Es geht um den August. Ich weiß, die Chancen stehen schlecht, aber lasst es uns versuchen. Der Täter damals muss ein junger Mann zwischen siebzehn und einundzwanzig, mit großer Wahrscheinlichkeit ein Abiturient gewesen sein. Lenas Mutter war damals vierzehn und hat keine Anzeige erstattet. Aber falls wir noch alte Listen finden und vielleicht Fotos aus Abiturzeitungen auftreiben können, gibt es eine kleine Chance, dass sie ihren Vergewaltiger identifizieren kann. Es ist tagsüber am Strand passiert, sie hat ihm ins Gesicht geschaut und kannte ihn vom Sehen. Es war einer der Betreuer, da ist sie sich sicher. Doch nach der Tat war er plötzlich weg.«

Bastian schweigt, so dass Silja irritiert seinen Namen ins Telefon ruft, um festzustellen, ob die Verbindung noch steht.

Schließlich sagt er: »Das ist unglaublich. Ich tue, was ich kann. Und zwar sofort. Die Bispingen ist schon auf dem Absprung. Wir haben höchstens noch dieses Wochenende Zeit, dann wird der Fall wieder geschlossen. Aber wenn es gelänge, den Namen des Vergewaltigers herauszubekommen, hätten wir ein handfestes Indiz.«

»Nur, falls wir bei der Recherche auf einen von unseren Verdächtigen stoßen.«

»Sonst haben wir zumindest jemanden, den wir zusätzlich überprüfen müssen.«

»Dann geht der ganze Zirkus wieder von vorn los«, seufzt Silja.

»Das ist unser Job, Süße, schon vergessen?«

»Ich habe Sehnsucht nach dir«, platzt es aus ihr heraus. »Lass uns heute Abend irgendetwas Schönes machen, okay?«

»Da fällt mir ganz sicher was ein.«

Silja hört das Lächeln in seiner Stimme. Und weil die Verbindung etwas besser geworden zu sein scheint, fragt sie nun doch: »Gibt es bei euch etwas Neues?«

»Nicht wirklich. Wir hatten ein langes Gespräch mit Thieß Hansen, der total unerschrocken wirkte. Das hat mich irgendwie überzeugt. Wir lassen jetzt zwar sicherheitshalber seine Bude auf den Kopf stellen, aber ich glaube ehrlich gesagt nicht, dass er es war. Und trotzdem ...« Er stockt und schweigt.

»Trotzdem was?«

»Irgendwas war da. An irgendeinem Punkt hat es bei mir geklingelt. Oder nein, das ist schon übertrieben. Ich habe nur gemerkt, dass es hätte klingeln müssen. Kennst du das? Du weißt oder ahnst, dass dir gerade etwas Wichtiges entgeht. Aber du kannst es nicht festmachen. Es ist nur ein Gefühl, eine Momentwahrnehmung, die sofort wieder weg ist.«

»Klar kenne ich das. Ist ein echt fieses Gefühl. Was sagt Sven? Ging es ihm genauso?«

»Leider nicht. Dabei hat er das Gespräch mit Hansens Nichte geführt. Er müsste eigentlich noch viel sensibilisierter für Hinweise aus der Hansen-Ecke sein. Vielleicht habe ich mich aber auch getäuscht und sehe schon Gespenster.«

Ratlos bricht Bastian ab.

»Habt ihr das Gespräch auf Band?«

»Ja klar.«

»Dann lass es uns zusammen anhören, wenn ich zurück bin, okay?«

»Ich hab's schon zweimal durchgehört. Aber du solltest das auf jeden Fall auch tun. Am besten gleich morgen früh. Jetzt kümmere ich mich erst mal um die Akten vom Klappholttal. Ich denke, ich mache hier Schluss und fahre gleich dort vorbei. Mal sehen, ob ich überhaupt jemanden antreffe und wie weit wir kommen. Das war im August vor fünfunddreißig Jahren, hast du gesagt?«

»Genau. Und noch eines. Der junge Mann hatte dunkle Haare. Das ist für Sylt doch ein gutes Ausschlusskriterium. Jedenfalls wenn es um echte Sylter geht, die hier Abitur gemacht haben.«

»Na, ich weiß nicht. Es sind so viele Flüchtlinge nach fünfundvierzig auf die Insel gekommen, da ist das mit dem nordischen Blond wohl längst ein Mythos.«

»Ist ja auch egal. Wichtig wären erst mal Listen mit den Namen der Betreuer.«

»Ich hänge mich rein, versprochen.«

»Bis später dann. Ich drück dir die Daumen und freue mich auf heute Abend!«

Silja unterbricht die Verbindung und verstaut ihr Handy. Als sie anschließend ihren Blick wieder nach draußen richtet, sieht sie nur sich selbst. Die Landschaft ist längst in Nacht getaucht.

Freitag, 5. Februar, 20.03 Uhr, Westerheide, List

Als Bastian Kreuzer die kurvige Straße zu der exponiert gelegenen Villa hinauffährt, zweifelt er sehr an der Richtigkeit der Angaben, die er hat. In dieser exklusiven Hütte soll die langjährige Leiterin des Nordseeheims Klappholttal wohnen? Alleinlage ganz oben auf dem Hügel mit Weitblick bestimmt bis zum Festland. Wert vermutlich im zweistelligen Millionenbereich.

Niemals.

Angeblich ist Marianne Brinkmann über achtzig und hat kein Telefon. Oder keiner aus der aktuellen Belegschaft des Klappholttals hat sich je um ihre Nummer bemüht. Überhaupt war die einzige Person, die er in dem Heim angetroffen hat, das idyllisch zwischen Kampen und List direkt in den Dünen des Weststrandes liegt, wenig hilfreich. Der unwirsche Mann mittleren Alters konnte sich gerade noch an den Namen und die Adresse der ehemaligen Leiterin erinnern. Aber Akten über die Vorgänge vor fünfunddreißig Jahren gäbe es im Büro längst nicht mehr. Alle Unterlagen über Buchungen und Belegungen würden routinemäßig nach zwanzig Jahren geschreddert, so seine Aussage. »Datenschutz oder irgend so ein Quatsch«, war der einzige Kommentar, den er sich zu diesem Vorgehen abringen konnte.

»Und ausgerechnet die ehemalige Leiterin soll noch Unterlagen haben, die weit älter sind?«, hat sich Bastian ungläubig erkundigt.

»Sie ist mit Kisten voll Zeug abgedampft, als sie endlich mal ihr Büro geräumt hat. Ich war damals noch gut im Saft und habe ihr die Plünnen zum Wagen getragen. Luftballons waren da nicht drin, das kann ich Ihnen versichern.«

Warum sollte eine Frau, die nach jahrzehntelanger Tätigkeit in den wohlverdienten Ruhestand geht, sich mit alten Akten belasten?, fragt sich Bastian, während er seinen Wagen auf der gekiesten Einfahrt abstellt. Neugierig mustert er das Haus. Dunkel und massig liegt es vor ihm. Als der Kommissar näher herantritt, geht eine Festbeleuchtung von automatischen Strahlern an. In dem hellen Licht kann Bastian jede Einzelheit des Baukörpers erkennen.

Die Substanz ist alt, aber alles jenseits der Steine ist auf höchstem Niveau erneuert und nachgebaut worden. Egal ob es die sorgfältig geschnitzte Klöntür, den Messingtürklopfer in Fischform oder die mehrfach unterteilten Fenster betrifft. Hier hat jemand mit Geschmack renoviert, ohne aufs Geld schauen zu müssen. Die Leiterin eines Schullandheims und einer Volkshochschulbegegnungsstätte war das sicher nicht.

Neben der Eingangstür befinden sich zwei Klingelknöpfe. Überrascht stellt Bastian fest, dass zu jedem ein Namensschild gehört. Auf dem oberen stehen lediglich zwei Initialen *P. A.*, aber auf dem unteren findet sich tatsächlich der gesuchte Name. *M. Brinkmann.*

Energisch drückt Bastian auf den Klingelknopf. Er hört es im Inneren des Hauses schellen. Dann ist es wieder still. Bastian wartet eine Weile und klingelt noch einmal. Wieder schellt es, doch jetzt geht eine Lampe hinter der Tür an. Kurz darauf hört er Schritte, dann wird umständlich und ausführlich an der Tür hantiert. Es scheinen mehrere Schlösser zu entriegeln sein, und als sich das Türblatt schließlich einen Spalt breit öffnet, sieht Bastian dahinter eine stabile Kette.

»Ja bitte?« Die Frauenstimme klingt rau und energisch. Gar nicht wie die einer Achtzigjährigen, findet der Kommissar.

Bastian reicht seinen Dienstausweis durch den Spalt und erklärt verbindlich: »Ich ermittle in einer Mordsache. Es geht um das Skelett, das wir in der Morsumer Heide gefunden haben. Bestimmt haben Sie davon gehört. Jetzt führt eine Spur aus den achtziger Jahren ins Klappholttal, und ich würde Sie sehr gern als Zeugin dazu befragen.«

Bastian rechnet mit allem. Dass ihm die Tür vor der Nase zugeschlagen wird. Dass die Aussage verweigert wird oder dass die alte Dame ihn vielleicht sogar einlässt, aber sich als mehr oder weniger erinnerungsschwach erweist.

Doch Marianne Brinkmanns Reaktion verblüfft ihn.

»Ha!«, ruft sie aus, und es klingt durchaus triumphierend. »Dann hat sich mein Sammelwahn doch noch gelohnt.« Umstandslos öffnet sie die Kette und lässt Bastian eintreten.

Er steht in einem geräumigen Windfang, von dem zwei Türen abgehen. Eine große zweiflüglige Bogentür, die geschlossen ist, und eine niedrigere schmale Tür, die offen steht. Direkt dahinter führt eine schmale Treppe in den Keller.

»Ich gehe mal voran«, erklärt die alte Dame und steigt hinab. Sie wirkt durchaus rüstig, auch wenn sie das linke Bein leicht nachzieht und kaum krümmt.

Wahrscheinlich altershüftsteif, denkt er, während er die Situation ausnutzt, um sie ungeniert zu mustern. Marianne Brinkmann wirkt ungepflegt. Die Haare sind stümperhaft geschnitten, das Sweatshirt ist mehrfach geflickt und die Jogginghose, die sie trägt, fleckig. Als sie unten angekommen sind, bittet sie den Kommissar in einen schmalen Wohnraum, dessen einziges Fenster eine Tür ist, hinter der vollkommene Dunkelheit herrscht. Vermutlich führt sie auf eine tiefer gelegte Terrasse.

»Verzeihen Sie die Frage, aber gehört Ihnen das Haus?«

»Machen Sie Witze?« Marianne Brinkmann stößt ein heiseres Lachen aus, dann lässt sie sich auf ihr Sofa fallen, das mit einem schmuddeligen Quilt bedeckt ist. »Setzen Sie sich am besten auf den Sessel da hinten, der ist bequemer als das ausgelutschte Sofa hier. Und um zu ihrer Frage zu kommen: Dieses Haus hat meiner Großtante gehört. Als sie starb, war ich die einzige Erbin. Kennen Sie den Steuersatz für Großnichten? Das hätte ich niemals bezahlen können. Also habe ich das Haus unter Wert an einen vermögenden Hamburger verkauft, der erst mal zwei Jahre lang das Unterste zuoberst gekehrt hat und seitdem auf meinen Tod wartet.«

»Verstehe. Sie haben sich ein lebenslanges Wohnrecht ausbedungen.«

Sie nickt und zwinkert listig zu ihm hinüber. »Ich werde hundert, mindestens. Wir Sylter Frauen sind zäh, schon immer gewesen. Und wissen Sie, was das Beste ist? Wenn der Hausherr mit seiner Familie kommt, dann werde ich ausquartiert, damit man sich meinen Anblick erspart.«

»Das finden Sie gut?«

»Unter vier Sternen mache ich's nicht, das haben wir beim Kauf notariell festgelegt. Ich verbringe den Sommer also immer in sehr netten Hotels und Pensionen. Man macht mir das Frühstück und die Betten, manchmal gibt es sogar eine Sauna. Ich kann nicht klagen.«

»Gratuliere!« Bastian kann sich ein Grinsen nicht verkneifen. Allerdings ist er nicht sicher, ob das Leben in diesem Geisterhaus im Herbst und Winter wirklich so erstrebenswert ist. Aber das soll nicht seine Sorge sein.

»Ich würde jetzt gern Ihre Unterlagen aus den achtziger Jahren einsehen, wenn Sie so freundlich wären. Wir suchen nach allen Betreuern, die zu einem bestimmten Zeitpunkt im Klappholttal gearbeitet haben.«

»Dann kommen Sie mal mit.« Marianne Brinkmann stemmt sich aus dem Sofa und führt Bastian in ihr Schlafzimmer. Dort riecht es ungelüftet, das Bett ist nicht gemacht. Neben einem schmalen Kleiderschrank, der nur einen kleinen Teil der Wand einnimmt, stehen sieben Reihen staubiger Kisten. Zum Glück sind die Jahreszahlen außen deutlich vermerkt.

»Hier sind alle Anmeldungen der Schulklassen drin und auch die Namen der verantwortlichen Lehrer. Die Kirchengruppen habe ich nur manchmal notiert. Oft waren die Anmeldungen sehr kurzfristig. Die Betreuer oder Teamer wie das damals so schön hieß, haben allerdings die Pfarrer ausgewählt. Deren Namen werden Sie also nicht finden.«

»Okay, dann weiß ich Bescheid. Darf ich?«

Als Marianne Brinkmann nickt, beginnt Bastian, die für ihn interessante Kiste freizulegen. Natürlich steht sie genau in der Mitte.

Erwartungsvoll beobachtet ihn die alte Dame. Als er Anstalten macht, die Kiste die Treppe hinaufzutragen, ist sie enttäuscht.

»Ich dachte, Sie schauen hier schon mal rein.«

»Sorry, aber das erledige ich lieber mit den Kollegen zusammen auf dem Revier. Falls wir noch Fragen haben, kommen wir gern auf Sie zurück.«

»Aber ich bekomme die Unterlagen wieder?«

»Selbstverständlich. Ich werde Sie doch nicht um Ihre Erinnerungen bringen«, antwortet Bastian verbindlich, während er sich bemüht, den Modergeruch, der von der Kiste aufsteigt, zu ignorieren. »Haben Sie vielleicht noch eine Telefonnummer für mich?«

Erstaunlich behände läuft Marianne Brinkmann zu einer Kommode, deren oberste Schublade beim Herausziehen bedenklich klemmt. »Hier irgendwo muss doch dieses verflixte Handy liegen«, murmelt sie ärgerlich. »Ich benutze das nie, müssen Sie wissen, aber der Hausherr hat es mir aufgedrückt. Wahrscheinlich befürchtet er, dass ich eines Tages im Herbst abkratze, weil ich nicht rechtzeitig Hilfe holen konnte, und er dann im Frühjahr die ganzen Würmer wegputzen muss.« Sekunden später hält sie triumphierend ein uraltes Klapphandy in die Höhe. »Ich weiß allerdings gar nicht, wie das funktioniert.«

»Ich wollte eigentlich nur Ihre Nummer haben«, erklärt Bastian inzwischen leicht genervt. »Aber wenn Sie das Handy ohnehin nicht anschalten …«

»… müssen Sie eben wieder vorbeikommen, wenn Sie noch Fragen haben«, vollendet Marianne Brinkmann seinen Satz. Ihre Stimme klingt dabei außerordentlich zufrieden.

Samstag, 6. Februar, 9.22 Uhr, Kriminalkommissariat Westerland

Silja Blanck schnappt sich das Aufnahmegerät und stellt es auf die Fensterbank. Während sie den Mitschnitt des gestrigen Gesprächs zwischen Thieß Hansen und den beiden Ermittlern abhört, wirft sie immer wieder mitleidige Blicke zu Bastian und Sven hinüber, die zu beiden Seiten einer muffigen Kiste stehen und dabei sind, deren Inhalt auf dem Schreibtisch auszubreiten. Schimmlige Ordner und stockfleckige Hefter bedecken bereits die Hälfte der Tischplatte. Der penetrante Geruch nach Moder hat sich längst im ganzen Raum verbreitet. Alle drei Minuten reißt Silja das Fenster auf und lässt für wenige Sekunden die kalte Sylter Winterluft herein.

Während Bastian und Sven die letzten Ordner aus der Kiste holen, konzentriert sich Silja wieder auf die Vernehmung. Dass Thieß Hansen bei der Androhung einer Wohnungsdurchsuchung entsetzt reagiert hat, wundert die Kommissarin nicht. Wer lässt sich schon gern die Bude auf den Kopf stellen? Interessanter findet sie seine Reaktion auf die Erwähnung seiner Nichte. Das Beharren darauf, dass er mehrere Nichten habe und Henriette Hansen überdies nur angeheiratet sei, klingt in Siljas Ohren sehr danach, dass er ablenken und sich Bedenkzeit verschaffen wollte. Nur wofür?

Ein heftiger Wortwechsel zwischen ihren beiden Kollegen reißt sie aus ihren Überlegungen.

»Selbstverständlich müssen wir das alles durchgehen! Und zwar Seite für Seite!«, fordert Bastian gerade. »Alle Schulklassen vom Festland, die im Klappholttal Ferien gemacht haben, haben sich ihre eigenen Betreuer mitgebracht. Jeder dieser Lehrer oder Eltern könnte es gewesen sein.«

»Aber Siljas Zeugin hat ausdrücklich von einem Gymnasiasten geredet. Stimmt doch, oder?« Sven wendet sich direkt an Silja, die zustimmend nickt.

»Sie war sich da sehr sicher. Und es klang übrigens nicht so, als sei dieser Gymnasiast ein Betreuer ihrer Klasse gewesen, sondern eher so, als habe er sich mit einer anderen Gruppe im Klappholttal aufgehalten. Sie kannte ihn nur flüchtig vom Sehen.«

»Also suchen wir nach einer Klasse, die kurz vorm Abitur stand und gleichzeitig mit Babette Sander dort war«, überlegt Bastian. »Wie hieß sie eigentlich mit Mädchennamen. Hast du daran gedacht, sie zu fragen?«

»Blöderweise nicht. Ich rufe sie gleich an.«

Während Silja mit ihrem Handy hantiert, teilen Bastian und Sven die Ordner in zwei Stapel. Erleichtert beobachtet sie, dass der offensichtlich relevante Stapel deutlich niedriger ist als der mit den ausgesonderten Akten.

Zum Glück erreicht Silja Babette Sander gleich. »Kunz ist der Mädchenname«, ruft sie zu den beiden Kollegen hinüber. »Babette Kunz.«

Sofort beginnen Bastian und Sven mit der Durchsicht der Listen, so dass sich Silja wieder dem Vernehmungsmitschnitt zuwenden kann. Als der Name Leif Mortensen fällt, horcht sie auf. Zunächst behauptet Thieß Hansen, den Gärtner nicht gekannt zu haben, wenig später will er sich sogar an Anekdoten erinnern, die Leif bei der freiwilligen Feuerwehr erzählt habe.

Silja weiß von früher genau, wie es dort zuging und vermutlich immer noch zugeht.

Als sie mit ihrer Familie noch auf der Insel lebte, war ihr eigener Vater selbstverständlich auch dabei. Das gehörte sich einfach so. Und niemand von den Männern begriff dies als lästige Pflicht. Die freiwillige Feuerwehr war eher eine Art Vereinsersatz, bei dem man sich nebenbei auch noch für die Gemeinschaft nützlich machte. Nicht selten hat Siljas Vater die Schicht überzogen, weil es gerade mit den Kumpels so gemütlich war.

Bis heute sind die Feuerwehrfeste eine Attraktion für Groß und Klein. Da ist es schon sehr unwahrscheinlich, dass Thieß Hansen sich zunächst kaum an seine damaligen Kollegen erinnern konnte. Wollte er schon zum zweiten Mal Zeit gewinnen? Aber wofür?

Gespannt verfolgt Silja die Befragung weiter. Jetzt werden der Gärtner und Hansens angeheiratete Nichte von Bastian und Sven in Zusammenhang gebracht. Leif Mortensen hatte Henriette Hansen regelmäßig vom geplanten Umsetzen des Komposthaufens erzählt. Er brauchte schließlich eine Begründung für die Physiotermine. Und Henriette Hansen könnte diese wichtigen Informationen theoretisch direkt oder indirekt an Thieß Hansen weitergegeben haben, ohne sich etwas Böses dabei zu denken.

Allerdings haben Bastian und Sven genau diese Details nicht ausgesprochen, sondern nur angedeutet. Auch auf

Nachfrage haben sie sich darauf zurückgezogen, dass es sich hierbei um Täterwissen handele. Hatte also Thieß Hansen genau dieses Täterwissen bereits? Und war es diese Schlussfolgerung der Ermittler, die der Landschaftsschützer die ganze Zeit gefürchtet hat?

Gespannt verfolgt Silja den weiteren Verlauf des Gesprächs, in dem Hansen das Thema auf die Frage lenkt, warum nicht alle anderen Familienangehörigen auch verdächtigt und verhört werden. Die Tatsache, dass er als Landschaftsschützer jahrelang das Ausgraben des Skeletts verhindert habe und ihn dies verdächtig mache, scheint ihn wenig zu interessieren. Schon wird Silja ungeduldig, doch dann, ganz plötzlich begreift sie. Das Begreifen ist so mächtig, so überraschend, so ungeheuer entsetzlich und so naheliegend gleichzeitig, dass sie glaubt, keine Luft mehr zu bekommen.

Hastig dreht sie sich zum Fenster, reißt es auf und steckt den Kopf weit hinaus an die kalte Sylter Winterluft.

Ganz ruhig bleiben, sagt sie sich. *Einatmen, ausatmen und wieder einatmen. Nicht zu schnell und nicht zu langsam.* Und als von hinten die besorgte Stimme Bastians ertönt, die sich danach erkundigt, ob mit ihr alles in Ordnung sei, weiß Silja, dass ihr die schwerste Prüfung noch bevorsteht.

Denn so plötzlich sich ihr die Zusammenhänge erschlossen haben, so plötzlich ist ihr auch klargeworden, dass sie das weitere Vorgehen nicht mit Bastian und Sven abstimmen will, dass sie entgegen allen Regeln und Bestimmungen ganz allein dafür sorgen wird, dass der Mörder ihrer Schwester seine Strafe erhält. Selbst wenn es sie die Karriere kosten, selbst wenn es sie in Gefahr bringen, selbst wenn es sie umbringen sollte.

»Silja! Was ist los? Du japst ja nur noch.« Mit vorsichtigem

Griff zieht Bastian sie zurück in den Raum. Er dreht sie um und blickt ihr forschend ins Gesicht. »Was hast du denn? Du bist leichenblass.«

»Das muss der Staub sein. Dieses Zeug, das du angeschleppt hast, ist so verschimmelt, dass die Sporen jetzt wahrscheinlich hier überall herumfliegen. Ich habe plötzlich einfach keine Luft mehr bekommen.«

Es kostet sie unendlich viel Beherrschung, langsam und flach zu atmen. Aber sie schafft es. *Nur nicht auffallen, nur keinen Verdacht erregen!*

Silja atmet noch einige Male durch, dann fragt sie mit annähernd normaler Stimme: »Und ihr? Habt ihr was gefunden?«

»Nicht wirklich. Eigentlich sogar enttäuschend wenig dafür, dass wir das große Glück hatten, auf komplett dokumentierte Unterbringungsunterlagen zu stoßen. Während der zwei Wochen, als Babette Sander, geborene Kunz, mit ihrer Klasse im Klappholttal war, war keine weitere Klasse dort. Es gibt nur vier Schlafsäle mit jeweils zehn Betten, also vierzig Betten insgesamt. Plus zwei Zimmer für die Lehrer. Fragt sich also, wie zusätzlich irgendwelche Abiturienten untergekommen sein sollen.«

»Und jetzt?« Silja weiß genau, nur wenn sie Bastian und Sven am Reden hält, kann sie verhindern, dass die beiden sich näher mit ihrem ureigenen Zustand befassen. Also geht sie hinüber zu dem Schreibtisch mit den Akten und streicht behutsam über die staubigen Stapel. »Sonst war in der fraglichen Zeit niemand im gesamten Klappholttal?«

»Nur Kirchengruppen ab und an«, murmelt Sven. »Die haben dort manchmal Wochenendfreizeiten abgehalten. Das waren immer Jugendliche aus Sylter Gemeinden. Da Babette Sanders Klasse nur dreißig Schüler hatte, wäre theoretisch der vierte Schlafsaal für eine solche Gruppe frei gewesen. Darüber gibt es aber keine Unterlagen. Nur kurze Vermerke. Offenbar konnten die Sylter auf dem kurzen Dienstweg die leer stehenden Kapazitäten kurzfristig besetzen. Wir vermuten, dass sie wenig oder gar nichts dafür zahlen mussten und deshalb auch nicht in den Aufstellungen auftauchen.«

»Das heißt, ihr müsst in den Kirchengemeinden nachfragen«, stellt Silja fest. Langsam macht sich Erleichterung in ihr breit. Anscheinend ist es ihr gelungen, die beiden Kollegen von ihrer eigenen Anspannung abzulenken.

Doch so ganz stimmt das nicht.

»Wieso *ihr*?«, erkundigt sich Bastian misstrauisch. »Machst du jetzt dein eigenes Ding, oder was?«

Bevor Silja eine gescheite Antwort eingefallen ist, springt Sven ihr bei. »Jetzt lass sie mal in Ruhe, Bastian. Schließlich arbeitet Silja auf eigenen Wunsch weiter an dem Fall. Vielleicht braucht sie einfach eine kleine Pause.«

»Ich bin zwar nicht begeistert davon, dass du in meiner Anwesenheit in der dritten Person über mich sprichst«, beschwert sich Silja, »aber im Prinzip hast du recht. Wenn ich das Wochenende frei nehmen und ein wenig Abstand gewinnen könnte, würde mir das sehr helfen. Das Gespräch mit den Sanders hat mich mehr mitgenommen, als ich zunächst dachte.«

»Entschuldige! Da hätte ich längst selbst draufkommen können. Natürlich richten wir das ein.« Bastian nimmt sie in den Arm und streicht ihr beruhigend übers Haar.

Silja schmiegt sich an ihn, dankbar für die liebevolle Geste. Gleichzeitig schämt sie sich für den Plan, der immer konkretere Gestalt in ihrem Kopf annimmt.

Wenn du wüsstest!

Samstag, 6. Februar, 11.13 Uhr, Hotel Stadt Hamburg, Westerland

Elsbeth von Bispingen legt die Zahnbürste aus der Hand und trocknet sich den Mund ab. Dann geht sie zurück in ihr Zimmer und setzt sich auf das frisch gemachte Bett. Das Frühstück unten im Speisesaal hat sie angenehm gesättigt, die Morgenhygiene ist erledigt. Jetzt gibt es keine Ausreden mehr. Sie sollte endlich mit dem Packen beginnen, mittags den Autozug nehmen und zurück nach Flensburg fahren. Sie sollte die Insel Sylt zukünftig nur noch beruflich besuchen und alles andere vergessen.

Leichter gesagt als getan. Aber früher oder später wird es gelingen. Vermutlich eher später.

Fred Hübner war ihr wichtig. Erst jetzt, da es vorbei ist, wird ihr klar, dass sie ihn bereits in all ihre Zukunftspläne einbezogen hatte. Es wird verdammt weh tun, sich von der Beziehung zu verabschieden und irgendwann sogar darüber hinwegzukommen.

Ohne es sich wirklich einzugestehen, hat Elsbeth Fred innerlich eine Gnadenfrist eingeräumt. Zwar gab es gestern diesen mysteriösen Anruf an der Hotelrezeption, der beendet wurde, bevor sie ihn annehmen konnte. Doch seitdem sind vierundzwanzig Stunden vergangen, in denen Fred alles Mögliche hätte unternehmen können. Ein weiterer Anruf, ein Brief, eine Bitte um ein persönliches Treffen. Aber stattdessen: Schweigen. Ein Schweigen, das mehr sagt als tausend Entschuldigungen oder Rechtfertigungen. Ein Schweigen, das ihr überlaut zuruft: *Es ist aus, begreif das doch endlich!*

Elsbeth stemmt sich vom Bett hoch, geht hinüber zu der

niedrigen Gepäckablage und klappt ihren Koffer auf. Mit lahmen Bewegungen stapelt sie Schuhe, Unterwäsche und Bücher zu wahllos wirren Haufen, stopft Pullover und Hosen dazwischen, als habe sie noch nie in ihrem Leben einen Koffer gepackt. Dann tritt sie einen Schritt zurück und betrachtet das Chaos fast schon amüsiert, weil es so perfekt ihren aktuellen Gemütszustand widerspiegelt.

Als ihr Handy klingelt, ist sie entsetzt über die Wucht der Hoffnung, die in ihr aufkeimt. Sollte der Draht zu Fred doch noch nicht ganz abgerissen sein? Sollte er ahnen, dass ihm zur Versöhnung nicht mehr viel Zeit bleibt?

Mit klopfendem Herzen zieht Elsbeth das Handy aus ihrer Tasche. Ein Blick aufs Display macht alle Hoffnungen zunichte. Es ist Bastian Kreuzer, der sie sprechen möchte. Natürlich ist es der Kommissar. Wie konnte sie nur so dumm sein, etwas anderes zu erwarten?

Mißmutig nimmt sie den Anruf an. Nichts von dem, was Kreuzer ihr mitzuteilen hat, ist geeignet, sie aufzuheitern. Weder sind neue Ermittlungserfolge zu verzeichnen, noch scheinen die drei Kommissare irgendwelche erfolgversprechenden Ideen zu haben, was das zukünftige Vorgehen betrifft. Trotzdem kann Kreuzer gar nicht damit aufhören, ihr von den abstrusesten Unternehmungen zu berichten. Das Gespräch, das Kommissarin Blanck auf dem Festland geführt hat, mag ja noch seine Berechtigung gehabt haben. Aber dass Winterberg und Kreuzer sich jetzt mit uralten Akten beschäftigen, um einen mutmaßlichen Vergewaltiger zu enttarnen, dessen Straftat erstens verjährt und zweitens niemals aktenkundig gewesen ist, findet Elsbeth dann doch allzu weit hergeholt.

»Ich habe Ihnen das ja bereits angekündigt«, unterbricht die Staatsanwältin den Redefluss des Kommissars. »Ab Montag werde ich das Verfahren offiziell einstellen. Ich sage es nur ungern, Kreuzer, aber Sie und Ihre Leute verfransen sich zunehmend in Nebensächlichkeiten. So geht das nicht weiter.«

»Ich gebe ja zu, dass die Durchsicht der alten Unterlagen vom Klappholttal nicht die erhofften Erkenntnisse gebracht hat, aber wir würden zumindest gern noch in den Kirchenverwaltungen nachfragen. Wenn wir etwas über die Teamer erfahren könnten, die die Jugendgruppen in den achtziger Jahren begleitet haben, dann wäre vielleicht doch noch eine Verbindung zu dem Dreifachmörder herzustellen.«

»Kreuzer, jetzt halten Sie mal die Luft an. Sie haben sich da verrannt, das müssen Sie endlich einsehen. Sie sind zu nah dran, Sie sind ganz offensichtlich inzwischen zu verbissen in diesen Fall, um erkennen zu können, wie dünn das Eis ist, auf dem Sie sich bewegen. Ihre Ermittlungen basieren nur noch auf fadenscheinigen Annahmen. Eine faktengestützte Untersuchung sieht ganz anders aus. Glauben Sie mir, ich will Ihnen nur helfen. Wir machen einen Cut und vergessen die ganze Sache.«

Während Kreuzer antwortet und immer abstruser klingende Szenarien beschwört, lässt Elsbeths Aufmerksamkeit schlagartig nach. Irgendetwas passiert vor ihrer Zimmertür. Da sind Schritte, dann ein leises Poltern. Oder war es ein Klopfen? Mit dem Handy am Ohr geht sie zur Tür. Und wartet. Wer einmal klopft, wird es auch noch ein zweites Mal tun. Sie jedenfalls wird nicht sofort öffnen. Wie sähe das denn aus? Als stünde sie hier in ihrem Zimmer und warte förmlich darauf, dass jemand kommt und sie aus ihrer emotionalen Starre erlöst.

Doch vor der Tür bleibt es ruhig. Wer auch immer dort war,

scheint sich wieder entfernt zu haben. Vielleicht war es auch nur ein Zimmermädchen, das sich in der Tür geirrt hat.

»Kreuzer, sind Sie noch dran?«

»Selbstverständlich Frau von Bispingen.« Die Stimme des Hauptkommissars klingt ungewöhnlich devot.

»Ich kann mich nur wiederholen. Die Sache ist erledigt. Meinetwegen wühlen Sie sich am Wochenende durch alle alten Kirchenakten, die Sie auftreiben können. Aber ab Montag ist Schicht im Schacht. Dann will ich nichts mehr von diesem leidigen Fall hören. Haben Sie das verstanden?«

»War ja deutlich genug«, antwortet der Kommissar knapp. Dann legt er auf. Irritiert mustert Elsbeth ihr Handy. Wenn sie sich nicht ganz irrt, ist das plötzliche Beenden von Telefonaten doch ihre ureigene Kommunikationsstrategie. Was maßt sich dieser Kommissar eigentlich an, das plötzlich für sich zu beanspruchen?

Samstag, 6. Februar, 11.29 Uhr, Maybachstraße, Westerland

Mit schnellen Schritten überquert Fred Hübner die Straße. Dann dreht er sich noch einmal zu der auffälligen Hotelfassade um. Weiß mit hellblauen Akzenten, die Fenster mit Stuck umrahmt. Hinter irgendeinem dieser Fenster könnte Elsbeth jetzt stehen und ihn beobachten. Oder ist sie schon damit beschäftigt, sein Paket auszupacken?

Der Concierge des Hotels war wenig begeistert, als Fred ihn bat, das in knallrotes Papier eingeschlagene Paket sofort hinaufzubringen. Und als Fred zusätzlich darum bat, lediglich zu klopfen und das Paket vor der Zimmertür abzustellen, hat er ihn angesehen, als habe er nicht mehr alle Tassen im Schrank. Während Fred mit der rechten Hand möglichst diskret den Zehn-Euro-Schein über den Tresen schob, hielt er in der Linken immer noch seinen Brief.

Ebenfalls in einem knallroten Umschlag befand sich der Text, den Fred gestern aus den vierunddreißig Filmtiteln zusammengebastelt hat. Ursprünglich sollte der Brief im Paket liegen. Erst in letzter Sekunde hat Fred sich dagegen entschieden. Vielleicht wäre es besser, ihn oben auf dem Paket zu platzieren? Oder ihn unter der Tür durchzuschieben? Lauter Fragen, die er kaum mit dem wenig gesprächigen Concierge erörtern wollte. Zumal ihm seine ganze Aktion plötzlich banal, penälerhaft und hochgradig peinlich vorkam. Am liebsten hätte er das Paket mit den Liebesfilmen, die Amazon tatsächlich überpünktlich geliefert hatte, wieder an sich genommen und wäre verduftet. Aber diese Blöße konnte er sich vor dem Concierge jetzt nicht auch noch geben. Also stopfte er den Brief heimlich in seine Jackentasche und floh aus der Hotelhalle.

Und hier steht er jetzt auf der vormittäglich belebten Maybachstraße und glotzt wie ein Idiot zur Hotelfassade hinüber. Elsbeth wird sich kaputtlachen, wenn sie die Liebesfilme auspackt, davon ist Fred plötzlich fest überzeugt. Er hat sich mit dieser Aktion für alle Zeiten lächerlich gemacht. Aber geschehen ist geschehen. Das Einzige, das ihm jetzt noch bleibt, ist, so schnell wie möglich zu verschwinden. Er sollte sein Rad abketten und abhauen. Doch irgendetwas hält ihn davon ab. Ein letzter Rest Hoffnung? Ein vollkommen unangebrachter Trotz? Er weiß es nicht. Als würden seine Beine plötzlich die Kontrolle übernehmen, setzt er sich in Bewegung und läuft hinüber zum Bahnhof.

Es sind nur ein paar hundert Meter, dann steht er auf dem Perron und sieht sich um. Ein Ort der Begrüßungen und Abschiede, ein Ort zum Ankommen und Wegfahren ist vermutlich nicht der schlechteste Platz, um sich über das Ende dieser Liebesgeschichte im Klaren zu werden. Um vielleicht sogar den Beginn und den Verlauf noch einmal Revue passieren zu lassen.

Langsam lässt Fred Hübners Anspannung nach. Soll Elsbeth sich ruhig über ihn lustig machen, soll sie seine Aktion blöd finden, lächerlich, kindisch vielleicht. Aber vierunddreißig Liebesfilme sind als Abschiedsgeschenk möglicherweise nicht ganz dumm. Vielleicht hätte er den Brief trotz aller Bedenken dazulegen sollen?

Fred lässt sich auf eine Bank sinken und zieht den roten Umschlag aus der Jackentasche. Mit einer heftigen Bewegung reißt er ihn auf und überfliegt den Inhalt zum geschätzt zwanzigsten Mal.

In Sachen Liebe

My beloved Pretty Woman,

dass ich mich in den letzten Tagen Im Netz der Leidenschaften *verfangen habe, tut mir unendlich leid. Ich versichere dir,* Es geschah in einer Nacht, *und nur in dieser.* So spielt das Leben *eben manchmal. Aus ganzem Herzen will ich* Abbitte *leisten, denn du bist hier auf der Insel* Die Frau, von der man spricht, *und du hast das nicht verdient. Bitte gib mir* Eine zweite Chance, *denn das zwischen uns ist* Tatsächlich Liebe. *Und* Liebe kennt keine Ferien, *davon bin ich zutiefst überzeugt.*

Ich hoffe, ich kann auch dich überzeugen, damit wir nicht wie Zwei im falschen Film *enden.*

Wie durch ein Wunder *habe ich mit dir* Die große Liebe meines Lebens *gefunden, und* Nebenbei das große Glück. *Und ich bin immer noch* Verliebt in meine Frau. Für immer Single *zu sein, ist für mich keine Alternative.*

Alles, Was das Herz begehrt, *ist für mich* Nur mit dir *möglich geworden.* Das Leben ist schön, *aber nur,* Weil es dich gibt *und* Solange die Liebe lebt. *Ich will wieder* Wie beim ersten Mal Mit dir an meiner Seite Außer Atem *geraten,* Bettgeflüster *und* Sinn und Sinnlichkeit *teilen. Die Erde, die Insel, selbst meine Wohnung sind für mich* Kein Ort ohne dich. *Ich will mit dir und nur mit dir das* Frühstück bei Tiffany *am frühen Morgen und den Bummel durch* Notting Hill *am Nachmittag genießen. Ich will mit dir* Über den Dächern von Nizza *schweben, wenn* Der Letzte Tango in Paris *gespielt wird.*

Liebe mich, wenn du dich traust *und* Vergiss mein nicht.

Für immer, dein Fred

P. S. Ich liebe dich.

Gar nicht so schlecht, findet er jetzt. Kitschig, okay. Aber immerhin ehrlich, nicht so verdruckst und verschwurbelt, wie sich heutzutage sonst die Menschen ihrer Gefühle versichern. Vorsichtig, tastend. Immer mit angezogener Handbremse, immer leicht ironisch, immer einen Notausgang im Augenwinkel.

Vielleicht hätte er diesen Brief doch beim Concierge abgeben sollen. Gerade weil er nichts verschleiert. Aber jetzt ist es definitiv zu spät. Oder doch nicht? Vielleicht könnte er eine Briefmarke draufkleben und ihn einfach an Elsbeths Flensburger Adresse schicken. Nein, das klänge wie nachgekartet. Gar nicht sein Stil. Fred wirft einen letzten Blick auf den Brief, dann beschließt er, ihn wieder in die Tasche zu stecken, ihn mit nach Hause zu nehmen und einfach aufzubewahren. Nicht alle Liebesbriefe müssen schließlich auch ihre Adressaten erreichen. Möglicherweise sind es sogar die ehrlichsten, die nie abgeschickt werden.

Doch bevor er das Blatt zusammenfalten kann, wird es ihm von hinten aus der Hand genommen.

»Ist der für mich? Gib mal her.«

Fred fährt herum.

Hinter ihm steht Elsbeth von Bispingen. Sie trägt eine leichte Hose und eine Strickjacke, dazu irgendwelche dünnen Pumps, die eindeutig nicht für einen Freiluftaufenthalt im kalten Sylter Winter bestimmt sind.

»Bist du irre? Du holst dir hier den Tod.«

Aber Elsbeth antwortet nicht. Sie liest seine Zeilen. Grinsend.

»Lach nicht.«

»Soll ich heulen, oder was?«

Fred steht auf, zieht seine dicke Jacke aus und legt sie Elsbeth um die Schultern.

»Wie hast du mich gefunden?«

»Ich habe aus dem Fenster gesehen«, murmelt sie, ohne den Blick vom Papier zu heben. »Und dann habe ich mich beeilt.«

»War das, nachdem du das Paket bekommen hast?«

»Glaubst du, ich stehe stundenlang schmachtend am Fenster und warte darauf, dass du unten auf der Straße vorbeikommst?«

»Warum sollte nur ich mich zum Trottel machen?«

»Ist auch wieder wahr.«

»Küss mich.«

»Ist das jetzt auch ein Filmtitel?«

»Nein, das ist mein Ernst.«

Samstag, 6. Februar, 10.20 Uhr, Braderuper Weg, Kampen

Als Silja und Bastian die Wohnküche der Winterbergs betreten, ist die Frühstückstafel bereits üppig gedeckt. Schinken, Käse, Räucherfisch, eine große Schüssel Bircher Müsli und vier selbst gemachte Marmeladen warten darauf, dass die drei Kommissare und Svens Frau Anja sich bedienen. Mette und der kleine Max sitzen schon mit an dem alten geschnitzten Holztisch, der ein Erbstück von Anjas Eltern ist. Während Anja Kaffee und Tee einschenkt, greift sich Silja ein Brötchen, um es aufzuschneiden. Mette füllt eine Schüssel mit Müsli und Früchten. Sven beginnt, Mäxchen mit Bananenscheiben zu füttern. Nur Bastian ignoriert die Köstlichkeiten und zieht stattdessen eine Liste aus der Tasche.

»Das ist jetzt ein bisschen unhöflich, findest du nicht? Willst du nicht erst mal was essen?«, fragt Silja irritiert.

»Du kennst doch meinen Grundsatz. Erst denken, dann essen.«

»Kennen wir alle, aber bisher wusste ich nicht, dass der auch für Frühstückseinladungen bei Freunden gilt«, wirft Sven ein.

»Wir haben abgemacht, das Angenehme mit dem Nützlichen zu verbinden. Schon vergessen?« Ungerührt breitet Bastian seine Liste neben dem Frühstücksteller aus. »Es geht auch ganz schnell. Ich habe hier die Aufstellung aller Sylter Kirchen. Wollt ihr raten, wie viele wir auf der Insel haben?«

»Zehn?«, tippt Silja.

»Fast richtig.« Als Bastian sich anschickt, die einzelnen Kirchen aufzuzählen, unterbricht ihn Sven.

»Warte mal, das schaffen wir auch ohne Liste.« Er runzelt die Stirn. »Die beiden ältesten sind die weiße Dorfkirche in Morsum und die Keitumer Severinskirche, die wahrscheinlich wegen ihrer Konzerte viel bekannter ist. In Westerland gibt es drei: St. Niels und St. Nicolai sind evangelisch, St. Christopherus ist katholisch.«

»Außerdem gibt's noch eine freikirchliche Gemeinde in Westerland«, fällt ihm Silja ins Wort. Sie wundert sich immer noch über das ungewöhnliche Verhalten von Bastian.

»Silja hat recht, das ist die mit der ultramodernen Kirche. Ehrlich gesagt, nicht so mein Fall«, murmelt Sven, während er seinen Jüngsten daran hindert, sich die Banane komplett in den Mund zu stopfen.

»Spießer«, frotzelt Bastian.

»Eher Traditionalist, würde ich sagen«, gibt Sven zurück.

»Egal, es fehlen jedenfalls noch einige.«

»Rantum, Hörnum, Wenningstedt und List haben jeweils auch noch eine Kirche. List hat sogar zwei«, mischt sich Anja ein. »St. Jürgen ist evangelisch und St. Raphael katholisch. Aber für eure Zwecke sind die einzelnen Kirchengebäude gar nicht wichtig. Was ihr wissen müsst, ist, wie viele Gemeinden es auf der Insel gibt. Und das sind sechs. Drei evangelische, eine katholische, eine dänische und eine freikirchliche. Deren Verwaltungen haben im Zweifelsfall die Unterlagen über Jugendfreizeiten.«

»Respekt!« Bastian deutet eine Verbeugung an. »Du kennst dich echt aus.«

»Mein Vater war Organist in Keitum, habe ich das nie erzählt? Ich war als Kind in Kirchenkreisen bestens vernetzt.«

»Warst du vielleicht selbst auch mal auf so einer Freizeit?«, will Bastian jetzt wissen.

»Jedes Jahr. Und eigentlich immer im Klappholttal. Das war super. Zwar nicht sehr weit weg von zu Hause, aber trotzdem war alles anders. Keine Eltern eben. Und die Betreuer oder Teamer, wie sie genannt wurden, waren nur wenige Jahre älter als wir.«

Alle drei Kommissare starren Anja plötzlich an.

»Du weißt schon, dass uns deine Erinnerungen unheimlich weiterhelfen könnten, oder?«, fragt Bastian.

Anja zuckt die Schultern. »In dem Jahr, um das es geht, war ich noch viel zu klein, um mitzufahren.«

»Aber du weißt vielleicht, wer die Fahrten organisiert hat und wie sie abliefen.«

»Deshalb haben wir euch zum Frühstück eingeladen. Ich wollte nicht, dass Anja hochoffiziell auf dem Revier erscheinen muss, um auszusagen«, erklärt Sven plötzlich mit todernster Stimme.

»Und ich dachte schon, ihr mögt uns.« Bastian setzt eine beleidigte Miene auf.

»War ein Scherz, Kumpel.«

»Ach was«, antwortet Bastian grinsend, wird aber schnell wieder ernst. Er wendet sich jetzt ganz Anja zu. »Erzähl uns alles, was du über die Organisation dieser Freizeiten weißt.«

»Kurz vor dem Abitur war ich selbst einmal Teamerin. Damals wurden zumindest die evangelischen Freizeiten der drei Gemeinden zentral in Westerland koordiniert. Wenn ihr also wissen wollt, wer zuständig war, müsst ihr nur auf die Predigertafel gucken, die in St. Niels an der Seitenwand hängt. Da sind ja alle Pfarrer mit ihren Amtszeiten verzeichnet.«

Bastian und Sven blicken sich an. »Da hätten wir eigentlich auch selbst draufkommen können«, murmelt Bastian schließlich. Dann schlägt er vor: »Machen wir's doch so. Du, Sven, kümmerst dich um die evangelische Spur und kontaktierst den Pfarrer oder seinen Nachfolger. Das ist vermutlich recht schnell erledigt, so dass ihr als Familie noch was vom Wochenende habt. Ich versuche gleichzeitig, bei den Katholen, den Dänen und den Freikirchlern irgendetwas in Erfahrung zu bringen. Wahrscheinlich ist es sogar praktisch, dass jetzt Wochenende ist. Nach einem Gottesdienst gibt es immer jemanden, den man ansprechen kann.«

»Und wenn ihr bis Montag keine Ergebnisse habt, schließt die Bispingen den Fall. Das habe ich doch richtig verstanden?« Silja bemüht sich sehr um einen unaufgeregten Tonfall. Es ist ihr wichtig, dass niemand das Drängende hinter ihrer Frage bemerkt.

Bastian nickt. »Dann können wir nur noch außerhalb unserer Dienstzeit weitermachen. Und wenn wir trotzdem dienstliche Kanäle nutzen, sollten wir uns besser nicht dabei erwischen lassen.«

»Ich helfe euch«, verkündet Silja plötzlich und wendet sich direkt an Bastian. *Jetzt nur keinen Fehler machen. Nicht zu eifrig wirken, nicht zu sehr drängen.* »Du kannst unmöglich alle Gottesdienste gleichzeitig besuchen. Wir sollten die Insel unter uns aufteilen. Wie wäre es, wenn ich den Süden, also Hörnum und Rantum übernehme? Vielleicht treffe ich sogar Leute, die ich von früher kenne. Schließlich haben wir in Rantum gewohnt, bevor meine kleine Schwester …« Sie bricht ab und senkt den Blick.

»Lieb, dass du das anbietest. Aber ich fand die Idee, dass du dich am Wochenende mal entspannst, gar nicht so schlecht«, antwortet Bastian.

»Ich mache nach den Gottesdiensten lange Spaziergänge, versprochen«, antwortet Silja hastig.

Im Geiste sieht sie die Rantumer Reetdachkirche vor sich. Dort ist sie konfirmiert worden. Während des Gottesdienstes hat sie immer wieder auf das große moderne Pfingstfenster geschaut. Die Sonne, die durch die vielen kleinen tropfenförmigen Scheiben fiel, tauchte das gesamte Kirchenschiff in gelbes, rotes und orangefarbenes Licht. Ein Bild der Hoffnung, eine eindrucksvolle Visualisierung des Heiligen Geistes, der über die andächtig Betenden kommen sollte.

Genau dort werde ich mich morgen zum Gottesdienst einfinden. Und innig darum bitten, dass der Heilige Geist mich erleuchten möge. Auch wenn das, was ich vorhabe, nicht besonders christlich ist. Oder vielleicht doch? Heißt es nicht schon in der Bibel, Auge um Auge, Zahn um Zahn? Es muss ja niemand wissen, dass ich nach dem Gottesdienst keine Zeit mit einer Befragung des Pfarrers verschwenden, sondern meinen ganz eigenen Weg gehen werde. Zu allem entschlossen und allein.

Silja denkt kurz nach, dann verbessert sie sich innerlich. *Nein, nicht ganz allein. Meine Dienstwaffe wird mich begleiten.*

Samstag, 6. Februar, 12.10 Uhr, Landhaus Severin*s, Morsum

Maria Wallot steht am Fenster und blickt über die winterliche Heide. Für einen kurzen Moment ist die Sonne herausgekommen und taucht die Landschaft in ein zauberhaftes Licht. Die Verlegerin hat bereits ihre Sachen gepackt und müsste nur noch alles ins Auto laden. Aber irgendetwas hält sie zurück. Vielleicht sollte sie zu einem letzten Spaziergang an der Steilküste entlang aufbrechen. So vieles ist in den letzten Tagen geschehen, das ihre Zukunft beeinflussen wird. Nach der Ankunft Alice Zabriskis und der Entdeckung des Skeletts in der Heide sah es für die geplante Zusammenarbeit des Verlages mit der Archäologin zunächst düster aus. Zeitweise mussten sie sogar um das Leben Alice Zabriskis fürchten. Doch dann fand Fred Hübner die alte Dame entkräftet und verletzt am Bahndamm und hat sich damit ihr Vertrauen verdient. Der Erfahrungsbericht der furchtbaren Entführung wird geschrieben werden, und vielleicht hat für dieses Projekt sogar die Verletzung Zabriskis ihr Gutes, denn die Ruhe im Krankenhaus ist ihrer Konzentration durchaus förderlich.

Eine Rettung des Wallot-Verlages rückt damit in greifbare Nähe, obwohl die Entdeckung des Schädels auf dem ehemaligen Grundstück ihrer Eltern Maria zunächst in weitere Schwierigkeiten zu stürzen drohte. Aber inzwischen scheint sogar der äußerst bärbeißige Kommissar Kreuzer eingesehen zu haben, dass weder sie noch die Eltern in den Fall verwickelt waren. Jedenfalls hat er sich in den letzten Tagen nicht mehr gemeldet. Allerdings ist Maria nicht sicher, ob sie ihn nicht besser von der geplanten Abreise unterrichten sollte. Er hatte sie ja gebeten, auf der Insel zu bleiben. Doch gilt das noch? Hat Kreuzer eigentlich jemals ein wirkliches Verbot der Abreise ausgesprochen?

Maria will keinen Ärger, nicht jetzt, nachdem sich so vieles so gut gefügt hat. Selbst ihr Groll auf Fred Hübner hat sich inzwischen gelegt. Was hätte sie auch mit einem Liebhaber anfangen sollen, der gleichzeitig das zukünftige Zugpferd ihres Verlages ist? Es ist niemals gut, Privates und Geschäftliches zu verquicken. *Don't fuck the company*, an diesen Spruch hat sie sich bisher immer gehalten. Warum sollte sie plötzlich davon abweichen? Das wäre entschieden kompliziert und darüber hinaus auch ziemlich anstrengend geworden.

Gerade will Maria sich vom Fenster abwenden, um nach dem Telefon zu greifen, als eine Bewegung ihre Aufmerksamkeit erregt. Eine Gestalt in beigefarbenem Anorak geht in gebückter Haltung langsam quer durch die Heide. Es sieht aus, als suche sie etwas am Boden. Plötzlich hebt sie den Kopf und schaut sich spähend um. Maria erkennt, dass es sich um einen älteren Mann handelt. Er wirkt, als wolle er sichergehen, dass er nicht beobachtet wird.

Unwillkürlich weicht Maria ein Stück zurück. Doch der Mann schaut nicht zu den Fenstern des Landhauses hinauf.

Was tut er dort unten? Vielleicht hat er nur etwas verloren, sein Portemonnaie, die Kappe eines Fotoapparats oder Ähnliches. Trotzdem bleibt die Frage, warum er überhaupt vom gekennzeichneten Weg abgewichen ist. Soweit Maria weiß, ist das in Naturschutzgebieten generell verboten.

Schnell greift sie nach dem Handy und ruft die Nummer von Kommissar Kreuzer auf. Der Ermittler nimmt den Anruf mit einiger Verspätung an. Seine Stimme klingt verschlafen und dabei ziemlich sexy, findet sie.

»Maria Wallot hier. Ich hoffe, ich störe Sie nicht.«

»Kommt drauf an. Was gibt's denn?«

»Zwei Dinge. Erstens wollte ich Sie fragen, ob es in Ordnung ist, wenn ich die Insel verlasse.«

»Von uns aus schon. Wir wissen ja, wo wir Sie erreichen können.« Kreuzer räuspert sich, und etwas raschelt im Hintergrund. *Er wird doch wohl nicht noch im Bett liegen*, überlegt Maria. Doch bevor sie ihre Phantasie spielen lassen kann, redet der Kommissar weiter. »Und zweitens?«

»Ich weiß jetzt nicht, ob das wichtig ist, aber hier schleicht jemand in der Heide herum und scheint irgendwas am Boden zu suchen. Ich habe es zufällig gesehen, als ich aus dem Fenster geguckt habe.«

»Sie reden von einem Mann?«

»Genau. Er ist schon älter und gekleidet wie ein typischer Rentner. Beigefarbene Windjacke und derbe Stiefel, soweit ich das erkennen kann.«

»Was macht er genau?« Die Stimme des Kommissars hört sich jetzt deutlich wacher an.

»Er hält den Kopf gesenkt und guckt bei jedem Schritt nach links und rechts.«

»Interessant. Das würde ich mir gern mal ansehen. Aber wenn ich jetzt losfahre, ist er sicher weg, bis ich bei Ihnen bin. Wissen Sie was? Tun Sie mir den Gefallen und gehen Sie raus und fragen ihn, wonach er sucht. Und wenn Sie es irgendwie anstellen können, dann machen Sie ein Handyfoto von ihm. Wäre das möglich?«

Maria zögert. Die Ermittler haben sie nicht immer so zuvorkommend behandelt, dass sie nun den Impuls verspürt, ihnen zu helfen. Andererseits ist sie selbst längst neugierig geworden.

»Frau Wallot, bitte«, setzt Kommissar Kreuzer drängend nach.

»Okay, ich versuch's.«

Samstag, 6. Februar, 12.38 Uhr, Naturschutzgebiet Morsum Kliff

Thieß Hansen hat ein ungutes Gefühl. Er fühlt sich beobachtet, obwohl weit und breit niemand zu sehen ist. Im Februar sind nur wenige Touristen auf der Insel, jedenfalls vor dem Biikebrennen am einundzwanzigsten. Und die Sylter gehen zwar gern am Wochenende hier spazieren, aber nicht unbedingt dann, wenn wie heute der Wind recht heftig bläst und überdies für den Mittag Regen angekündigt ist. Trotzdem muss Thieß auf der Hut sein. Er weiß genau, dass sein Verhalten nicht nur illegal, sondern auch höchst verdächtig ist.

Mit seinen alten Wanderstiefeln steht er mitten in der Heide und sucht den Boden ab. Überall sind die Spuren der Baggeraktion zu sehen. Zwischen den Heidepflanzen klaffen große Lücken, aus denen die Naturschützer die aggressiven Rosenwurzeln entfernt haben. Sorgenvoll lässt Thieß seinen Blick wandern.

Als er plötzlich eine Bewegung am Rand seines Gesichtsfeldes wahrnimmt, erstarrt er für wenige Momente, dann richtet er sich auf. Eine Frau mittleren Alters läuft mit schnellen Schritten den Weg hinab. Als sie nur noch wenige Meter von ihm entfernt ist, bleibt sie kurz stehen, dann macht sie beherzt einen großen Schritt und kommt mitten durch die Heide direkt auf ihn zu.

»Ich habe Sie von meinem Fenster aus beobachtet.« Eine schnelle Handbewegung deutet hinüber zum *Landhaus Severin*s.* »Jetzt frage ich mich, was Sie suchen und ob ich Ihnen vielleicht helfen kann.«

»Sind Sie extra deswegen heruntergekommen?«, erkundigt sich Thieß misstrauisch.

Nickend gesteht sie: »Ich war auch neugierig. Immerhin ist hier in der Nähe vor wenigen Tagen ein Skelett ausgegraben worden. Das wissen Sie sicher.«

»Man müsste schon blind und taub sein, um das nicht mitzubekommen«, murmelt Thieß. »Aber damit habe ich nichts zu tun, das können Sie mir glauben. Ich suche nach den Stellen, an denen im Sommer der Enzian wächst. Es gibt ihn nur hier auf dem Kliff, und er steht unter Naturschutz.«

»Ich verstehe zwar nicht viel von Pflanzen, aber dass Sie jetzt im Februar mit Ihrer Suche wenig Erfolg haben dürften, weiß selbst ich«, gibt sie mit gerunzelter Stirn zurück.

»Ich suche ja nicht nach den Pflanzen an sich, sondern nach den Stellen, an denen sie gewohnheitsmäßig wachsen. Die kenne ich ziemlich genau. Und wenn die Kollegen vom Naturschutzamt mit ihrem Kleinbagger nicht richtig aufgepasst haben, dann sind die unterirdischen Pflanzenteile jetzt weg. Einfach mit den Rosenwurzeln entfernt.«

Thieß weiß selbst, wie dämlich seine Ausführungen klingen. Aber andererseits ist er nicht verpflichtet, einer beliebigen Touristin Auskunft über seine Aktivitäten zu geben. Soll die sich doch um ihre eigenen Belange kümmern. Und mit dem Naturschutz scheint sie es selbst nicht so genau zu nehmen, sonst wäre sie wohl kaum ohne zu zögern mitten durch die Heide gelaufen. Wer weiß, was sie dabei alles niedergetrampelt hat.

Er mustert die Frau mit grimmiger Miene. Wenn es nach ihm ginge, dann könnten diese aufdringlichen Touristen ohnehin bleiben, wo der Pfeffer wächst. Sylt den Syltern, das war schon immer seine Maxime. Was soll er sich also lange mit dieser neugierigen Dame auseinandersetzen? Das Beste wird es sein, sie mit einer knappen Formel abzuspeisen und einfach stehen zu lassen. Soll sie ihre Nase zukünftig in die Angelegenheiten anderer Leute stecken.

Während Thieß noch darüber nachdenkt, wie er diese neugierige Frau am besten loswird, zieht die plötzlich ein Handy aus der Jackentasche und richtet es auf ihn. Verwirrt blickt Thieß Hansen auf das Gerät, dann hört er das leise Klicken, das einem echten Fotoapparat nachempfunden ist.

»Was fällt Ihnen ein? Sie können mich doch nicht einfach so fotografieren!«

Doch bevor er seinen Satz beenden kann, hat sie sich schon weggedreht. Mit schnellen Schritten läuft sie zurück zum Weg und verschwindet wenig später im Landhaus.

Samstag, 6. Februar, 18.00 Uhr, St. Niels, Westerland

Sven Winterberg betritt die alte Dorfkirche mit einem beklommenen Gefühl. Zwar ist er evangelisch, beide Kinder sind getauft, und geheiratet haben er und Anja ebenfalls kirchlich. Doch wann war er zum letzten Mal in einem Gottesdienst? Noch nicht einmal Weihnachten haben sie es im letzten Jahr geschafft. Klein-Mäxchen hatte in den Tagen vor dem Fest Fieber und Husten, und in Kampen gibt es keine Kirche. Also war ihnen alles zu weit, zu beschwerlich, zu kompliziert. Und an ganz gewöhnlichen Wochenenden war Sven seit seiner eigenen Konfirmandenzeit nicht mehr im Gottesdienst, eine Erfahrung, die er wahrscheinlich mit vielen seiner Generationsgenossen teilt.

Es haben sich nicht mehr als zwanzig Personen hier versammelt, und dabei hat Sven die Pastorin schon mitgezählt. Fast alle Gottesdienstbesucher haben Grauschöpfe, eine einzige Familie sticht heraus.

Während der Kommissar auf einer der weiß lackierten Holzbänke Platz nimmt, blickt er sich um. Von den dunklen Deckenbalken hängen Messingleuchter, in deren Licht die Predigertafeln an der linken Seitenwand gut lesbar sind. Jetzt weiß Sven schon mal, dass Pastor Gerd Dannenberg Anfang der achtziger Jahre für die Jugendfreizeiten zuständig gewesen sein muss.

Die Abendandacht ist kurz, und als die Gottesdienstbesucher die Kirche verlassen, bleibt Sven in seiner Bank sitzen und wartet.

Als Letzter verlässt er die Kirche und schüttelt der Pastorin die Hand. Fast scheut er sich, seinen Dienstausweis zu zücken.

Augenblicklich erlischt die freudige Überraschung im Blick der Pastorin. »Und ich dachte schon, wir hätten ein neues Mitglied in der Gemeinde«, murmelt sie enttäuscht.

»Ich bin durchaus ein Mitglied der Gemeinde, nur viel zu selten in der Kirche«, entschuldigt sich Sven.

Sie lächelt. »Da sind Sie nicht allein. Leider.«

Auf seine Frage nach alten Aufzeichnungen über die Jugendfreizeiten zuckt sie nur die Schultern. »Ich glaube kaum, dass Sie darüber noch etwas herausfinden können.« Auch Pastor Dannenberg habe sie nicht mehr persönlich kennengelernt. »Und ein Besuch an seinem Grab wird Ihnen nicht viel nützen, nehme ich an. Allerdings hat er, soweit ich weiß, ausführliche Chroniken über die Organisten und Pastoren unserer Gemeinde verfasst. Aber Jugendfreizeiten … nein, ich fürchte, da kommen wir nicht weiter.«

Schon will Sven sich verabschieden, als die Pastorin noch einmal nachhakt. »Warten Sie mal, vielleicht könnte Holger Sudig Ihnen weiterhelfen.«

»Wer ist das?«

»Unser ehemaliger Friedhofsgärtner. Er ist seit einigen Jahren im Ruhestand, hat aber vorher über dreißig Jahre in unserer Gemeinde gearbeitet. Als wir ihn verabschiedet haben, hat er von irgendwelchen Jugendfreizeiten geschwärmt, die er als jüngerer Mann begleitet hat. Jedenfalls meine ich, mich daran erinnern zu können.«

»Klingt interessant. Können Sie mir seine Adresse geben?«

»Da muss ich nachschauen. Kommen Sie doch kurz mit, das Pfarrhaus ist ja gleich um die Ecke.«

Sonntag, 7. Februar, 10.22 Uhr, Kirche St. Peter, Rantum

Zögernd steigt Silja aus ihrem Wagen, den sie ganz in der Nähe der evangelischen Kirche parken konnte. Die Glocke in dem separaten Holzturm bimmelt, das Reetdach der Kirche glänzt feucht im Morgennebel, die Tür steht einladend offen.

Mit gesenktem Kopf nähert sich die Kommissarin der Pforte. Sie will auf keinen Fall erkannt werden, im Grunde genommen ist es sogar äußerst leichtsinnig von ihr, überhaupt diesen

Gottesdienst zu besuchen. Aber sie hat sehr genaue Vorsätze. Sie wird auf keinen Fall mit dem Pastor sprechen, sie wird überhaupt mit niemandem sprechen, denn was sie wirklich vorhat, wird sie erst nach dem Gottesdienst erledigen.

Aber Bastian wäre misstrauisch geworden, wenn sie heute früh nicht gleichzeitig mit ihm aufgebrochen wäre, und außerdem war sie selbst viel zu nervös, um sich noch länger in der gemeinsamen Wohnung aufzuhalten. Es war ein wenig schwierig, die Dienstwaffe vor Bastian zu verbergen, aber zum Glück hat eine ihrer Winterjacken äußerst geräumige Taschen. Während Silja auf die Kirchentür zugeht, streichelt sie fast abergläubisch über das kalte Metall der Waffe.

Außer der Kommissarin gibt es nur wenige Gottesdienstbesucher.

Ein alter Mann, ganz in Schwarz gekleidet, mit schütterem grauen Haupthaar und einem strubbeligen Bart. Zwei herausgeputzte Frauen mittleren Alters, die sich auch noch im Kircheninneren angeregt und viel zu laut unterhalten. Eine Gruppe kichernder Mädchen, sicher Konfirmandinnen, die sich zielstrebig in die erste Reihe setzen, damit der Pastor auf jeden Fall Notiz von ihnen nimmt. Ganz außen scheint noch eine Familie zu sitzen. Silja sieht einen grauen Borstenschnitt, sorgfältig frisierte dunkle Locken und drei Kinderköpfe, die sich eifrig hin und her bewegen.

Silja nimmt in der vorletzten Reihe Platz, die Tür als Fluchtmöglichkeit direkt hinter sich. Sie weiß nicht genau, was sie von diesem Gottesdienst zu erwarten hat, sie kann nicht einschätzen, welche Erinnerungen während der nächsten halben Stunde in ihr aufsteigen werden. Hier sind schließlich alle ihre Schwestern und auch sie selbst konfirmiert worden. In diesen Kirchenbänken hat sie mit ihren Eltern gesessen.

Besser gar nicht daran denken, ermahnt sich Silja, *sonst fange ich gleich an zu heulen.*

Sie konzentriert sich auf den Gottesdienst. Zwei der Lieder kennt sie, die anderen klingen neumodisch in ihren Ohren und sind ihr fremd. Die Predigt ist mäßig inspirierend und recht kurz. Als der Schlusssegen erteilt wird, ist sie fast schon enttäuscht darüber, dass der Gottesdienst sie weniger mitgenommen hat als erwartet. Alles ruckelt und rutscht in den Bänken herum, auch Silja will gerade aufstehen, da fällt ihr Blick auf die vermeintliche Familie vor ihr. Die beiden Erwachsenen sind älter, als es von hinten den Anschein hatte. Die drei Kleinen sind augenscheinlich eher die Enkel als die Kinder des Paares.

Und den grauhaarigen Mann mit dem Bürstenhaarschnitt kennt Silja besser, als ihr lieb ist. Ausgerechnet ihn heute hier zu treffen, haut sie um. Ihr Herz rast, ihre Hände zittern, selbst die Knie beginnen zu schlackern. Und hätte sie nicht schnell beide Handflächen dazwischengelegt, dann würde das Aneinanderschlagen der Kniescheiben bestimmt durchs ganze Gotteshaus hallen, davon ist Silja fest überzeugt.

Sie weiß, sie sollte nach unten sehen, sie weiß, sie darf sich auf keinen Fall zu erkennen geben, sonst ist ihr gesamter Plan in Gefahr. Aber sie kann den Blick nicht abwenden. Sie verhält sich genau wie das Kaninchen vor der Schlange. Sie starrt und starrt und starrt. Doch der Grauhaarige scheint viel zu sehr mit seinen quirligen Enkeln beschäftigt, um Augen für die anderen Gottesdienstbesucher zu haben. Einmal blickt er kurz in ihre Richtung, aber seine Augen gleiten sofort über sie hinweg.

Glück gehabt.

Nur langsam beruhigt sich Siljas pochendes Herz. Sie

bleibt noch einige Minuten in ihrer Bank sitzen, dann bemerkt sie, dass die Kirche längst leer ist und der Pastor am Ausgang nur noch auf sie wartet. Schnell eilt sie hinaus, gibt ihm mit gesenktem Kopf die Hand und würgt ziemlich unhöflich das Gespräch ab, das er gern beginnen möchte.

Plötzlich schämt sie sich für diesen Kirchenbesuch. Er war nicht nur unnötig, sondern auch gefährlich. Und der arme Pastor wird sich beim Mittagessen vermutlich Gedanken darüber machen, wer um alles in der Welt die mysteriöse junge Frau war, die zwischen seinen wenigen Schäfchen gesessen hat.

Sonntag, 7. Februar, 11.37 Uhr, Kirche St. Jürgen, List

Durchgefroren und entmutigt schließt Bastian Kreuzer seinen Wagen auf. Er lässt sich auf den eiskalten Sitz fallen und startet den Motor in der Hoffnung, dass es bald wärmer wird. Der Kommissar fühlt sich frustriert und ausgebrannt. Er versucht zunächst, Silja zu erreichen, doch als sie nicht abhebt, klingelt er bei Sven durch.

»Winterberg, moin, moin.«

»Fehlschlag auf der ganzen Linie«, verkündet Bastian ohne jede Einleitung. »Dafür, dass ich es geschafft habe, drei Gottesdienste quasi gleichzeitig zu besuchen und die Pfarrer oder Pastoren jedes Mal vor oder nach der Veranstaltung abzupassen, hätte der liebe Gott durchaus ein Einsehen haben können. Schließlich geht es um eine Mordermittlung, und er hat selbst gesagt: *Du sollst nicht töten.* Das ist doch wohl eindeutig, oder? Aber anstatt mir hilfreich unter die Arme zu greifen, wirft der Herr mir nur Knüppel in den Weg. Der eine

Gottesmann ist so vergesslich, dass ich auch ohne medizinische Vorbildung Alzheimer im Frühstadium diagnostizieren würde. Der zweite hält nichts von Jugendfreizeiten, hat auch noch nie was davon gehalten – und unter uns gesagt habe ich das Gefühl, dass er generell alle jungen Leute unter dreißig für minderwertige Mitglieder der Gesellschaft hält. Und in der dritten Gemeinde scheint das Personal alle zwei Jahre zu wechseln, keine Ahnung, was die mit ihren Predigern anstellen. Oder die Prediger mit der Gemeinde. Und eigentlich will ich das auch gar nicht wissen.«

»Bist du jetzt fertig?« Svens Stimme klingt eher belustigt als genervt.

»Fix und fertig, um genau zu sein«, knurrt Bastian. »Außer, dass ich mir auf diversen harten Holzbänken den Arsch abgefroren habe, gibt es absolut nichts, was irgendwie als Erfolg gewertet werden könnte. Am liebsten würde ich die Bispingen jetzt gleich anrufen und sie darum bitten, den Fall sofort wieder zu den Akten zu legen.«

»Verstehe ich vollkommen. Dafür, dass wir fast von Beginn an drei wunderbar passende Verdächtige hatten, die entweder supergute Motive oder aber supergute Gelegenheiten für die Verschleierung der Taten hatten, ist unsere Ausbeute peinlich schlecht. Erinnere dich bitte: Mein Exchef bringt sich um, allerdings nicht, ohne uns posthum noch einwandfreie Alibis zu präsentieren. Andreas Kaltenbach, der vermutlich sogar den Tod seiner Lebensgefährtin verschuldet hat, bleibt auch nach längerer Untersuchungshaft glitschig wie ein Fisch und leugnet hartnäckig. Und diesem undurchsichtigen Landschaftspfleger, der nachweisbar die Entdeckung des Skeletts über Jahre verhindern konnte, lässt sich trotz aller Bemühungen kein Kontakt zur pädophilen Szene nachweisen.«

»Hör mir bloß mit dem auf. Der wühlt immer noch in der Heide rum.«

»Wie meinst du das?«

»Gestern rief mich die Verlegerin an. Maria Wallot, die neue Intimfeindin unserer Staatsanwältin. Sie hat kurz vor dem Auschecken im *Landhaus Severin*s* noch einen Zusatzjob als verdeckte Ermittlerin von mir aufgedrückt bekommen.«

»Bastian? Hallo? Phantasierst du jetzt schon? Ist dir unser Misserfolg dermaßen aufs Hirn geschlagen?«

»Nee. Sie hat mich angerufen und von einem Typen erzählt, der quer durch die Heide marschiert und den Boden inspiziert. Fand sie auffällig. Da habe ich sie gebeten, mal runterzugehen und ein Foto zu machen. Zehn Minuten später hat sie mir ein echtes Starporträt von unserem Landschaftspfleger Thieß Hansen gemailt.«

»Hat sie ihn auch gefragt, was er da treibt?«

»Angeblich wollte er sich nur überzeugen, ob die Enzianpflanzen am Morsum Kliff den Einsatz seiner alten Truppe überlebt haben.«

»Das klingt so bescheuert, dass es durchaus wahr sein könnte.«

»Dazu will ich mich gar nicht äußern«, seufzt Bastian. Er ist inzwischen auf der langen, geraden Strecke zwischen List und Kampen angekommen. Weder vor noch hinter ihm ist ein Wagen in Sicht und dass die Kollegen ausgerechnet im kalten Februar hier eine Mausefalle einrichten, hält er für sehr unwahrscheinlich. Und selbst falls doch, hat er es eben eilig gehabt. Bastian tritt das Gaspedal durch und fühlt mit einer gewissen Befriedigung, wie das Tempo ihn in den Sitz drückt.

»Wie war's denn bei dir, Kumpel?«, erkundigt er sich aufgeräumt.

»Anfänglich nicht viel besser«, antwortet Sven. »Der alte Westerländer Pastor ist tot. Er hat zwar jede Menge Aufzeichnungen über die Geschichte der Gemeinde hinterlassen, aber Jugendfreizeiten kommen darin nicht vor. Und der jetzigen Pastorin ist nur ein einziger Zeuge eingefallen, der etwas wissen könnte. Der inzwischen pensionierte Friedhofsgärtner.«

»Du willst mir nicht im Ernst mit der abgedroschensten aller Nummern kommen? ›Der Mörder ist immer der Gärtner, und der schlägt erbarmungslos zu‹«, singt Bastian. Dann fügt er wieder ernst hinzu: »Nur weil ein Friedhofgärtner berufsmäßig über Spaten und Schaufel verfügt, muss er nicht auch gleich Leichen verbuddeln.«

»Stopp, lass mich ausreden. Ich habe nämlich schon mit dem Gärtner gesprochen. Holger Sudig heißt er und hat als jüngerer Mann einige der Freizeiten begleitet. Und, was wichtiger ist, er kann sich nicht nur daran erinnern, sondern hat auch von jeder der Freizeiten ein Gruppenbild gemacht. Die sind alle fein säuberlich in einem Album eingeklebt, das er mir großzügig überlassen hat. Nur als Leihgabe natürlich.«

»Und vom August-Termin gibt's auch ein Bildchen?«

»Jepp.«

»Es stehen aber nicht zufällig die Namen aller Teilnehmer unter den entsprechenden Personen?«

»Was glaubst du denn? Natürlich nicht. Das Bild ist auch ziemlich verblasst und nicht ganz scharf. Aaaaber, und jetzt halt dich fest ...« Sven holt tief Luft und macht eine Kunstpause.

»Ich sitze bereits, kannst ruhig weiterreden.«

»Ich habe vorhin das Bild abfotografiert und hochauflösend vergrößert. Anschließend die Personen mit den aktuellen Fotos unserer Verdächtigen abgeglichen. Ich will's nicht beschwören, aber sowohl Andreas Kaltenbach als auch Hanns Lohse könnten dabei gewesen sein.«

»Nein!«

»Doch, unmöglich ist es nicht. Lohse ist tot, aber Kaltenbach können wir noch fragen. Angesichts dieses Bildes wird er kaum lügen.«

»Okay, super. Und anschließend machen wir die Gegenprobe und legen das Foto der Mutter des ersten Opfers vor. Falls sie den Vergewaltiger erkennt und es einer von unseren Verdächtigen ist, reicht das für einen Haftbefehl.«

»Jepp, so machen wir's.«

»Ich bin übrigens gerade am Ortseingang von Kampen. Kann ich auf 'nen Sprung zu euch rein und mir das Bild auch mal ansehen?«

»Klar. Komm vorbei. Kaffee gibt's auch.«

Sonntag, 7. Februar, 12.07 Uhr, Praxis Dr. Großkopf, Rantum

Mit klopfendem Herzen steht Silja vor dem schmucklosen Sechzigerjahre-Haus. Sie erinnert sich nur zu gut an ihren letzten Besuch. Unten das geschlossene Fischrestaurant, oben die Zahnarztpraxis mit dem freundlichen Arzt, der sich so anrührend nach ihren Eltern erkundigt hat.

Ein starker Schwindel erfasst sie, sie lehnt sich an die Hauswand und beginnt, heftig ein- und auszuatmen. Alles verschwimmt vor ihren Augen, merkwürdige Schlieren wabern über die menschenleere Straße. In Siljas Ohren rauscht es, ihre Knie drohen einzuknicken. Plötzlich ist sie gar nicht mehr sicher, ob es eine gute Idee war, ihren Plan allein durchziehen zu wollen. Doch nun ist sie hier und wird sich durch so eine lächerliche Panikattacke nicht abhalten lassen.

Silja tastet nach der Waffe, die inzwischen ordnungsgemäß im Holster an ihrer Seite verstaut ist. Sie bemüht sich, möglichst langsam zu atmen, und drückt die flachen Hände gegen die Hauswand in der Hoffnung, dass etwas von deren Stabilität auf sie selbst übergreifen möge. Aber wird sie kräftig genug sein, um ihren Plan auszuführen?

Als Bastian gestern früh die Liste mit den verschiedenen Kirchen präsentiert hat, war ihr sofort klar, dass es eine bessere Gelegenheit für einen Alleingang so schnell nicht wieder geben würde. Und war die Begegnung in der Kirche nicht der letzte Hinweis darauf, dass sie haargenau das Richtige tut?

Unter größter Kraftanstrengung stößt sich Silja von der Hauswand ab und strafft das Kreuz. *Reiß dich gefälligst zusammen. Sei keine Memme. Du bist es deiner toten Schwester schuldig.*

Sie dreht sich um und rüttelt an der Tür zur Praxistreppe. Natürlich ist sie verschlossen. Auch die Restauranttür ist zu. Beide wirken massiv und äußerst stabil. Aber vielleicht hat das Restaurant einen Hintereingang. Silja blickt sich aufmerksam um, doch es ist niemand in Sicht, der ihr Treiben beobachten könnte.

Die Kommissarin umrundet das Haus und wird in der Nähe der Mülltonnen und des Parkplatzes fündig. Die Tür ist schmal, unauffällig und deutlich schlechter gesichert als die Vordertüren. Hier gehen vermutlich die Angestellten ein und aus, hier wird angeliefert. Es gibt von außen keine Klinke, vermutlich steht die Tür während der Betriebszeiten des Restaurants immer offen, um zusätzliche Luft hereinzulassen. Eine gängige Praxis bei Sylter Restaurants, die oft mit unzureichenden Klimaanlagen ausgestattet sind, wie Silja weiß. Vielleicht wird dieser Hintereingang auch nach Geschäftsschluss nicht zusätzlich abgeschlossen. Und wenn sie Glück hat, hat auch niemand während der Winterpause daran gedacht.

Silja schiebt probeweise eine starke Plastikkarte auf Höhe des Schlosses zwischen Rahmen und Türblatt. Zunächst tut sich nichts, doch nachdem sie die Karte etwas verkantet hat, gibt der Schnapper nach, und die Tür geht auf. Ein starkes Triumphgefühl breitet sich in der Kommissarin aus, Euphorie flutet ihren Körper und gibt ihr die dringend benötigte Energie zurück.

Silja holt ihre Waffe aus dem Holster und entsichert sie. Anschließend betritt sie einen schmalen Flur, von dem rechts die Tür zur Restaurantküche abgeht, und zieht die Außentür hinter sich ins Schloss. Eine enge Treppe führt nach oben und endet vermutlich direkt am Hintereingang zu den Praxisräumen von Dr. Großkopf. Hier ist zwar das Schloss stabiler, aber die Tür selbst scheint nicht sehr massiv zu sein. Silja zögert nicht lange, nimmt Anlauf und tritt mit ihrem Stiefel kraftvoll gegen das Türblatt. Es knirscht und wackelt ein wenig in den Angeln, aber noch hält es. Doch schon beim dritten Tritt gibt die Pressholztür splitternd nach.

Silja steht am Ende des langen Ganges, den sie nur von der anderen Seite kennt. Rechts von ihr führt eine Tür ins Labor, wie die Beschriftung aussagt, links befinden sich eine offene Teeküche mit angeschlossenem kleinen Aufenthaltsbereich und eine Mitarbeitertoilette. Eine Wanduhr tickt leise vor sich hin, ansonsten ist es still.

Die Kommissarin nimmt die Waffe in die rechte Hand und öffnet mit der linken die Tür zum Labor. Der Raum ist quadratisch und wirkt wie eine sterile Küche, in der obskure Geräte lagern, die ganz bestimmt nicht zum Kuchenbacken geeignet sind. Silja tritt ein und lässt sich auf einen Drehstuhl fallen, der vor einer schmalen Arbeitstheke steht. Hier ist niemand, und auch die restlichen Praxisräume dürften verwaist sein. Es ist Sonntagmittag, überall steht der Braten auf dem Tisch. Familien versammeln sich, und auch Dr. Großkopf wird mit seiner Frau und den Enkeln am häuslichen Esstisch sitzen.

Silja kann es immer noch nicht fassen, dass bisher nicht der Schatten eines Verdachts auf ihren früheren Zahnarzt gefallen ist. Wie haben Bastian, Sven und sie selbst nur so verblendet sein können, den Assoziationssprung von den fehlenden Zähnen zu jemandem, der professionell damit zu tun hat, nicht zu machen? Erst als Silja gestern den Mitschnitt der Vernehmung von Thieß Hansen abhörte, fiel bei ihr der Groschen.

Wenn der Gärtner Leif Mortensen in der physiotherapeutischen Praxis von Großkopfs Ehefrau behandelt wurde, ist es nicht ausgeschlossen, sondern eher sogar wahrscheinlich, dass sein kurioses Verhalten auch im Hause Großkopf für eine Anekdote gut war. Der Zahnarzt wusste also immer genau, wann Mortensen den Kompost umsetzen würde. Außerdem kannte er nachweislich zwei der drei Opfer, denn er hatte sowohl Siljas Schwester als auch Gitta Kaltenbach behandelt. Und last but not least würde sich so endlich eine vernünftige Erklärung für die einbehaltenen Zähne bei allen drei Opfern finden lassen. Dass psychisch kranke Mörder häufig Souvenirs ihrer Opfer aufheben, weiß jeder Ermittler nur zu gut. Dass es in diesem Fall einen deutlichen Bezug zum Tätigkeitsfeld des Täters geben könnte, hätte ihnen längst auffallen müssen.

Jetzt muss Silja die Zähne der drei Mordopfer nur noch finden. Inzwischen ist sie fest davon überzeugt, dass es für einen Zahnarzt kein besseres Versteck geben kann als direkt in seiner Praxis, wo man sozusagen vor lauter Gebissabdrücken den einzelnen Zahn nicht mehr sieht.

Sie schließt die Augen, um sich besser konzentrieren zu können. Wo würde sie an Großkopfs Stelle diese Zähne verstecken? Es muss ein Ort sein, der einerseits vor den neugierigen Blicken der Praxismitarbeiter gut geschützt ist, andererseits dem Täter ab und an einen Blick oder auch den Zugriff auf seine Trophäen erlaubt.

Während die Kommissarin noch nachdenkt, knackt etwas im Nebenraum. Sie umklammert ihre Waffe fester und versucht, sich das Geräusch zu erklären. Vielleicht eine Maschine, die sich selbst wartet? Oder irgendein Tier, möglicherweise eine Maus, die in die sonntäglich verlassenen Räume eingedrungen ist? Nein, keine Maus, dafür ist es hier viel zu sauber. Aber ein größeres Insekt, das vorgestern beim Lüften versehentlich eingesperrt worden ist und nun verzweifelt nach einem Ausgang sucht, könnte doch durchaus gegen eines der geschlossenen Fenster geflogen sein.

Angespannt lauscht Silja in die Stille.

Aber das Knacken wiederholt sich nicht. Sie wartet noch ein paar Minuten, dann steht sie auf, um ihre Suche nach den Zähnen zu beginnen. Doch sobald sie die Türen der diversen Wandschränke geöffnet hat, wird ihr klar, wie aussichtslos ihr Vorhaben ist.

Unzählige Abdrücke stapeln sich auf den Regalen. Selbstverständlich sind alle ordentlich beschriftet. Aber wem würde es schon auffallen, wenn auf einem der hinteren und vermutlich nie wieder benötigten Exemplare das Namensschild ausgetauscht wäre? Oder drei der ursprünglich vorhandenen Zähne durch andere, nämlich die der drei Mordopfer, ersetzt worden wären?

Nur die Spurensicherung könnte hier weiterhelfen. Wobei es selbst für die Kollegen ein tagefüllender Job wäre, zu dessen Genehmigung es mehr als die momentan vorhandenen Indizien bräuchte.

Wut steigt in Silja auf. Jetzt hat sie sich schon so nah an der Lösung des Falls gewähnt, und dann ist sie mit dieser ernüchternden Erkenntnis konfrontiert. Am liebsten würde sie mit einer einzigen Handbewegung diese ganzen Gebisse und Gebissteile aus den Schränken fegen, sie zu einem großen Haufen aus totem Material auf dem Fußboden vereinigen und anschließend darauf herumtrampeln, all ihren Frust über das Misslingen der Ermittlungen, ihre in vielen Jahren angestaute Trauer über den Verlust der kleinen Schwester und die Zerstörung ihrer Familie an diesen monströs wirkenden Gipsteilen auslassen.

Vielleicht hätte die sonst so beherrschte Kommissarin das auch wirklich getan, wenn nicht ein weiteres Geräusch aus dem Nebenraum sie abgelenkt hätte. Ein Scharren, als würde ein Stuhl über den Boden geschoben.

Das ist nie im Leben ein eingesperrtes Insekt, wie konnte ich nur so leichtsinnig sein, nicht zuerst die ganze Praxis zu checken, kann Silja gerade noch denken, dann wird nebenan geräuschvoll eine Tür geöffnet. Wenige Sekunden später steht die große, schlanke Gestalt des Zahnarztes Dr. Jochen Großkopf vor der Kommissarin Silja Blanck.

»Suchen Sie etwas Bestimmtes?«

Sonntag, 7. Februar, 12.10 Uhr, Braderuper Straße, Kampen

Auf dem winterbergschen Küchentisch stehen eine Teekanne, mehrere Tassen und eine Platte mit frisch gebackenem Apfelkuchen. Mette sitzt kauend am Tisch, während Anja auf einer Krabbeldecke am Boden mit dem kleinen Max spielt.

»Hi, Große«, begrüßt Bastian die Tochter seines Kollegen und klatscht sich mit ihr ab. »Alles in Butter?«

»Nö. Meine Alten nerven voll. Aber der Kuchen ist in Ordnung«, antwortet Mette grinsend und schiebt die Kuchenplatte zu ihm hinüber.

Bastian bedient sich, dann wirft er einen verzweifelten Blick auf die Teekanne. »Kann ich vielleicht einen Kaffee haben?«

»Ist schon unterwegs.« Sven deutet auf die Maschine, die bereits blubbernd das Ende der Filterprozedur anzeigt.

»Super, danke.« Bastian lässt sich auf einen der Küchenstühle fallen und sieht sich suchend um. »Das vergrößerte Gruppenfoto vom Klappholttal hast du hier auch irgendwo?«

Wortlos geht Sven hinüber ins Wohnzimmer, holt seinen Rechner und ruft die Bilddatei auf. Sie zeigt insgesamt zehn junge Männer, die sich in zwei Reihen angeordnet haben. Die hintere steht, die vordere kniet auf dem Boden.

»Jetzt erkenne ich es auch. Der Lockenkopf dort hinten. Das muss Kaltenbach sein«, erklärt der Hauptkommissar sofort. »Und direkt daneben, der Schlacks im Streifenshirt, das ist Lohse, oder?«

Sven nickt. »Bei Lohse bin ich mir ganz sicher, den kannte ich ja schon länger, und vor zehn Jahren hatte er noch erheblich mehr Ähnlichkeit mit seinem alten Ich. Was Kaltenbach angeht, hätte ich nicht drauf gewettet. Aber Anja fand die Ähnlichkeit mit ihm vorhin auch eklatant.«

»Ihr müsst euch mal die Nase ansehen«, kommt es prompt von der Spieldecke. »So einen Kolben gibt's bestimmt nicht zweimal.«

»Ganz meine Meinung«, stimmt Bastian zu. Er denkt kurz nach, dann fragt er den Kollegen: »Was meinst du? Leiten wir das Foto gleich an die Mutter des ersten Opfers weiter, damit sie wegen des Vergewaltigers draufguckt. Oder sollen wir auf Silja warten?«

»Ich würde es sofort regeln. Bevor die Bispingen uns die Luft abdreht.«

»Einverstanden. Ich rufe Frau Sander sofort an und kläre mit ihr, wie wir vorgehen wollen.«

Fünf Minuten später hat Bastian das Bild abfotografiert und per WhatsApp nach Husum geschickt. Gleichzeitig installiert er eine Skype-Verbindung zu Babette Sander, die zum Glück zu Hause ist. Bastian und Sven können also live beobachten, wie Lena Sanders Mutter auf die Gesichter der jungen Männer reagiert, von denen jeder ihr damaliger Vergewaltiger hätte sein können.

»Frau Sander, es wäre uns wichtig, dass Sie die Burschen nacheinander betrachten. Fangen Sie bitte oben links an und gehen Reihe für Reihe durch, bis Sie unten rechts angekommen sind. Und bitte vergrößern Sie sich jedes einzelne Gesicht. Wir haben alles getan, um das Optimum aus dem alten Foto herauszuholen. Aber die Bildqualität ist immer noch nicht die beste.«

Babette Sander nickt und öffnet das Foto auf ihrem Handy. Sie setzt sich schräg zum Bildschirm, so dass Bastian und

Sven genau beobachten können, wie sie beide Reihen absucht und die Köpfe vergrößert.

Zuerst ist Lohse an der Reihe, dann Kaltenbach. Babette Sanders Gesicht zeigt bei beiden kein Erkennen.

Bastian muss sich sehr beherrschen, um einen enttäuschten Ausruf zu unterdrücken. Aber er weiß genau, dass diese Gegenüberstellung nur funktionieren kann, wenn die Betrachterin hundertprozentig unbeeinflusst ist. Also lässt er sie weitermachen. Auch wenn die Sache längst gelaufen ist. Gesicht für Gesicht wird vergrößert und wieder verkleinert. Jetzt sind es nur noch drei, noch zwei, noch …

Plötzlich zieht Babette Sander scharf die Luft ein und zeigt auf einen jungen Mann, der ganz außen rechts kniet. Borstige dunkle Haare umrahmen ein breit grinsendes Gesicht. Ein Muskelshirt betont einen kräftigen Körperbau.

»Der war es.« Babette Sanders Stimme flattert.

»Das ist der Mann, der Sie vergewaltigt hat? Sind Sie ganz sicher?« Bastian hat Mühe, seine Überraschung zu verbergen.

Sie nickt, dann wendet sie sich ab.

»Warum kann nicht mal was einfach sein?«, flüstert Sven. »Jetzt haben wir noch einen weiteren Verdächtigen.«

»Von dem wir noch nicht einmal den Namen kennen«, fügt Bastian hinzu. Doch dann schlägt er sich mit der flachen Hand vor die Stirn. »Aber warte. Hast du nicht mal was von irgendwelchen Abizeitungen gesagt, die du im Internet aufgetan hast?«

»Als wir nach Verbindungen zwischen Lohse, Kaltenbach und Hansen gesucht haben, stimmt. Für die anderen aus ihrem Jahrgang haben wir uns damals nicht interessiert. Aber es waren natürlich alle mit ihren Namen verzeichnet. Und Fotos gab es auch.«

Eilig bedankt sich Bastian bei Babette Sander für ihre Hilfe und beendet die Skypesitzung. Dann gibt er den Rechner für Sven frei.

Hektisch klickt der Oberkommissar sich durch seinen Verlauf.

»Wann war das noch mal? Ist schon ein paar Tage her, oder?«, murmelt er. Sekunden später hat er das Gesuchte gefunden. Er blättert kurz durch die virtuellen Seiten, dann schlägt er triumphierend mit der flachen Hand auf den Tisch, so dass alle Anwesenden zusammenfahren.

»Ich hab ihn. Einwandfrei. Jochen Großkopf. Da ist sein Foto, und hier sind die Einschätzungen der Mitschüler. *Leader, Mädchenschwarm, Angeber.* Ist ja eine nette Liste.«

»*Was* hast du gerade gesagt?« Bastian Kreuzers Stimme klingt heiser.

»Leader, Mädchenschwarm, Angeber. Warum?«

Erst jetzt sieht Sven dem Kollegen ins Gesicht. Bastian ist aschfahl geworden, hektisch sucht er seine Sachen zusammen.

»Ich meine den Namen. *Großkopf.* Ich wusste die ganze Zeit, dass ich was übersehen habe. Die Vernehmung von Hansen, erinnerst du dich? Silja hat extra die Aufnahme abgehört. Und jede Wette, dass sie es gemerkt hat. Wir müssen los. Sofort.«

»Was gemerkt? Wohin fahren wir? Erklär dich mal.«

»Dafür ist jetzt keine Zeit. Zieh dich an, mach schon. Und greif dir deine Dienstwaffe.«

»Die ist im Kommissariat, weißt du doch.«

»Dann müssen wir da vorbei. Los komm, bevor es zu spät ist.«

Unter den überraschten Blicken von Anja und Mette stürmen die beiden aus dem Haus. Sogar der kleine Max guckt verstört.

Sonntag, 7. Februar, 12.34 Uhr, Praxis Großkopf, Rantum

Kriminalkommissarin Silja Blanck braucht nur Bruchteile von Sekunden, um ihre Waffe auf den mutmaßlichen Mörder ihrer Schwester zu richten. Für einige Sekunden steht die Welt still. Dann bricht der Zahnarzt Dr. Jochen Großkopf in verächtliches Lachen aus.

Silja weiß genau, was eine Übersprungshandlung ist. Aber irgendwie sieht Großkopf nicht so aus, als sei er mit der Situation so überfordert, dass er nur noch auf eine völlig unsinnige Art reagieren könne. Er lehnt sich durchaus entspannt an seine Labortheke, schlägt ein Bein lässig über das andere und streicht sich mit einer affektierten Geste durch seinen Bürstenhaarschnitt.

»Möglicherweise könnte ich Ihnen helfen«, spottet er. »Sie haben vorhin in der Kirche etwas desorientiert gewirkt. Da dachte ich mir schon, dass Sie so dumm sein würden, hier aufzutauchen.«

»Sie haben meine Schwester umgebracht«, entfährt es Silja.

»Wie kommen Sie denn darauf?« Großkopfs Lächeln ist diabolisch.

»Sie leugnen es nicht?« Siljas Stimme zittert, und auch ihre Hand wird sie nicht mehr lange ruhig halten können. Sie kann spüren, wie das Adrenalin ihren Körper flutet, und obwohl sie weiß, dass sie längst nicht mehr in der Lage ist, rational zu handeln, ist sie dankbar für diesen Stromstoß.

»Drehen Sie sich um und heben Sie die Hände.« Silja unterstützt ihre Aufforderung durch einen knappen Wink mit der Waffe. Aber der Zahnarzt denkt nicht daran, zu reagieren.

»Ich stehe hier ganz bequem, vielen Dank.«

Ich sollte ihm mitten in seine widerliche lächelnde Visage schießen, denkt Silja. Gleichzeitig weiß sie ganz genau, was sie davon abhält.

Es ist nicht ihre Verantwortung als Polizistin und als gesetzestreue Staatsbürgerin. Es ist auch nicht die Angst vor der Strafe oder irgendeine Form von moralischer oder ethischer Zurückhaltung. Es ist schlicht und ergreifend der Vorsatz, sein Geständnis zu hören. Es reicht Silja Blanck nicht, den Mörder ihrer Schwester Franziska gefunden haben. Sie will Beweise. Sie will, dass er ihr den Tathergang schildert, so sehr sie jedes einzelne Wort auch schmerzen wird. Sie will, dass er ihr den Weg zu den geraubten Zähnen zeigt. Und sie will erfahren, welche Verbindung es zu dem ersten Opfer Lena Sander gab, das nicht auf Sylt gewohnt hat und daher keine Patientin Jochen Großkopfs gewesen sein kann. Woher kannte er Lena, und was hatte ausgerechnet sie an sich, das den Trieb in ihm ausgelöst hat? Oder sollte es sich doch bei den drei Mädchenmorden um zwei verschiedene Täter gehandelt haben? War ihr eigener Besuch in Husum nur ein weiterer verschlungener Irrweg auf der Suche nach dem Mörder ihrer Schwester?

»So nachdenklich? Ich dachte, Sie wollten mich erschießen«, kommt es höhnisch von Jochen Großkopf.

»Gut Ding will Weile haben«, kontert Silja und geht einen Schritt auf ihn zu. »Wo sind die Zähne versteckt?«

»Ach, Sie wissen von meiner kleinen Leidenschaft?«

»Wo?«

Er hebt einen Arm und deutet auf einen Wandschrank direkt hinter Silja.

»Machen Sie den auf. Aber bewegen Sie sich langsam.«

Während Großkopf durch den Raum schlendert, mit zeitlupengleichen Bewegungen die Schranktür öffnet und einen Gipsabdruck nach dem anderen aus dem Schrank holt und auf der Arbeitsplatte darunter abstellt, fragt sich Silja angespannt, warum er so ruhig ist. Er provoziert sie und hat ganz offensichtlich keine Angst davor, erschossen zu werden.

Dafür gibt es genau zwei Erklärungen, muss sie sich eingestehen.

Erstens: *Er traut es mir nicht zu. Ich bin eine Frau, dazu noch zierlich und hübsch. Er glaubt nicht, dass ich es über mich bringe, ihn zu erschießen. Wenn das nicht der größte und letzte Irrtum seines Lebens wird.*

Aber da ist auch noch die zweite Erklärung: *Er provoziert mich, weil er will, dass ich ihn erschieße. Sein Leben ist ohnehin verpfuscht. Es wäre vermutlich einfacher für ihn, jetzt zu sterben, als die letzten guten Lebensjahre im Knast zu verbringen.*

Suicide by cop nennt man dieses Phänomen, wie Silja weiß. Und das Perfide daran ist, dass sich der Täter seiner Bestrafung entzieht, den Ermittler aber mit dem Schuldgefühl zurücklässt, einen Menschen getötet zu haben.

Inzwischen hat Jochen Großkopf die vorderen zwei Reihen Gipsabdrücke abgeräumt. Es sind nur noch sieben oder acht übrig, die ganz hinten im Schrank stehen. Gezielt greift er nach einem, der zwischen den üblichen kalkweißen Zähnen drei aus purem Gold aufweist, zwei im Unterkiefer, einen im Oberkiefer.

Grinsend schwenkt Großkopf den Abdruck durch die Luft. »Da haben wir sie ja, meine kleinen Schätzchen«, frohlockt er. »Nur das Beste war für sie gut genug.«

Und mit einem spöttischen Blick auf Silja fährt er fort: »Ich habe mir richtig Mühe gegeben und in meiner Freizeit an einem Gebiss gebastelt, in das alle drei Mädchenzähne so perfekt passen, als gehörten sie einer einzigen kleinen Schlampe. Da war ein bisschen Gold als Belohnung für meinen Fleiß durchaus gerechtfertigt, finden Sie nicht?«

»Wo sind die Originalzähne?«

»Die Beweisstücke meinen Sie? Die Teile, mit denen Sie mich wirklich überführen können, stimmt's?« Er lacht hässlich. »Glauben Sie etwa, ich sei so dämlich gewesen, die aufzuheben? Die rotten längst auf irgendeiner Mülldeponie vor sich hin. Was denken Sie denn, wie viele Zähne täglich im normalen Müll von Zahnarztpraxen verschwinden. Da kümmert sich kein Mensch drum. Nein, das hier ist mein Kunstwerk, das mich immer wieder an einige der schönsten Momente meines Lebens erinnern wird. Aber nach DNA-Spuren werden sie bei diesen kleinen Goldstücken natürlich vergeblich suchen.«

»Warum Lena Sander? Warum Gitta Kaltenbach? Warum meine Schwester?«

Seine Pose provoziert Silja aufs äußerste. *Ich schieße dir direkt in deine arrogante Visage, du Arschloch.* Sie hebt die Waffe und zielt auf Großkopfs Gesicht. Er zuckt noch nicht einmal mit den Lidern.

»Ich dachte, Sie wollten erfahren, warum ich mir als Erstes die kleine süße Husumerin ausgesucht habe. Wenn Sie mich jetzt abknallen, wird daraus wohl eher nichts mehr«, spottet er.

»Warum also?«

»Ihre Mutter war eine heiße Braut. Ich habe sie oben am Weststrand genommen, während einer Jugendfreizeit im Klappholttal. War ein echt netter Nachmittag.« Er schnalzt mit der Zunge und gönnt sich ein fieses Lachen. »Danach fand ich die Vorstellung, es auch mit der Tochter zu treiben, endlos geil. Das können Sie doch sicher verstehen, oder?«

Silja schnappt nach Luft. Da ist es, das Missing Link. Am liebsten würde sie sofort den Abzug betätigen. Ihre Waffe ist noch immer direkt auf Großkopfs selbstzufriedenes Gesicht gerichtet. Sie weiß, dass sie sich nicht mehr lange wird beherrschen können.

Aber noch hat sie nicht alles erfahren.

»Sie wollen mir allen Ernstes weismachen, dass Sie sich in der ganzen Zeit zwischen der Vergewaltigung und dem ersten Mord zurückgehalten haben? Lassen Sie mich nachrechnen. Es geht um mehr als zwanzig Jahre.«

»Ich hatte natürlich Phantasien. Aber ich hatte nebenbei auch ein *normales* Liebesleben, was auch immer das heißen soll. Ich habe brav geheiratet, sogar zwei Mal, und ich habe mit meiner ersten Frau Kinder bekommen. Inzwischen bin ich sogar Großvater. An der Oberfläche füllt einen das durchaus aus.«

»Und darunter?«

»Brodelt es natürlich. Was glauben Sie denn? Mal habe ich mein Verlangen unterdrückt, dann wieder habe ich es zugelassen, zumindest im Kopf. Vermutlich habe ich mich in der Zwischenzeit radikalisiert. So würden Sie das wahrscheinlich ausdrücken. Meine Phantasien sind heftiger geworden, gewalttätiger. Und damit lustvoller. Ich habe gemerkt, was ich wirklich will.«

»Töten? Und zwar Babette Sanders Tochter?«

»Sie sagen es.« Jochen Großkopfs selbstzufriedener Tonfall ist kaum zu ertragen. »War übrigens gar nicht so einfach, den Lebensweg der süßen Babette zu verfolgen. Und stellen Sie sich mal vor, sie wäre kinderlos geblieben. Oder hätte nur Söhne gekriegt?«

Silja spürt, wie der Zorn endgültig in ihr hochkocht.

Ich muss sachlich bleiben, unbedingt. Sonst drehe ich durch. Er will mich mit allen Mitteln auf seine Ebene ziehen. Das muss ich verhindern.

Entschlossen wechselt sie das Thema. »Haben Sie die Morde gefilmt?«

»Viel zu kompliziert. Außerdem ging's mir nicht um Geld, sondern um den Spaß an der Freude, falls Sie verstehen, was ich meine.«

Silja ignoriert die Provokation, auch wenn es ihr schwerfällt. Aber sie ist noch lange nicht fertig. Lena Sander war nur das erste von drei Opfern.

Sie weiß, sie müsste jetzt nach den Umständen fragen, die zu Franziskas Ermordung geführt haben. Doch das schafft sie nicht. Es muss reichen, dass sie den Mörder ihrer kleinen Schwester hier vor sich hat.

»Wenn wir schon so nett miteinander plaudern«, sagt sie mit größter Anstrengung, »dann erklären Sie mir doch bitte, warum Gitta Kaltenbachs Kopf im Kompost und der Körper in der Heide lag?«

Jochen Großkopf seufzt theatralisch. »Das war ein blöder Planungsfehler. Überhaupt ist das Ganze nicht ideal gelaufen. Eigentlich wollte ich mir die kleine Kaltenbach auch auf dem Festland vornehmen. Ich wusste ja, dass sie ab und an ausbüxt. Aber ich habe es nie rechtzeitig erfahren. Lohse war immer schneller.«

Silja registriert den prüfenden Blick Jochen Großkopfs. Also gab es eine Verbindung zu Lohse. Doch danach wird sie später fragen.

»Sie weichen aus«, erklärt sie knapp. »Warum war der Kopf im Kompost und der Körper in der Heide?«

»Irgendwann konnte ich mich einfach nicht mehr beherrschen. Da habe ich mir Gitta eben direkt auf der Insel gegriffen. Hinterher hatte ich natürlich ein Problem. Ich konnte sie nicht einfach so in der Gegend liegen lassen. Man würde ja nun auch auf Sylt nach einem Täter fahnden. Es musste also ein richtig gutes Versteck her. Da war der Kompost ideal. Ursprünglich wollte ich die komplette kleine Hexe dort unterbringen. Wäre doch nett gewesen, sie mir alle Jahre wieder anzusehen.«

»Niemand, der noch ganz bei Trost ist, vergräbt sein Opfer auf einem fremden Privatgrundstück«, kontert Silja.

»Eben.« Er grinst. »Das war Teil des Plans. Aber der Reihe nach. Wie Sie zweifellos wissen, gehen Verrottungsprozesse in einem Kompost besonders schnell vonstatten. Ein Umstand, den ich mir zunutze machen wollte. Und wären Kopf und Körper unglücklicherweise vor der Zeit gefunden worden, wäre der Verdacht trotzdem nie und nimmer auf mich gefallen. Überlegen Sie doch mal – falls der vertrottelte Gärtner etwas entdeckt hätte, hätte er zwei Möglichkeiten gehabt: Entweder ist ihm klar, dass dieser Fund auf jeden Fall auch ihn belasten würde, und er schafft die Leiche weg. Damit hätte er bereits seine Hände im Spiel und würde sich nur noch mehr verdächtig machen. Oder er hätte sich an die Polizei gewandt, die anschließend eventuell ihn, mit Sicherheit aber den Eigentümer des Grundstücks verdächtigt hätte. Auf mich wärt ihr nie gekommen.«

»Was ist schiefgegangen?«

»Der Kompost war zu klein.« Jochen Großkopf zuckt die Schultern. Seine Stimme klingt so beiläufig, als rede er von einer winzigen Vase, in die ein allzu üppiger Blumenstrauß partout nicht passen will. »Ich bin ein bisschen in Panik geraten, können Sie sich ja vielleicht vorstellen.«

»Reden Sie weiter«, sagt Silja mit unbewegtem Gesicht.

»Na schön. Ich habe also erst den Kopf abgetrennt, der Schuppen mit den Gartengeräten war zum Glück nicht abgeschlossen und die Astschere ziemlich neu.« Ein forschender Blick streift Silja.

Er will sich an meinem Entsetzen weiden. Aber nicht mit mir! Es gelingt der Kommissarin, ihre Züge unter Kontrolle zu halten.

Enttäuscht fährt Jochen Großkopf fort: »Es musste alles relativ schnell gehen. Deswegen kam es nicht in Frage, den restlichen Körper auch noch zu zerlegen. Außerdem bin ich Zahnarzt und kein Metzger. Also habe ich mich dafür entschieden, den Kopf dort zu lassen und den Körper woanders zu vergraben. Da bot sich die menschenleere Heide am Kliff geradezu an. Und die Schaufel gab es gratis in dem schon erwähnten Gartenhaus dazu.« Er lächelt maliziös. »Aber es kam noch besser. Von meiner Frau wusste ich, dass der gute alte Leif sie verlässlich vor dem Umsetzen des Komposts informierte. Da konnte ich mit einem jährlichen kleinen Ausflug problemlos dafür sorgen, dass der Schädel nicht gefunden wurde.«

»Wo haben Sie ihn in der Zwischenzeit versteckt?«

»In einer Aldi-Tüte neben den Zuggleisen. Da gibt es nämlich eine Treppe, müssen Sie wissen …«

»Danke, ich kenne diese Treppe«, unterbricht ihn Silja schroff. Die Tatsache, dass die schwer traumatisierte Alice Zabriski nur wenige Meter von dem rituellen Ablageort des Schädels gefunden worden ist, nachdem sie einen Blick in die Grube mit dem Skelett des Mädchens geworfen hat, erscheint ihr plötzlich wie ein allzu höhnischer Witz.

»Tja, wenn Sie den Ort so gut kennen, hätten Sie vielleicht

mal früher dort suchen sollen. Jedes Jahr gab es etwa eine Woche lang die Chance, direkt neben den Gleisen etwas wirklich Spektakuläres zu entdecken.«

Alles in Silja bäumt sich auf. Aber sie muss noch etwas anderes erfahren.

»Woher wussten Sie, dass Leif Mortensen den Garten der Wallots pflegt?«

»Er war bei der freiwilligen Feuerwehr, wie ich auch und Ihr geschätzter Herr Vater übrigens ebenfalls. Da redet man durchaus mal darüber, womit man sein Geld verdient.« Großkopf lacht kurz auf. »Im Nachhinein habe ich meine spontane Eingebung immer für einen besonders genialen Schachzug gehalten. Der Kopf hier, der Körper dort.«

Er blickt sie stolz an. Es scheint fast, als warte er auf Beifall. Doch Silja schweigt.

»Sie fragen sich jetzt bestimmt: *Warum tut jemand so etwas?*« Mit affektiertem Gesichtsausdruck imitiert Großkopf Siljas Stimme. »Ich will's Ihnen gern erklären. Selbst ein Dilettant wie ich weiß, dass ihr solche Details sofort von euren Profilern abklären lasst. Und ein bisschen Rätselraten kann den Polizeialltag durchaus versüßen, oder? Ich konnte ja nicht ahnen, dass die kleine Gitta so lange unentdeckt bleiben würde. Als Haus und Grundstück verkauft wurden, habe ich das natürlich mitbekommen. Der arme Makler hatte die Immobilie ziemlich lange im Angebot. Von da an habe ich alle Aktivitäten auf dem Grundstück eingestellt. Aber kurioserweise hat sich anschließend überhaupt niemand mehr um den Kompost gekümmert. Bisher gibt es nur den Begriff *Künstlerpech*, aber vielleicht sollte ich ein Patent auf das Wort *Künstlerglück* anmelden.«

»Sie widerliches Stück Scheiße!«

»Na, na, na, wer wird denn gleich in die Luft gehen«, höhnt Großkopf, zieht sich einen Rollhocker heran und setzt sich breitbeinig darauf. »Immerhin habe ich freiwillig aufgehört. Gitta Kaltenbach war sozusagen mein Meisterstück. Besser würde es nie mehr werden, das war mir klar. Jeder weitere Spaß hätte mich nur ernsthaft in Gefahr gebracht. Und ob Sie es glauben oder nicht, ich liebe meinen Beruf und mein Leben hier auf der Insel. Irgendwann habe ich das Darknet entdeckt und traf dort auf eine große Community. Da muss man gar nicht mehr selbst tätig werden. Früher war das anders. Leider.« Er seufzt theatralisch. »Immerhin hatte ich das Glück, schon zu Schulzeiten auf zwei Gleichgesinnte zu treffen. Da fühlt man sich gleich viel weniger als Freak.«

Wieder bemerkt Silja diesen prüfenden Blick. Diesmal ist sie bereit für die Herausforderung.

»Hanns Lohse und Martin Kaltenbach.« Sie hält die Luft an.

»Sie sagen es. Gute Kumpels bis heute, übrigens.«

»Haben die beiden von Ihren Taten gewusst?«

Er zuckt die Schultern. »Vielleicht haben sie es geahnt. Darüber geredet haben wir nie. Aber selbst wenn. Es gab da einen Schwur, den wir als Abiturienten geleistet haben. Niemand verrät niemanden. Bisher haben sich alle daran gehalten.«

»Lohse nicht.«

Die Idee zu lügen, kommt Silja ganz spontan. Falls Hanns Lohse seinen Kumpel Großkopf von Vornherein in Verdacht hatte, wäre der Selbstmord des alten Kommissars nachvollziehbarer. Und an der Reaktion Jochen Großkopfs sieht sie, dass sie ins Schwarze getroffen hat. Wie auf Knopfdruck ist seine Selbstsicherheit verschwunden. Der Blick wird nervös, und zum ersten Mal hat Silja das Gefühl, dass er die entsicherte Waffe in ihrer Hand wirklich als Bedrohung empfindet.

Er wusste die ganze Zeit, dass wir nicht den Schatten eines Beweises haben. Die Wahrscheinlichkeit, dass ich verwanzt bin, ist äußerst gering, auch das muss ihm klar gewesen sein. Er hat mit mir gespielt, das war sein allerletzter perverser Triumph: die Einzige aus unserer Familie, die er noch nicht kleingekriegt hat, auch in den Abgrund zu stoßen. Mir alle Einzelheiten zu erzählen und sich trotzdem jeder Strafe zu entziehen, weil es einfach keine Beweise gibt, das wäre mit Sicherheit die Krönung seiner perversen Taten.

»Aufstehen«, befiehlt sie ruhig.

»Ich denke nicht daran.«

Silja mustert ihn mit eisigem Gesichtsausdruck. Dann senkt sie ganz langsam ihre Waffe und schießt ihn in den Fuß. Eine ungeheure Erleichterung durchströmt sie. Es ist, als sei endlich ein Damm gebrochen. Den Aufschrei Großkopfs nimmt die Kommissarin nur undeutlich wahr. Erst als Sekundenbruchteile später die Tür auffliegt und Bastian mit vorgehaltener Waffe hereinstürmt, kommt sie wieder zu sich.

»Er wollte mich angreifen«, erklärt sie kalt. »Aber sonst ist alles unter Kontrolle.«

Jochen Großkopf sieht ihr erstaunt in die Augen. In seinem Blick steht fast schon Bewunderung.

Epilog

Energisch zieht Silja sich die Kapuze ihrer Daunenjacke über den Kopf. Dabei blickt sie über die Reste des diesjährigen Biikefeuers. Der größte Teil des Holzstapels ist bereits abgebrannt, lediglich an einzelnen Stellen züngeln noch Flammen. Die Hitze ist merklich reduziert, schwelende Glutherde werfen ihr Flackerlicht in die dunkle Nacht. Auch die Gästeschar, die sich wie in jedem Jahr um das imposante Feuer versammelt hat, ist ziemlich zusammengeschrumpft. Nur noch die wirklich Hartgesottenen stehen in kleinen Grüppchen zusammen.

Und jetzt beginnt es auch noch zu nieseln. Bastian, der gerade mit zwei Bechern Glühwein zurückkommt, verzieht das Gesicht.

»Schietwetter«, schimpft er. »Diesen letzten Glühwein genehmigen wir uns noch, dann geht's ab in die Falle, okay?«

Silja nickt zögernd. Nach einer ganzen Weile sagt sie leise: »Da wäre noch was …«

»Deine Ankündigung von vor drei Wochen? Du wolltest mir was erzählen, bevor der ganze Trubel um das Mädchenskelett losgegangen ist.« Bastians Blick ist forschend.

»Das hast du dir also gemerkt?«

»Klar. Ich dachte, es habe vielleicht was mit deinem Geburtstag zu tun. Aber so war es ja nicht. Seitdem warte ich.«

Er nimmt einen großen Schluck von seinem Glühwein und blickt sie über den Becherrand neugierig an. Inzwischen regnet es heftiger, das Wasser läuft den beiden Kommissaren übers Gesicht, dicke Tropfen fallen in ihre Drinks. Silja stellt ihren Glühwein vorsichtig auf dem Boden ab. »Wollen wir noch mal über die Asche springen? Du erinnerst dich doch an den Brauch?«

»Bringt Glück für unsere Beziehung im nächsten Jahr, ich weiß.« Bastian platziert seinen Becher neben Siljas und greift nach ihrer Hand. »Auf drei?«

Sie nickt.

»Eins, zwei, drei!«

Beide nehmen Anlauf und stoßen sich kräftig ab. Während sie über die Glutreste fliegen, ruft Silja mit aller Kraft: »Willst du mich heiraten?«

Bastians Antwort kommt in der gleichen Sekunde, in der die beiden wohlbehalten auf der anderen Seite des Feuers landen. »Unbedingt!«

Kaum haben sie wieder festen Boden unter den Füßen, nimmt er Silja in die Arme und küsst sie lange. Wasser tropft von ihren Jacken, Gesichter und Hände sind klitschnass. Es ist ihnen egal. Als beide sich schließlich trennen, steht nur noch eine sehr kleine Gruppe Unverdrossener neben dem erlöschenden Feuer.

»Wir werden heiraten«, ruft Bastian ihnen zu.

Die anderen klatschen und johlen. Glückwünsche fliegen durch die Luft. Doch dann wird es plötzlich still.

»Seid ihr nicht die beiden Kommissare, die den Mädchenmörder gestellt haben?«, fragt ein junger Bursche.

Und ein älterer Herr fügt hinzu: »Überlegt euch das mit dem Heiraten gut. Dann müsste nämlich einer von euch aufs Festland versetzt werden. Und wir Sylter brauchen euch hier. Unbedingt!«

Exklusive Leseprobe aus dem neunten Band der Reihe – erscheint im Frühjahr 2022:

eva
Ehley

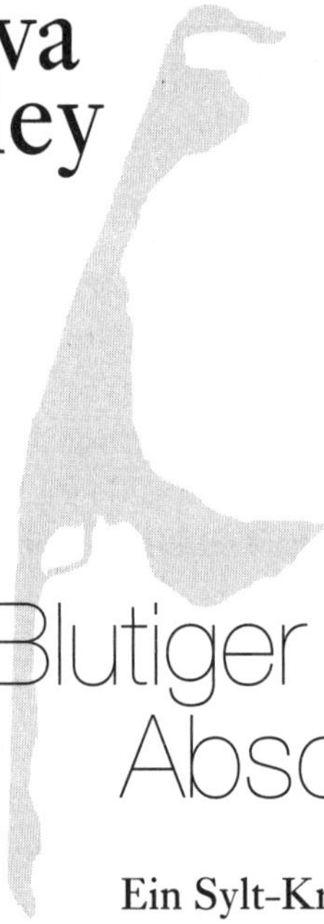

Blutiger Abschied

Ein Sylt-Krimi

Prolog

Der halbe Mond beleuchtet die Hügel an Sylts Südspitze. Dünengras und Heidepflanzen, dazwischen schmale Sandstreifen und einzelne Kieswege. Der würzige Duft der Pflanzen mischt sich mit dem Salzatem des Meeres. In einigen Mulden und auf etlichen Kuppen stehen reetgedeckte Ferienhäuser. Kleine Fenster unter tiefen Dächern. In den wenigsten brennt noch Licht.

Ein leichter Wind treibt Stimmen vom Strand herüber. Nur ein paar Worte, danach ist es still. In einem der Ferienhäuser wird die Terrassentür zugeschlagen. Der Ton schwebt für Sekunden über den Hügeln. Wenig später Schritte und ein leiser Ruf, der unbeantwortet bleibt. Jemand rennt, es fällt ein Schuss, dann ein dumpfer Ton, als ein Körper zu Boden sackt.

Ein Mann, der sich noch sekundenlang windet. Blut auf dem Hemd, Blut im Gesicht, Blut auf dem Sand. Ein verzweifeltes Stöhnen, das niemand hört.

Zaghaft fährt ein Windstoß durch das Dünengras, es wirkt, als wollten die Halme den Sterbenden streicheln, ihm letzten Trost spenden. Röchelnd öffnet er den Mund, doch es kommen keine Töne, nur Blut quillt heraus. Sekunden später brechen seine Augen. Die Hände zucken im blinden Griff nach etwas, das für immer unerreichbar bleiben wird.

Samstag, 21. Juni, 23.34 Uhr, Hörnum Strand

Oberkommissar Sven Winterberg hat die ganze Zeit gewusst, dass es ein Fehler war.

Ein Fehler, die Einladung überhaupt anzunehmen.

Ein Fehler, heute Abend herzukommen.

Ein Fehler, zu glauben, dass die Konfrontation mit der eigenen Vergangenheit störungsfrei ablaufen würde.

Und jetzt sitzt er hier in Hörnum am Strand, trinkt viel zu viel aus der kreisenden Schnapsflasche, hat die erste Zigarette seit über zehn Jahren geraucht und hört sich mit wachsendem Missmut die prahlerischen Reden seines ehemaligen Klassenkameraden Jan-Hendrik an.

Vor etwa zwei Stunden ist die Sonne untergegangen, es ist die längste Nacht des Jahres, immer noch warm und fast windstill. Der Abend ist wie geschaffen für einen Junggesellenabschied an der südlichsten Spitze der Insel.

Sie sitzen zu neunt hier. Malte, der zukünftige Bräutigam, und acht seiner angeblich besten Schulfreunde. Sven kann sich zwar nicht daran erinnern, dass Malte und er jemals besonders dicke gewesen seien, und hat sich entsprechend über die Einladung gewundert, aber aus sentimentalen Gründen hat er nach längerem Zögern zugesagt. Dabei war viel Neugierde im Spiel. Wann hat man schon mal die Gelegenheit, den Helden und möglicherweise auch den Hassgestalten der eigenen Jugend nach zwanzig Jahren wieder zu begegnen? Dass Sven nicht nur positive Erinnerungen an sein letztes Schuljahr und insbesondere die Abiturprüfungen hat, trat zunächst in den Hintergrund. Doch wenn der Kommissar sich jetzt umsieht, muss er feststellen, dass sich innerhalb der Gruppe weniger geändert hat, als er dachte.

Die neun Männer sitzen und hocken auf Decken am Strand, um sie herum lodern die Flammen mehrerer Fackeln und beleuchten Bierkästen, Schnapsflaschen, Chipstüten und ein flaches Briefchen, über dessen Inhalt der Kommissar lieber nichts Genaueres erfahren möchte. Das Meer ist nur wenig gekräuselt, ab und an überziehen winzige Wellen den Strand. Der Himmel ist sternenklar, am Horizont geht der Halbmond auf. Alles könnte perfekt sein, wenn nicht Jan-Hendriks nölende Stimme die Idylle nachhaltig stören würde.

Der untersetzte Mann mit dem immer noch strohblonden Haar, das inzwischen vermutlich gefärbt ist, war schon vor zwanzig Jahren das Großmaul der Klasse. Dass ausgerechnet er all seine Zukunftspläne verwirklichen konnte, ärgert Sven, obwohl er sonst nicht zu Missgunst neigt. Jan-Hendrik ist Anwalt mit gutgehender Praxis in Hamburg, verheiratet mit einer Kaufmannstochter und seit vier Jahren Vater von bildhübschen Zwillingstöchtern, von denen er gerade haufenweise Fotos auf seinem Handydisplay herumzeigt.

Sven kann deutlich sehen, dass sein Gehabe nicht nur ihn nervt. Eben erst hat Malte, die eigentliche Hauptperson des Abends, eine giftige Bemerkung gemacht.

Dabei hat es auch Malte im Leben ganz gut getroffen. Aufgewachsen in Hörnum, hat er das dort ansässige Familienhotel inzwischen verpachtet und lebt offensichtlich gut von den Erträgen.

Wie sein Vater, der ein leidenschaftlicher Segler war, habe auch er ein Boot. Allerdings einen Motorflitzer, der unten im Hörnumer Hafen liege, erklärt Malte gerade, holt ebenfalls sein Handy aus der Tasche und präsentiert ein Foto des Bootes. Es ist größer, als Sven erwartet hat, sehr flach, sehr schick, und wenn man Malte glauben darf, sehr schnell.

»Das mussu beweisen!«, ruft Jan-Hendrik mit schwerer Zunge in die Runde.

Johlend stimmen die anderen ein. »Spritztour, Spitztour«, skandieren sie lauthals.

Wenn Sven sich allerdings unter seinen ehemaligen Kumpels umsieht, wüsste er nicht, wer noch nüchtern genug wäre, um das Boot überhaupt steuern zu können.

Höchstens Thorben, der Organisator der Party. Er scheint der Einzige zu sein, der noch halbwegs klar reden kann. Er macht ein großes Geheimnis daraus, was für den Verlauf der Nacht noch geplant ist, und genießt es sichtlich, dass er hier das Sagen hat. Kein Wunder, nach seinem verpatzten Abitur hat Thorben nie einen zweiten Anlauf gewagt, weil sein Vater kurz darauf gestorben ist und er Geld verdienen musste. Thorben wollte Meeresbiologie studieren, weltweit die Ozeane und ihre Tiere studieren, das war sein großer Traum. Stattdessen verkauft er nun schon seit Jahren tote Fische beim Gosch in List.

Sven mustert Thorben unauffällig. Aus dem etwas vierschrötigen, aber sportlichen Kerl ist ein Mann mit Spitzbauch und schlaffen Muskeln geworden, dessen Haar sich deutlich lichtet. Gerade macht er wieder einen chauvinistischen Witz, um seine Unsicherheit zu kaschieren. Und wieder sitzt die Pointe nicht richtig.

Verlegenes Schweigen ist die Folge. Schließlich rettet Paul die Situation.

»Kennt ihr den schon?«, wirft er lässig in die Runde. »Sagt die Schwester zum Bruder: ›Also der Sex mit dir ist echt der Hammer. Viel besser als mit Papa.‹ Antwortet der Bruder: ›Das sagt Mama auch immer.‹«

Grölendes Gelächter, Schenkelklopfen, erneutes Kreisen der Schnapsflasche. Sogar Jan-Hendrik scheint es zu verkraften, dass er nicht mehr im Mittelpunkt des Interesses steht.

»Hasse noch mehr auf Lager?«, ruft er Paul zu.

»Jetzt lass dich nicht lange bitten«, fällt Malte ein.

»Nichts da, Jungs. Besser ein Treffer als drei Nieten«, entgegnet Paul cool. Den Seitenblick auf Thorben kann er sich nicht verkneifen.

Dem bleibt nichts anderes übrig, als sich taub zu stellen. Gegen Paul kommt keiner an. Das war schon früher so. Ihm nehmen die Jungs jeden Witz und jeden Spaß ab. Er wirkt authentisch, hat keine Angeberei nötig, und seine Frauengeschichten sind immer für einen Tratsch auf der Insel gut. Paul war schon als Abiturient ein echter Womanizer, den Kopf voll wilder dunkler Locken, extrem gutaussehend, dazu noch schlagfertig und äußerst charmant. Sven kann sich deutlich daran erinnern, dass sogar seine jetzige Frau Anja dem Schulkameraden immer wieder schmachtende Blicke zugeworfen hat. Etwas, das ihn damals ziemlich eifersüchtig gemacht hat. Dass Paul gleich nach dem Abitur die Insel verlassen hat, war womöglich Svens großes Glück. Wer weiß, für wen sich Anja sonst entschieden hätte.

Paul, der schon immer Koch werden wollte, ließ sich bei den besten Küchenchefs weltweit ausbilden. Erst vor zwei Jahren kehrte er auf die Insel zurück. Seitdem arbeitet er im *Olivier*, einem der führenden Kampener Restaurants. Dass trotz der ständigen kulinarischen Verführungen kein überflüssiges Gramm Fett an seinem Körper zu finden ist, liegt wahrscheinlich daran, dass er ein leidenschaftlicher Surfer ist. Für Mannschaftssport war Paul noch nie zu haben, seine cholerische Ader sorgte zu Schulzeiten wiederholt dafür, dass er mit seinen Teamkollegen aneinandergeriet. Aber das Surfen war schon damals sein Ding und wohl auch der Hauptgrund für Pauls Rückkehr auf die Insel.

Oder sollte er noch andere Motive gehabt haben? Sven spürt, wie sich die alte Eifersucht wieder regt. *Blödsinn*, sagt er sich und versucht, das unangenehme Gefühl zu verdrängen.

Doch als habe er geahnt, dass Sven gerade über ihn nachgedacht hat, wendet sich Paul jetzt direkt an ihn. Mit leicht aggressivem Tonfall fragt er: »Und? Ihr habt noch einmal Nachwuchs bekommen, wie man hört?«

»Unser Mäxchen ist jetzt anderthalb und ein echter Sonnenschein.«

»Und eure Tochter?«

»Bald zwölf inzwischen und schon fast in der Pubertät«, erklärt Sven schmallippig. Er hat wenig Lust, mit dem ehemaligen Konkurrenten über seine Familie zu reden.

Da ist die kreisende Jägermeister-Flasche, die ihn gerade erreicht, eine willkommene Ablenkung. Er nimmt einen kleinen Schluck und drückt sie dann Paul in die Hand. Während der sich ausgiebig bedient, beugt sich Sven zu seinem anderen Nachbarn Guido hinüber. Dabei wird ihm schwindlig, und er kippt mit dem Oberkörper in den Sand.

»Hey, Vorsicht«, ruft Guido lachend und hilft ihm wieder auf.

»Allsinbuttaaufmkutta«, nuschelt Sven und stellt bestürzt fest, dass nicht nur Jan-Hendrik Probleme mit der Artikulation hat.

Allerdings scheint das Guido bei Sven weniger zu stören als bei ihrem angeberischen Schulfreund, dessen Ausführungen er vorhin mit deutlich sichtbarem Augenrollen kommentiert hat. Guido arbeitet als Lektor in einem großen Münchner Verlag, wie Sven zu Beginn des Abends erfahren hat, und müsste eigentlich von Berufs wegen an selbstverliebte Monologe gewöhnt sein. Doch als Jan-Hendrik jetzt die Kinderfotos durch Handyaufnahmen seines Blankeneser Bungalows ersetzt, scheint es ihm endgültig zu reichen. Er sieht gar nicht erst hin, sondern dreht sich auf den Bauch und macht ein paar Liegestütze mit nur einer Hand. Seine stattlichen Muskeln sind unter dem engen Shirt deutlich zu erkennen.

Beeindruckt pfeift Sven durch die Lippen. »Wahnsinn. Dabei dachtichimmer, ihr Int… Intllektellen seid eher von der unsportlichen Fraktion. Trainierssu viel?«

»Dreimal die Woche«, antwortet Guido. Doch er sieht Sven dabei nicht an. Stattdessen wirft er einen erkundenden Blick auf Malte, den Bräutigam.

Guido hat Malte zu Schulzeiten ungeheuer bewundert, fast schon angeschwärmt. Kurz vor dem Abitur hatte Guido dann sein Coming-out. Danach ist Malte in fast schon beleidigender Weise auf Abstand gegangen.

Und auch jetzt ignoriert Malte ihn vollständig. Was Sven noch mehr dazu bringt, sich zu fragen, wieso Guido zu den angeblich acht besten Jugendfreunden Maltes gehören soll, die zu diesem Junggesellenabschied geladen sind.

Der Angeber Jan-Hendrik und Malte waren dagegen zu Schulzeiten nahezu unzertrennlich. Alle haben sie nur »die Twins« genannt. Sehr zum Ärger von Florian und Fabian, die tatsächlich Zwillinge sind, sich aber nicht nur kaum ähneln, sondern sich damals auch noch ständig in den Haaren lagen.

Inzwischen haben der blonde Flo und der dunkelhaarige Fabi allerdings gemeinsam eine lukrative Werbeagentur in Bremen aufgebaut, die offenbar so viel abwirft, dass auch ein Ferienhaus für beide Familien auf der Insel drin ist. Verrückterweise ähneln sich Flos und Fabis Frauen weit mehr, als die Brüder es tun. Beide haben fröhlich dreinblickende, pausbäckige Blondinen geheiratet, die als Schwestern durchgehen könnten – es aber nicht sind –, und deren Handyfotos ebenfalls die Runde gemacht haben.

Heute Abend scheinen sich Flo und Fabi vorgenommen haben, ohne ihre Frauen so richtig einen draufzumachen. Sie haben das Kokainbriefchen mitgebracht, das immer noch unangetastet neben der Bierkiste liegt und offensichtlich für einen späteren Einsatz gedacht ist. Die hochgezogenen Augenbrauen, mit denen Fabi Sven bedacht hat, als er es aus der Tasche holte, hat der Kommissar geflissentlich ignoriert. Allerdings denkt er nun schon seit einer Weile darüber nach, wie er sich verhalten soll, wenn die Droge tatsächlich zum Einsatz kommen sollte.

Als habe er Svens Gedanken erraten, greift jetzt Murat, der Neunte in ihrer Runde, nach dem Briefchen.

»Wie wär's mit 'ner Linie Koks, Leute? Das Zeug liegt ja nicht als Deko hier, oder?«

Murat scheint der Einzige der anwesenden Männer zu sein, der sich nicht damit aufhält, die verborgenen Strukturen der seltsamen nächtlichen Feierrunde zu ergründen. Er war schon als Schüler direkt und aufgeschlossen. Keiner der Klassenkameraden wäre jemals auf die Idee gekommen, das Kind türkischer Eltern zu hänseln oder aus einer ihrer Unternehmungen auszuschließen. Murat hatte damals wie heute ein ausgeprägtes Selbstbewusstsein, ohne eitel zu sein. Er war immer der Sonnenschein der Klasse und hatte nicht nur die verrücktesten Ideen, sondern auch genügend Grips, um sie umzusetzen. Dass er inzwischen ein kleines, aber feines Reiseunternehmen leitet, das Gutbetuchte in die entlegensten Winkel der Welt entführt, passt perfekt, findet Sven.

Die Frage nach dem Kokain scheint die Runde zu spalten. Während Malte und die Zwillinge zustimmend nicken, Paul ein gemurmeltes »Koks auf Bier, das lob ich mir« ausstößt und Jan-Hendrik sogar sein verdammtes Handy wegsteckt, reagieren Guido und Thorben zurückhaltender. Ihre Blicke wandern zu Sven, scheinen ihn zu einer Reaktion nötigen zu wollen.

Sven weiß genau, wenn er jetzt den Spielverderber gibt, kann er gleich einpacken. Er würde alle Vorurteile bestätigen und sich als Spaßbremse profilieren. Doch er hat noch ein Ass im Ärmel. Illegal genug, um Eindruck zu schinden, aber längst nicht so gefährlich wie ein Drogenrausch. Denkt Sven. Hofft Sven.

Nach einem Blick auf seine Uhr erklärt er mit fester Stimme: »Mittsommernacht, Jungs, zwölf Uhr genau. Zeit für einen ordentlichen Salut auf unseren Bräutigam.«

Dann steht Oberkommissar Sven Winterberg auf, zieht seine Dienstwaffe aus der Jackentasche und entsichert sie.

Samstag, 21. Juni, 23.57 Uhr, Süderende, Hörnum

Prof. Dr. Leonhard Gunst sitzt auf der Terrasse seines Reetdachhauses in den Hörnumer Dünen und ärgert sich. Er greift nach seinem Glas und lässt die Eiswürfel im Gin Tonic kreisen. Dann kippt er die Hälfte des Inhalts herunter, verschluckt sich fast an der Gurkenscheibe und blickt missmutig über die Dünen zum Meer. Stille See, kaum Wellen, kaum Wind. Am Himmel ein halber Mond, der die blaue Flasche auf dem Beistelltisch neben dem Deckchair leuchten lässt, als käme sie direkt aus einem Hitchcock-Film.

Eigentlich ist alles perfekt, sogar Verena hat sich schon vor über zwei Stunden auf ihr Zimmer verzogen. Vermutlich schläft sie längst. Kann auch sein, sie liest noch oder sie shoppt im Netz – es ist Leonhard egal. Hauptsache, sie stört ihn nicht mit ihrem ewigen Geplapper über Urlaubsziele, Motoryachten und Ferienhäuser an südlichen Stränden.

Leonhard will kein Boot kaufen, er will auch keine Immobilie in Südfrankreich erwerben, und er will nicht zum fünften Mal innerhalb von sieben Jahren auf die Seychellen jetten. Er will den Sommer hier in der Abgeschiedenheit seines Ferienhauses in den Hörnumer Dünen verbringen, er will morgens schwimmen gehen und vielleicht am Abend ein zweites Mal. Er will in einem der nahe gelegenen Restaurants gut speisen und ab und an eine Massage im Hotel *Budersand* buchen. Er ist durchaus bereit, seine schöne und verwöhnte Frau ein- bis zweimal die Woche auf eine kostspielige Shoppingtour nach Kampen zu begleiten. Dann setzt er sie direkt an der Luxusmeile ab und verschanzt sich umgehend in einem der hinteren Strandkörbe vom *Gogärtchen.* Während er den ersten Drink nimmt, bemüht er sich redlich, die vielen operierten Gesichter zu vergessen, denen er auf seinem kurzen Weg vom Auto bis dorthin begegnet ist. Beim zweiten Drink stellt sich dann fast automatisch die Frage ein, warum er ausgerechnet mit Verena verheiratet ist.

Sie ist scharf, da gibt es nichts zu meckern. Ihr Körper macht ihn auch nach zwölf Jahren Ehe noch an, dabei ist sie mittlerweile schon siebenunddreißig. Aber nichts an ihr ist gemacht, alles noch genau so, wie der Herrgott es geschaffen hat, und darauf ist Leonhard stolz.

Natürlich glaubt ihm das niemand. Nicht, dass die Leute direkt danach fragen würden, aber er sieht es an ihren Blicken, den taxierenden, den forschenden, den, auch das kommt vor, leicht spöttischen oder sogar den offen missbilligenden.

Leonhard ist einer der prominentesten Schönheitschirurgen deutschlandweit, da hat man einen gewissen Ruf. Eigentlich müssten die Leute es absolut nachvollziehbar finden, dass der größte Luxus für einen Mann, der quasi jede Frau nach seinen Wünschen formen könnte, doch der ist, mit einer verheiratet zu sein, die von Natur aus perfekt geformt ist. Merkwürdigerweise scheint das aber niemandem so recht einzuleuchten.

Leonhard schenkt sich nach. Gin, Soda, Eiswürfel, noch eine Gurkenscheibe. Dabei bemüht er sich, den Gedanken an den heutigen Kampener Einkaufsbummel zu verdrängen. Nicht, weil Verena wieder einmal seine Kreditkarte zum Glühen gebracht hat. Sondern weil das, was er zufällig gesehen hat, ganz sicher nicht für seine Augen bestimmt war. Der Verdacht, den er schon länger gehegt hat, hat sich beim dritten Drink im *Gogärtchen* fast zur Gewissheit gemausert. Eine Gewissheit, die sich mit messerscharfer Intensität in seine Behaglichkeit gebohrt hat und auch jetzt noch geeignet ist, ihm diesen an sich so perfekten Abend gründlich zu vermiesen.

Die vorlaute Truppe da unten am Strand ist schon schlimm genug. Besoffene Männer, die in regelmäßigen Abständen zu grölendem Fortissimo ansetzen wie fehlgeleitete Blechbläser eines ohnehin schon grässlich schlechten Orchesters. Für gewöhnlich kommt so etwas hier unten an der Südspitze der Insel nicht vor. Hörnum ist zu abgelegen, zu schwer zu erreichen, der Strand zu einsam, zu windig, das Meer zu gefährlich und meist auch zu wild. Aber heute scheint sich einfach alles gegen Leonhard und seine innere Ruhe verschworen zu haben.

Er kippt den Gin Tonic in einem großen Zug hinunter, steht auf und tritt ganz nach vorn an die Kante des Holzdecks, das großflächig über dem meerseitigen Dünenhang schwebt. Der Ausblick, den man hier hat, ist überwältigend. Normalerweise. Jetzt sieht Leonhard nur eines: den Fackelkranz unten am Strand, in dessen Mitte die lärmenden Kerle lagern. Gerade steht einer von ihnen auf. Selbst auf die Entfernung kann Leonhard erkennen, wie er schwankt, fast das Gleichgewicht verliert, sich dann in letzter Sekunde fängt und etwas aus der Tasche zieht. Dann streckt der Mann einen Arm in die Höhe, zielt auf den Mond und schießt.

Ein Knall, aufdringlich und extrem laut, hallt durch die Luft. Kurz darauf folgen ein zweiter und ein dritter. Danach Gejohle, Pfeifen, brüllendes, exaltiertes Lachen.

Jetzt reicht es Leonhard endgültig.

Er formt die Hände zu einem Trichter und ruft mit der ganzen Kraft seiner Stimme durch die Nacht: »Hey ihr Idioten! Seid ihr bescheuert, oder was? Hört auf damit, oder ich rufe die Polizei!«

Der laue Wind trägt seine Stimme über die Dünen und begräbt sie in einem der zahllosen Täler. Keine Silbe seiner Schimpftirade scheint die Randalierer unten am Strand zu erreichen. Zwei von ihnen tanzen nun torkelnd um die Fackeln herum, einer wälzt sich im Sand wie ein tollwütiger Hund. Die anderen trinken und grölen ungerührt weiter. Sie heben die Flaschen gen Himmel, als wollten sie mit dem Mond anstoßen.

Fluchend verlässt Professor Doktor Leonhard Gunst seine Terrasse, um im Haus nach seinem Handy zu suchen. Dann wählt er die Nummer der Polizei.

Samstag, 21. Juni, 23.57 Uhr, Hörnumer Dünen

Oliver Hochgarten fühlt stachliges Dünengras unter seiner nackten Hüfte, er spürt, wie sein Ellenbogen sich immer weiter in den kühlen Sand bohrt, und auf seinem rechten Knie scheint sich ein ganzer Schwarm Mücken niedergelassen zu haben. Doch all diese Wahrnehmungen sind marginal und bedeutungslos. Sie sind nichts im Vergleich zu dem köstlichen Gefühl, das die weichen Lippen verursachen, die über seine Brust fahren, nichts gegen den Schauder, den die erstaunlich kräftigen Hände auslösen, als sie seinen Hintern fest anpacken.

Mit der freien Hand tastet Oliver die verführerischen Kurven seiner Begleiterin ab, er spielt erst mit der einen, dann mit der anderen Brustwarze, um sich schließlich auf gewundenen Pfaden nach unten zu wagen. Rippenbogen, Bauchnabel, Hüftknochen, alles überspannt von glatter, warmer Haut, die unter seiner Hand einen leichten Schweißfilm absondert, der ihn unerwartet anmacht.

Die beiden sind nackt, die Decke, auf der sie liegen, ist zur Seite gerutscht, die Weinflasche ist umgefallen, die Gläser sind es auch. Es ist ihnen egal. Nur das weiche Mondlicht ist wichtig, der Duft des Meeres, der leise Wind auf schweißnasser Haut, die Gerüche der Körper, die sich auf vielfältige Weise ineinander vergraben, übereinanderschieben, sich wieder lösen, nur für Sekunden, um die Lust zu erhöhen und neue Sensationen zu erkunden.

Dann hallt ein Schuss durch die Nacht. Er platzt mitten in den Akt, unterbricht den subtilen Tanz der Körper, tötet jede Nähe.

Olivers Begleiterin fährt zusammen, stößt ihn von sich, und richtet sich auf.

»Was war das?«

Bevor Oliver antworten kann, knallt es ein zweites und ein drittes Mal.

»Verdammt! Gilt das uns?« In ihrer Stimme steht Angst.

»Blödsinn. Wie kommst du denn darauf?«

Er versucht sie zu beruhigen, greift nach ihrer Schulter. Doch sie entzieht sich ihm. Eilig rafft sie ihre Sachen zusammen. Das weite Kleid, die Bastsandalen.

»Du kannst doch jetzt nicht abhauen.«

»Und ob ich das kann. Die da unten sind irre, vollkommen durchgeknallt. Wer weiß, was die als Nächstes veranstalten. Bitte tu mir den Gefallen und verschwinde auch von hier.«

»Vielleicht kam der Schuss gar nicht vom Strand«, wagt er einzuwenden. Beschwichtigend soll das klingen, aber Oliver erreicht das Gegenteil.

»Ist das dein Ernst? Meinst du, er kam von oben, von der Terrasse?« Ihr Blick ist gehetzt, der Tonfall panisch. »O mein Gott! Wo soll ich jetzt hin?«

»Komm mit mir«, bittet er plötzlich. Der Einfall ist einfach so da, ungeplant, unüberlegt. Aber der Gedanke fühlt sich gut an, sehr gut sogar. »Wir könnten zusammen …«, beginnt er, doch sie schneidet ihm sofort das Wort ab.

»Daran darfst du noch nicht einmal denken! Das habe ich dir von Anfang an gesagt: Es gibt Regeln, und diese ist die wichtigste.«

Sie wendet sich ab und klettert vorsichtig die Düne hinauf. Immer wieder schaut sie nach oben, prüft, ob sich dort etwas rührt.

»Warte«, ruft er leise, aber dringlich. Sie kann doch nicht

einfach so gehen. Nicht heute, nicht jetzt. »Bleib stehen, bitte, so geht das nicht weiter!«

Sie dreht sich halb zu ihm um, macht mit der Hand eine beschwörende Bewegung. *Sei still jetzt, halt endlich die Klappe.*

Er versteht die Botschaft genau, aber alles in ihm sträubt sich dagegen. Er blickt ihr nach, enttäuscht und wütend. Dann greift er nach der umgefallenen Flasche, wischt den Sand ab und prüft, ob noch Wein darin ist. Er setzt die Flasche an und trinkt. Der Wein war teuer, ein 2005er Mas Martinet aus dem Priorat. Er schluckt ihn wie Wasser. Leert die Flasche bis auf den Grund, behält sie danach in der Hand, als sei sie eine Waffe. Mit entschiedenen Schritten macht er sich anschließend auf zum Strand.

Denen da unten wird er's zeigen. Ihm einfach so das Rendezvous zu versauen!

Die Sylt-Krimi-Reihe von Eva Ehley

1 Engel sterben Auf der Insel verschwinden drei kleine Mädchen spurlos. Es gibt keine Zeugen, keine Hinweise, keine Lösegeldforderung, nur die blicklosen Puppen in dem leerstehenden Watthaus.

2 Frauen lügen Der Journalist Fred Hübner trifft seine große Liebe wieder. Als sie über eine Scheidung von ihrem vermögenden Mann nachdenkt, muss sie sterben. In Fred Hübners Bett.

3 Männer schweigen Bei Sonnenaufgang sitzt eine rothaarige Schönheit allein im Strandkorb. Sie ist nackt, und sie ist tot. Und eine andere, die ihr bis aufs Haar ähnelt, ist in größter Gefahr.

4 Mörder weinen Zwei Morde innerhalb von 12 Stunden. Drei Kommissare unter extremem Zeitdruck. Vier Kunstwerke, die Rätsel aufgeben. Und ein Journalist, der alles enthüllen kann.

5 Mädchen töten Sylt im Herbst. Satanisten feiern schwarze Messen am Strand. Und dann findet die Polizei ein menschliches Ohr in den Dünen.

6 Sünder büßen Eine Tote beim Biikebrennen. Ein Gefangener im Keller. Und über allem die Frage: Gibt es das perfekte Verbrechen? Ohne Spuren? Ohne Tatort? Ohne Leiche?

7 Falscher Glanz Ein Schmuckverkäufer, schön wie Adonis, liegt juwelengeschmückt in seinem eigenen Blut. Gier, Sex und Eifersucht sind ein giftiger Cocktail.

Eva Ehley
Engel sterben
Ein Sylt-Krimi
Band 18998

Ein Teufel im Paradies

Auf Sylt staut sich die Hitze, als drei kleine Mädchen spurlos verschwinden. Es gibt keine Zeugen, keine Lösegeldforderung. Und doch kommen drei Menschen dem Täter gefährlich nahe: Eine Mutter in Sorge um ihre Tochter. Ein alternder Journalist, alkoholabhängig und auf der Suche nach der ganz großen Story. Und eine Maklerin, die nur eines möchte: die leer stehende Villa am Watt verkaufen …

Der erste Fall für das Sylter Ermittlerteam Sven Winterberg, Silja Blanck und Bastian Kreuzer

»Ein smart-süffiger Krimi-Hit!«
Schweizer Radio DRS 3

Eva Ehley

Frauen lügen

Ein Sylt-Krimi

Band 19427

»Sie hat gelacht. Ausgelacht hat sie mich, dabei hatte ich zu diesem Zeitpunkt schon die Waffe auf sie gerichtet. Sie hat es einfach ignoriert, hat mich weiter verspottet. Was ich mir einbilden würde, wer ich sei? Da hab ich abgedrückt. Einfach so. Es ging ganz leicht. Fast leichter als das Feuer-Legen.«

Der zweite Fall für die Sylter Ermittler Sven Winterberg, Silja Blanck und Bastian Kreuzer: Auf der Insel geht ein Feuerteufel um, der einen perfiden Plan verfolgt …

»Spannung für den Strandkorb.«
Radio Berlin RBB

Fischer Taschenbuch Verlag

fi 19427 / 2

Eva Ehley

Falscher Glanz

Ein Sylt-Krimi

In einem Kampener Juwelierladen wird der extrem attraktive Verkäufer Adnan Jashari tot aufgefunden. Seine Kehle ist durchgeschnitten, in seinen Augenhöhlen stecken zwei teure Ohrringe. Erste Ermittlungen ergeben, dass der Tote aus einem kriminell aktiven arabischen Clan stammt, der in Berlin lebt. Weil auf seinem Konto größere Geldsummen bewegt wurden, vermutet man einen Fall von Geldwäsche. Als Winterberg, Kreuzer und Blanck jedoch von Jasharis Verhältnis mit seiner erheblich älteren Chefin erfahren, kommt auch Eifersucht als Motiv in Frage. Doch dann bringt die Entdeckung einer weiteren, ebenfalls mit Schmuck dekorierten Leiche alle Theorien zum Einsturz …

304 Seiten, broschiert

Weitere Informationen finden Sie auf
www.fischerverlage.de

AZ 596-70266/1